ro
ro
ro

rororo

Jeffrey Eugenides, geboren 1960 in Detroit/Michigan, bekam 2003 für seinen weltweit gefeierten Roman «Middlesex» den Pulitzer-Preis und den «Welt»-Literaturpreis verliehen. Sein erster Roman «Die Selbstmord-Schwestern» wurde 1999 von Sofia Coppola verfilmt. Außerdem veröffentlichte er die Anthologie «Der Spatz meiner Herrin ist tot. Große Liebesgeschichten der Weltliteratur» und den Roman «Die Liebeshandlung», für den er den Prix Fitzgerald und den Madame Figaro Literary Prize erhielt. Er lehrt als Lewis and Loretta Glucksman Professor Amerikanische Literatur an der New York University in New York.

«Jeffrey Eugenides' Erzählungsband ‹Das große Experiment› gehört zum Besten, was gerade in Amerika geschrieben wird. (...) zusammen ergeben die Erzählungen eine neue Form von großem amerikanischen Roman.»
Niklas Maak, Frankfurter Allgemeine Sonntagszeitung

«Viele der Geschichten lesen sich wie kondensierte Romane. (...) Mit Jeffrey Eugenides' verzweifelten Glücksrittern zieht man gern über die Holperpisten des Lebens.»
Franziska Wolffheim, Spiegel Online

«Meisterhaft gebaute Erzählungen.»
Simone von Büren, NZZ am Sonntag

«Jeffrey Eugenides ist der legitime Nachfolger von John Updike.» *Martin Halter, Badische Zeitung*

JEFFREY EUGENIDES

DAS GROSSE EXPERIMENT

ERZÄHLUNGEN

AUS DEM ENGLISCHEN VON
GREGOR HENS UND ANDEREN

ROWOHLT
TASCHENBUCH
VERLAG

Die Originalausgabe erschien 2017 unter dem Titel «Fresh Complaint»
bei Farrar, Straus & Giroux, New York.

Die Erzählungen «Air Mail», «Die Bratenspritze» (beide übersetzt von Cornelia C. Walter) und «Timesharing» (übersetzt von Eike Schönfeld) wurden auf Deutsch bereits 2003 unter dem Buchtitel «Air Mail» veröffentlicht und sind für die vorliegende Ausgabe geringfügig überarbeitet worden. Die Übersetzung der übrigen sieben Erzählungen stammt von Gregor Hens.

Veröffentlicht im Rowohlt Taschenbuch Verlag, Hamburg, Mai 2020

Lektorat Maren Jessen
Covergestaltung any.way, Hamburg, nach einem Entwurf von
Anzinger und Rasp, München
Coverabbildung Heike Schüssler © HarperCollins Publishers Ltd 2017
Satz aus der Trinité bei Dörlemann Satz, Lemförde
Druck und Bindung CPI books GmbH, Leck, Germany
ISBN 978-3-499-29179-1

Zum Andenken an meine Mutter
Wanda Eugenides (1926–2017)
und meinen Neffen Brenner Eugenides
(1985–2012)

INHALT

KLAGENDE

Als Cathy im Mietwagen zur Anlage hinauffährt und das Schild sieht, muss sie lachen. «Wyndham Falls. Seniorenresidenz mit Stil.»

Nicht gerade, wie Della es beschrieben hat.

Jetzt kommt das Gebäude in den Blick. Der Haupteingang sieht einigermaßen freundlich aus. Groß und gläsern, mit weißen Bänken davor, medizinisch und gepflegt. Aber die Gartenbungalows weiter hinten auf dem Gelände sind klein und schäbig. Stallartig, mit winzigen Veranden. Man ahnt, dass die Menschen, hinter den zugezogenen Vorhängen und verwitterten Türen, einsam sind.

Als sie aus dem Wagen steigt, fühlt sich die Luft um einiges wärmer an als noch am Morgen vor dem Detroiter Flughafen. Der Januarhimmel ist blau und beinahe wolkenlos. Keine Spur von dem Schneesturm, vor dem Clark sie gewarnt hat, weil er sie überreden wollte, zu Hause zu bleiben und sich um ihn zu kümmern. «Warum fliegst du nicht nächste Woche?», sagte er. «Sie läuft doch nicht weg.»

Cathy ist schon auf halbem Weg zum Eingang, als ihr einfällt, dass sie ja ein Geschenk für Della hat, und sie kehrt zum Wagen zurück, um es zu holen. Sie nimmt es aus dem Koffer und freut sich noch einmal, dass sie das mit dem Einpacken so gut hinbekommen hat. Das Geschenkpapier ist von der dicken, faserigen, ungebleichten Art, wie Birkenrinde. (Sie hat in drei Schreibwarenläden gesucht, bis sie etwas fand, das ihr gefiel.) Statt eine kitschige Schleife draufzukleben, hat sie kleine Zweige von ihrem Weihnachtsbaum – der ohnehin bald auf dem Bürgersteig landen wird – abgeschnitten und zu einer Girlande zusammengefügt. Das Geschenk sieht dementsprechend handgemacht und nach Bioware aus, nach einer Opfergabe bei einem Indianerritual, einem Geschenk nicht für einen Menschen, sondern für die Erde selbst.

Was darin ist, ist allerdings wenig originell. Es ist das, was Cathy Della immer schenkt: ein Buch.

Nur ist es diesmal doch etwas mehr. Eine Art Medizin.

Seit Della nach Connecticut gezogen ist, beklagt sie sich, dass sie nicht mehr lesen kann. «Ich komme irgendwie nicht rein in die Geschichten», so beschreibt sie es am Telefon. Warum das so ist, sagt sie nicht. Den Grund kennen sie beide.

An einem Nachmittag vergangenen August, bei Cathys alljährlichem Besuch in Contoocook, wo Della zu dieser Zeit noch lebte, erwähnte sie, dass ihre Ärztin sie zu verschiedenen Untersuchungen geschickt habe. Es war kurz nach fünf, die Sonne sank gerade hinter die Kiefern. Um den Farbdünsten zu entkommen, tranken sie ihre Margaritas auf der Veranda.

«Was für Untersuchungen?»

«Alle möglichen idiotischen Tests», sagte Della und verzog das Gesicht. «Diese Therapeutin zum Beispiel, zu der sie mich geschickt hat – also, die bezeichnet sich als Therapeutin, aber sie sieht nicht älter aus als fünfundzwanzig –, bei der muss ich immer Uhrzeiger auf ein Zifferblatt malen. Als wär ich wieder im Kindergarten. Oder sie zeigt mir irgendwelche Bildchen, die ich mir merken soll. Aber dann fängt sie an, über andere Sachen zu reden. Klar, sie versucht, mich abzulenken. Und später fragt sie mich dann, was auf den Bildern war.»

Cathy betrachtete Dellas Gesicht im von den Mückengittern gedämpften Licht. Mit achtundachtzig ist Della noch immer eine lebhafte, hübsche Frau, ihr weißes Haar ist zu einer schlichten Frisur geschnitten, die Cathy an eine gepuderte Perücke denken lässt. Manchmal führt sie Selbstgespräche, oder sie starrt vor sich hin, aber nicht mehr als andere Menschen, die so viel Zeit allein verbringen.

«Und, wie hast du's hingekriegt?»

«Nicht gerade bombig.»

Als sie am Tag zuvor aus dem nahen Concord zurückgefahren waren, wo sich der Baumarkt befand, hatte Della wegen des Farbtons, den sie gewählt hatten, hin und her überlegt. War die Farbe hell genug? Vielleicht sollten sie sie doch besser umtauschen. Sie wirke gar nicht so freundlich wie auf dem Musterkärtchen im Geschäft. Oh, was für eine Geldverschwendung! Schließlich sagte Cathy: «Della, du wirst schon wieder so unruhig.»

Mehr brauchte es gar nicht. Dellas Miene entspannte sich, als würde sie mit Feenschimmer berieselt. «Ich weiß», sagte sie. «Du musst es mir immer sagen, wenn das passiert.»

Auf der Veranda nippte Cathy an ihrem Cocktail und sagte: «Ich würde mir deswegen keine Gedanken machen, Della. Jeder wird doch nervös bei solchen Tests.»

Ein paar Tage später kehrte Cathy nach Detroit zurück. Von den Tests hörte sie nichts mehr. Aber im September rief Della an und erzählte, Dr. Sutton habe sich bei ihr zu Hause angekündigt und ihren ältesten Sohn Bennett gebeten dazuzukommen. «Wenn sie will, dass Bennett extra rauffährt», sagte Della, «dann hat sie wohl schlechte Nachrichten.»

Am Tag des Termins – einem Montag – wartete Cathy auf Dellas Anruf. Als er schließlich kam, schien sich Dellas Stimme beinahe zu überschlagen. Cathy nahm an, dass ihr die Ärztin bescheinigt hatte, bei bester Gesundheit zu sein. Aber Della erwähnte das Ergebnis der Untersuchungen überhaupt nicht. Stattdessen sagte sie in einem beinahe wahnhaften Anfall von Glück: «Dr. Sutton konnte gar nicht fassen, wie hübsch das Haus geworden ist! Ich hab ihr erzählt, was für eine Bruchbude das war, als ich hier eingezogen bin, und wie wir beide uns jedes Mal etwas anderes vorgenommen haben, wenn du zu Besuch gekommen bist, und sie konnte es einfach nicht fassen. Sie fand das alles ganz entzückend!»

Vielleicht wollte Della der Diagnose nicht ins Auge sehen, oder sie hatte sie schon wieder vergessen. So oder so machte Cathy sich ernsthaft Sorgen um sie.

Es war dann an Bennett, zum Hörer zu greifen und ihr den genauen Befund mitzuteilen. Er tat es in trockenem, sachlichem Ton. Bennett arbeitet für eine Versicherungsgesellschaft, in Hartford, wo er tagtäglich die Wahrscheinlichkeiten von Erkrankungen und Todesfällen berechnet; das mag der Grund dafür gewesen sein. «Die Ärztin sagt, dass meine Mom nicht mehr Auto fahren darf. Sie darf auch nicht mehr den Herd benutzen. Sie wird ihr ein Medikament verschreiben, das sie stabilisieren soll. Eine Zeitlang. Aber letztendlich läuft es darauf hinaus, dass sie nicht mehr allein leben kann.»

«Ich war gerade erst vor einem Monat bei ihr, da schien es deiner Mom doch gutzugehen», sagte Cathy. «Sie wird nur schnell unruhig.»

Bennett zögerte, dann sagte er: «Ja, na ja. Diese Unruhe, oder Angst, ist ein Teil davon, das gehört dazu.»

Was konnte Cathy in ihrer Lage denn tun? Sie lebte nicht nur weit weg, im Mittleren Westen, sie war in Dellas Leben auch eine Art Querschläger oder Eindringling. Cathy und Della hatten sich vor dreißig Jahren kennengelernt. Sie arbeiteten damals beide in der Fachschule für Krankenpflege. Cathy war Anfang dreißig, gerade erst geschieden. Sie war wieder zu ihren Eltern gezogen, damit ihre Mutter auf Mike und John aufpassen konnte, wenn sie im Büro war. Della war Mitte fünfzig, eine Mutter, die am Stadtrand in einer Villa in Seenähe wohnte. Sie ging wieder arbeiten, nicht weil sie dringend Geld brauchte – wie Cathy –, sondern weil sie sich langweilte. Ihre beiden älteren Söhne waren schon ausgezogen, nur Robbie, der jüngste, lebte noch zu Hause.

Normalerweise wären sie sich in der Fachschule überhaupt nicht über den Weg gelaufen. Cathy saß unten in der Buchhaltung, während Della das Büro des Dekans leitete. Aber eines Tages in der Kantine hörte Cathy, wie begeistert Della von den Weight Watchers erzählte, wie einfach es sei, sich an das Diät-Programm zu halten, man brauche überhaupt nicht zu hungern.

Cathy hatte gerade wieder angefangen, mit Männern auszugehen. Anders gesagt, sie hatte einen One-Night-Stand nach dem anderen. Nach ihrer Scheidung hatte sie der verzweifelte Wunsch gepackt, das Versäumte nachzuholen. Sie war leichtsinnig wie eine Teenagerin, schlief mit Männern, die sie kaum kannte – auf den Rücksitzen von Autos, in mit Teppich ausgelegten Lieferwagen, die vor Stadthäusern standen, in denen fromme Christen friedlich schlummerten. Neben der Lust, die ihr diese Männer gelegentlich bereiteten, war Cathy auf eine Art Selbstkorrektur aus, als könnte ihr das Stoßen und Drängen der Männer ein wenig Vernunft einbläuen, genug, um sie davor zu bewahren, noch einmal jemanden wie ihren Exmann zu heiraten.

Als sie einmal nach Mitternacht von einer dieser Begegnungen nach Hause kam, duschte sie, stellte sich vor den Badezimmerspiegel und begutachtete sich mit demselben objektiven Blick, den sie später auch auf die Renovierungsarbeiten von Häusern richten sollte. Was ließ sich noch reparieren? Was musste kaschiert werden? Was musste man einfach hinnehmen?

Sie begann, an den Treffen der Weight Watchers teilzunehmen. Della fuhr sie hin. Klein und vorwitzig, mit gesträhntem Haar, einer glänzenden Rayonbluse und einer großen Brille mit rosafarbener, durchscheinender Fassung, saß sie auf einem Kissen, um über das Lenkrad ihres Cadillacs sehen zu können. Sie trug kitschige Hummel- oder Dackelbroschen und roch, als hätte sie in Parfüm gebadet. Es war irgendeine blumig-verschämte Kaufhausmarke, dazu gedacht, den natürlichen Geruch einer Frau zu überdecken, statt ihn hervorzuheben, wie es die Körperöle taten, mit denen Cathy ihre Pulsstellen betupfte. Della, so stellte sie sich vor, versprühte ihr Parfüm mit einem Zerstäuber und stapfte in der Duftwolke herum.

Als sie beide ein paar Pfunde losgeworden waren, gewöhnten sie sich an, einmal in der Woche auszugehen. Sie tranken Cocktails und aßen ausgiebig, und Della, mit dem Kalorienzähler in der Handtasche, sorgte dafür, dass sie nicht über die Stränge schlugen. So kam es, dass sie die Margaritas für sich entdeckten. «Ach, weißt du, was ganz wenig Kalorien hat?», sagte Della. «Tequila. Bloß fünfundachtzig pro Glas.» Den Zucker im Cocktail versuchten sie zu ignorieren.

Della war nur fünf Jahre jünger als Cathys Mutter. Was Sex und Ehe anging, waren sie auf einer Linie, aber es war leichter, diese altmodischen Edikte aus dem Mund einer Frau zu hören, die keine Besitzansprüche auf Cathys Körper geltend machte. Außerdem zeigte sich, dass ihre Mutter mitnichten die moralische Instanz war, für die Cathy sie immer gehalten hatte, sondern einfach nur eine Frau mit eigenen Ansichten.

Wie sich herausstellte, hatten Cathy und Della eine Menge gemeinsam. Beide arbeiteten gern mit den Händen: Découpage, Korbflechten, Möbelrestaurieren – solche Sachen. Und sie lasen beide viel. Sie liehen einander Bücher aus der Bibliothek und begannen schließlich, jeweils die gleichen Romane auszuleihen, damit sie sie zeitgleich lesen und sich darüber austauschen konnten. Sie hielten sich nicht für Intellektuelle, aber sie konnten gute Literatur von schlechter unterscheiden. Am wichtigsten fanden sie, dass die Geschichten gut waren. An die Handlung erinnerten sie sich eher als an Buchtitel und Autor.

Dellas Haus in Grosse Point mied Cathy. Sie wollte sich den Zottelteppichen und Pastellvorhängen nicht aussetzen, und sie wollte nicht auf Dellas erzkonservativen Ehemann stoßen. Sie lud Della auch nie ins Haus ihrer Eltern ein. Es war besser, wenn sie sich auf neutralem Boden trafen, wo sie niemand daran erinnerte, wie wenig sie eigentlich zusammenpassten.

Eines Abends, zwei Jahre nachdem sie sich kennengelernt hatten, nahm Cathy Della zu einer Party mit, die einige Freundinnen von ihr veranstalteten. Eine war bei einem Vortrag von

Krishnamurti gewesen, und alle saßen auf Kissen auf dem Boden und lauschten ihrem Bericht. Ein Joint machte die Runde.

Oha, dachte Cathy, als Della an der Reihe war. Aber zu ihrer Überraschung nahm Della einen tiefen Zug und reichte den Joint weiter.

«Also, jetzt hast du's aber auf die Spitze getrieben», sagte Della später. «Jetzt rauch ich schon Gras.»

«Tut mir leid», sagte Cathy und lachte. «Hast du denn was gespürt?»

«Nein, zum Glück nicht. Dick würde an die Decke gehen, wenn er wüsste, dass ich Marihuana rauche.»

Aber sie lächelte doch. Froh, ein Geheimnis zu haben.

Sie hatten noch andere Geheimnisse. Ein paar Jahre nach ihrer Hochzeit mit Clark hatte Cathy einmal die Schnauze voll gehabt und war abgehauen. Sie nahm sich ein Motelzimmer an der Eight Mile Road. «Wenn Clark anruft, sag ihm nicht, wo ich bin», bat sie Della. Und Della hielt sich daran. Eine Woche lang brachte sie Cathy jeden Abend etwas zu essen und hörte ihr zu, bis sie ihren Ärger losgeworden war und sich beruhigt hatte. Zumindest so weit, dass sie sich mit ihrem Mann wieder aussöhnte.

«Ein Geschenk? Für mich?»

Della, die sich noch immer wie ein kleines Mädchen freuen kann, starrt mit großen Augen auf das Päckchen, das Cathy ihr hinhält. Sie sitzt in einem blauen Sessel am Fenster, der einzigen Sitzgelegenheit in der kleinen, vollgestellten Einzimmerwohnung. Cathy hockt betreten auf der Kante des Schlafsofas. Das Zimmer ist düster, die Jalousien sind heruntergelassen.

«Eine Überraschung», sagt Cathy und ringt sich ein Lächeln ab.

Nach dem, was Bennett erzählt hatte, war sie in dem Glauben gewesen, Wyndham Falls wäre eine Anlage für betreutes Wohnen. Auf der Webseite steht etwas von ‹Notdiensten› und ‹Betreuungsengeln›. Der Broschüre, die Cathy auf dem Weg hierher in der Lobby mitgenommen hat, entnimmt sie allerdings, dass sich Wyndham als ‹Seniorenresidenz 55+› vermarktet. Außer den vielen älteren Bewohnern, die sich an Gehhilfen über die Flure schieben, gibt es jüngere Kriegsveteranen mit Bärten, Westen und Baseballmützen, die auf elektrischen Rollstühlen durch die Gegend flitzen. Pflegepersonal gibt es keins. Es ist billiger als betreutes Wohnen, die Leistungen sind minimal: Essen im Speisesaal, wöchentlich frische Bettwäsche. Das ist alles.

Was Della betrifft, so wirkt sie unverändert, seit Cathy sie im August zum letzten Mal gesehen hat. Sie hat für ihren Gast ein frisches Jeanskleid und ein gelbes Oberteil angezogen, sie hat Lippenstift aufgetragen und sich an den richtigen Stellen maßvoll geschminkt. Die einzige Veränderung ist, dass auch sie jetzt eine Gehhilfe benutzt. Eine Woche nach ihrem Einzug ist sie draußen vor dem Eingang ausgerutscht und mit dem Kopf auf dem Asphalt aufgeschlagen. Weg. Als sie wieder zu sich kam, blickten die blauen Augen eines großen, gut aussehenden Rettungssanitäters auf sie herab. Della sah ihn staunend an und fragte: «Bin ich gestorben und in den Himmel gekommen?»

Im Krankenhaus wurde ein MRT gemacht, um eine Hirnblutung auszuschließen. Dann kam ein junger Arzt herein und untersuchte sie auf andere Verletzungen. «Da liege ich also», erzählte sie Cathy am Telefon. «Ich bin achtundachtzig Jahre alt, und dieser junge Doktor untersucht mich von oben bis unten. Es sieht sich alles an, wirklich alles. Ich hab ihm gesagt: ‹Ich weiß nicht, was sie dafür bekommen, es ist auf jeden Fall nicht genug.›»

Humorige Bemerkungen dieser Art bestätigen etwas, das Cathy schon lange vermutet: dass nämlich Dellas geistige Verwirrung zu einem großen Teil emotionalen Ursprungs ist. Ärzte sind schnell dabei, Diagnosen zu stellen und Pillen zu verschreiben, ohne den Menschen, den sie vor sich haben, wirklich zu sehen.

Della selbst hat ihre Diagnose noch nie benannt. Sie spricht immer nur von «meinem Gebrechen» oder «dieser Sache, die ich habe». Einmal meinte sie: «Ich kann mir den Namen einfach nicht merken. Diese Sache, die man kriegt, wenn man alt ist. Das, was man auf keinen Fall kriegen will. Genau das hab ich.»

Ein anderes Mal sagte sie: «Es ist nicht Alzheimer, sondern eine Stufe drunter.»

Es wundert Cathy nicht, dass Della den Fachausdruck verdrängt hat. *Demenz* ist wahrlich kein schönes Wort. Es hört sich brutal an, invasiv, als wäre da ein Dämon, der das Gehirn Stück für Stück auslöffelt – und genau das passiert ja auch.

Sie betrachtet Dellas Gehhilfe in der Ecke, eine abstoßend hässliche, magentarote Konstruktion mit schwarzem Kunstledersitz. Unter dem Schlafsofa ragen Kartons hervor. Im Spülbecken der winzigen Kochnische stapelt sich schmutziges Geschirr. Eigentlich nicht dramatisch. Aber beunruhigend ist es doch, weil in Dellas Haus immer alles picobello war.

Cathy ist froh, dass sie das Geschenk mitgebracht hat.

«Willst du es nicht aufmachen?», fragt sie.

Della sieht das Päckchen in ihren Händen an, als wäre es gerade erst dort aufgetaucht. «Oh, doch, natürlich.» Sie wendet es, betrachtet seine Unterseite, lächelt unsicher. Es ist, als wüsste sie, dass die Situation ein Lächeln erfordert, wäre sich aber nicht sicher, warum.

«Wie schön das Geschenkpapier ist!», sagt sie schließlich. «So besonders. Ich werd aufpassen, dass ich es nicht kaputt mache. Vielleicht kann ich es wiederverwenden.»

«Von mir aus kannst du es aufreißen.»

«Nein, nein», sagt Della. «Ich will das schöne Papier aufbewahren.»

Ihre alten, gefleckten Hände machen sich an dem Geschenkpapier zu schaffen, bis es sich löst. Das Buch fällt ihr in den Schoß.

Sie erkennt es nicht.

Das muss noch nichts heißen. Der Verlag hat eine neue Ausgabe herausgebracht. Der ursprüngliche Umschlag, mit dem Bild der beiden Frauen, die im Schneidersitz in einem Wigwam sitzen, ist einem Farbfoto von schneebedeckten Bergen gewichen. Auch die Schrift wurde aufgepeppt.

Nach einer Sekunde ruft Della: «Oh, ach! Unser Lieblingsroman!»

«Nicht nur das», sagt Cathy und zeigt auf den Umschlag. «Schau mal. ‹Sonderausgabe zum zwanzigjährigen Jubiläum! Zwei Millionen verkaufte Exemplare!› Ist das nicht unglaublich?»

«Na ja, wir wussten doch immer, dass es ein gutes Buch ist.»

«Auf jeden Fall. Man sollte auf uns hören.» Etwas leiser fügt sie hinzu: «Ich hab gedacht, dass es dich vielleicht wieder zum Lesen bringt, Della. Weil du es doch so gut kennst.»

«Klar, verstehe. Damit ich wieder in die Gänge komme sozusagen. Das letzte Buch, das du mir geschickt hast, dieses *Raum*? Da bin ich jetzt seit zwei Monaten dran, aber ich bin über die ersten zwanzig Seiten noch nicht hinausgekommen.»

«Die Handlung ist ja auch ein bisschen heftig.»

«Da geht's ja um diese Frau, die in einem Zimmer feststeckt! Das kommt mir ein bisschen zu bekannt vor.»

Cathy lacht. Aber Della meint es doch einigermaßen ernst, und daraus ergibt sich für Cathy eine Gelegenheit. Sie drückt sich von der Kante des Schlafsofas hoch, steht auf und zeigt mit einem Seufzen auf die Wände. «Könnten Bennett und Robbie dir nicht ein netteres Zimmer besorgen?»

«Doch, wahrscheinlich schon», antwortet Della. «Sie behaupten aber, dass sie es nicht können. Robbie muss Unterhalt zahlen, für die Frau und das Kind. Und bei Bennett ist es vermutlich so, dass diese Joanne protestiert, wenn er Geld für mich ausgibt. Sie hat mich nie gemocht.»

Cathy wirft einen Blick ins Bad. Es ist nicht so schlimm, wie sie befürchtet hat, nichts Schmutziges, nichts, was einem peinlich sein müsste. Aber der gummierte Duschvorhang erinnert an eine Irrenanstalt. Daran immerhin ließe sich gleich etwas ändern.

«Ich hab eine Idee.» Cathy sieht Della an. «Hast du deine Familienfotos mitgebracht?»

«Natürlich. Ich hab Bennett gesagt, dass ich ohne meine Fotoalben nirgendwohin gehe. Er hat mich ja schon gezwungen, meine guten Möbel zurückzulassen, damit das Haus schnell verkauft wird. Und weißt du, was? Bisher war noch nicht mal jemand zur Besichtigung da.»

Falls Cathy überhaupt zuhört, zeigt sie es nicht. Sie geht zum Fenster, zerrt an der Kordel und öffnet die Jalousien. «Erst mal müssen wir mehr Licht reinbringen. Ein paar Bilder aufhängen. Damit man sieht, dass du hier zu Hause bist.»

«Das wär schön, ja. Wenn es hier nicht so erbärmlich aussähe, würde ich mich auch eher damit abfinden, dass ich in diesem Heim bin. Es ist ja beinahe, als wäre ich – im Gefängnis.» Della schüttelt den Kopf. «Da draußen gibt's ein paar Leute, die auch irgendwie kurz vorm Ausrasten sind.»

«Gereizte Stimmung, ja?»

«Und wie», sagt Della und lacht. «Man muss richtig aufpassen, neben wem man beim Mittagessen sitzt.»

Als Cathy gegangen ist, schaut Della von ihrem Sessel auf den Parkplatz hinaus. Am Horizont ziehen Wolken auf, es braut sich etwas zusammen. Cathy meinte zwar, das Gewitter werde erst Montag kommen, wenn sie schon weg sei, aber Della hat ein ungutes Gefühl. Sie greift nach der Fernbedienung, zielt auf den Fernseher und drückt eine Taste. Nichts passiert. «Dieser neue Fernseher, den Bennett mir besorgt hat, ist keinen Pfifferling wert», sagt sie, als würde ihr Cathy, oder sonst jemand, noch zuhören. «Ich soll erst den Fernseher anmachen und dann diese andere Box darunter. Aber selbst wenn es mir gelingt, den verdammten Fernseher einzuschalten, finde ich meine Lieblingssendung nicht.»

Sie hat gerade die Fernbedienung weggelegt, als Cathy aus dem Gebäude tritt und zu ihrem Wagen geht. Della folgt ihrem Gang mit ratloser Faszination. Das Wetter war nicht der einzige Grund, weshalb sie Cathy ausreden wollte herzukommen. Della weiß nicht, ob sie diesem Besuch überhaupt gewachsen ist. Seit ihrem Sturz und dem Krankenhausaufenthalt fühlt sie sich nicht gerade blendend. Irgendwie benommen. Mit Cathy herumzulaufen, dieser ganze Wirbel, den sie veranstaltet, könnte ihr schnell zu viel werden.

Allerdings wäre es auch schön, die Wohnung etwas aufzuhübschen. Della betrachtet die trostlose Tapete und stellt sich vor, sie wäre voller geliebter Gesichter von Menschen, die ihr etwas bedeuten.

Und dann folgt ein langgedehnter Moment, in dem überhaupt nichts zu passieren scheint, zumindest nicht im Hier und Jetzt. Es kommt in letzter Zeit immer öfter vor, dass Della von solchen Aussetzern fortgerissen wird. Sie sucht gerade nach ihrem Adressbuch, oder sie macht Kaffee, und plötzlich wird sie in die Gegenwart von Menschen und Dingen zurückgezerrt, an die sie seit Jahren nicht gedacht hat. Diese Erinnerungswellen verstören sie, nicht etwa weil sie unangenehme Dinge zutage fördern (auch wenn das oft der Fall ist), sondern weil sie so viel lebendiger und echter wirken als ihr Alltag, der ihr dagegen blass vorkommt wie eine alte Bluse, die zu oft gewaschen wurde. Etwas, das immer wieder in ihrer Erinnerung auftaucht, ist der Kohlenkeller, in dem sie als Kind schlafen musste. Damals, als sie von Paducah nach Detroit gezogen waren und ihr Vater sie verlassen hatte. Della, ihre Mutter und ihr Bruder wohnten in einer Pension. Ihre Mutter und Glenn bekamen richtige Zimmer oben, aber Della musste im Keller schlafen. Der Raum hatte nicht einmal einen Zugang vom Haus aus, man musste im Garten eine Klappe öffnen, um hineinzuklettern. Die Vermieterin hatte das Zimmer gekalkt, sie hatte ein Bett hineingestellt und einige Kissen aus alten Mehlsäcken daraufgeworfen. Doch Della ließ sich davon nicht täuschen. Die Tür war aus Stahl, und Fenster gab es keine. Es war stockdunkel da unten. Oh, wie ich es gehasst habe, jeden Abend runter in den Kohlenkeller zu gehen! Es war, als würde ich in eine Grabkammer hinabsteigen!

Aber ich habe mich nie beklagt. Ich habe einfach getan, was von mir verlangt wurde.

Dellas kleines Haus in Contoocook ist das einzige, das ihr jemals ganz allein gehört hat. Natürlich ist so ein Haus in ihrem Alter ein Problem. Wie sollte sie es im Winter den Hügel hinaufschaffen? Wie sollte sie jemanden finden, der den Schnee vom Dach schaufelte, bevor es einstürzte und sie unter sich begrub? Vielleicht hatten Dr. Sutton, Bennett und Robbie recht. Vielleicht ist sie hier besser aufgehoben.

Als sie wieder aus dem Fenster sieht, ist Cathys Auto weg, und sie nimmt das Buch in die Hand, das Cathy ihr mitgebracht hat. Der bläuliche Gebirgszug auf dem Umschlag verwirrt sie noch immer. Aber der Titel ist unverändert: *Zwei alte Frauen: Eine Legende von Verrat und Tapferkeit.* Sie schlägt das Buch auf und blättert darin, hin und wieder hält sie inne, um eine Zeichnung zu bewundern.

Dann blättert sie zurück zur ersten Seite. Sie richtet ihren Blick auf die Wörter und folgt ihnen über die Zeilen hinweg. Ein Satz. Zwei Sätze. Schließlich ein ganzer Abschnitt. Seit sie das Buch zum letzten Mal gelesen hat, hat sie gerade so viel vergessen, dass ihr die Geschichte einerseits vertraut und andererseits wie neu vorkommt. Einladend. Aber es ist in erster Linie das Lesen selbst, das ihr Erleichterung verschafft, die Selbstvergessenheit, das Eintauchen in das Leben anderer.

Wie so viele der Bücher, die Della über die Jahre gelesen hat, war auch *Zwei alte Frauen* eine Empfehlung von Cathy. Als sie nicht mehr an der Fachschule für Krankenpflege beschäftigt war, arbeitete Cathy in einer Buchhandlung. Sie hatte inzwischen wieder geheiratet und war mit Clark in ein altes Bauernhaus gezogen, dessen Renovierung die folgenden zehn Jahre in Anspruch nehmen sollte.

Della merkte sich Cathys Arbeitsplan und schaute immer

wieder während ihrer Schichten vorbei, vor allem donnerstagabends, wenn nur wenige Kunden kamen und Cathy Zeit für ein Schwätzchen hatte.

Das war der Grund, warum Della einen Donnerstag wählte, um Cathy zu erzählen, was vorgefallen war.

«Dann schieß mal los, ich höre zu», sagte Cathy. Sie schob einen Wagen durch den Laden und sortierte Bücher ein, Della saß in einem Sessel in der Lyrikecke. Cathy hatte angeboten, einen Tee zu machen, aber Della hatte gesagt: «Ein Bier wär mir lieber.» Cathy fand eine Flasche im Bürokühlschrank, die von einer Signierstunde übrig geblieben war. Es war ein Abend im April, nach sieben Uhr, niemand sonst war im Laden.

Als Erstes erzählte Della, wie seltsam sich ihr Mann in der letzten Zeit verhalten habe. Sie wusste nicht, was mit ihm los war. «Vor ein paar Wochen zum Beispiel ist Dick mitten in der Nacht aufgestanden. Plötzlich höre ich, wie er den Wagen zurücksetzt und aus der Einfahrt fährt. ‹Vielleicht war's das›, hab ich gedacht. ‹Vielleicht hat er genug, und ich seh ihn nie wieder.›»

«Aber er ist doch zurückgekommen», sagte Cathy und schob ein Buch ins Regal.

«Ja. Etwa eine Stunde später. Ich bin runtergegangen, und da war er. Er kniete auf dem Teppich. Vor ihm ausgebreitet lagen all diese Straßenkarten.»

Als Della ihren Mann fragte, was zum Teufel er da mache, antwortete Dick, er suche nach Anlageobjekten in Florida. Nach Häusern und Grundstücken in Strandnähe, in unterbewerteten Regionen, die man von den Metropolen aus mit Direktflügen erreichen könne. «‹Wir haben doch genug Geld›, hab ich ihm gesagt. ‹Setz dich einfach zur Ruhe, wir kommen zurecht. Warum willst du jetzt noch so ein Risiko eingehen?›

Und weißt du, was er geantwortet hat? ‹Zur Ruhe setzen? Ich weiß gar nicht, was das sein soll.›»

Cathy verschwand in der Abteilung für Selbsthilfebücher. Della war zu sehr in ihre Erzählung vertieft, um aufzustehen und ihr zu folgen. Sie ließ den Kopf hängen und starrte auf den Boden. Ihr Ton war voller Unverständnis und Empörung über die Vorstellungen, denen Männer nachhingen, besonders wenn sie älter wurden. Sie waren wie Anfälle von Wahnsinn, nur dass die Ehemänner sie für Geistesblitze hielten. «Ich hab da 'ne Idee!», rief Dick immer, egal, was sie gerade taten. Sie aßen zu Abend oder gingen ins Kino, und er hatte eine Eingebung, blieb plötzlich stehen und erklärte: «Hey, mir ist da eben ein Gedanke gekommen.» Dann rührte er sich nicht von der Stelle, legte einen Finger ans Kinn, überschlug Kosten und schmiedete Pläne.

Bei seiner neuesten Idee ging es um eine Ferienanlage in der Nähe der Everglades. Auf dem Polaroid-Foto, das er Della zeigte, wirkte das von Eichen umstandene Gebäude wie ein bezauberndes, wenn auch verfallenes Jagdhaus. Anders war diesmal nur, dass Dick seine Idee schon in die Tat umgesetzt hatte. Ohne es mit Della zu besprechen, hatte er für das Haus ein Darlehen aufgenommen, und er hatte einen guten Teil ihrer Rentenfonds verkauft, um das Eigenkapital aufzubringen.

«Wir sind jetzt die stolzen Besitzer unserer eigenen Ferienanlage in den Florida Everglades!», erklärte er.

So weh es Della tat, Cathy davon zu erzählen – es bereitete ihr doch auch ein gewisses Vergnügen. Sie hielt die Bierflasche mit beiden Händen. Es war still in der Buchhandlung, der Himmel draußen war dunkel, die anderen Geschäfte im Viertel hatten alle schon geschlossen. Es war, als würde der Laden ihnen gehören.

«Jetzt haben wir also diesen verdammten Schuppen am Hals», sagte Della. «Dick will Ferienwohnungen daraus machen. Dazu muss er allerdings nach Florida ziehen, meint er. Und wie üblich will er mich mitschleppen.»

Cathy tauchte wieder mit ihrem Bücherwagen auf. Della hatte eine mitleidige Miene erwartet, aber Cathy presste nur die Lippen zusammen.

«Du ziehst also weg?», fragte sie kühl.

«Ich habe keine Wahl. Er zwingt mich dazu.»

«Niemand zwingt dich.»

Etwas Besserwisserisches lag in diesem Satz, ein Ton, den sich Cathy erst vor kurzem zugelegt hatte. Als hätte sie sich durch die gesamte Selbsthilfeabteilung gelesen und wäre nun Psychologin und Eheberaterin in einem.

«Was soll das heißen, niemand zwingt mich? Dick zwingt mich.»

«Und was ist mit deiner Stelle?»

«Ich muss wohl kündigen. Eigentlich will ich das nicht, ich arbeite gern, aber –»

«Aber du fügst dich mal wieder.»

Della empfand diese Bemerkung nicht nur als hart, sondern auch als ungerecht. Was erwartete Cathy denn von ihr? Sollte sie sich nach vierzig Ehejahren scheiden lassen? Sollte sie sich eine eigene Wohnung suchen und mit irgendwelchen fremden Männern ausgehen, so wie Cathy es damals getan hatte, als sie sich kennenlernten?

«Wenn du kündigen und nach Florida ziehen willst, dann tu das», sagte Cathy. «Aber ich *habe* eine Stelle. Und wenn du nichts dagegen hast: Ich muss hier noch einiges erledigen, bevor ich schließe.»

Sie hatten sich bis dahin noch nie gestritten. Wenn Della in den folgenden Wochen überlegte, ob sie Cathy anrufen sollte, stellte sie jedes Mal fest, dass sie noch zu wütend war. Was nahm sich Cathy eigentlich heraus, ihr zu sagen, wie sie ihre Ehe zu führen hatte? Sie und Clark lagen sich doch ständig in den Haaren.

Einen Monat später, als Della gerade die letzten Umzugskartons packte, tauchte Cathy bei ihr auf.

«Bist du mir böse?», sagte Cathy, als Della die Tür öffnete.

«Na ja, du glaubst schon manchmal, du hättest die Weisheit mit Löffeln gefressen.»

Das war vielleicht etwas zu deutlich, denn Cathy fing an zu weinen. Sie krümmte sich und jammerte mit herzerweichender Stimme: «Du wirst mir fehlen, Della!»

Tränen rannen ihr übers Gesicht. Sie breitete die Arme aus, als wollte sie Della an sich ziehen. Die erste dieser Reaktionen billigte Della nicht, und bei der zweiten zögerte sie. «Lass das», sagte sie, «sonst muss ich auch noch heulen.»

Cathys Geplärr wurde nur noch schlimmer.

«Wir können doch telefonieren, Cathy», sagte Della besorgt. «Und Briefe schreiben und uns gegenseitig besuchen. Du kannst bei uns in der ‹Ferienanlage› wohnen. Wahrscheinlich wimmelt es da von Schlangen und Krokodilen, aber du bist natürlich jederzeit willkommen.»

Cathy lachte nicht. Unter Tränen sagte sie: «Dick wird es nicht wollen, dass ich dich besuche. Er hasst mich.»

«Das stimmt nicht.»

«Na gut, ich hasse ihn! Er behandelt dich wie Dreck, Della. Tut mir leid, aber so ist es. Und jetzt verlangt er, dass du deine Stelle aufgibst und nach Florida ziehst? Um da was genau zu machen?»

«Das reicht jetzt», sagte Della.

«Okay! Okay! Ich bin halt *frustriert.*»

Trotzdem beruhigte sich Cathy langsam. «Ich hab dir was mitgebracht», sagte sie schließlich. Sie öffnete ihre Handtasche. «Das war vor ein paar Tagen in der Lieferung. Von einem kleinen Verlag in Alaska. Wir haben es nicht bestellt, aber ich habe angefangen, es zu lesen, und konnte es nicht mehr weglegen. Ich will nichts verraten, aber, na ja – es passt einfach haargenau! Du wirst sehen, was ich meine, wenn du es liest.» Sie sah Della eindringlich an. «Manche Bücher, die einem in die Hand fallen, sind wie Zeichen, Della. Es ist wirklich merkwürdig.»

Della wusste nie, wie sie damit umgehen sollte, wenn Cathy ihr gegenüber so esoterisch wurde. Manchmal behauptete sie, der Mond würde ihre Stimmung beeinflussen, oder sie schrieb Zufällen besondere Bedeutung zu. An diesem Tag dankte Della Cathy für das Buch, und es gelang ihr, nicht zu weinen, als sie sich schließlich zum Abschied umarmten.

Auf dem Buchumschlag war eine Zeichnung. Zwei Indianerinnen saßen in einem Wigwam. Auch für solche Dinge interessierte sich Cathy neuerdings, Geschichten über amerikanische Ureinwohner oder Sklavenaufstände in Haiti, über Geister oder magische Begebenheiten. Einiges davon mochte Della, anderes weniger.

Sie legte das Buch zu diversem Kleinkram in einem Umzugskarton, der noch nicht zugeklebt war.

Und was geschah dann damit? Sie schickte den Karton zusammen mit allen anderen nach Florida. Wie sich herausstellte, war in der Zweizimmerwohnung im Jagdhaus jedoch nicht genügend Platz für ihre ganzen Sachen, also musste einiges davon in ein Depot. Ein Jahr später ging die Ferienanlage pleite.

Della hatte keine Wahl, sie folgte Dick nach Miami und dann nach Daytona und schließlich nach Hilton Head, wo er versuchte, andere Geschäftsideen umzusetzen. Erst als er gestorben war und Della im Insolvenzverfahren steckte, war sie gezwungen, das Depot aufzulösen und die Möbel zu verkaufen. Sie sortierte die Umzugskisten, die sie beinahe ein Jahrzehnt zuvor nach Florida geschickt hatte, und als sie den Karton mit dem Kleinkram aufschnitt, fiel ihr *Zwei alte Frauen* entgegen.

Das Buch beruht auf einer alten athabaskischen Legende, die die Autorin, Velma Wallis, als Kind gehört hat. Die Legende, die «Mütter an ihre Töchter weitergeben», erzählt die Geschichte der beiden alten Frauen Ch'idzigyaak und Sa', die in einer Hungersnot von ihrem Stamm zurückgelassen werden.

Und das bedeutet: zum Sterben zurückgelassen werden. Wie es der Brauch war.

Nur sterben die beiden alten Frauen nicht. Im Wald kommen sie miteinander ins Gespräch. Wussten sie nicht früher, wie man jagt und Fische fängt und im Wald auf Nahrungssuche geht? Könnten sie das nicht wieder tun? Sie tun genau das. Sie lernen wieder neu, was sie als jüngere Frauen schon konnten, sie jagen und gehen eisfischen, und einmal verstecken sie sich vor Kannibalen, die ihr Revier durchqueren. Solche Sachen halt.

Eine Illustration in dem Buch zeigte die beiden Frauen, wie sie in Kapuzenanoraks und Robbenfellstiefeln durch die alaskische Tundra ziehen. Sie schleppen Schlitten, und die Frau vorn geht etwas weniger gebeugt als die andere. Unter dem Bild stand: *Unsere Stämme sind fortgezogen, um Nahrung zu suchen, in dem fernen Land jenseits der Berge, von dem uns die Ahnen erzählt haben. Uns aber hält man für zu schwach, um ihnen zu folgen, weil wir am Stock gehen und langsam sind.*

Einige Passagen stachen besonders hervor, etwa die, in der Ch'idzigyaak sagte:

«Ich weiß, du bist sicher, dass wir überleben werden. Du bist die Jüngere.» Sie konnte nicht umhin, über diese Bemerkung bitter zu lächeln, denn erst gestern hatte man ihnen zu verstehen gegeben, dass sie zu alt waren, um bei den Jüngeren zu leben.

«Genau wie wir zwei», sagte Della, als sie endlich das Buch gelesen hatte und mit Cathy telefonierte. «Die eine ist jünger als die andere, aber sie sind beide in derselben misslichen Lage.»

Am Anfang war es nur als Witz gemeint. Es war lustig, ihre eigenen Lebensumstände – in einem Vorort von Detroit beziehungsweise auf dem Land in New Hampshire – mit dem Überlebenskampf der beiden alten Inuitfrauen zu vergleichen. Doch an den Parallelen war auch etwas dran. Della zog nach Contoocook, um näher bei Robbie zu sein, aber zwei Jahre später ging Robbie nach New York und ließ sie hilflos im Wald zurück. Cathys Buchhandlung wurde aufgelöst. Sie begann, Pies zu verkaufen, die sie in ihrer Küche zu Hause backte. Clark war nun in Rente und verbrachte den ganzen Tag vor dem Fernseher, hingerissen von hübschen, drallen Wettermoderatorinnen, die in eng anliegenden, knallbunten Kleidern vor der Wetterkarte ihre Kurven darboten, als wollten sie sich an die Gewitterfronten schmiegen. Alle vier Söhne von Cathy waren aus Detroit fortgezogen. Sie wohnten in weiter Ferne, jenseits der Berge.

Eine Zeichnung in dem Buch mochten Della und Cathy besonders. Sie zeigte, wie Ch'idzigyaak ein Kriegsbeil warf, während Sa' ihr dabei zusah. Die Bildunterschrift lautete: *Wenn wir ein Eichhörnchen sehen, können wir es vielleicht mit unserem Beil töten, wie damals, als wir jung waren.*

Das wurde ihr Motto. Wenn eine von ihnen bedrückt war oder ein Problem hatte, mit dem sie nicht fertigwurde, dann rief die andere an und sagte: «Zeit fürs Kriegsbeil.»

Und gemeint war: Mach was. Lass den Kopf nicht hängen.

Das war eine weitere Eigenschaft, die sie mit den Inuitfrauen gemein hatten. Der Stamm hatte Ch'idzigyaak und Sa' nicht nur deshalb zurückgelassen, weil sie alt waren, sondern auch, weil sie so viel klagten. Ständig plagten sie irgendwelche Schmerzen und Beschwerden.

Ehemänner waren bekanntlich oft der Meinung, dass ihre Frauen zu häufig klagten. Aber auch das war ja eine Klage: eine Möglichkeit, die Männer nutzten, um ihren Frauen den Mund zu verbieten. Trotzdem wussten Della und Cathy, dass sie für ihr Unglück teilweise selbst verantwortlich waren. Sie ließen Dinge schwelen, wurden melancholisch, schmollten. Selbst wenn ihre Männer fragten, was sie bedrücke, rückten sie nicht damit heraus. Es war angenehmer, sich als Opfer zu betrachten. Sie hätten sich aufgeben müssen, um sich zu befreien.

Warum fühlte es sich so gut an zu klagen? Warum war es, als würde man erfrischt und mit prickelnder Haut aus dem Wellnessbereich kommen, wenn man mit seiner Leidensgenossin das Jammertal durchschritten hatte?

In all den Jahren hat es lange Phasen gegeben, in denen Della und Cathy nicht an *Zwei alte Frauen* gedacht haben. Doch dann liest die eine das Buch wieder, ist wie früher begeistert und bringt die andere dazu, es ebenfalls noch einmal zu lesen. Das Buch gehört nicht in dieselbe Kategorie wie die Detektivgeschichten und Krimis, die sie normalerweise lesen. Es ist eher eine Anleitung zum Leben. Das Buch *beflügelt* sie. Sie dulden es nicht, wenn es von ihren arroganten Söhnen schlechtgemacht wird. Aber jetzt müssen sie es nicht mehr verteidigen. Zwei Millionen verkaufte Exemplare! Jubiläumsausgabe! Beweis genug, dass sie mit ihrem Urteil richtiglagen.

Als Cathy am nächsten Morgen in Wyndham Falls ankommt, liegt Schnee in der Luft. Die Temperatur ist gefallen, und da ist diese Stille, kein Windhauch, kein Vogel weit und breit.

Früher, in ihrer Kindheit in Michigan, liebte sie diese trügerische Stille. Sie verhieß Unterrichtsausfall, schulfreie Tage bei ihrer Mutter, Schneefestungen im Vorgarten. Selbst jetzt, mit Mitte sechzig, bekommt sie noch Herzklopfen, wenn große Schneestürme nahen. Nur dass ihre Erwartung heute im Kern ein geheimer Wunsch ist, eine Sehnsucht beinahe, nach Selbstauslöschung, zumindest nach einer Klärung. Manchmal, wenn sie über den Klimawandel nachdenkt, über einen Weltuntergang in Flut und Verheerung, sagt sie sich: «Ach je, bringen wir's einfach hinter uns. Wir haben es nicht anders verdient. Machen wir reinen Tisch für einen Neuanfang.»

Della ist angezogen und bereit zum Aufbruch. Cathy macht ihr ein Kompliment, kann sich aber diese eine Bemerkung nicht verkneifen: «Della, du musst deiner Friseurin sagen, dass sie die Spülung weglassen soll. Deine Haare sind zu fein. Mit der Spülung fällt deine Frisur in sich zusammen.»

«Versuch du mal, der Frau irgendetwas zu sagen», entgegnet Della, die sich mit der Gehhilfe über den Flur schiebt. «Die hört überhaupt nicht zu.»

«Dann sag Bennett, er soll dich zu einem richtigen Friseur fahren.»

«Träum weiter.»

Sie darf nicht vergessen, Bennett eine Mail zu schreiben, denkt Cathy, als sie das Gebäude verlassen. Wahrscheinlich ist ihm nicht klar, wie gut einer Frau solche Kleinigkeiten – ein Friseurbesuch zum Beispiel – tun können.

Della kommt nur langsam voran. Sie muss die Gehhilfe über den Bürgersteig lenken und dann den Bordstein hinunter auf die Fahrbahn, die zum Parkplatz führt. Am Auto hilft Cathy ihr beim Einsteigen. Sie nimmt die Gehhilfe, um sie im Kofferraum zu verstauen. Es dauert eine Weile, bis sie verstanden hat, wie der Klappmechanismus funktioniert.

Kurz darauf sind sie unterwegs. Della sitzt vorgebeugt da, hält die Straße aufmerksam im Blick und gibt Cathy Anweisungen.

«Du kennst dich ja schon ganz gut aus», sagt Cathy anerkennend.

«Ja», meint Della. «Vielleicht liegt's an den Pillen.»

Cathy würde die Bilderrahmen lieber in einem besseren Geschäft kaufen, bei Pottery Barn oder Crate & Barrel, aber Della lotst sie zu einem Secondhandshop in einer unscheinbaren Ladenzeile in der Nähe. Auf dem Parkplatz vollzieht sie die gleichen Handgriffe in umgekehrter Reihenfolge, sie klappt die Gehhilfe auseinander und bringt sie zur Beifahrertür, damit Della sich hochziehen und hinstellen kann. Wenn sie erst mal geht, kommt sie recht flott voran.

Sobald sie im Laden sind, ist es wieder wie früher. Mit Adleraugen durchstreifen sie den neonbeleuchteten, auf Hochglanz polierten Verkaufsraum, als wären sie auf einer Schnitzeljagd. Als sie eine Glaswarenabteilung entdecken, sagt Della: «Ach, ich brauche ein paar schöne neue Gläser.» Worauf sie ihr eigentliches Ziel zunächst einmal aus den Augen verlieren.

Die Bilderrahmen sind ganz hinten im Laden. Auf halber Strecke endet der Linoleumboden und geht in einfachen Estrich über. «Hier muss ich vorsichtig sein», sagt Della. «Es hoppelt ein bisschen.»

Cathy hält sie am Arm und führt sie hin. «Bleib einfach da stehen, Della», sagt sie. «Ich sehe mal nach.»

Wie so oft in Secondhandläden besteht die Schwierigkeit darin, etwas zu finden, das zusammenpasst.

Nichts ist sortiert. Cathy sieht die Rahmen durch, die allesamt unterschiedlich groß und völlig verschiedenartig sind. Schließlich entdeckt sie doch zwei schlichte schwarze Holzrahmen, die zusammenpassen. Gerade zieht sie sie hervor, als sie hinter sich etwas hört. Keinen Schrei, das nicht. Nur ein lautes Schnappen. Sie dreht sich um und sieht Dellas überraschten Ausdruck. Sie hat die Hand ausgestreckt, um etwas aus dem Regal zu nehmen – was, kann Cathy nicht erkennen. Dabei rutscht die andere an der Gehhilfe ab.

Vor vielen Jahren, als Della und Dick noch das Segelboot hatten, ist Della einmal beinahe ertrunken. Das Boot lag an einem Steg. Beim Versuch, an Bord zu klettern, rutschte Della aus und sank in das trübe grüne Wasser des Yachthafens. «Ich habe nie schwimmen gelernt, weißt du», erklärte sie Cathy später. «Aber Angst hatte ich trotzdem nicht. Es war eigentlich ziemlich friedlich da unten. Irgendwie habe ich es dann geschafft, mich wieder an die Oberfläche zu kämpfen. Dick hat nach dem Hafenjungen gerufen, der ist schließlich gekommen und hat mich festgehalten.»

Dellas Gesichtsausdruck entspricht etwa dem, was sich in Cathys Vorstellung damals unter Wasser abgespielt hat. Ein wenig erstaunt. Gelassen. Als hätten Kräfte jenseits ihrer Kontrolle das Kommando übernommen. Widerstand zwecklos.

Diesmal allerdings schützt sie das Erstaunen nicht. Della stürzt seitlich ins Metallregal. Die scharfe Kante schürft ihr mit einem Ratschen, das an eine Aufschnittmaschine erinnert, die Haut vom Arm. Dann knallt sie mit der Schläfe gegen das Regal. Cathy schreit. Glas zerschellt.

Sie behalten Della über Nacht im Krankenhaus. Ein MRT wird gemacht, um Blutungen im Hirn auszuschließen, man röntgt ihre Hüfte, und die Schürfung am Arm wird mit einem feuchten Verband bandagiert, der erst nach einer Woche abgenommen werden darf. Dann wird man sehen, ob die Haut heilt oder nicht. In Dellas Alter stehen die Chancen bei fünfzig Prozent.

All das erklärt ihnen Dr. Mehta, eine junge Frau mit einer derart glamourösen Ausstrahlung, dass sie eine Rolle in einer Ärzteserie übernehmen könnte. Um ihren schlanken Hals winden sich zwei Perlenketten. Das graue Strickkleid fällt locker über ihre üppigen Kurven. Ihr einziger Makel sind die dürren Waden, die sie allerdings mit dem gewagten Rautenmuster ihrer Strümpfe und hochhackigen, perfekt auf das Kleid abgestimmten grauen Pumps tarnt. Dr. Mehta repräsentiert etwas, auf das Cathy nicht wirklich vorbereitet ist: eine jüngere Generation von Frauen, die ihre eigene nicht nur in beruflicher Hinsicht überflügelt hat, sondern auch auf dem seinerzeit rückschrittlichen Gebiet der Selbstverschönerung. Dr. Mehta trägt zudem einen Verlobungsring mit einem recht großen Diamanten. Heiratet vermutlich einen anderen Arzt und führt ihr Spitzengehalt mit seinem zusammen.

«Und wenn die Haut nicht heilt?», fragt Cathy.

«Dann muss sie den Verband weiter tragen.»

«Für immer?»

«Warten wir ab, wie es nächste Woche aussieht», sagt Dr. Mehta.

Das alles hat Stunden gedauert. Es ist sieben Uhr am Abend. Zu der Wunde am Arm hat sich ein Veilchen gesellt.

Um halb neun wird entschieden, Della über Nacht zur Beobachtung im Krankenhaus zu behalten.

«Sie meinen, ich darf nicht nach Hause?», fragt Della Dr. Mehta. Sie klingt verzweifelt.

«Noch nicht. Wir müssen Sie ein wenig im Auge behalten.»

Cathy beschließt, bei Della im Zimmer zu übernachten. Das limettengrüne Sofa lässt sich zu einem Bett ausklappen. Die Krankenschwester verspricht, Laken und Decke zu bringen.

Cathy sitzt in der Cafeteria und beruhigt sich gerade mit Schokoladenpudding, als Dellas Söhne auftauchen.

Vor Jahren ließ sich Cathy von ihrem Sohn Mike einmal dazu überreden, einen Science-Fiction anzuschauen. Er handelte von Auftragskillern, die aus der Zukunft zur Erde zurückkehren. Der Film bestand zum großen Teil aus groteskem, blutigem Tumult, aber Mike, der damals studierte, behauptete, dass die akrobatischen Kampfszenen von tiefgründiger philosophischer Bedeutung durchdrungen seien. *Cartesianisch* war das Wort, das er benutzte.

Cathy verstand nicht, was er meinte. Trotzdem fällt ihr dieser Film ein, als Bennett und Robbie hereinkommen. Ihre bleichen, ernsten Gesichter und dunklen Anzüge lassen sie unauffällig und verdächtig zugleich aussehen, wie Agenten einer Weltverschwörung.

Die es allein auf Cathy abgesehen haben.

«Das war alles meine Schuld», sagt sie, sobald sie an ihren Tisch getreten sind. «Ich hab nicht aufgepasst.»

«Mach dir keine Vorwürfe», sagt Bennett.

Es scheint Warmherzigkeit auszudrücken, bis er hinzufügt: «Sie ist alt. Sie stürzt halt hin und wieder. Das gehört einfach dazu.»

«Das kommt von der Ataxie», sagt Robbie.

Cathy will gar nicht wissen, was *Ataxie* bedeutet. Eine weitere Diagnose. «Bis zu dem Moment, wo sie gestürzt ist, ging's ihr gut», sagt sie. «Wir hatten Spaß zusammen. Dann habe ich mich für eine Sekunde weggedreht, und – wumm.»

«Mehr braucht es nicht», sagt Bennett. «Da kann man nichts machen.»

«Dieses Medikament, das sie nimmt, das Aricept?», sagt Robbie. «Das ist eigentlich nur eine palliative Maßnahme. Die Wirkung, wenn es überhaupt eine hat, lässt nach ein, zwei Jahren nach.»

«Eure Mutter ist achtundachtzig. Vielleicht reichen ja zwei Jahre.»

Was das bedeutet, hängt eine Weile in der Luft, bis Bennett sagt: «Nur dass sie immer wieder stürzt. Und im Krankenhaus landet.»

«Wir müssen sie woanders unterbringen», sagt Robbie mit lauterer, leicht gepresster Stimme. «In Wyndham ist sie nicht ausreichend versorgt. Sie braucht mehr Betreuung.»

Robbie und Bennett sind nicht wie Cathys Kinder. Sie sind älter und weniger gut aussehend. Sie spürt keine Verbindung zu ihnen, keine mütterliche Wärme oder Liebe. Und doch erinnern sie sie an ihre eigenen Söhne, in einer Weise, über die sie lieber nicht nachdenken möchte.

Weder der eine noch der andere hat Della angeboten, bei

ihm einzuziehen. Robbie ist zu viel unterwegs, sagt er. Bennetts Haus hat zu viele Treppen. Aber es ist nicht ihr Egoismus, der Cathy am meisten stört. Es ist die Haltung, mit der sie jetzt vor ihr stehen. Sie sind durchdrungen – aufgebläht – von Vernunftdenken. Sie möchten das Problem schnell und endgültig lösen, mit minimalem Aufwand. Indem sie ihre Emotionen aus der Gleichung herausgestrichen haben, haben sie sich selbst davon überzeugt, dass sie bedacht handeln. Obwohl ihr Wunsch, die Situation zu klären, ausschließlich auf Emotionen beruht – vor allem auf Angst, aber auch auf Schuldgefühlen und Verärgerung.

Und wer, aus ihrer Sicht, ist Cathy? Die langjährige Freundin ihrer Mutter. Die in der Buchhandlung gearbeitet hat. Mit der ihre Mutter bekifft gewesen ist.

Cathy sieht sich um, die Cafeteria füllt sich mit Krankenhauspersonal, das zum Abendessen hereinkommt. Sie ist erschöpft.

«Okay», sagt sie. «Aber sagt es ihr nicht gleich. Warten wir noch ein bisschen.»

Die Geräte klicken und surren die ganze Nacht. In regelmäßigen Abständen piepst ein Monitor und weckt Cathy auf. Jedes Mal taucht eine Krankenschwester auf – immer eine andere – und drückt auf einen Knopf, um das Warnsignal auszuschalten. Es hat offenbar nichts zu bedeuten.

Im Zimmer ist es eiskalt. Die Lüftung bläst direkt auf sie herab. Die Decke, die man ihr gegeben hat, ist dünn wie Küchenkrepp.

Eine Freundin von Cathy in Detroit, eine Frau, die seit dreißig Jahren regelmäßig zur Therapie geht, hat ihr neulich einen Ratschlag erteilt, den sie von ihrem Therapeuten bekommen hat. Mach dir über die Schrecken, die dich nachts heimsuchen, keine Gedanken. Die Psyche ist in der Nacht an ihrem Tiefpunkt, und sie ist wehrlos. Die Trostlosigkeit, in der du versinkst, wirkt auf dich wie Wahrheit, ist aber nicht die Wahrheit. Sie ist nur eine geistige Erschöpfung, die als Erkenntnis daherkommt.

Das sagt sich Cathy jetzt, da sie schlaflos auf der pritschenartigen Matratze liegt. Die Tatsache, dass sie Della nicht helfen kann, hat ihr nihilistische Gedanken eingegeben. Kalte, harte Erkenntnisse, die in ihrer Unerbittlichkeit zutiefst verletzend sind. Sie hat nie wirklich verstanden, wer Clark ist. Ihrer Ehe fehlt jegliche Innigkeit. Wären Mike, John, Chris und Palmer nicht ihre Kinder, würde sie nichts von ihnen halten. Sie hat ihr Leben damit zugebracht, für Menschen da zu sein, die sich aus dem Staub machen, die verschwinden, wie die Buchhandlung verschwunden ist, in der sie gearbeitet hat.

Schließlich schläft sie doch noch ein. Als sie am Morgen mit steifen Gliedern erwacht, stellt sie erleichtert fest, dass der Therapeut recht hatte. Die Sonne ist aufgegangen, das Universum ist nicht mehr so düster. Aber ein Teil der Finsternis wird zurückbleiben. Denn sie hat eine Entscheidung getroffen. In ihrem Inneren flackert es. Eine weder freundliche noch gütige Idee. Das Gefühl ist so neuartig, dass sie nicht weiß, wie sie es bezeichnen soll.

Cathy sitzt an ihrem Bett, als Della ihre Augen aufmacht. Das Pflegeheim erwähnt sie nicht. Sie sagt nur: «Guten Morgen, Della. Schätz mal, wie spät es ist.»

Della blinzelt, benommen vom Schlaf.

Cathy antwortet selbst: «Zeit fürs Kriegsbeil.»

Der Schneefall setzt ein, nachdem sie die Grenze von Massachusetts passiert haben. Es sind noch etwa zwei Stunden bis Contoocook. Das Navi ist ihr Leuchtfeuer, die Sicht hat sich schlagartig verschlechtert.

Clark wird es im Wetterbericht verfolgen. Er wird anrufen oder eine SMS schicken, aus Sorge, dass ihr Flug gestrichen werden könnte.

Wenn er nur wüsste.

Jetzt im Auto, bei laufendem Gebläse und eingeschalteten Scheibenwischern, scheint es, als würde Della die Situation nicht ganz erfassen. Sie stellt Cathy immer wieder die gleichen Fragen.

«Wie kommen wir denn eigentlich ins Haus?»

«Du hast gesagt, dass Gertie einen Schlüssel hat.»

«Ach ja, stimmt. Hab ich vergessen. Wir können uns den Schlüssel bei Gertie holen. Es wird höllisch kalt sein im Haus. Wir haben es immer so um die zehn Grad gehalten, um Heizöl zu sparen. Gerade warm genug, dass die Rohre nicht einfrieren.»

«Wir drehen die Heizung auf, gleich wenn wir da sind.»

«Und dann bleibe ich da?»

«Wir bleiben beide da. Bis wir alles geregelt haben. Wir lassen einen Pflegedienst kommen. Und Essen auf Rädern.»

«Hört sich teuer an.»

«Nicht unbedingt. Wir werden sehen.»

Es hilft Cathy, diese Informationen zu wiederholen, weil sie dann selbst daran glaubt. Morgen wird sie Clark anrufen und sagen, dass sie einen Monat bei Della bleiben wird, vielleicht länger, vielleicht kürzer. Das wird ihm nicht gefallen, aber er wird schon zurechtkommen. Sie wird es irgendwie wiedergutmachen.

Bennett und Robbie stellen das größere Problem dar. Sie hat schon jetzt drei SMS von Bennett und eine von Robbie auf dem Handy, außerdem mehrere Sprachnachrichten. Sie wollen wissen, wo sie und Della sind.

Es war einfacher als erwartet, sich mit Della aus dem Krankenhaus zu stehlen. Der Tropf war zum Glück schon ab. Cathy führte Della einfach über den Flur, als würden sie sich ein wenig die Beine vertreten, und steuerte den Aufzug an. Auf dem gesamten Weg zum Auto rechnete sie damit, dass eine Sirene losgehen würde und das Wachpersonal angelaufen käme. Doch nichts dergleichen geschah.

Der Schnee bleibt schon auf den Ästen liegen, aber noch nicht auf der Fahrbahn. Sobald der Verkehr nachlässt, wechselt Cathy auf die linke Spur. Sie fährt schneller als erlaubt, sie will unbedingt ankommen, bevor es dunkel ist.

«Bennett und Robbie werden gar nicht einverstanden sein», sagt Della und starrt ins Schneegestöber. «Sie halten mich für zu dumm, um jetzt noch allein zu leben. Womit sie vermutlich sogar recht haben.»

«Du wirst aber nicht allein leben», sagt Cathy. «Ich bleibe bei dir, bis wir alles geregelt haben.»

«Ich weiß nicht, ob Demenz etwas ist, das man regeln *kann*.»

Einfach so: das Gebrechen – benannt und identifiziert. Cathy sieht Della an, neugierig, ob Della diesen Durchbruch bemerkt hat. Aber ihr Ausdruck ist nur resigniert.

Als sie Contoocook erreichen, liegt schon so viel Schnee, dass sie sich fragen, wie sie die Einfahrt hinaufkommen sollen. Cathy nimmt sie mit Schwung, sie rutschen ein wenig, dann gibt sie Gas, bis sie oben sind. Della klatscht und jubelt. Ihre Rückkehr hat mit einem Triumphgefühl begonnen.

«Wir müssen morgen früh einkaufen», sagt Cathy. «Es schneit zu stark, wir können jetzt nicht mehr rausgehen.»

Aber am nächsten Morgen schneit es noch immer heftig. Und es schneit den ganzen Tag. Währenddessen laufen bei Cathy die Sprachnachrichten von Robbie und Bennett auf. Sie traut sich nicht, ans Handy zu gehen.

Am Anfang ihrer Freundschaft mit Della vergaß Cathy einmal, Clark ein Abendessen in den Kühlschrank zu stellen, das er sich hätte aufwärmen können. Als sie spät am Abend nach Hause kam, fuhr er sie gleich an. «Was habt ihr beiden eigentlich miteinander?», fragte er. «Verdammt. Wie zwei Lesben.»

Das war es aber nicht. Kein Überfließen verbotenen Verlangens. Nur eine Möglichkeit, Bereiche in ihrem Leben zu kompensieren, die weniger Zufriedenheit bereiteten, als gemeinhin behauptet wurde. Dazu gehörte auf jeden Fall die Ehe. Und öfter, als Cathy und Della zugeben mochten, auch die Mutterrolle.

Es gibt eine Vereinigung, von der Cathy in der Zeitung gelesen hat, eine Art Frauenbewegung für den letzten Lebensabschnitt. Die Mitglieder, alle im mittleren oder fortgeschrittenen Alter, donnern sich auf und tragen auffällige, knallbunte Hüte – pinkfarben oder violett, sie weiß es nicht mehr. Die Gruppe ist wegen dieser Hüte bekannt, mit denen sie in Restaurants einfallen, wo sie ganze Bereiche in Beschlag nehmen. Männer haben keinen Zutritt. Die Frauen machen sich füreinander schick, um die anderen scheren sie sich nicht. Cathy kann sich vorstellen, dass das Spaß macht. Als sie wissen will, was Della davon hält, sagt die: «Ich schmeiß mich doch nicht in Schale und setz mir irgendeinen beknackten Hut auf, nur um mit Leuten zu Abend zu essen, mit denen ich mich wahrscheinlich nicht mal unterhalten will. Außerdem habe ich überhaupt nichts Schönes mehr zum Anziehen.»

Vielleicht geht sie mal allein hin. Wenn Della sich eingelebt hat. Wenn sie wieder in Detroit ist.

Im Tiefkühlfach findet sie einige Bagels, die sie in der Mikrowelle auftaut. Es gibt auch ein paar Tiefkühlgerichte und Kaffee. Den können sie schwarz trinken.

Ihr Gesicht ist noch immer ziemlich ramponiert, aber sonst geht es Della gut. Sie ist froh, aus dem Krankenhaus raus zu sein. An Schlaf war bei dem ganzen Lärm und der Unruhe dort nicht zu denken, ständig kamen irgendwelche Leute rein, um nach ihr zu sehen oder sie zu irgendeinem Test zu rollen.

Entweder das, oder es kam überhaupt niemand, der ihr half, egal, wie lange sie läutete.

Es war vielleicht verrückt, in einen Schneesturm hineinzufahren, aber zum Glück waren sie ja zeitig aufgebrochen. Wenn sie noch einen Tag gewartet hätten, hätten sie es niemals bis Contoocook geschafft. Die Auffahrt war schon spiegelglatt, als sie ankamen. Der Weg und die Stufen hinten waren zugeschneit. Aber dann waren sie im Haus, und die Heizung lief, und es war urgemütlich mit dem Schnee, der vor allen Fenstern wie Konfetti herunterrieselte.

Die Wetterleute im Fernsehen, die über den Schneesturm berichten, sind aufgeregt. In Boston und Providence geht nichts mehr. Am Strand ist die Brandung gefroren, ganze Häuser sind in Eis gehüllt.

Eine komplette Woche sind sie eingeschneit. Die Schneewehen reichen hüfthoch an die Hintertür. Selbst wenn sie es bis zum Auto schaffen würden, kämen sie nicht hinunter zur Straße. Della hat ein schlechtes Gewissen, weil Cathy die Mietwagenfirma anrufen und den Vertrag verlängern musste. Sie hat angeboten, die Kosten zu übernehmen, aber davon will Cathy nichts wissen.

Am dritten Tag im Haus springt Cathy vom Sofa auf und ruft: «Der Tequila! Ist davon nicht noch was übrig?» Im Schrank über dem Herd findet sie ihn und eine halbvolle Flasche Margarita-Mix.

«So überleben wir auf jeden Fall», sagt Cathy und schwenkt die Flasche. Sie lachen.

Jeden Abend gegen sechs, kurz bevor sie die Nachrichten mit Brian Williams einschalten, machen sie sich im Mixer Frozen Margarita. Della bezweifelt, dass es bei ihrem Gebrechen eine gute Idee ist, Alkohol zu trinken. Aber wer soll sie schon verpetzen?

«Ich nicht», sagt Cathy. «Ich bin es ja, die dich verführt.»

Manchmal setzt der Schneefall wieder ein, und Della kommt mit der Zeit durcheinander. Sie denkt, dass der Schneesturm noch immer anhält und dass sie gerade erst aus dem Krankenhaus zurückgekehrt ist.

Eines Tages sieht sie in ihren Kalender und stellt fest, dass es Februar ist. Ein Monat ist vergangen. Im Bad sieht sie in den Spiegel, das blaue Auge ist verschwunden, nur ein gelblicher Schatten im Augenwinkel erinnert noch daran.

Täglich liest Della ein paar Zeilen oder Seiten in ihrem Buch. Sie hat den Eindruck, dass sie die Aufgabe mehr oder weniger meistert. Ihr Blick streicht über die Wörter, sie klingen in ihrem Kopf und beschwören Bilder herauf. Die Handlung ist so fesselnd und flott erzählt, wie sie es in Erinnerung hat. Manchmal weiß sie nicht, ob sie das Buch gerade wiederliest oder ob sie sich nur an bestimmte Passagen erinnert, weil sie es schon so oft gelesen hat. Aber dann sagt sie sich, dass es eigentlich egal ist.

«Jetzt sind wir wirklich wie diese beiden alten Frauen», sagt Della zu Cathy.

«Ich bin aber noch immer die jüngere. Vergiss das nicht.»

«Stimmt. Du bist jung alt, ich bin einfach nur *alt*.»

Sie brauchen nicht zu jagen oder Nahrung zu suchen. Dellas Nachbarin Gertie, eine Pastorenwitwe, kommt zu ihnen heraufgestapft, um sie mit Brot, Milch und Eiern aus dem Supermarkt zu versorgen. Lyle, der hinter Della wohnt, läuft quer durch den verschneiten Garten und bringt ihnen, was sie sonst noch benötigen. Der Strom fällt nicht aus. Das ist die Hauptsache.

Irgendwann schafft es Lyle, der im Winter die Häuser frei pflügt, um sich etwas hinzuzuverdienen, Dellas Auffahrt zu räumen. Danach kann Cathy mit dem Mietwagen zum Einkaufen fahren.

Es kommen jetzt auch Leute zu ihnen. Ein Physiotherapeut, der mit Della Gleichgewichtsübungen macht und sehr streng zu ihr ist. Eine Pflegekraft, die Puls und Blutdruck misst. Ein Mädchen aus der Gegend, das einfache Mahlzeiten vorbereitet für die Abende, an denen Della die Mikrowelle nicht benutzt.

Cathy ist zu diesem Zeitpunkt schon weg. Dafür ist Bennett da. Er schaut an den Wochenenden nach ihr und steht am Montag sehr früh auf, um pünktlich zur Arbeit zu kommen. Ein paar Monate später hat Della eine Bronchitis. Als sie aufwacht, kann sie nicht atmen, der Rettungsdienst bringt sie ins Krankenhaus. Diesmal ist es Robbie, der aus New York anreist und eine Woche bleibt, bis es ihr bessergeht.

Manchmal hat Robbie seine Freundin dabei, eine Kanadierin aus Montreal, die ihr Geld mit Hundezucht verdient. Mehr will Della gar nicht wissen, immerhin begegnet sie der jüngeren Frau mit Freundlichkeit. Robbies Privatleben geht sie nichts mehr an. Sie wird nicht mehr lange genug da sein, um noch etwas ausrichten zu können.

Hin und wieder nimmt sie *Zwei alte Frauen* zur Hand und liest ein wenig darin, aber irgendwie gelingt es ihr nie, das Buch zu Ende zu lesen. Auch das ist egal. Sie weiß ja, wie die Geschichte endet. Die beiden alten Frauen überleben den harten Winter, und als ihre noch immer hungernden Stammesangehörigen zurückkehren, bringen die beiden alten Frauen ihnen bei, was sie gelernt haben. Seither lassen die Indianer dieses Stamms ihre Alten nicht mehr zurück.

Della verbringt viel Zeit allein im Haus. Die Menschen, die ihr helfen, fahren nachmittags nach Hause, oder sie haben den Tag frei, und Bennett kann nicht kommen. Es ist wieder Winter. Zwei Jahre sind vergangen. Sie ist fast neunzig. Sie scheint nicht dümmer zu werden, oder nur ein bisschen. Jedenfalls nicht so dumm, dass man es bemerken würde.

Eines Tages schneit es wieder. Della bleibt am Fenster stehen, da verspürt sie den Drang hinauszugehen, geradewegs in das Schneetreiben hinein. So weit ihre alten Füße sie tragen. Sie bräuchte dazu nicht einmal ihre Gehhilfe. Sie bräuchte überhaupt nichts. Della sieht, wie der Schnee vor dem Fenster wirbelt, und ihr ist, als würde sie in ihr eigenes Gehirn blicken. Genau so sind ihre Gedanken jetzt, sie kreisen und wirbeln, sie bewegen sich hierhin und dorthin, in ihrem Kopf herrscht ein einziges riesiges Schneegestöber. Es wäre gar nichts Neues für sie, in den Schnee hineinzugehen, in ihm zu verschwinden. Es wäre, als würden das Innere und das Äußere aufeinandertreffen. Eins werden. Alles weiß. Einfach nur hinausgehen. Immer weiter. Vielleicht würde ihr dort draußen jemand begegnen, vielleicht auch nicht. Eine Freundin.

2017

AIR MAIL

Durch den Bambus beobachtete Mitchell, wie die Deutsche, seine Leidensgenossin, wieder einen Ausflug zum Klohäuschen unternahm. Sie trat auf die überdachte Veranda vor ihrer Hütte und beschattete die Augen mit der Hand – draußen brannte mörderisch die Sonne –, während die andere Hand schlafwandlerisch nach dem Strandtuch tastete, das über dem Geländer hing. Als sie es gefunden hatte, schlang sie sich das Tuch locker und nur notdürftig verhüllend um ihren unbekleideten Körper und stolperte in die Sonne. Sie kam direkt an Mitchells Hütte vorbei. Durch die Lamellen der Jalousie betrachtet, hatte ihre Haut den etwas kränklichen Farbton von Hühnersuppe. Sie trug lediglich einen Strandlatschen. Alle paar Schritte musste sie stehen bleiben und ihren nackten Fuß aus dem sengend heißen Sand heben. Dann verharrte sie eine Weile schwer atmend im Flamingostil. Sie sah aus, als würde sie jeden Moment zusammenbrechen. Aber sie brach nicht zusammen. Sie schaffte es durch den Sand bis hinüber zu dem wildwuchernden Gestrüpp. Am Klohäuschen angekommen, öffnete sie die Tür und spähte ins Dunkel. Dann ließ sie den Dingen ihren Lauf.

Mitchell ließ den Kopf zurück auf den Boden sinken. Er lag

auf einer Strohmatte, eine Badehose mit Schottenkaro als Kissen. In der Hütte war es kühl, und er hatte eigentlich keine Lust aufzustehen. Doch sein Magen stand kurz vor der Eruption. Die ganze Nacht über hatten sich seine Eingeweide ruhig verhalten, bis Larry ihn heute Morgen überredet hatte, ein Ei zu essen, und jetzt hatten die Amöben wieder was zu fressen. «Ich hab dir doch gesagt, ich will kein Ei», sagte er jetzt, bevor ihm einfiel, dass Larry gar nicht da war. Larry war unten am Strand und feierte mit den Australiern.

Mitchell wollte sich nicht ärgern, er schloss die Augen und holte ein paarmal tief Luft. Schon nach wenigen Atemzügen setzte das Klingen in seinen Ohren ein. Er lauschte, atmete ein und aus und versuchte, alles andere auszublenden. Als das Klingen immer lauter wurde, stützte er sich auf einen Ellbogen und tastete nach dem Brief, den er gerade an seine Eltern schrieb. Den allerneuesten. Er fand ihn in seiner Taschenbibel beim Brief des Paulus an die Epheser. Die Vorderseite des Luftpostbogens war schon vollgeschrieben. Ohne die Seite noch einmal durchzulesen, schnappte er sich den Kugelschreiber – griffbereit zwischen die Bambusstäbe geklemmt – und begann:

Erinnert ihr euch noch an Mr. Dudar, meinen alten Englischlehrer? Als ich in der Zehnten war, kriegte er Speiseröhrenkrebs. Wie sich dann rausstellte, war er Mitglied der Christian Science, wovon wir keine Ahnung hatten. Er weigerte sich sogar, eine Chemotherapie zu machen. Und ratet, was dann passierte? Eine absolute und totale Selbstheilung.

Die Blechtür des Klohäuschens fiel scheppernd zu, und die Deutsche trat wieder in die Sonne. Auf ihrem Badetuch war ein nasser Fleck. Mitchell legte den Brief weg und kroch an seine Hüttentür. Sobald er den Kopf hinausstreckte, konnte er die Hitze spüren. Der Himmel war durchscheinend blau wie auf einer Ansichtskarte, der Ozean einen Ton dunkler, der weiße Sand reflektierte das gleißende Licht. Er blinzelte zu der Silhouette hinüber, die auf ihn zugehumpelt kam.

«Wie fühlst du dich?»

Die Deutsche antwortete erst, als sie einen Streifen Schatten zwischen den Hütten erreicht hatte. Sie hob ihren Fuß an und musterte ihn grimmig. «Wenn ich muss, kommt bloß braunes Wasser.»

«Das gibt sich. Einfach weiterfasten.»

«Ich faste jetzt schon drei Tage.»

«Du musst die Amöben aushungern.»

«Ja, ich glaub aber, die Amöben hungern eher mich aus.» Bis auf das Tuch war sie immer noch nackt, aber nackt wie eine Kranke. Mitchell spürte nichts. Sie winkte und ging davon.

Als sie weg war, kroch er in seine Hütte zurück und legte sich wieder auf die Matte. Er nahm den Stift und schrieb:

Mohandas K. Gandhi pflegte bei seinen Großnichten zu schlafen, auf jeder Seite eine, um sein Keuschheitsgelübde zu testen – ergo: Heilige sind immer Fanatiker.

Er legte den Kopf auf die Badehose und schloss die Augen. Sofort ertönte das Klingen wieder.

Wenig später wurde es vom Beben des Fußbodens unterbrochen. Der Bambus wippte unter Mitchells Kopf, und er setzte sich auf. Das Gesicht seines Reisegefährten hing im Türrahmen wie ein roter Herbstmond. Larry hatte einen burmesischen *lungi* umgeschlungen und trug einen indischen Seidenschal. Sein nackter Oberkörper, die Brust haariger, als man bei einem so kleinen Kerl erwartet hätte, war ebenso sonnenverbrannt wie sein Gesicht. In seinen Schal, den er sich theatralisch über eine Schulter geworfen hatte, waren goldene und silberne Metallfäden gewirkt. Er rauchte ein *bidi*, beugte sich vornüber und sah Mitchell an.

«Durchfallreport», sagte er.

«Mir geht's gut.»

«Dir geht's gut?»

«Alles in Ordnung.»

Larry wirkte enttäuscht. Die rosige verbrannte Haut auf seiner Stirn legte sich in Falten. Er hielt ein Glasröhrchen in die Höhe. «Ich hab dir ein paar Tabletten mitgebracht. Gegen die Scheißerei.»

«Tabletten verstopfen bloß», erwiderte Mitchell. «Dann bleiben die Amöben drin.»

«Die hat Gwendolyn mir gegeben. Sollst du mal ausprobieren. Das Fasten hätte inzwischen wirken müssen. Wie lang geht das jetzt schon? Fast eine Woche?»

«Zum Fasten gehört keine Zwangsernährung mit Eiern.»

«Mit einem Ei», sagte Larry und winkte lässig ab.

«Bevor ich es gegessen habe, ging's mir ganz okay. Jetzt hab ich Bauchschmerzen.»

«Du hast doch gerade gesagt, dir geht's gut.»

«Mir geht's auch gut», sagte Mitchell, und sein Magen rebellierte. Er spürte, wie es in seinem Unterleib brodelte, ein Gefühl, als ob sich etwas löste, als würde Flüssigkeit abgesaugt; dann den wohlbekannten, hartnäckigen Druck in seinen Gedärmen. Er wandte sich ab, schloss die Augen und atmete wieder tief durch.

Larry zog ein paarmal an seinem *bidi* und sagte: «Du gefällst mir nicht so recht.»

«Und du», erwiderte Mitchell, die Augen immer noch geschlossen, «bist bekifft.»

«Darauf kannst du wetten», war Larrys Antwort. «Da fällt mir ein – wir haben keine Papierchen zum Drehen mehr.» Er stieg über Mitchell, über den Wust von voll- und noch nicht vollbeschriebenen Luftpostbogen und das winzige Neue Testament hinweg, in seine – also Larrys – Hüttenhälfte, kniete sich hin und begann, seinen Beutel zu durchwühlen. Larrys Beutel aus regenbogenbunter Jute hatte bisher noch keinen Zoll passiert, ohne akribisch kontrolliert zu werden. Es war die Art von Beutel, die praktisch schrie: «Ich hab Drogen dabei.» Larry fand seine Haschpfeife, drehte das steinerne Schälchen ab und klopfte die Asche heraus.

«Nicht auf den Boden.»

«Reg dich ab. Die fällt durch.» Er rieb die Finger aneinander. «Siehst du? Alles sauber.»

Er steckte sich die Pfeife in den Mund, um zu testen, ob sie richtig zog. Dabei musterte er Mitchell mit einem verstohlenen Blick. «Meinst du, du kannst bald wieder reisen?»

«Ich glaub schon.»

«Wir sollten dann nämlich vielleicht mal wieder nach Bangkok. Ich mein, so allmählich. Ich hab Bock auf Bali. Geht das klar?»

«Sobald ich fit bin», sagte Mitchell.

Larry nickte kurz und schien zufrieden. Er nahm die Haschpfeife aus dem Mund und steckte sich wieder das *bidi* zwischen die Lippen. Dann richtete er sich auf und blieb gekrümmt unter der niedrigen Decke stehen; dabei starrte er reglos zu Boden.

«Morgen kommt das Postschiff.»

«Was?»

«Das Postschiff. Für deine Briefe.» Larry schob einige Bogen mit dem Fuß umher. «Soll ich die für dich aufgeben? Dafür muss man ja zum Strand runter.»

«Kann ich selber. Morgen bin ich wieder auf den Beinen.»

Larry hob skeptisch eine Augenbraue, sagte aber nichts. Dann ging er zur Tür. «Falls du dir's noch überlegst, ich lass dir die Tabletten hier.»

Sobald er gegangen war, stand Mitchell auf. Es ließ sich nicht länger aufschieben. Er knotete seinen *lungi* fester und trat, die Hand über den Augen, auf die Veranda hinaus. Mit den Füßen tastete er nach seinen Latschen. Er konnte den Strand spüren und die Wellen, die sich schwerfällig übereinanderschoben. Er ging die Stufen hinunter und lief los. Er blickte nicht auf. Er sah nur seine Füße und den Sand, den sie zur Seite schoben. Die Fußabdrücke der Deutschen waren noch zu erkennen, daneben allerlei Abfall – zerrupfte Nescafé-Packungen und zusammengeknüllte Papierservietten, die vom Küchenzelt herüberwehten. Er konnte den gegrillten Fisch riechen. Es machte ihn nicht hungrig.

Das Klohäuschen war ein Wellblechschuppen. Davor standen ein verrostetes Ölfass voll Wasser und ein kleiner Plastikeimer. Mitchell füllte den Eimer und nahm ihn mit hinein. Bevor er die Tür zumachte, solange er drinnen noch etwas sehen konnte, brachte er seine Füße auf der Fläche zu beiden Seiten des Lochs in Stellung. Dann schloss er die Tür, und alles wurde dunkel. Er knotete seinen *lungi* auf und zog ihn hoch, bis der Stoff ihm um den Hals hing. Die Benutzung asiatischer Toiletten hatte ihn gelenkiger gemacht: Er konnte mühelos zehn Minuten lang in der Hocke verharren. Was den Geruch betraf, so bemerkte er ihn kaum noch. Er hielt die Tür zu, damit niemand einfach hereinplatzte.

Die schiere Menge an Flüssigkeit, die aus ihm herausschoss, überraschte ihn noch immer, aber es war jedes Mal eine Erleichterung. Er stellte sich vor, wie die Amöben mit der Flut aus seinem Körper gewirbelt und hinunter in den Abfluss geschwemmt wurden. Die Ruhr hatte ihn mit seinen Eingeweiden vertraut gemacht, er hatte eine klare Vorstellung von seinem Magen, seinem Darm; er spürte die glatten, muskulösen Röhren, aus denen er bestand. Der Aufruhr begann ganz oben in seinen Gedärmen. Dann arbeitete er sich voran wie ein von einer Schlange verschlucktes Ei, das das Gewebe dehnte und weitete, bis es schließlich, von Schaudern begleitet, hinunterrutschte und er ins Wasser explodierte.

Er war nicht erst seit einer Woche, sondern bereits seit dreizehn Tagen krank. Larry gegenüber hatte er es zunächst verschwiegen. Eines Morgens in einer Pension in Bangkok war Mitchell mit Magenverstimmung aufgewacht. Nachdem er jedoch das Bett verlassen und unter dem Moskitonetz hervorgekommen war, fühlte er sich besser. An jenem Abend hatte er nach dem Essen ein Pochen verspürt, wie von Fingern, die in seinem Unterleib trommelten. Am nächsten Morgen fing der Durchfall an. Das war nichts Besonderes. Er hatte ihn schon in Indien gehabt, bloß war er damals nach ein paar Tagen wieder verschwunden. Dieser nicht. Stattdessen wurde es schlimmer, und er musste nach jeder Mahlzeit ein paarmal aufs Klo. Er fühlte sich bald matt und erschöpft. Wenn er aufstand, wurde ihm schwindlig, nach dem Essen brannte ihm der Magen. Er setzte seine Reise trotzdem fort und dachte, es sei nichts Ernstes. Von Bangkok aus nahmen er und Larry einen Bus zur Küste, wo sie die Fähre auf die Insel bestiegen. Das Boot tuckerte in die kleine Bucht und stellte im seichten Wasser den Motor aus, sodass sie ans Ufer waten mussten. Und genau das – das Hineinspringen – bestätigte die Sache. Das Schwappen des Meeres glich dem Schwappen in Mitchells Gedärmen. Sobald sie sich häuslich eingerichtet hatten, begann Mitchell mit dem Fasten. Seit einer Woche schon nahm er lediglich schwarzen Tee zu sich und verließ die Hütte nur, um zum Klohäuschen zu gehen. Dort war er eines Tages der Deutschen begegnet und hatte sie überredet, ebenfalls zu fasten. Ansonsten lag er auf seiner Matte, dachte nach und schrieb Briefe nach Hause.

Grüße aus dem Paradies. Larry und ich leben gerade auf einer tropischen Insel im Golf von Siam (im Atlas nachsehen). Wir haben unsere eigene Hütte direkt am Strand, für die wir den stolzen Preis von fünf Dollar pro Nacht zahlen. Diese Insel ist noch unentdeckt, es sind also fast keine Leute hier. Er fuhr fort, die Insel zu beschreiben (jedenfalls soweit er sie durch den Bambus erspähen konnte), kam jedoch bald auf wichtigere Überlegungen zurück. *Die östliche Religion lehrt, dass alle Materie nur Täuschung ist. Dazu gehört alles, unser Haus, sämtliche Anzüge von Dad, sogar Moms Hängepflanzentöpfe – laut Buddha ist all das* maya. *In diese Kategorie gehört selbstverständlich auch der Körper. Einer der Gründe für meinen Entschluss, diese große Tour zu machen, war, dass mir unser Umfeld zu Hause in Detroit ein bisschen eng vorkam. Mittlerweile gibt's da auch ein paar Dinge, an die ich glaube. Und die ich hinterfrage. Zum Beispiel, dass wir unseren Körper durch unseren Geist kontrollieren können. In Tibet gibt es Mönche, die in der Lage sind, ihre Physiologie mental zu regulieren. Sie spielen ein Spiel namens ‹Schneebälle schmelzen›. Dazu halten sie in einer Hand einen Schneeball und meditieren, wobei sie ihre ganze innere Wärme in diese Hand leiten. Derjenige, der den Schneeball am schnellsten zum Schmelzen bringt, hat gewonnen.*

Hin und wieder hörte er auf zu schreiben, um mit geschlossenen Augen dazusitzen, als wartete er auf eine Eingebung. Und genau so hatte er zwei Monate zuvor gesessen – Augen geschlossen, Wirbelsäule gestreckt, Kopf hoch erhoben, Nase sozusagen in Alarmbereitschaft –, als das Klingen einsetzte. Es war in einem blassgrünen indischen Hotelzimmer in Mahalibalipuram. Mitchell hatte im halben Lotussitz auf seinem Bett gesessen. Sein unbewegliches westliches Knie ragte steil empor. Larry war unterwegs, um die Straßen zu erkunden. Mitchell war ganz allein. Er hatte nicht mal damit gerechnet, dass irgendetwas passierte. Er saß einfach da und versuchte zu meditieren, und seine Gedanken schweiften in alle möglichen Richtungen. Er dachte zum Beispiel an seine ehemalige Freundin Christine Woodhouse und ihr sagenhaftes rotes Schamhaar, das er nie mehr zu sehen bekommen würde. Er dachte an Essen. Er hoffte, dass es in dieser Stadt noch etwas anderes gab als *idli sambar*. Immer wieder wurde er sich bewusst, wie weit seine Gedanken umherschweiften, und schon versuchte er, sie wieder auf sein Atmen zu lenken. Irgendwann, als er am wenigsten damit rechnete, als er den Versuch oder das Warten darauf, dass etwas passierte, sogar schon aufgegeben hatte (also genau dann, wenn es – wie sämtliche Mystiker behaupten – passieren würde), hatte es in Mitchells Ohren zu klingen begonnen. Ganz leise. Das Klingen war ihm nicht unvertraut. Er konnte sich daran erinnern, wie er als kleiner Junge einmal im Vorgarten gestanden und in seinen Ohren plötzlich dieses Klingen vernommen hatte. Er fragte seine älteren Brüder: «Hört ihr auch dieses Klingen?» Und sie sagten, sie hörten nichts, aber sie wussten, was er meinte. In dem blassgrünen Hotelzimmer, fast zwanzig Jahre später, hörte Mitchell es wieder. Er dachte, dieses Klingen wäre vielleicht das, was man das kosmische Om nannte. Oder Sphärenmusik. Danach bemühte er sich immer wieder, es wahrzunehmen. Wohin er auch ging, horchte er auf dieses Klingen, und nach einer Weile gelang es ihm schon ziemlich gut. Er hörte es auf der Sudder Street in Kalkutta, inmitten des Hupens der Taxis und des Geschreis der Straßenkinder nach Bakschisch. Er hörte es im Zug auf dem Weg nach Chiang Mai. Es war das Geräusch der universellen Energie, aller Atome, die sich vor seinen Augen miteinander verbanden und Farben bildeten. Es war die ganze Zeit da gewesen. Er brauchte nur noch aufzuwachen und ihm zu lauschen.

Er schrieb, zögernd zunächst, dann mit wachsendem Selbstvertrauen, über alles, was er erlebte, nach Hause. *Der Energiefluss des Universums lässt sich wahrnehmen. Wir alle, jeder Einzelne von uns, sind ganz genau eingestellte Radios. Wir brauchen nur den Staub von unseren Röhren zu pusten.* Jede Woche schickte er seinen Eltern mehrere Briefe. Seinen Brüdern schrieb er ebenfalls. Und seinen Freunden. Was ihm in den Sinn kam, schrieb er auf. Um die Reaktionen der Leute scherte er sich nicht. Er war von dem Bedürfnis erfasst, seine Eingebungen zu analysieren, zu beschreiben, was er sah und fühlte. *Liebe Mom, lieber Dad, heute Nachmittag habe ich gesehen, wie eine Frau eingeäschert wurde. Dass es eine Frau ist, erkennt man an der Farbe des Leichentuchs. Ihres war rot. Es verbrannte als Erstes. Dann ihre Haut. Während ich zusah, füllten sich ihre Gedärme wie ein riesengroßer Ballon mit heißem Gas. Sie wurden größer und größer, bis sie schließlich platzten. Dann trat lauter Flüssigkeit aus. Ich habe versucht, so was in der Art für euch auf einer Postkarte zu finden, hatte aber kein Glück.*

Oder aber: *Lieber Petie, ist dir eigentlich schon mal der Gedanke gekommen, dass diese ganze Welt aus Ohrenschmalzentfernern und peinlichem Sackjucken vielleicht doch nicht das Wahre ist? Sieht mir jedenfalls manchmal ganz danach aus. Blake glaubte an Engelsrezitation. Und wer weiß? Seine Gedichte untermauern seine These. Außer dem einen über das Lamm, das ich noch nie gemocht habe. Aber manch-*

mal bei Nacht, wenn der Mond so richtig bleich geworden ist, könnte ich schwören, ich spür was gegen den Dreitagebart auf meiner Backe flattern.

Ein einziges Mal hatte Mitchell zu Hause angerufen, von Kalkutta aus. Die Verbindung war schlecht gewesen. Zum ersten Mal hatten Mitchell und seine Eltern die transatlantische Verzögerung erlebt. Sein Vater nahm ab. Mitchell sagte hallo und hörte nichts, bis die letzte Silbe, das o, in seinen Ohren widerhallte. Dann änderte sich das Hintergrundgeräusch, und die Stimme seines Vaters drang zu ihm durch. Auf der Reise um den halben Erdball verlor sie etwas von ihrer charakteristischen Durchsetzungskraft. «Jetzt hör mal zu, deine Mutter und ich wollen, dass du dich ins Flugzeug setzt und nach Hause kommst.»

«Ich bin doch gerade erst in Indien gelandet.»

«Du bist bereits ein halbes Jahr unterwegs. Das ist lang genug. Es ist uns egal, was es kostet. Nimm die Kreditkarte, die wir dir gegeben haben, und kauf dir ein Rückflugticket.»

«In einem Monat oder so bin ich ja wieder zurück.»

«Was zum Teufel treibst du da drüben eigentlich?», schrie sein Vater, so laut er konnte, gegen den Satelliten an. «Was soll das mit den Leichen im Ganges? Du wirst dir noch eine Krankheit holen.»

«Nein, werd ich nicht. Mir geht's gut.»

«Na, deiner Mutter geht's jedenfalls nicht gut. Sie ist halb tot vor Sorgen.»

«Dad, das hier ist bis jetzt das Beste an der ganzen Reise. Europa war ja toll und alles, es ist aber immer noch der Westen.»

«Na und, was stört dich am Westen?»

«Nichts. Es ist bloß viel aufregender, mal von der eigenen Kultur wegzukommen.»

«Sprich jetzt mit deiner Mutter», sagte sein Vater.

Dann war die Stimme seiner Mutter, fast ein Wimmern, in der Leitung. «Mitchell, ist alles in Ordnung?»

«Mir geht's gut.»

«Wir machen uns Sorgen um dich.»

«Bloß nicht. Mir geht's *gut*.»

«Du klingst so merkwürdig in deinen Briefen. Was ist denn los mit dir?»

Mitchell überlegte, ob er es ihr sagen sollte. Aber es ging einfach nicht. Man konnte nicht sagen: Ich habe die Wahrheit gefunden. Das mochten die Leute nicht.

«Du klingst wie einer von diesen Hare Krishnas.»

«Anhänger geworden bin ich noch nicht, Mom. Bisher hab ich mir bloß den Kopf kahl geschoren.»

«Du hast dir den Kopf kahl geschoren? Mitchell!»

«Nein», hatte er erwidert, obwohl es stimmte: Er hatte sich den Kopf kahl geschoren.

Dann war sein Vater wieder dran. Seine Stimme klang sehr nüchtern, verächtlich, er sprach im Gassenjargon, wie Mitchell ihn noch nie gehört hatte. «Hör zu, Schluss mit dem Rumgeflippe in Indien. Du bewegst deinen Arsch jetzt nach Hause. Ein halbes Jahr Reisen reicht. Wir haben dir die Kreditkarte für Notfälle mitgegeben und erwarten, dass du ...» Genau in diesem Augenblick brach die Verbindung wie durch einen göttlichen Ratschluss ab. Mitchell stand da, den Hörer in der Hand, hinter ihm eine Schlange wartender Bengalen. Er beschloss, dass die jetzt an der Reihe waren. Mit dem Vorsatz, nicht noch einmal zu Hause anzurufen, hängte er ein. Seine Eltern waren absolut unfähig zu verstehen, was er gerade erlebte oder was er an diesem phantastischen Ort alles gelernt hatte. Seine Briefe würde er nun ein bisschen abschwächen.

Von jetzt an würde er sich an Landschaftsbeschreibungen halten.

Aber natürlich tat er das nicht. Kaum fünf Tage waren vergangen, als er wieder nach Hause schrieb, über den unverwüstlichen Körper des heiligen Franziskus Xaver und dass dieser vierhundert Jahre lang durch die Straßen von Goa getragen worden war, bis ihm ein ekstatischer Pilger einen Finger abgebissen hatte. Mitchell konnte nicht anders. Alles, was er sah – die bezaubernden Banyanbäume, die bemalten Kühe –, trieb ihn zum Schreiben, und nachdem er beschrieben hatte, was er sah, sprach er über die Wirkung, die das Gesehene auf ihn ausübte, und ging von den Farben der sichtbaren Welt geradewegs über zur Finsternis und zum Klingen des Unsichtbaren. Als er krank wurde, hatte er auch davon nach Hause berichtet. *Liebe Mom, lieber Dad, ich glaube, ich habe eine Spur von Amöbenruhr.* Im Folgenden hatte er die Symptome beschrieben und die Heilmittel, die die anderen Reisenden anwandten. *Früher oder später kriegen es alle. Ich werde einfach fasten und meditieren, bis es mir bessergeht. Ich hab ein bisschen abgenommen, aber nicht viel. Sobald ich mich besser fühle, geht's mit Larry weiter nach Bali.*

In einer Hinsicht hatte er recht: Früher oder später bekam es jeder. Abgesehen von seiner deutschen Nachbarin hatten noch zwei andere Reisende auf der Insel an Magenbeschwerden gelitten. Der eine, ein Franzose, den ein Salat aufs Krankenlager geworfen hatte, hatte sich in seine Hütte verkrochen, aus der er jammerte und um Hilfe rief wie ein sterbender Kaiser. Doch erst gestern hatte Mitchell ihn, komplett wiederhergestellt, einen Papageienfisch auf die Harpune gespießt, aus der seichten Bucht auftauchen sehen. Das andere Opfer war eine Schwedin gewesen. Das letzte Mal hatte Mitchell sie gesehen, als sie schlaff und matt zur Fähre getragen wurde.

Die thailändischen Bootsleute hatten sie zusammen mit leeren Limonadeflaschen und Benzinkanistern an Bord gehievt. Sie waren den Anblick dahinsiechender Ausländer gewohnt. Nachdem sie die Frau an Deck verstaut hatten, begannen sie zu lachen und zu winken. Dann hatten sie den Rückwärtsgang eingelegt und die Frau in die Klinik auf dem Festland gebracht.

Mitchell wusste, dass er sich, wenn es sein musste, immer noch den Magen auspumpen lassen konnte. Er rechnete allerdings nicht damit, dass es so weit kommen würde. Sobald er das Ei losgeworden war, fühlte er sich besser. Der Schmerz im Magen verflog. Vier- oder fünfmal am Tag ließ er sich von Larry schwarzen Tee bringen. Er weigerte sich, die Amöben auch nur mit einem Tröpfchen Milch zu füttern. Entgegen seinen Erwartungen verminderte sich seine geistige Energie nicht, sondern steigerte sich sogar noch. *Unglaublich, wie viel Energie der Verdauungsvorgang in Anspruch nimmt. Statt eine sonderbare Buße zu sein, stellt Fasten nämlich tatsächlich eine sehr gesunde, wissenschaftliche Methode dar, den Körper in Ruhe zu versetzen, den Körper abzuschalten. Und wenn der Körper abschaltet, schaltet der Geist ein. Der Ausdruck in Sanskrit dafür lautet* moksa, *das bedeutet völlige Befreiung vom Körper.*

Das Seltsame war, dass Mitchell sich hier – in der Hütte und nachweislich krank – so gut, so gelassen und geistig so fit fühlte wie noch nie in seinem Leben. Er fühlte sich auf eine unerklärliche Art sicher und behütet. Er fühlte sich *glücklich.* Ganz anders die Deutsche. Sie sah immer schlechter aus. Wenn sie sich jetzt begegneten, sprach sie kaum. Ihre Haut wirkte noch bleicher und fleckiger. Nach einer Weile hörte Mitchell auf, sie zum Weiterfasten zu ermuntern. Er lag auf dem Rücken, die Badehose nun über die Augen gelegt, und achtete nicht mehr auf ihre Gänge zum Klohäuschen. Stattdessen lauschte er den Geräuschen der Insel, den Schwimmenden, dem Rufen am Strand, einem, der ein paar Hütten weiter auf einer Holzflöte spielen lernte. Wellen schwappten, und gelegentlich fiel ein abgestorbener Palmwedel oder eine Kokosnuss herunter. Bei Nacht begannen die wilden Hunde im Dschungel zu heulen. Wenn Mitchell zum Klohäuschen ging, konnte er hören, wie sie umherstreiften und durch die Löcher in den Wänden nach ihm und dem Fluss seiner Ausscheidungen schnüffelten. Die meisten Leute schlugen mit Taschenlampen gegen die Blechtür, um die Hunde zu vertreiben. Mitchell hatte nicht einmal eine Taschenlampe dabei. Er stand da und lauschte den Hunden, die sich im Strauchwerk zusammenrotteten. Mit spitzen Schnauzen stießen sie die Halme beiseite, bis ihre roten Augen im Mondlicht auftauchten. Mitchell blickte sie gelassen an. Er breitete die Arme aus, bot sich ihnen dar, und als sie nicht angriffen, wandte er sich ab und ging zu seiner Hütte zurück.

Eines Nachts hörte er auf dem Rückweg eine australische Stimme sagen: «Da kommt ja der Patient.» Er hob den Blick und sah Larry mit einer älteren Frau auf der Veranda vor der Hütte sitzen. Larry drehte sich gerade auf seinem *Let's Go: Asia*-Reiseführer einen Joint. Die Frau rauchte eine Zigarette und sah Mitchell direkt an. «Hallo, Mitchell. Ich heiße Gwendolyn», sagte sie. «Ich hab gehört, du warst krank.»

«Sozusagen.»

«Larry sagt, du hast die Tabletten, die ich rübergereicht hab, nicht genommen.»

Mitchell antwortete nicht gleich. Den ganzen Tag hatte er mit keiner Menschenseele gesprochen. Oder schon ein paar

Tage nicht. Er musste sich erst wieder daran gewöhnen. Auch war er durch die Einsamkeit empfindlich gegen die Grobheit seiner Mitmenschen geworden. Gwendolyns lauter Whiskey-Bariton etwa war für ihn, als würde ihm jemand über die Brust kratzen. Sie trug so eine Art Batik-Kopfbedeckung, die wie ein Verband aussah. Dazu hing ihr jede Menge Folkloreschmuck, Knochen und Muscheln, um Hals und Handgelenke. Mittendrin ihr verkniffenes Gesicht, das zu viel Sonne abgekriegt hatte und in dessen Zentrum bisweilen das rote Aschenende ihrer Zigarette aufblitzte. Von Larry war nicht mehr zu erkennen als ein blonder Heiligenschein im Mondlicht.

«Ich hatte auch mal schrecklichen Dünnpfiff», fuhr Gwendolyn fort. «Echt gewaltig. In Irian Jaya. Die Tabletten waren ein Geschenk des Himmels.»

Larry leckte den Joint abschließend an und entzündete ihn. Er inhalierte, blickte zu Mitchell auf und sagte dann mit rauchbelegter Stimme: «Wir sind hier, um dir deine Arznei zu verpassen.»

«Genau. Fasten ist ja gut und schön, aber nach – wie lang geht das jetzt?»

«Fast zwei Wochen.»

«Nach zwei Wochen wird's Zeit aufzuhören.» Sie guckte streng, doch dann kam der Joint zu ihr herüber, und sie sagte: «Oh, wunderbar.» Sie nahm einen Zug, hielt ihn, lächelte die beiden an und bekam plötzlich einen Hustenanfall. Er dauerte etwa eine halbe Minute. Schließlich trank sie einen Schluck Bier und legte sich dabei die Hand an die Brust. Dann rauchte sie ihre Zigarette weiter.

Mitchell sah auf den breiten Streifen Mondlicht über dem Meer. «Du bist seit kurzem geschieden», sagte er unvermittelt. «Machst du deshalb diese Reise?»

Gwendolyn versteifte sich. «Fast richtig. Nicht geschieden, sondern getrennt. Merkt man das denn so?»

«Du bist Friseurin», sagte Mitchell, den Blick immer noch aufs Meer gerichtet.

«Du hast mir gar nicht gesagt, dass dein Freund Hellseher ist, Larry.»

«Ich hab's ihm wohl erzählt. Hab ich es dir erzählt?»

Mitchell gab keine Antwort.

«Also, Mr. Nostradamus. Hier ist eine Weissagung für dich. Wenn du die Tabletten nicht sofort nimmst, werden sie dich als *ziemlich kranken Knaben* auf der Fähre abschleppen. Das willst du doch nicht, oder?»

Mitchell sah Gwendolyn zum ersten Mal in die Augen. Das Paradoxe daran ließ ihn staunen: Sie glaubte, er sei der Kranke. Wogegen es ihm so vorkam, als wäre es umgekehrt. Schon zündete sie sich wieder eine Zigarette an. Sie war dreiundvierzig, bekiffte sich auf einer Insel vor der thailändischen Küste und trug Korallenstücke in jedem Ohrläppchen. Traurigkeit umwehte sie. Nicht dass er über hellseherische Kräfte verfügte. Es war einfach offensichtlich.

Sie wandte den Blick ab. «Larry, wo sind meine Tabletten jetzt?»

«In der Hütte.»

«Könntest du sie mir holen?»

Larry knipste seine Taschenlampe an und bückte sich unter dem Türrahmen hindurch. Der Lichtstrahl huschte über den Boden. «Du hast die Briefe ja immer noch nicht abgeschickt.»

«Hab ich vergessen. Sobald ich sie fertig hab, denk ich immer, ich hätte sie schon abgeschickt.»

Larry tauchte mit dem Tablettenröhrchen wieder auf und

verkündete: «Allmählich riecht's dadrin aber.» Er reichte Gwendolyn das Röhrchen.

«Also, du Dickkopf, Mund auf.»

Sie hielt ihm eine Tablette hin.

«Es ist okay. Wirklich. Mir geht's gut.»

«Nimm deine Arznei», befahl Gwendolyn.

«Komm schon, Mitch, du siehst echt scheiße aus. Na, los. Nimm die verdammte Tablette.»

Einen Augenblick lang herrschte Schweigen, während sie ihn ansahen. Mitchell wollte seinen Standpunkt erläutern, doch es lag auf der Hand, dass er sie durch keinerlei Erklärungen vom Sinn seines Tuns überzeugen konnte. Alles, was er hätte sagen wollen, drückte es nicht ganz aus. Alles, was er hätte sagen wollen, wertete irgendwie ab, was er fühlte. Also entschied er sich für den Weg des geringsten Widerstands. Er machte den Mund auf.

«Deine Zunge ist ja knallgelb», sagte Gwendolyn. «So ein Gelb hab ich noch nie gesehen außer bei einem Papagei. Na, los. Spül sie mit ein bisschen Bier runter.» Sie hielt ihm ihre Flasche hin.

«Bravo. Die nimmst du jetzt eine Woche lang viermal pro Tag. Larry, du trägst die Verantwortung, dass er es auch macht.»

«Ich glaub, ich muss jetzt schlafen», sagte Mitchell.

«In Ordnung», sagte Gwendolyn. «Dann verlegen wir die Party zu mir rüber.»

Als sie fort waren, kroch Mitchell wieder in die Hütte und streckte sich auf der Matte aus. Ohne jede weitere Regung spuckte er die Tablette aus, die er unter die Zunge geschoben hatte. Sie sprang auf den Bambus und durch die Stäbe in den Sand darunter. Wie Jack Nicholson in *Einer flog übers Kuckucks-*

nest, dachte er, still vor sich hin lächelnd, war aber wirklich zu erschöpft, um es aufzuschreiben.

Mit der Badehose über den Augen waren die Tage vollkommener, verschwommener. Er schlief in kurzen Intervallen, sooft ihm danach war, und achtete nicht mehr auf die Zeit. Der Rhythmus der Insel drang zu ihm vor: die schläfrig schweren Stimmen der Leute beim Frühstück, die Bananenpfannkuchen und Kaffee zu sich nahmen. Später Rufe und Geschrei am Strand. Und an den Abenden der qualmende Grill und die chinesische Köchin, die ihren Wok mit einem langen Metallspachtel auskratzte. Bierflaschen wurden geräuschvoll geöffnet, das Küchenzelt füllte sich mit Stimmengewirr, danach kamen in den Nachbarhütten diverse kleine Partys in Gang. Irgendwann kehrte Larry zurück und roch nach Bier, Rauch und Sonnencreme. Mitchell tat so, als würde er schlafen. Manchmal lag er die ganze Nacht wach, während Larry schlief. In seinem Rücken konnte er den Boden spüren, dann die Insel selbst, dann den Kreislauf des Meeres. Der Mond wurde voll, und wenn er aufstieg, beleuchtete er die Hütte. Mitchell erhob sich und ging an den silbernen Rand des Wassers hinunter. Er watete hinaus, ließ sich auf dem Rücken schaukeln und blickte zum Mond und zu den Sternen empor. Die Bucht war wie eine Badewanne mit warmem Wasser, in der auch die Insel schwamm. Er schloss die Augen und konzentrierte sich aufs Atmen. Nach einer Weile spürte er, dass ihm jedes Gefühl für innen und außen verlorenging. Es kam ihm weniger so vor, als würde er atmen, sondern vielmehr, als würde es *ihn* atmen. Dieser Zustand dauerte jedes Mal bloß ein paar Sekunden an, dann hörte er wieder auf, dann geschah es aufs Neue.

Seine Haut begann nach Salz zu schmecken. Der Wind

trug es durch den Bambus, bedeckte ihn damit, während er auf dem Rücken lag, oder wehte es über ihn, wenn er zum Klohäuschen ging. Während er dort hockte, saugte er sich das Salz von den bloßen Schultern. Es war seine einzige Nahrung. Manchmal verspürte er den Drang, ins Küchenzelt zu gehen und einen ganzen gegrillten Fisch oder einen Stapel Pfannkuchen zu bestellen. Doch die Hungerattacken waren selten, und danach fühlte er nur einen noch tieferen, vollkommeneren Frieden. Es strömte weiterhin in Fluten aus ihm heraus, weniger gewaltig inzwischen, doch wie aus einer offenen Wunde. Er öffnete die Wassertonne und füllte den Eimer, wusch sich mit der linken Hand. Ein paarmal schlief er über dem Loch kauernd ein und wachte erst auf, als jemand an die Metalltür klopfte.

Er schrieb weiter Briefe. *Hab ich euch eigentlich schon von der leprakranken Mutter mit Sohn erzählt, die ich in Bangalore gesehen hab? Ich ging gerade die Straße lang, als ich sie dort am Randstein hocken sah. An den Anblick von Leprakranken hatte ich mich inzwischen schon gewöhnt, aber nicht an solche. Sie waren schon fast vollständig aufgelöst. Ihre Finger waren nicht einmal mehr Stummel, und ihre Hände waren bloß noch Kugeln am Ende der Arme. Und ihre Gesichter zerrannen. Es war, als wären sie aus Wachs und würden schmelzen. Das linke Auge der Mutter war ganz verschleiert und grau, es starrte in den Himmel hinauf. Doch als ich ihr 50 Paise gab, sah sie mich mit ihrem gesunden Auge an, das vollkommen wach war und intelligent wirkte. Es war irgendwie warm. Sie führte ihre Armstümpfe aneinander, um mir zu danken. In dem Moment fiel meine Münze in den Becher, und ihr Sohn, der vielleicht gar nichts sehen konnte, sagte: «Atscha.» Er sagte es überaus erfreut, lächelte fast dabei, obwohl schwer zu sagen war, ob er wirklich lächelte, weil sein Gesicht so entstellt war. Aber dann geschah Folgendes: Ich erkannte, dass es Menschen waren, nicht Bettler oder entsetzlich unglück-*

liche Geschöpfe mit schlechtem Karma oder so was in der Art – einfach bloß eine Mutter mit ihrem Kind. Ich konnte sie mir vorstellen, bevor sie Lepra oder was auch immer bekommen hatten, früher, als sie einfach nur spazieren gegangen waren. Und dann hatte ich eine andere Art von Offenbarung. Irgendwie hatte ich das Gefühl, dass der Junge ganz verrückt nach Mangolassi war. Das erschien mir damals wie eine sehr tiefgründige Erkenntnis. Eine so große Erkenntnis, wie ich sie wohl brauche oder verdiene. Als meine Münze in den Becher fiel und der Junge «Atscha» sagte, war mir plötzlich klar, dass er dabei an ein schönes, kühles Glas Mangolassi dachte. Mitchell legte den Stift hin und erinnerte sich. Dann trat er hinaus, um sich den Sonnenuntergang anzusehen. Er setzte sich im Schneidersitz auf die Veranda. Sein linkes Knie ragte nicht mehr in die Höhe. Als er die Augen schloss, setzte sofort das Klingen ein, lauter, vertrauter, hinreißender denn je.

Aus dieser Entfernung betrachtet, kam ihm vieles recht komisch vor. Seine Überlegungen, welches Studienhauptfach er wählen sollte. Oder dass er sich früher, als er unter blühender Akne litt, nicht einmal aus dem Haus getraut hatte. Selbst die brennende Verzweiflung, mit der er damals bei Christine Woodhouse angerufen hatte, als sie die ganze Nacht nicht nach Hause gekommen war, erschien ihm jetzt irgendwie lachhaft. Man konnte sein Leben auch vergeuden. Das hatte er getan, ziemlich sogar, bis zu jenem Tag, an dem er, gegen Typhus und Cholera geimpft, mit Larry das Flugzeug bestiegen hatte und geflüchtet war. Erst jetzt, wo ihm keiner zuschaute, konnte er herausfinden, wer er wirklich war. Als ob sich auf all den Fahrten in Bussen, durch all die Schlaglöcher, sein altes Ich Stück um Stück gelockert hätte, sodass es eines Tages einfach aufstieg und sich in die indische Luft verflüchtigte. Er wollte nicht zurück in die Welt der Colleges und Zigaretten mit Gewürzaroma. Er lag auf dem Rücken und wartete auf den Augenblick, in dem der Körper von Erleuchtung erfasst wurde oder in dem überhaupt nichts passierte, was annähernd aufs Gleiche hinauslief.

Mittlerweile war die Deutsche von nebenan wieder unterwegs. Mitchell hörte sie herumrascheln. Sie stieg ihre Treppe hinunter, doch statt aufs Klohäuschen zuzusteuern, kam sie die Stufen zu Mitchells Hütte hoch. Er nahm die Badehose von den Augen.

«Ich fahre in die Klinik. Mit dem Boot.»

«Hab ich mir fast gedacht.»

«Ich lass mir eine Spritze geben, bleib eine Nacht und komme dann wieder.» Sie schwieg einen Augenblick. «Willst du nicht mitkommen? Dir eine Spritze geben lassen?»

«Nein, danke.»

«Warum nicht?»

«Weil's mir schon bessergeht. Ich fühle mich schon viel besser.»

«Komm doch mit in die Klinik. Sicherheitshalber. Wir gehen zusammen.»

«Mir geht's gut.» Er stand lächelnd auf, um seinen Worten Nachdruck zu verleihen. Draußen in der Bucht ließ das Boot sein Signalhorn ertönen.

Mitchell trat auf die Veranda, um sie zu verabschieden. «Ich halte hier die Stellung», sagte er. Die Deutsche watete zum Boot hinaus und kletterte an Bord. Sie stand an Deck, winkte nicht, blickte aber in seine Richtung. Mitchell sah, wie sie entschwand und immer kleiner wurde. Als sie schließlich verschwunden war, stellte er fest, dass er die Wahrheit gesagt hatte: Es ging ihm *tatsächlich* besser.

Sein Magen hatte sich beruhigt. Er legte die Hand auf den Bauch, wie um zu überprüfen, was darin war. Sein Magen fühlte sich wie ausgehöhlt an. Ihm war auch nicht mehr schwindlig. Er musste neues, unbeschriebenes Luftpostpapier suchen, und im Licht des Sonnenuntergangs schrieb er: *Am heutigen Tage im – ich glaube – November verkünde ich hiermit, dass das Magen-und-Darm-System von Mitchell B. Carambelis durch rein geistige Mittel geheilt wurde. Besonders danken möchte ich meiner größten Unterstützerin, die die ganze Zeit zu mir gehalten hat, Mary Baker Eddy. Das nächste feste Ei, das ich lege, ist ihr gewidmet.* Er schrieb noch, als Larry hereinkam.

«Wow. Du bist auf.»

«Mir geht's besser.»

«Was?»

«Und rate mal, was noch?»

«Was?»

Mitchell legte den Stift beiseite und schenkte Larry ein breites Lächeln. «Ich hab wirklich Hunger.»

Mittlerweile hatte jeder auf der Insel von Mitchells gandhihaftem Fasten gehört. Sein Eintreffen im Küchenzelt rief Applaus und Bravorufe hervor. Auch den erschrockenen Aufschrei einiger Frauen, die gar nicht hinsehen mochten, wie abgemagert er war. Sie wurden geradezu mütterlich, nötigten ihn zum Hinsetzen und befühlten seine Stirn, ob er noch Fieber hatte. Das Zelt war voller Ananas und Wassermelonen, voller Bohnen, Zwiebeln, Kartoffeln und Salat. Lange blaue Fische waren auf Hackblöcken ausgelegt. An einer Wand standen aufgereiht Thermoskannen, gefüllt mit heißem Wasser oder Tee, und in einem nach hinten gelegenen Raum entdeckte er eine Wiege mit dem Baby der chinesischen Köchin. Das Baby sah selbst ein bisschen blau aus. Mitchell setzte sich und sah ringsum in lauter neue Gesichter. Die Erde unter dem Picknicktisch fühlte sich an seinen bloßen Füßen überraschend kühl an.

Sofort prasselten medizinische Ratschläge auf ihn nieder. Die meisten hatten im Lauf ihrer Asienreisen ein oder zwei Tage gefastet, waren dann aber wieder zu normalen Mahlzeiten übergegangen. Mitchells Fasten war so ausgedehnt gewesen, dass ein Amerikaner, ein ehemaliger Medizinstudent, es als gefährlich bezeichnete, zu schnell zu viel zu essen. Er riet Mitchell zunächst zu flüssiger Nahrung. Die chinesische Köchin hatte nur Verachtung für diesen Vorschlag übrig. Sie warf einen prüfenden Blick auf Mitchell und reichte einen Seebarsch, einen Teller gebratenen Reis und ein Zwiebelomelett heraus. Auch die meisten anderen waren für richtige Völlerei. Mitchell entschied sich für einen Kompromiss. Zuerst trank er ein Glas Papayasaft. Er wartete einige Minuten und begann dann ganz langsam, den gebratenen Reis zu essen. Als es ihm danach immer noch gutging, machte er sich behutsam, Bissen für Bissen, an den Seebarsch. Der ehemalige Medizinstudent sagte alle paar Augenblicke: «Okay, das reicht jetzt», was jedoch vom Chor der anderen mit den Worten quittiert wurde: «Sieh ihn dir doch an. Er ist ein Skelett. Na los. Iss schon. Iss!»

Eigentlich war es ganz nett, wieder unter Leuten zu sein. Er war doch nicht so asketisch geworden, wie er gedacht hatte. Ihm fehlte die Geselligkeit. Sämtliche Mädchen trugen *sarongs*. Sie waren makellos sonnengebräunt und hatten bezaubernde Akzente. Immer wieder kamen sie zu ihm, um seine Handgelenke mit ihren Daumen und Zeigefingern zu umspannen. «Ich würde sterben für deine Backenknochen», sagte ein Mädchen. Dann fütterte sie ihn mit gebratenen Bananen.

Die Nacht brach herein. Irgendjemand kündigte eine Party in Hütte Nummer sechs an. Bevor Mitchell wusste, wie ihm geschah, wurde er von zwei Holländerinnen zum Strand hinunterbegleitet. Fünf Monate im Jahr kellnerten sie in Amsterdam, die übrige Zeit verbrachten sie mit Reisen. Offenbar sah Mitchell genauso aus wie ein Christus von van Honthorst im Rijksmuseum. Die Holländerinnen fanden die Ähnlichkeit gleichermaßen beängstigend und lustig.

Mitchell fragte sich, ob es nicht doch ein Fehler gewesen war, in der Hütte zu bleiben. Hier auf der Insel hatte sich eine Art von Stammesleben entwickelt. Kein Wunder, dass Larry sich schon die ganze Zeit prächtig amüsierte. Alle waren so freundlich. Die Stimmung war nicht sexuell aufgeladen, sondern vielmehr herzlich und vertraut. Eine der Holländerinnen hatte einen bösen Ausschlag auf dem Rücken. Sie drehte sich, um ihn Mitchell zu zeigen.

Über der Bucht ging der Mond bereits auf und warf einen langen Lichtstreifen ans Ufer. Er beleuchtete die Stämme der Palmen und verlieh dem Sand eine lunare Phosphoreszenz. Bis auf die orangegelb glühenden Hütten war alles blau. Mitchell spürte, wie die Luft sein Gesicht erfrischte und beim Gehen zwischen seinen Beinen hindurchwehte. Eine Leichtigkeit war in ihm, ein Heliumballon in seiner Brust. Außer diesem Strand brauchte ein Mensch überhaupt nichts.

«He, Larry», rief er laut. Larry war etwas weiter vorn.

«Was?»

«Wir waren schon überall, Mann.»

«Überall nicht. Nächster Halt ist Bali.»

«Dann nach Hause. Erst Bali, dann nach Hause. Bevor meine Eltern einen Nervenzusammenbruch kriegen.»

Er blieb plötzlich stehen, hielt die Holländerinnen zurück.

Er glaubte, das Klingen zu hören – lauter denn je –, stellte dann aber fest, dass es nur die Musik war, die aus Hütte Nummer sechs drang. Direkt davor, im Sand, saßen Leute im Kreis. Sie machten Mitchell und den Neuankömmlingen Platz.

«Was meinen Sie, Herr Doktor? Können wir ihm ein Bier geben?»

«Sehr witzig», sagte der Medizinstudent. «Ich schlage vor, eins. Mehr nicht.»

Das Bier wurde langsam von Hand zu Hand weitergereicht, bis es schließlich zu Mitchell gelangte. Dann legte ihm diejenige, die rechts von ihm saß, die Hand aufs Knie. Es war Gwendolyn. Er hatte sie in der Dunkelheit nicht erkannt. Sie nahm einen tiefen Zug von ihrer Zigarette. Um den Rauch auszustoßen, aber auch mit einem Anflug von Verletztheit wandte sie ihr Gesicht ab und sagte: «Du hast dich nicht bedankt bei mir.»

«Für was?»

«Für die Tabletten.»

«Ach ja, stimmt. Sehr aufmerksam von dir.»

Sie lächelte etwa vier Sekunden, dann begann sie zu husten. Es war ein richtiger Raucherhusten, der tiefsitzend und kehlig klang. Sie versuchte ihn zu unterdrücken, indem sie sich vornüberbeugte und die Hand über den Mund hielt, doch es half nichts. Der Husten hallte in ihrem Brustkorb wider. Schließlich hörte er auf, und sie wischte sich über die Augen. «Oh, ich sterbe.» Sie blickte im Kreis umher. Alle redeten und lachten. «Aber das juckt ja keinen.»

Mitchell hatte Gwendolyn die ganze Zeit über eingehend gemustert. Für ihn war offensichtlich: Wenn sie nicht schon Lungenkrebs hatte, würde sie ihn bald bekommen. «Willst du wissen, woran ich gemerkt habe, dass du dich getrennt hast?», fragte er.

«Na, eigentlich schon.»

«Weil du dieses Strahlen an dir hast. Frauen, die sich scheiden lassen oder sich trennen, haben immer so ein Strahlen an sich. Das ist mir schon öfter aufgefallen. Es ist, als würden sie dadurch jünger oder so.»

«Wirklich?»

«Doch, tatsächlich», sagte Mitchell.

Gwendolyn lächelte. «Das baut mich jetzt aber richtig auf.»

Mitchell hielt seine Bierflasche hoch, und sie stießen an. «*Cheers*», sagte sie.

«*Cheers.*» Er nahm einen Schluck. Es war das beste Bier, das er je gekostet hatte. Plötzlich verspürte er ein rauschhaftes Glücksgefühl. Es brannte zwar kein wärmendes Lagerfeuer, aber genauso fühlte es sich an. Mitchell warf einen Blick in all die unterschiedlichen Gesichter und schaute dann auf die Bucht hinaus. Er dachte über seine Reise nach. Er versuchte sich zu erinnern, wo er überall mit Larry gewesen war, an die stinkenden Pensionen, die Barockstädtchen, die in den Bergen gelegenen Stationen. Wenn er nicht an einen ganz bestimmten Ort dachte, konnte er sie sozusagen alle spüren, kaleidoskopartig schoben sie sich in seinem Kopf herum. Er fühlte sich vollkommen und zufrieden. Irgendwann hatte das Klingen wieder eingesetzt, und weil er sich auch darauf zu konzentrieren versuchte, bemerkte er den stechenden Schmerz in seinen Eingeweiden nicht gleich. Dann kam von weit her, langsam das Bewusstsein durchdringend, ein leichtes Stechen, immer noch so zart, dass er glaubte, er hätte es sich bloß eingebildet. Gleich darauf kam es wieder, diesmal hartnäckiger. Er spürte, dass sich ein Ventil in ihm öffnete und ein Rinnsal heißer

Flüssigkeit wie Säure aus ihm herauszubrennen begann. Er war nicht beunruhigt. Dazu war ihm zu wohl. Er stand nur auf und sagte: «Ich geh ein bisschen ans Wasser runter.»

«Ich komme mit», sagte Larry.

Der Mond stand inzwischen höher. Als sie näher ans Ufer kamen, leuchtete die Bucht wie ein Spiegel auf. Entfernt von der Musik, konnte Mitchell die wilden Hunde im Dschungel bellen hören. Er führte Larry geradewegs bis direkt ans Wasser. Ohne stehen zu bleiben, ließ er seinen *lungi* zu Boden fallen, stieg darüber und watete hinaus.

«Willst du nackt baden?»

Mitchell gab keine Antwort.

«Wassertemperatur?»

«Kalt», sagte Mitchell, was nicht stimmte: Das Wasser war warm. Irgendwie wollte er jetzt aber allein sein. Er ging weiter, bis er hüfthoch im Wasser stand. Er machte beide Hände hohl und spritzte sich Wasser übers Gesicht. Dann ließ er sich fallen und auf dem Rücken treiben.

Seine Ohren füllten sich. Er hörte Wasserrauschen, dann die Stille des Meeres, dann wieder das Klingen. Es war deutlicher denn je zu hören. Es war nicht so sehr ein Klingen als vielmehr ein leuchtender Feuerstrahl, der seinen Körper durchdrang.

Er hob den Kopf und sagte: «Larry.»

«Was?»

«Danke, dass du dich um mich gekümmert hast.»

«Schon gut.»

Jetzt, wo er im Wasser war, fühlte er sich wieder besser. Er spürte die Strömung der Flut draußen in der Bucht, die sich mit dem Nachtwind und dem aufgehenden Mond zurückzog. Ein kleiner, heißer Strahl kam aus ihm heraus, er paddelte davon und ließ sich weiter treiben. Er starrte zum Himmel hinauf. Seinen Stift und das Luftpostpapier hatte er nicht dabei, also begann er still zu diktieren: *Liebe Mom, lieber Dad, die Erde an sich ist der einzige Beweis, den wir brauchen. Ihre Rhythmen, ihre fortwährende Erneuerung, das Auf- und Untergehen des Mondes, die Flut, die ans Land und wieder ins Meer hinauszieht, all das ist eine Lektion für die so langsam Lernenden, die Menschheit. Diese Übung wiederholt die Erde immer und immer wieder, bis wir sie begreifen.*

«Das hier glaubt uns keiner», sagte Larry vom Strand her. «Es ist das absolute, verdammte Scheißparadies.»

Das Klingen wurde lauter. Eine Minute verging oder ein paar Minuten. Schließlich hörte er Larry sagen: «He, Mitch, ich geh wieder zu der Party. Alles okay?» Er klang weit entfernt.

Mitchell hob die Arme, wodurch es ihm gelang, ein wenig höher im Wasser zu treiben. Er wusste nicht, ob Larry gegangen war oder nicht. Er blickte zum Mond hinauf. Dabei fiel ihm etwas auf, was ihm vorher noch nie aufgefallen war. Es gelang ihm, die Wellenlängen des Mondlichts auszumachen. Er hatte es geschafft, seinen Geist so weit zu verlangsamen, dass er es wahrnehmen konnte. Erst beschleunigte sich das Mondlicht eine Sekunde lang und wurde heller, verlangsamte sich dann und wurde schwach. Er ließ sich im warmen Wasser auf den Wellen dahintreiben und bemerkte die Übereinstimmung von Mondlicht und Klingen, wie sie sich zusammen verstärkten und zusammen schwächer wurden. Nach einer Weile wurde ihm bewusst, dass er selbst auch so war. Sein Blut pulsierte mit dem Mondlicht, mit dem Klingen. Etwas kam aus ihm heraus, weit weg. Er fühlte, wie seine Eingeweide sich entleerten. Die Wahrnehmung von herausdrängender Flüssigkeit war nicht mehr schmerzhaft oder druckartig: Es war zu einem beständigen Ausströmen seines ganzen Wesens, seiner Substanz, in die Natur geworden. Im nächsten Augenblick hatte Mitchell das Gefühl, durchs Wasser nach unten zu fallen, und dann spürte er sich überhaupt nicht mehr. Nicht er war es, der den Mond betrachtete oder dem Klingen lauschte. Und doch war er sich dessen bewusst. Er überlegte kurz, ob er seinen Eltern eine Nachricht zukommen lassen sollte, um ihnen zu sagen, sie sollten sich keine Sorgen machen. Er habe jenseits der Insel das Paradies entdeckt. Er versuchte, sich zusammenzunehmen, um diese letzte Botschaft zu diktieren, erkannte jedoch rasch, dass nichts von ihm übrig war, das das noch tun könnte – überhaupt nichts –, da war kein Mensch mehr, der einen Stift halten oder eine Nachricht schicken konnte an diejenigen, die er liebte und die es nie begreifen würden.

1996

DIE BRATENSPRITZE

Das Rezept kam per Post:

Samen von drei Männern mischen.
Kräftig verrühren.
In die Bratenspritze füllen.
Sich zurücklegen.
Tülle einführen.
Zusammendrücken.

ZUTATEN:
1 Prise Stu Wadsworth
1 Prise Jim Freeson
1 Prise Wally Mars

Zwar stand kein Absender drauf, doch Tomasina wusste, wer es geschickt hatte: Diane, ihre beste Freundin und – seit neuestem – Fruchtbarkeitsexpertin. Nach Tomasinas jüngster, desaströser Trennung trieb Diane den gemeinsamen, von ihnen so genannten Plan B voran. An Plan A arbeiteten sie schon eine ganze Weile. Er beinhaltete Liebe und eine Hochzeit. Gute acht Jahre hatten sie schon an Plan A laboriert. Doch unterm Strich – und darauf wollte Diane hinaus – hatte sich Plan A als viel zu idealistisch erwiesen. Und deshalb sahen sie sich jetzt Plan B genauer an.

Plan B war abwegiger und phantasievoller, weniger romantisch, einsamer, trauriger, aber auch kühner. Er erforderte das Ausleihen eines Mannes mit ordentlichem Gebiss, Körper und Hirn, der keine bösen Krankheiten hatte und gewillt war, sich mittels intimer Phantasien (die nicht um Tomasina kreisen mussten) so in Fahrt zu bringen, dass er den winzigen Spritzer zustande brachte, der für die grandiose Errungenschaft, ein Baby zu bekommen, unabdingbar war. Wie zwei Golfkriegsgeneräle erkannten die beiden Freundinnen, dass sich das Schlachtfeld in letzter Zeit verändert hatte: Reduzierung ihrer Artillerie (sie waren beide gerade vierzig geworden), zunehmende Guerillataktiken des Gegners (Männer traten nicht einmal mehr aus ihrer Deckung heraus) und vollständige Auflösung des Ehrenkodex. Der letzte Mann, der Tomasina geschwängert hatte – nicht der Boutiquen-Anlageberater, sondern sein Vorgänger, der Psychoanalyse-Dozent –, hatte ihr nicht einmal pro forma einen Heiratsantrag gemacht. Seine Auffassung von Ehre bestand darin, sich die Abtreibungskosten mit ihr zu teilen. Leugnen hatte keinen Sinn: Die besten Soldaten hatten das Schlachtfeld verlassen und sich in den friedlichen Hafen der Ehe begeben. Übrig blieb ein zusammengewürfelter Haufen von Ehebrechern und Versagern, Drückebergern und Brandstiftern. Tomasina musste die Vorstellung aufgeben, jemandem zu begegnen, mit dem sie ihr Leben teilen konnte, und stattdessen jemanden zur Welt bringen, der sein Leben mit ihr teilen würde.

Doch erst als sie das Rezept bekam, wurde Tomasina klar, dass sie verzweifelt genug war, die Sache durchzuziehen. Noch bevor sie aufgehört hatte zu lachen, wusste sie es. Sie wusste es, als sie sich bei dem Gedanken ertappte: Stu Wadsworth könnte ich mir eventuell vorstellen. Aber Wally Mars?

Tomasina – ich wiederhole, wie eine tickende Uhr – war vierzig. Sie hatte so ziemlich alles im Leben, was sie wollte. Sie hatte einen tollen Job als stellvertretende Produzentin der *CBS Evening News mit Dan Rather*. Sie hatte ein sagenhaftes, großzügiges Apartment an der Hudson Street. Sie verfügte über gutes, größtenteils intaktes Aussehen. Ihre Brüste waren vom Lauf der Zeit zwar nicht unberührt geblieben, hielten jedoch tapfer die Stellung. Außerdem hatte sie neue Zähne. Einen ganzen Satz nagelneuer, blitzender, hübsch beieinanderstehender Zähne. Zuerst, bevor sie sich an sie gewöhnt hatte, hatten sie gepfiffen, aber inzwischen waren sie ausgezeichnet. Und Bizeps hatte sie. Auf ihrem privaten Rentenkonto hatten sich stattliche einhundertfünfundsiebzigtausend Dollar angesammelt. Doch ein Baby hatte sie nicht. Keinen Ehemann zu haben konnte sie ertragen. Keinen Ehemann zu haben war in mancher Hinsicht sogar besser. Aber ein Baby wollte sie.

«Jenseits der fünfunddreißig», hieß es in der Zeitschrift, «wird die Empfängnis für eine Frau immer schwieriger.» Tomasina konnte es nicht fassen. Gerade als sie anfing klarzusehen, begann ihr Körper auseinanderzufallen. Der Natur war ihr Reifegrad scheißegal. Die Natur wollte, dass sie ihren Freund aus der Collegezeit heiratete. Und rein vom Gesichtspunkt der Fortpflanzung her gesehen, wäre es der Natur im Grunde noch lieber gewesen, sie hätte ihren *Schul*freund geheiratet. Während Tomasina so vor sich hin gelebt hatte, war es ihr gar nicht aufgefallen: Monat für Monat katapultierten sich die Eizellen hinaus ins große Vergessen. Jetzt sah sie all das vor sich. Während sie im College in Rhode Island für Bürgerinitiativen um Stimmen geworben hatte, waren ihre Gebärmutterwände dünner geworden. Während sie ihren Abschluss in Journalismus gemacht hatte, hatten ihre Eierstöcke die Östrogenproduktion gedrosselt. Und während sie mit Unmengen von Männern geschlafen hatte, waren ihre Eileiter allmählich enger geworden und zunehmend verstopft. In ihren Zwanzigern. Jener Verlängerung der amerikanischen Kindheit. Der Zeit, in der sie sich – ausgebildet und mit fester Anstellung – endlich ein bisschen amüsieren konnte. Mit einem Taxifahrer namens Ignacio Veranes hatte Tomasina einmal fünf Orgasmen gehabt, während sie in der Gansevoort Street parkten. Er hatte einen gebogenen Penis europäischen Stils und roch nach Motoröl. Tomasina war damals fünfundzwanzig gewesen. Sie würde es zwar nicht noch mal machen, war aber froh, dass sie es damals gemacht hatte. Um später nicht bereuen zu müssen. Doch während man Dinge vermeidet, die man bereuen könnte, beschwört man andere herauf. Sie hatte damals bloß rumgespielt, mehr nicht. Aber aus den Zwanzigern werden die Dreißiger, und nach ein paar gescheiterten Beziehungen ist man fünfunddreißig, und eines Tages kauft man sich die *Mirabella* und liest: «Ab fünfunddreißig beginnt die weibliche Fruchtbarkeit zu sinken. Mit jedem weiteren Jahr steigt der Anteil an Fehlgeburten und Geburtsfehlern.»

Seit fünf Jahren stieg der nun schon. Tomasina war vierzig Jahre, einen Monat und vierzehn Tage alt. Und in Panik, und manchmal auch nicht. Manchmal vollkommen ruhig und schicksalsergeben.

Sie dachte über sie nach, über die Kinder, die sie nie bekommen hatte. Sie waren an den Fenstern eines gespenstischen

Schulbusses aufgereiht, die Gesichter an die Scheibe gepresst, mit riesigen Augen und feuchten Wimpern. Sie schauten heraus und riefen: «Wir verstehen dich. Es war nicht der richtige Zeitpunkt. Wir verstehen dich. *Wirklich.*»

Der Bus fuhr ruckelnd davon, und sie sah den Fahrer. Er legte seine knochige Hand an die Gangschaltung, während er sich Tomasina zuwandte und sein Gesicht sich zu einem breiten Lächeln verzog.

In der Zeitschrift stand auch, dass Fehlgeburten dauernd vorkamen, sogar ohne dass eine Frau es überhaupt bemerkte. Winzige Keimblasen schabten an den Wänden des Unterleibs entlang und purzelten – wenn sie keinen Halt fanden – abwärts durch die menschlichen und anderweitigen Rohrleitungen. Vielleicht blieben sie in der Kloschüssel noch ein paar Sekunden am Leben, wie Goldfische. Sie wusste es nicht. Doch nach drei Abtreibungen, einer offiziellen Fehlgeburt und wer weiß wie vielen inoffiziellen war Tomasinas Schulbus voll besetzt. Wenn sie nachts aufwachte, sah sie ihn langsam vom Randstein losfahren und hörte die auf ihren Sitzen zusammengepferchten Kinder lärmen, jenes Kindergekreische, bei dem zwischen Gelächter und Angstschreien nicht zu unterscheiden ist.

Jeder weiß, dass Männer in Frauen nur Objekte sehen. Unser abschätzendes Taxieren von Brüsten und Beinen lässt sich jedoch nicht vergleichen mit der kaltblütigen Berechnung einer Frau auf Samenschau. Tomasina war selbst ein wenig verblüfft darüber, konnte jedoch nicht anders: Nachdem ihre Entscheidung erst einmal getroffen war, begann sie Männer als wandelnde Spermatozoen zu betrachten. Auf Partys, über Gläser mit Barolo hinweg (da sie es bald aufgeben würde, soff sie wie ein Loch), begutachtete sie jedes einzelne Exemplar, das aus der Küche kam, im Flur herumstand oder sich, im Sessel sitzend, wortreich ausließ. Und manchmal, während sich ihre Augen verschleierten, spürte sie, dass sie bei jedem Mann die Qualität seines Genmaterials beurteilen konnte. Manch eine Samenaura glühte gönnerhaft, andere waren zerfetzt, mit Löchern roher, lockender Wildheit, wieder andere flackerten und leuchteten mangels ausreichender Voltspannung schwächer. Anhand von Geruch und Gesichtsfarbe konnte Tomasina den Gesundheitszustand eines Kerls ermitteln. Einmal hatte sie Diane eine Freude machen wollen und jedem männlichen Partygast befohlen, die Zunge rauszustrecken. Die Männer hatten es wie verlangt getan und keine Fragen gestellt. Männer tun immer, was von ihnen verlangt wird. Männer lassen sich gern zum Objekt machen. Sie glaubten, ihre Zungen würden auf Flinkheit begutachtet, auf ihre oralen Fähigkeiten hin. «Aufmachen und ah sagen», befahl Tomasina immer wieder, den ganzen Abend lang. Und die Zungen entrollten sich zur Beschau. Manche hatten gelbe Flecken oder entzündete Geschmacksknospen, andere waren blau wie verdorbenes Rindfleisch. Manche vollführten anzügliche Verrenkungen, indem sie auf und ab schnellten oder sich emporkrümmten und dabei kleine Dornfortsätze offenbarten, die wie Fühler bei Tiefseefischen an ihrer Unterseite hingen. Und dann gab es zwei oder drei, die perfekt aussahen, wie Austern schimmernd und verlockend rundlich. Es waren die Zungen verheirateter Männer, die ihren Samen bereits – im Überfluss – den glücklichen Frauen gespendet hatten, die überall im Raum schwergewichtig auf den Kissen lagerten. Den Ehefrauen und Müttern, die längst an anderen Klagen laborierten –, nicht ausreichend Schlaf und abgewürgten Karrieren –, Klagen, die für Tomasina sehnliche Wünsche waren.

An diesem Punkt sollte ich mich vielleicht vorstellen. Ich heiße Wally Mars. Ich bin ein alter Freund von Tomasina. Genauer gesagt, eine alte Beziehung von ihr. Wir sind im Frühjahr 1985 drei Monate und sieben Tage lang ein Paar gewesen. Die meisten von Tomasinas Freundinnen und Freunden wunderten sich damals, dass sie was mit mir hatte. Sie sagten das Gleiche wie sie, als sie meinen Namen auf der Zutatenliste sah. Sie sagten: «Wally Mars?» Sie fanden mich zu kurz geraten (ich bin bloß eins zweiundsechzig) und nicht sportlich genug. Doch Tomasina liebte mich. Eine Zeitlang war sie ganz verrückt nach mir. Irgendein dunkler Haken in unseren Hirnen, den niemand sehen konnte, verband uns miteinander. Oft saß sie mir gegenüber, trommelte mit den Fingern auf den Tisch und sagte: «Und – wie weiter?» Sie hörte mich gerne reden.

Das tat sie immer noch. Alle paar Wochen rief sie an und lud mich zum Mittagessen ein. Und ich nahm die Einladung jedes Mal an. Als sich besagte Geschichte zutrug, verabredeten wir uns für einen Freitag. Nachdem ich das Restaurant betreten hatte, sah ich gleich, dass Tomasina bereits dort war. Ich blieb einen Augenblick hinter dem Empfangspult stehen und betrachtete sie aus der Entfernung, während ich mich wappnete. Sie hatte sich bequem in ihren Stuhl zurückgelehnt und saugte gierig an der ersten von drei Zigaretten, die sie sich zum Mittagessen genehmigte. Auf einem Sims über ihrem Kopf stand ein riesiges Blumenarrangement in voller Blüte. Ist Ihnen das mal aufgefallen? Blumen sind auch schon ganz multikulturell geworden. Keine einzige Rose, Tulpe oder Narzisse reckte ihr Köpflein aus der Vase. Stattdessen ein Ausbund an Dschungelflora: Amazonas-Orchideen und Sumatra-Fliegenfallen. Die Kieferklappen einer Fliegenfalle bebten, angeregt von Tomasinas Parfüm. Ihr Haar hatte sie über die bloßen Schultern zurückgeworfen. Sie trug kein Oberteil – doch, sie trug eins. Es war hautfarben und körperbetont. Tomasina kleidet sich nicht gerade firmengerecht, außer man bezeichnet ein Bordell als eine Art Firma. Was sie zur Schau zu stellen hatte, wurde zur Schau gestellt. (Allmorgendlich zur Schau gestellt für Dan Rather, der für sie eine Reihe von Spitznamen ersonnen hatte, die sämtlich mit Tabasco-Soße zu tun hatten.) Doch irgendwie konnte Tomasina sich ihre Revuetänzerinnen-Garderobe leisten. Sie milderte sie mit ihren mütterlichen Eigenschaften: ihrer selbstgemachten Lasagne, ihren Umarmungen und Küssen, ihren Schnupfenmittelchen.

Am Tisch bekam ich sowohl eine Umarmung wie einen Kuss. «Hi, Schatzi!», sagte sie und presste sich an mich. Ihr Gesicht leuchtete förmlich. Ihr linkes Ohr, nur wenige Zentimeter von meiner Wange entfernt, war flammend pinkrosa. Ich konnte die Hitze direkt spüren. Sie machte sich los, und wir sahen uns an.

«Also», sagte ich. «Große Neuigkeiten.»

«Ich werd's tun, Wally. Ich werde ein Baby bekommen.»

Wir setzten uns. Tomasina nahm einen Zug von ihrer Zigarette und verzog die Lippen seitlich zum Trichter, um den Rauch auszustoßen.

«Ich hab mir gedacht, scheiß drauf», sagte sie. «Ich bin vierzig. Ich bin erwachsen. Ich krieg das hin.» An ihre neuen Zähne war ich nicht gewöhnt. Sooft sie den Mund aufmachte, war es, als flammte ein Blitzlicht auf. Sie sahen aber gut aus, ihre neuen Zähne. «Mir egal, was die Leute denken. Entweder sie kapieren es oder eben nicht. Ich zieh es ja nicht allein auf. Meine Schwester hilft mir. Und Diane. Du kannst auch babysitten, wenn du willst, Wally.»

«Ich?»

«Du kannst Onkel sein.» Sie langte über den Tisch und drückte meine Hand. Ich erwiderte den Druck.

«Ich hab gehört, es gibt ein Rezept mit einer Kandidatenliste», sagte ich.

«Was?»

«Diane sagte, sie hätte dir ein Rezept geschickt.»

«Ach so, das.» Sie inhalierte. Ihre Wangen wurden hohl.

«Und dass ich drauf wäre oder so?»

«Alte Beziehungen.» Tomasina blies den Rauch nach oben. «Alles meine alten Beziehungen.»

In dem Moment kam der Kellner, um unsere Getränkebestellung aufzunehmen.

Tomasina starrte immer noch versonnen ihrem davonschwebenden Rauch hinterher. «Martini an zwei supertrockenen Oliven», sagte sie. Dann musterte sie den Kellner. Unverwandt. «Heute ist Freitag», erläuterte sie. Sie fuhr sich mit der Hand durchs Haar, schnippte es ruckartig zurück. Der Kellner lächelte.

«Ich nehme auch einen Martini», sagte ich.

Der Kellner drehte sich um und sah mich an. Seine Brauen hoben sich erstaunt, dann wandte er sich erneut Tomasina zu. Er lächelte wieder und ging.

Sobald er weg war, beugte sich Tomasina über den Tisch, um mir etwas ins Ohr zu flüstern. Ich beugte mich ihr entgegen. Unsere Gesichter berührten sich. Und dann sagte sie: «Wie wär's mit ihm?»

«Mit wem?»

«*Ihm.*»

Sie deutete mit dem Kopf hinüber. Auf der anderen Seite des Restaurants, auf und nieder wippend und seitlich ausschwenkend, verschwanden die straffen Hinterbacken des Kellners.

«Das ist ein Kellner.»

«Ich will ihn ja nicht heiraten, Wally. Ich will bloß sein Sperma.»

«Vielleicht bringt er welches als Beilage.»

Tomasina lehnte sich zurück und drückte ihre Zigarette aus. Aus einigem Abstand betrachtete sie mich nachdenklich und griff dann nach Zigarette Nummer zwei. «Wirst du jetzt schon wieder gehässig?»

«Ich bin doch nicht gehässig.»

«Doch, bist du. Du warst gehässig, als ich dir davon erzählt hab, und jetzt reagierst du wieder gehässig.»

«Mir ist eben schleierhaft, wie du ausgerechnet auf den Kellner kommst.»

Sie zuckte die Achseln. «Er ist süß.»

«Du kannst doch was Besseres kriegen.»

«Wo?»

«Keine Ahnung. Es gibt eine Menge Möglichkeiten.» Ich nahm meinen Suppenlöffel. Ich sah mein Gesicht darin, verzerrt und winzig. «Geh doch zu einer Samenbank. Hol dir einen Nobelpreisträger.»

«Bloß was Schlaues will ich auch nicht. Köpfchen ist nicht alles.» Tomasina blinzelte, sog den Rauch ein, dann schaute sie verträumt zur Seite. «Ich will das ganze Drum und Dran.»

Eine Weile sagte ich nichts. Ich nahm meine Speisekarte und las neunmal die Wörter «Fricassée de Lapereau». Was mich umtrieb, war das System der Natur. Mir wurde allmählich klar – klarer denn je –, welchen Status ich im System der Natur hatte: einen niedrigen. Irgendwas nicht weit von Hyäne Entferntes. Aber so etwas gibt es meines Wissens nicht in der menschlichen Zivilisation. Praktisch gesehen bin ich eine gute Partie. Zunächst einmal verdiene ich viel Geld. Meine private Pensionskasse ist auf stolze zweihundertvierundfünfzigtausend Dollar angewachsen. Bei der Samenauswahl zählt Geld aber offenbar nicht. Die straffen Arschbacken des Kellners zählten mehr.

«Du bist gegen die Idee, stimmt's?», sagte Tomasina.

«Ich bin nicht dagegen. Ich finde bloß, wenn du schon ein Baby willst, dann doch lieber mit jemand anderem. Jemand, in den du verliebt bist.» Ich sah zu ihr hoch. «Und der dich liebt.»

«Das wär toll. Ist aber nicht drin.»

«Woher willst du das wissen?», sagte ich. «Du könntest dich morgen in jemanden verlieben. Du könntest dich in einem halben Jahr in jemanden verlieben.» Ich sah weg und kratzte mich an der Wange. «Vielleicht bist du der Liebe deines Lebens schon begegnet und weißt es nicht einmal.» Ich blickte ihr wieder in die Augen. «Und dann begreifst du's. Und es ist zu spät. Da sitzt du dann. Mit dem Kind von irgendeinem Fremden.»

Tomasina schüttelte den Kopf. «Ich bin vierzig, Wally. Ich hab nicht mehr viel Zeit.»

«Ich bin auch vierzig», sagte ich. «Was ist mit mir?»

Sie sah mich genau an, als hätte sie irgendetwas in meinem Tonfall entdeckt, dann wischte sie es lässig beiseite. «Du bist ein Mann. Du hast noch Zeit.»

Nach dem Mittagessen schlenderte ich durch die Straßen. Die Glastür des Restaurants entließ mich in den nahenden Freitagabend. Es war halb fünf, und in den Höhlen Manhattans dunkelte es bereits. Aus einem in den Asphalt eingelassenen, gestreiften Schlot schoss Dampf empor. Ein paar Touristen standen um ihn herum und stießen leise schwedische Laute aus, voller Staunen über unsere vulkanischen Straßen. Ich blieb ebenfalls stehen, um den Dampf zu beobachten. Ich musste sowieso an Auspuffgase denken, an Rauch und Auspuffgase. Der Schulbus von Tomasina? Aus einem der Fenster schaute auch das Gesicht meines Kindes. Unseres Kindes. Als wir drei Monate zusammen gewesen waren, wurde Tomasina schwanger. Sie fuhr nach Hause nach New Jersey, um die Sache mit ihren Eltern zu besprechen, und kam drei Tage später wieder, nach einer Abtreibung. Kurz darauf trennten wir uns. Deshalb musste ich manchmal an ihn – oder sie – denken, meinen einzigen echten, abgemurksten Sprössling. Gerade in diesem Moment dachte ich an ihn. Wie hätte das Kind wohl ausgesehen? Wie ich, mit Glubschaugen und Knollennase? Oder wie Tomasina? Wie sie, entschied ich. Wenn es Glück hätte, würde es wie sie aussehen.

Die nächsten Wochen hörte ich nichts weiter. Ich versuchte, das ganze Thema aus dem Kopf zu bekommen. Aber die Stadt ließ mich nicht. Stattdessen begann sie sich mit Babys zu füllen. Ich sah sie in Aufzügen und Empfangshallen und draußen auf dem Bürgersteig. Ich sah sie sabbernd und tobend, in Autositze gezwängt. Ich sah Babys im Park, an der Leine. Ich sah sie in der U-Bahn, wie sie mich über die Schultern von dominikanischen Kindermädchen hinweg mit süßen, verklebten Augen anblickten. New York war doch kein passender Ort für Babys. Wieso hatten dann alle eines? Jeder fünfte Mensch auf der Straße schleppte so einen Beutelsack mit bemützter Larve vor sich her. Sie sahen alle aus, als müssten sie noch mal zurück in den Bauch.

Meist sah man sie mit ihren Müttern. Ich fragte mich immer, wer eigentlich die Väter waren. Wie sahen sie aus? Waren sie groß und stattlich? Wieso hatten die ein Kind und ich nicht? Eines Abends sah ich, wie sich eine komplette mexikanische Familie in einem U-Bahn-Wagen ausbreitete. Zwei kleine Kinder zupften die Mutter an der Trainingshose, während der jüngste Neuankömmling, eine in ein Blatt gewickelte Raupe, am Weinschlauch ihrer Brust nuckelte. Und gegenüber, mit Bettzeug und Windelbeutel bepackt, saß breitbeinig der Erzeuger. Nicht älter als dreißig, klein, gedrungen, farbbespritzt, mit dem flächigen Gesicht eines Azteken. Ein altertümliches Gesicht, ein Gesicht aus Stein, durch die Jahrhunderte hindurchgereist in diesen Overall, diesen dahinsausenden Zug, diesen Augenblick.

Die Einladung kam fünf Tage später. Sie lag still inmitten von Rechnungen und Werbeprospekten in meinem Briefkasten. Ich sah Tomasinas Adresse als Absender und riss den Umschlag auf.

Auf der Vorderseite der Einladung schäumten aus einer Champagnerflasche die Worte:

ger!
schwan
de
wer
Ich

Innen verkündeten fröhliche grüne Lettern: «Am Samstag, dem 13. April. Kommt und feiert das Leben!»

Das Datum, erfuhr ich später, war genau berechnet. Tomasina hatte ein Basalthermometer benutzt, um den Zeitpunkt ihres Eisprungs festzustellen. Jeden Morgen vor dem Aufstehen maß sie ihre Ruhetemperatur und notierte die Ergebnisse in einer Tabelle. Außerdem inspizierte sie täglich ihre Unterhosen. Klarer, eiweißartiger Ausfluss bedeutete, dass eine Eizelle sich gelöst hatte. Am Kühlschrank klebte ein Kalender, besetzt mit roten Sternchen. Sie überließ nichts dem Zufall.

Ich überlegte, ob ich absagen sollte. Ich spielte mit dem Gedanken, fiktive Geschäftsreisen und tropische Krankheiten vorzutäuschen. Ich wollte nicht hin. Ich wünschte mir, es gäbe keine solchen Partys. Ich fragte mich, ob ich vielleicht eifersüchtig war oder nur konservativ, und entschied, ich war beides. Am Ende ging ich natürlich doch hin. Um nicht zu Hause zu sitzen und darüber nachzugrübeln.

Tomasina wohnte schon seit elf Jahren in derselben Wohnung. Doch als ich sie an diesem Abend betrat, sah es dort vollkommen anders aus. Der vertraute, rosa gesprenkelte Läufer, der an Mortadella mit Olivenstückchen erinnerte, führte aus der Eingangshalle hinauf, vorbei an der sterbenden Pflanze auf dem Treppenabsatz bis hin zu der gelben Tür, zu der ich einmal einen Schlüssel besessen hatte. Dieselbe Mesusa, von den ehemaligen jüdischen Mietern vergessen, haftete noch am Türrahmen. Wie auf dem Messingschildchen vermerkt, war 2-A immer noch das Apartment, in dem ich vor fast zehn Jahren achtundneunzig aufeinanderfolgende Nächte verbracht hatte. Doch als ich klopfte und dann die Tür aufstieß, erkannte ich es nicht wieder. Das Licht kam ausschließlich von Kerzen, die überall im Wohnzimmer verteilt standen. Während meine Augen sich daran gewöhnten, tastete ich mich an der Wand entlang zum Garderobenschrank – er war genau da, wo er immer gewesen war – und hängte meinen Mantel auf. Auf einer

Kommode daneben brannte eine Kerze, und als ich sie mir genauer ansah, ahnte ich allmählich, was Tomasina und Diane bei der Auswahl der Partydekoration vorgeschwebt hatte. Obwohl von übermenschlichen Ausmaßen, stellte die Kerze die exakte Replik eines stolz erigierten männlichen Gliedes dar, fast hyperrealistisch in den Details, bis hin zu den verzweigten Venen und dem sandbankartigen Skrotum. Die feurige Spitze des Phallus beleuchtete zwei weitere Gegenstände auf dem Tisch: die tönerne Nachbildung einer uralten kanaanitischen Fruchtbarkeitsgöttin von der Art, wie sie in feministischen Buchläden und New-Age-Kaufhäusern angeboten werden, mit gewölbtem Leib und prallen Brüsten; und eine Packung Räucherstäbchen der Marke *Love*, die mit der schemenhaften Darstellung eines ineinander verschlungenen Paares bedruckt war.

Ich blieb stehen, und meine Pupillen weiteten sich. Allmählich nahm der Raum Gestalt an. Es waren eine Menge Leute da, vielleicht fünfundsiebzig. Es sah aus wie eine Halloween-Party. Frauen, die sich das ganze Jahr über insgeheim gern sexy anziehen würden, *hatten* sich sexy angezogen. Sie trugen tief ausgeschnittene Playboy-Oberteile oder seitlich geschlitzte Hexengewänder. Nicht wenige streichelten provokativ die Kerzen oder fummelten an dem heißen Wachs herum. Sie waren nicht jung. Niemand war jung. Die Männer sahen aus, wie Männer in den letzten zwanzig Jahren immer ausgesehen haben: verlegen, aber liebenswürdig ergeben. Sie sahen aus wie ich.

Champagnerkorken knallten, genau wie auf der Einladungskarte. Nach jedem Knall schrie eine Frau: «Huch, ich bin schwanger!», und alle lachten. Dann erkannte ich aber doch etwas wieder: die Musik. Es war Jackson Browne. Was ich an Tomasina immer so liebenswert gefunden hatte, war unter anderem ihre veraltete, sentimentale Plattensammlung. Die hatte sie noch immer. Ich erinnerte mich, einmal zu genau diesem Album mit ihr getanzt zu haben. Spätabends hatten wir uns einfach ausgezogen und angefangen, mutterseelenallein zu tanzen. Es war einer von diesen spontanen Wohnzimmertänzen, wie man sie am Anfang einer Beziehung erlebt. Auf einem Hanfteppich wirbelten wir umeinander herum, nackt, ungraziös, verstohlen, und es kam nie wieder vor. Ich stand da und erinnerte mich, als von hinten jemand auf mich zutrat.

«He, Wally.»

Ich blinzelte. Es war Diane.

«Versprich mir nur», sagte ich, «dass wir nicht dabei zuschauen müssen.»

«Reg dich ab. Es ist total jugendfrei. Tomasina macht es später. Wenn alle gegangen sind.»

«Ich kann nicht lange bleiben», sagte ich und sah mich unruhig im Raum um.

«Du solltest die Bratenspritze sehen, die wir besorgt haben. Vier Dollar fünfundneunzig, Sonderangebot bei Macy's.»

«Ich bin später auf einen Drink verabredet.»

«Da haben wir auch den Spenderbecher her. Mit Deckel konnten wir nichts finden. Deshalb haben wir so einen Kinderbecher aus Plastik genommen. Roland hat ihn schon gefüllt.»

In meinem Hals war irgendwas. Ich schluckte.

«Roland?»

«Er war schon früh da. Er durfte zwischen *Hustler* und *Penthouse* wählen.»

«Ich werd aufpassen, was ich mir aus dem Kühlschrank zu trinken nehme.»

«Es ist nicht im Kühlschrank, sondern im Bad unterm Waschbecken. Weil ich Angst hatte, jemand würde es *tatsächlich* trinken.»

«Muss das denn nicht tiefgekühlt werden?»

«Wir verwenden es doch in einer Stunde. Das hält sich.»

Unerfindlicherweise nickte ich. Allmählich sah ich etwas klarer. Ich konnte sämtliche Familienfotos auf dem Kaminsims erkennen. Tomasina mit ihrem Vater. Tomasina mit ihrer Mutter. Der ganze Genovese-Clan droben in einer Eiche. Und dann sagte ich: «Du kannst mich jetzt ruhig für altmodisch halten, aber ...» Meine Stimme erstarb.

«Entspann dich, Wally. Trink ein bisschen Champagner. Es ist doch eine Party.»

An der Bar gab es sogar eine Barkeeperin. Bei Champagner winkte ich dankend ab und bat um ein Glas Scotch, pur. Während ich wartete, glitt mein Blick auf der Suche nach Tomasina durch den Raum. Deutlich, wenn auch ziemlich leise, sagte ich mit heftigem Sarkasmus: «Roland.» Genau so ein Name hatte es ja wohl sein müssen. Aus einem mittelalterlichen Heldenepos. «Das Sperma des Roland.» Das fand ich einigermaßen spaßig, als plötzlich irgendwo über mir eine tiefe Stimme ertönte: «Sprechen Sie mit mir?» Ich blickte auf, nicht direkt in die Sonne, sondern in deren anthropomorphische Verkörperung. Er war gleichermaßen blond und orangegelb und sehr groß, und die Kerze auf dem Bücherregal hinter ihm ließ seine Mähne wie einen Heiligenschein aufleuchten.

«Kennen wir uns? Ich heiße Roland DeMarchelier.»

«Wally Mars», erwiderte ich. «Dachte ich mir schon, dass Sie das sind. Diane hat mich auf Sie aufmerksam gemacht.»

«Alle machen einander auf mich aufmerksam. Ich komme mir langsam vor wie eine Art Zuchteber», sagte er lächelnd.

«Meine Frau teilte mir gerade mit, dass wir gehen. Einen letzten Drink konnte ich noch rausschlagen.»

«Sie sind verheiratet?»

«Seit sieben Jahren.»

«Macht es ihr denn nichts aus?»

«Na, *bisher* nicht. Inzwischen bin ich mir nicht mehr so sicher.»

Was soll ich über sein Gesicht sagen? Es war offen. Es war ein Gesicht, das es gewohnt ist, betrachtet, angestarrt zu werden, ohne dass auch nur eine Wimper zuckte. Seine Haut hatte eine gesunde Aprikosenfarbe. Seine Augenbrauen, ebenfalls aprikosenfarben, waren struppig wie bei einem alten Dichter. Sie bewahrten sein Gesicht davor, allzu jungenhaft zu wirken. In dieses Gesicht hatte Tomasina also gesehen. Sie hatte es angesehen und gesagt: «Sie sind engagiert.»

«Meine Frau und ich haben zwei Kinder. Beim ersten Mal hatten wir mit dem Schwangerwerden allerdings Probleme. Wir wissen also, wie das sein kann. Die Anspannung, das Timing und das alles.»

«Ihre Frau muss ja wirklich sehr aufgeschlossen sein», sagte ich. Roland kniff die Augen zusammen, um meine Aufrichtigkeit zu prüfen – dumm war er offensichtlich nicht (wahrscheinlich hatte Tomasina irgendwie seine Abschlussnoten ausfindig gemacht). Dann entschied er zu meinen Gunsten. «Sie sagt, sie fühlt sich geschmeichelt. Ich bin's jedenfalls.»

«Ich hatte mal was mit Tomasina», sagte ich. «Wir haben mal zusammengelebt.»

«Tatsächlich?»

«Jetzt sind wir bloß befreundet.»

«Gut, wenn es so läuft.»

«Als wir eine Beziehung hatten, dachte sie überhaupt nicht an Babys», sagte ich.

«So geht das eben. Man denkt, man hat alle Zeit der Welt. Und zack – stellt man fest, dass es nicht so ist.»

«Vielleicht wäre alles anders gekommen», sagte ich.

Roland sah mich erneut an, nicht ganz sicher, wie er meine Bemerkung auffassen sollte, und blickte dann ans andere Ende des Raumes hinüber. Er lächelte jemanden an und hielt seinen Drink in die Höhe. Dann wandte er sich wieder mir zu. «Hat nicht geklappt. Meine Frau will aufbrechen.» Er stellte sein Glas ab und wandte sich zum Gehen. «Hat mich gefreut, Wally.»

«Immer schön obenauf bleiben», sagte ich, aber er hörte mich nicht oder tat jedenfalls so.

Ich hatte meinen Drink geleert und holte mir Nachschub. Anschließend machte ich mich auf die Suche nach Tomasina. Ich bahnte mir einen Weg quer durchs Zimmer und quetschte mich durch den Flur. Ich hielt mich aufrecht, um meinen Anzug bewundern zu lassen. Ein paar Frauen musterten mich und wandten sich wieder ab. Tomasinas Schlafzimmertür war zwar geschlossen, doch fühlte ich mich berechtigt, sie zu öffnen.

Sie stand rauchend am Fenster und sah hinaus. Sie hatte mich nicht hereinkommen hören, und ich sagte nichts. Ich blieb einfach stehen und sah sie an. Was für ein Kleid soll eine Frau zu ihrer Befruchtungsparty anziehen? Antwort: das, das Tomasina trug. Es war genau genommen nicht direkt knapp. Es begann an ihrem Hals und endete an ihren Fesseln. Dazwischen jedoch waren sehr gekonnt eine Reihe von Gucklöchern in den Stoff geschnitten, der auf diese Weise ein Fleckchen Schenkel hier, eine schimmernde Hüfte da offenbarte und weiter oben die weiße Schwellung einer Brust. Der Anblick ließ einen an geheime Öffnungen und dunkle Kanäle denken. Ich zählte die aufblitzenden Hautpartien. Ich hatte zwei Herzen, eins oben, eins in der Hose, beide pochten.

Und dann sagte ich: «Ich hab gerade Secretariat gesehen, den Superhengst.»

Sie wirbelte herum. Sie lächelte, wenn auch nicht ganz überzeugend. «Ist er nicht sagenhaft?»

«Ich finde trotzdem, du hättest Isaac Asimov nehmen sollen.» Sie kam herüber, und wir küssten uns auf die Wange. Jedenfalls küsste ich ihre. Tomasina küsste größtenteils Luft. Sie küsste meine Samenaura.

«Diane meint, ich soll die Bratenspritze vergessen und einfach mit ihm schlafen.»

«Er ist verheiratet.»

«Das sind sie alle.» Sie machte eine Pause. «Du weißt schon, was ich meine.»

Ich gab nichts dergleichen zu erkennen. «Was machst du eigentlich hier drin?», fragte ich.

Sie nahm zwei hastige Züge von ihrer Zigarette, wie um Mut zu fassen. Dann antwortete sie: «Ausrasten.»

«Was ist los?»

Sie schlug eine Hand vors Gesicht. «Es ist deprimierend, Wally. So wollte ich kein Baby. Ich dachte, mit so einer Party würde es Spaß machen, dabei ist es bloß deprimierend.» Sie ließ die Hand sinken und sah mir in die Augen. «Glaubst du, ich spinne? Das glaubst du, stimmt's?»

Ihre Augenbrauen hoben sich flehend. Habe ich Ihnen eigentlich von Tomasinas Sommersprosse erzählt? Sie hat da so eine Sommersprosse auf der Unterlippe, wie ein Stückchen Schokolade. Alle versuchen ständig, sie ihr abzuwischen.

«Ich glaube nicht, dass du spinnst, Tom», sagte ich.

«Echt?»

«Nein.»

«Ich vertraue dir, Wally. Du bist gemein, deshalb vertrau ich dir.»

«Was meinst du damit, ich bin gemein?»

«Nicht schlimm gemein. Gut gemein. Ich spinne also nicht?»

«Du willst ein Baby. Das ist ganz natürlich.»

Plötzlich beugte sich Tomasina vor und legte den Kopf an meine Brust. Dazu musste sie sich herunterbeugen. Sie schloss die Augen und stieß einen gedehnten Seufzer aus. Ich legte meine Hand auf ihren Rücken. Meine Finger fanden ein Guckloch, und ich streichelte ihre bloße Haut. Mit warmer, durch und durch dankbarer Stimme sagte sie: «Du kapierst es, Wally. Du kapierst es total.»

Sie richtete sich auf und lächelte. Sie blickte an ihrem Kleid hinunter, rückte es so zurecht, dass ihr Nabel zu sehen war, und nahm mich dann beim Arm.

«Komm», sagte sie. «Gehen wir wieder rüber zur Party.»

Was dann geschah, hatte ich nicht erwartet. Als wir herauskamen, schrien alle Beifall. Tomasina hielt sich an meinem Arm fest, und wir fingen an, der Menge zuzuwinken wie ein königliches Paar. Für einen Moment vergaß ich Sinn und Zweck der Party und blieb einfach Arm in Arm mit Tomasina stehen und nahm den Applaus entgegen. Nachdem die Jubelschreie verebbt waren, bemerkte ich, dass Jackson Browne noch immer lief. Ich lehnte mich zu Tomasina hinüber und flüsterte ihr zu: «Weißt du noch, wie wir zu diesem Song getanzt haben?»

«Haben wir dazu getanzt?»

«Das weißt du nicht mehr?»

«Das Album hab ich schon ewig. Ich hab wahrscheinlich schon tausendmal dazu getanzt.» Sie brach ab und ließ meinen Arm los.

Mein Glas war wieder leer.

«Kann ich dich was fragen, Tomasina?»

«Was?»

«Denkst du manchmal an dich und mich?»

«Wally, bitte nicht.» Sie wandte sich ab und sah zu Boden. Nach einer Weile sagte sie mit dünner, nervöser Stimme: «Damals war ich total am Arsch. Ich glaub, ich hätte es mit niemandem ausgehalten.»

Ich nickte. Ich schluckte. Ich befahl mir, den nächsten Satz nicht zu sagen. Ich sah zum Kamin hinüber, als interessierte er mich, und dann sagte ich es doch: «Denkst du eigentlich manchmal an unser Kind?»

Der einzige Hinweis darauf, dass sie mich gehört hatte, war ein Zucken neben ihrem linken Auge. Sie atmete tief ein, stieß die Luft wieder aus. «Das ist lang her.»

«Ich weiß. Es ist bloß – wenn ich sehe, was für eine Mühe du dir hier machst, denke ich, es hätte auch anders sein können.»

«Das glaube ich nicht, Wally.» Stirnrunzelnd entfernte sie einen Fussel von der Schulter meines Jacketts. Dann ließ sie ihn fallen. «Ach! Manchmal wünsch ich mir, ich wäre Benazir Bhutto oder so jemand.»

«Du willst Premierministerin von Pakistan sein?»

«Ich will eine schöne, schlichte Zweckehe. Wenn mein Mann und ich dann miteinander geschlafen haben, kann er Polo spielen gehen.»

«Das würde dir gefallen?»

«Natürlich nicht. Das wäre doch entsetzlich.» Als ihr eine Strähne in die Augen fiel, strich sie sie mit dem Handrücken zurück. Sie sah sich im Zimmer um. Dann richtete sie sich auf und sagte: «Ich sollte mich ein bisschen unter die Leute mischen.»

Ich hob mein Glas. «Seid fruchtbar und mehret euch», sagte ich. Tomasina drückte meinen Arm und verschwand.

Ich blieb, wo ich war, und trank aus meinem leeren Glas, um wenigstens etwas zu tun zu haben. Ich sah mich nach Frauen um, die ich noch nicht kennengelernt hatte. Es gab keine. An der Bar stieg ich auf Champagner um. Ich ließ mir von der Barkeeperin dreimal das Glas füllen. Sie hieß Julie und studierte im Hauptfach Kunstgeschichte an der Columbia University. Während ich dort stand, trat Diane mitten in den Raum und tippte vernehmlich an ihr Glas. Andere taten es ihr nach, und es wurde still.

«Als Erstes», hob Diane an, «möchte ich, bevor wir hier alle rausschmeißen, ein Hoch ausbringen auf den ach so großzügigen Spender des heutigen Abends, Roland. Wir haben eine landesweite Suchaktion veranstaltet, und – ich kann euch sagen – die Vorsprechproben waren ein Schlauch.» Allgemeines Gelächter. Jemand schrie: «Roland ist schon gegangen.»

«Schon gegangen? Na, dann ein Hoch auf seinen Samen. Den haben wir nämlich noch.» Noch mehr Gelächter, einzelne trunkene Hurrarufe. Ein paar Leute, inzwischen sowohl Männer wie Frauen, nahmen sich Kerzen und schwenkten sie herum.

«Und schließlich», fuhr Diane fort, «schließlich möchte ich unsere zukünftige – toi, toi, toi – werdende Mutter hochleben lassen. Ihr Mut zur Beschaffung von Produktionsmitteln ist uns allen eine Inspiration.» Sie zerrte Tomasina neben sich. Die Leute johlten. Tomasina fiel das Haar ins Gesicht. Sie war puterrot und lächelte. Ich berührte Julie am Arm und hielt ihr mein Glas hin. Alles starrte auf Tomasina, als ich mich umdrehte und ins Bad huschte.

Nachdem ich die Tür zugemacht hatte, tat ich etwas, was ich normalerweise nicht tue. Ich blieb stehen und betrachtete mich lange im Spiegel. Damit hatte ich schon vor mindestens zwanzig Jahren aufgehört. In Spiegel starrt man am besten so mit dreizehn. An diesem Abend aber tat ich es wieder. In Tomasinas Badezimmer, wo wir einst gemeinsam geduscht und unsere Zähne mit Zahnseide gereinigt hatten, in dieser freundlichen, hell gekachelten Grotte, präsentierte ich mich mir selbst. Wissen Sie, woran ich dachte? An die Natur dachte ich. Ich dachte wieder an Hyänen. Die Hyäne, fiel mir ein, ist ein wildes, grimmiges Raubtier. Gelegentlich greifen Hyänen sogar Löwen an. Besonders ansehnlich sind sie nicht, die Hyänen, schlagen sich aber recht gut durch. Und so erhob ich mein Glas. Ich erhob mein Glas und prostete mir selbst zu: «Seid fruchtbar und mehret euch.»

Der Becher war genau da, wo Diane es beschrieben hatte. Roland hatte ihn mit priesterlicher Sorgfalt auf einem Beutel mit Wattebäuschen abgestellt. Der Kinderbecher thronte auf einem Wölkchen. Ich öffnete ihn und inspizierte seine Gabe. Sie bedeckte kaum den Becherboden, eine gelbliche, schaumige Masse. Sie sah aus wie eine Gummilösung. Eigentlich schrecklich, wenn man es sich genau überlegt. Schrecklich, dass Frauen dieses Zeug brauchen. Es ist erbärmlich. Es muss sie wahnsinnig machen, alles zu haben, was sie zur Schaffung von Leben benötigen, bis auf dieses eine mickrige Treibmittel.

Ich spülte Rolands Zeug unter dem laufenden Wasserhahn fort. Dann vergewisserte ich mich, dass die Tür abgeschlossen war. Ich wollte nicht, dass jemand einfach hereinplatzte.

Das war vor zehn Monaten. Kurz darauf war Tomasina schwanger. Sie schwoll zu enormen Ausmaßen an. Ich befand mich gerade auf einer Geschäftsreise, als sie unter Obhut einer Hebamme im St. Vincent's Hospital niederkam. Ich war jedoch rechtzeitig wieder da, um die Anzeige in Empfang zu nehmen:

> Voller Stolz gibt Tomasina Genovese
> die Geburt ihres Sohnes bekannt:
> JOSEPH MARIO GENOVESE,
> geboren am 15. Januar 1996,
> 2360 Gramm.

Die Winzigkeit allein genügte, um die Annahme zu bestätigen. Trotzdem entschied sich für mich die Sache erst, als ich dem kleinen Stammhalter neulich einen Tiffany-Löffel mitbrachte und in seine Wiege spähte. Die Knollennase. Die Glubschaugen. Ich hatte zehn Jahre darauf gewartet, dieses Gesicht in einem Schulbusfenster zu sehen. Jetzt, wo es so weit war, konnte ich ihm zum Abschied nur zuwinken.

1995

ALTE MUSIK

Rodney betrat die Wohnung und ging geradewegs ins Musikzimmer. Musikzimmer – so bezeichnete er mit einer gewissen Ironie, aber nicht ganz ohne Hoffnung, den kleinen, verwinkelten Raum, der entstanden war, als man das Haus in Wohnungen aufgeteilt hatte. Eigentlich war er als zusätzliches Schlafzimmer gedacht. Als Musikzimmer konnte er durchgehen, weil darin sein Clavichord untergebracht war.

Da stand es auf dem staubigen Boden: Rodneys Clavichord. Es war apfelgrün mit goldenen Zierleisten, die Innenseite des geöffneten Deckels war mit dem Bild eines geometrisch angelegten Gartens geschmückt. Das Instrument war einem Bodechtel-Clavichord von 1790 nachempfunden, aber erst vor drei Jahren aus dem Early Music Shop, einem Musikhaus in Edinburgh, geliefert worden. Wie es da so majestätisch im trüben Licht stand – es war Winter in Chicago –, wirkte es, als hätte es nicht neuneinhalb Stunden, seit er am Morgen zur Arbeit gegangen war, sondern wenigstens zwei Jahrhunderte darauf gewartet, von ihm gespielt zu werden.

Man brauchte keinen besonders großen Raum für ein Clavichord. Ein Clavichord war kein Konzertflügel. Spinette,

Virginale, Hammerklaviere, Clavichorde und sogar Cembali waren allesamt verhältnismäßig klein. Die Musiker des achtzehnten Jahrhunderts, die sie gespielt hatten, waren ebenfalls klein gewesen. Rodney aber war groß – 1,88 Meter. Er setzte sich behutsam auf das schmale Bänkchen. Vorsichtig schob er die Knie unter die Tastatur. Mit geschlossenen Augen begann er, aus dem Gedächtnis ein Präludium von Sweelinck zu spielen.

Alte Musik ist rational, mathematisch, ein wenig steif, und all das war Rodney auch. Lange bevor er sein erstes Clavichord gesehen oder eine (unvollendete) Doktorarbeit über Temperierungssysteme in der Reformationszeit geschrieben hatte, war er schon so gewesen. Aber seine Beschäftigung mit den Werken von Bach père et fils hatte seine ureigenen Neigungen nur bekräftigt. Das andere Möbelstück im Musikzimmer war ein kleiner Sekretär aus Teakholz. In seinen Schubladen und Fächern befanden sich Rodneys bestens sortierte Unterlagen: Abrechnungen der Krankenversicherung; alphabetisch geordnete Bedienungsanleitungen von Haushaltsgeräten mit den entsprechenden Garantiescheinen; die Impfpässe der Zwillinge, ihre Geburtsurkunden und Sozialversicherungskarten; außerdem die monatlichen Haushaltsbudgets der vergangenen drei Jahre, in denen Ausgaben bis hin zu den maximal zulässigen Heizkosten verzeichnet waren (Rodney hielt die Temperatur in der Wohnung auf belebende fünfzehn Grad). Ein bisschen frische Luft war gesund. Kälte war wie Bach: sie klärte den Geist. Auf der Schreibfläche des Sekretärs lag der Hefter des jetzigen Monats, mit der Beschriftung «FEB 05». Darin befanden sich drei Kreditkartenabrechnungen mit horrenden Forderungen und die laufende Korrespondenz mit dem Inkassobüro, das Rodney mit Mahnungen traktierte, weil er die Ratenzahlungen an den Early Music Shop nicht geleistet hatte.

Er saß mit geradem Rücken und spielte; das Gesicht zuckte. Hinter den geschlossenen Lidern zitterten die Augäpfel im Takt zu den kurzen Noten.

Und dann wurde die Tür aufgestoßen, und die sechs Jahre alte Imogene brüllte mit ihrer Hafenarbeiterstimme:

«Papa! Essen ist fertig!»

Als sie sich dieser Aufgabe entledigt hatte, schlug sie die Tür wieder zu. Rodney hielt inne. Er sah auf die Uhr und stellte fest, dass er genau vier Minuten gespielt beziehungsweise geübt hatte.

Das Haus, in dem Rodney aufwuchs, war ordentlich und sauber gewesen. Damals war das noch so. Man putzte und räumte auf. Man, das bedeutete natürlich: eine Mutter. All die Jahre der gestaubsaugten Teppiche und blitzblanken Küchen, der auf wundersame Weise vom Boden aufgesammelten Hemden, die frisch gewaschen in einer Kommodenschublade wieder auftauchten – die ganze selbstverständliche Tüchtigkeit, die ein Haus einst erfordert hatte, gab es nicht mehr. Die Frauen waren in die Arbeitswelt eingetreten und hatten all das aufgegeben.

Selbst wenn sie gar nicht arbeiten gingen. Rebecca, Rodneys Ehefrau, arbeitete nicht außer Haus. Sie ging ihrer Arbeit in der Wohnung nach, in einem der hinteren Zimmer. Sie nannte es aber nicht einfach Zimmer. Es war ihr Arbeitszimmer. Rodney hatte ein Musikzimmer, in dem er manchmal ein bisschen musizierte. Rebecca hatte ein Arbeitszimmer, in dem sie kaum arbeitete. Sie verbrachte aber viel Zeit dort, beinahe den ganzen Tag, während Rodney in einem richtigen

Arbeitszimmer in der Stadt – einem Büro – seiner Beschäftigung nachging.

Als er aus seinem Refugium, dem Musikzimmer, heraustrat, musste er aufpassen, dass er seinen Fuß nicht auf Kartons und die Rollen der Blisterfolie setzte, oder auf das im Flur herumliegende Spielzeug. Seitwärts schob er sich an dem Trupp von Wintermänteln vorbei, die über verkrusteten Stiefeln und vereinzelten Handschuhen an der Wand hingen. Im Wohnzimmer trat er auf etwas, das sich wie ein Handschuh anfühlte. Es war aber keiner. Es war eine Stoffmaus. Rodney seufzte und hob sie auf. Dieses Exemplar war etwas größer als eine echte Maus, und sie war babyblau und trug ein schwarzes Barett. Sie schien eine Hasenscharte zu haben.

«Du sollst süß aussehen», sagte Rodney zu der Maus. «Streng dich mal ein bisschen an.»

Die Mäuse, das war Rebeccas Arbeit. Sie waren Teil einer Serie, die sie Mice 'n' Warm nannte, ein eingetragenes Markenzeichen, zu dem gegenwärtig vier «Figuren» gehörten: Moderne-Maus, «Boho», die Boheme-Maus, Realo-Surfer-Maus und Flower-Power-Maus. Jeder dieser künstlerischen Nager war mit aromatisierten Kügelchen gefüllt und unwiderstehlich knuddelig. Das (noch überwiegend theoretische) Verkaufsargument bestand darin, dass diese Mäuse herrlich und verlockend dufteten, wenn man sie in die Mikrowelle steckte, ein wenig wie Gebäck.

Rodney trug die Maus in der hohlen Hand in die Küche, als wäre sie verletzt.

«Die wollte abhauen», sagte er zum Gruß.

Rebecca sah von der Spüle auf, wo sie gerade die Pasta ins Sieb schüttete, und runzelte die Stirn. «Schmeiß es weg», sagte sie. «Das ist Ausschuss.»

Von den Zwillingen am Tisch kam ein Aufschrei. Sie mochten es nicht, wenn die Mäuse ein frühzeitiges Ende fanden. Sie sprangen auf und stürzten mit ausgestreckten Händen auf ihren Vater zu.

Rodney hielt die Boho-Maus etwas höher.

Immy, die Rebeccas spitzes Kinn und ihre klarsichtige Entschlossenheit hatte, stieg auf einen Stuhl. Tallulah, die immer schon die Instinktivere, Wildere der beiden gewesen war, packte einfach Rodneys Arm und begann, sich an seinem Bein hochzuhangeln.

Während dieser Angriff andauerte, sagte Rodney zu Rebecca: «Lass mich raten. Es ist das Mäulchen.»

«Das Mäulchen», sagte Rebecca, «und der Geruch. Riech mal dran.»

Um dem nachzukommen, musste sich Rodney umdrehen, die Maus in die Mikrowelle legen und die Aufwärmtaste drücken.

Nach zwanzig Sekunden nahm er die warme Maus heraus und schnüffelte daran.

«Gar nicht so schlimm», sagte er. «Aber ich weiß, was du meinst. Ein bisschen zu viel Achselschweiß.»

«Das soll Moschus sein.»

«Andererseits», sagte Rodney, «ist Körpergeruch vielleicht genau das Richtige für eine Bohemienne.»

«Ich habe fünf Kilo Moschuskügelchen», jammerte Rebecca. «Mit denen kann ich jetzt nichts mehr anfangen.»

Rodney durchschritt die Küche und trat auf das Mülleimerpedal, sodass sich der Deckel hob. Er waf die Maus hinein und senkte den Deckel wieder ab. Es fühlte sich gut an, eine Maus wegzuschmeißen. Er hätte es am liebsten gleich noch einmal getan.

Es war wohl nicht besonders klug gewesen, das Clavichord zu kaufen. Zum einen hatte es ein kleines Vermögen gekostet. Und sie hatten kein Vermögen, weder ein kleines noch ein großes, das sie hätten ausgeben können. Außerdem hatte Rodney bereits vor zehn Jahren aufgehört, professionell zu spielen. Nach der Geburt der Zwillinge hatte er ganz damit aufgehört. Von Logan Square bis hinunter nach Hyde Park zu fahren und dort auf der Suche nach einem Parkplatz ewig herumzukurven und dann den Studentenausweis der University of Chicago aus dem Portemonnaie zu zupfen und das lachhaft veraltete Foto mit dem Daumen zu bedecken, während er sich beim Pförtner auswies, um Einlass zum Übungsraum 113 zu erhalten, wo er eine Stunde lang auf dem geschundenen, aber ordentlich gestimmten Clavichord der Universität ein paar Bourrées und Reigen durcharbeitete, nur um nicht ganz rauszukommen – all das wurde zu schwierig, als die Kinder geboren wurden. Damals, als Rodney und Rebecca an ihren jeweiligen Doktorarbeiten saßen (damals, als sie kinderlos und hochkonzentriert waren und sich von Joghurt und Bierhefe ernährten), hatte er drei oder vier Stunden am Tag damit zugebracht, auf dem Clavichord der musikwissenschaftlichen Abteilung zu spielen. Das Cembalo im Nebenraum war sehr gefragt, aber das Clavichord war immer frei, denn es handelte sich um ein Pedal-Clavichord, einen seltenen, widerspenstigen Kasten, auf dem niemand gern spielte. Es war ein spekulativer Nachbau eines Clavichords aus dem frühen achtzehnten Jahrhundert, und die Pedaleinheit (die irgendein studentischer Bleifuß ziemlich platt getrampelt hatte) führte manchmal ein Eigenleben. Aber Rodney gewöhnte sich daran, und das Clavichord wurde so etwas wie sein Privatinstrument. Bis er die Promotion an den Nagel hängte und Vater wurde und eine Stelle auf der North Side annahm, wo er an der Old Town School of Folk Music Klavierunterricht gab.

Das Besondere an Alter Musik war, dass niemand genau wusste, wie sie eigentlich klingen sollte. Debatten darüber, wie ein Cembalo oder Clavichord zu stimmen war, machten einen guten Teil des Fachs aus. Die Frage lautete: Wie hatte Bach *sein* Cembalo gestimmt? Man stritt ausführlich darüber, was Johann Sebastian Bach mit dem Begriff *wohltemperiert* eigentlich gemeint hatte. Und niemand fand eine Antwort darauf. Die Musiker stimmten ihre Instrumente in einer Weise, die einer gewissen historischen Wahrscheinlichkeit entsprach, und studierten die von Hand gezeichneten Schaubilder auf den Titelseiten verschiedener Bach-Kompositionen.

Rodney hatte sich vorgenommen, diese Frage in seiner Doktorarbeit ein für alle Male zu beantworten. Er wollte herausfinden, auf welche Weise Bach sein Cembalo genau gestimmt hatte, wie seine Musik damals geklungen hatte und demnach: *wie sie heutzutage zu spielen war.* Um das zu tun, musste er nach Deutschland reisen. Nicht nur das. Er musste in die DDR reisen, nach Leipzig, um das Cembalo zu untersuchen, auf dem Bach selbst komponiert hatte und dessen Tastatur (so wurde gemunkelt) der Meister mit seinen bevorzugten Markierungen versehen hatte. Im Herbst 1987 war Rodney mit Unterstützung eines Forschungsstipendiums nach West-Berlin aufgebrochen, Rebecca studierte, gefördert von einer Stiftung, an der Freien Universität. Sie wohnten zur Untermiete in der Nähe vom Savignyplatz, in einer Zweizimmerwohnung mit Sitzdusche und einer Flachspültoilette. Der Hauptmieter war ein Typ namens Frank aus Montana, der nach Berlin gekommen war, um Bühnenbilder für experimentelles Theater zu bauen. Außer ihm hatte noch ein verheirateter Professor die Wohnung genutzt, um dort seine Freundinnen zu unterhalten. Rebecca und Rodney schliefen miteinander in einem Bett, dessen Flanellbettwäsche Schamhaare verschiedener Herkunft aufwies. Der Professor hatte sein Rasierzeug in dem winzigen, übelriechenden Badezimmer stehenlassen. Ihre Fäkalien landeten trocken auf der Stufe der Toilette und konnten dort inspiziert werden. All das wäre unerträglich gewesen, wenn sie nicht sechsundzwanzig und arm und verliebt gewesen wären. Rodney und Rebecca wuschen die Bettwäsche und hängten sie zum Trocknen auf den Balkon. Sie gewöhnten sich an die winzige Wanne, und sie hörten bis zum Schluss nicht auf, sich über die widerliche Toilettenstufe zu beklagen.

West-Berlin war nicht, wie Rodney es sich vorgestellt hatte. Die Stadt war in keinerlei Hinsicht wie Alte Musik. Sie war vollkommen irrational und unmathematisch, nicht steif, sondern undiszipliniert. Sie war voller Kriegswitwen, Verweigerer, Hausbesetzer und Anarchisten. Rodney ertrug den Zigarettenqualm nicht. Das Bier verursachte bei ihm Blähungen. Wann immer er konnte, ging er in die Philharmonie oder in die Deutsche Oper, um alldem zu entkommen.

Rebecca war es besser ergangen. Sie hatte sich mit den Leuten in der Wohngemeinschaft über ihnen angefreundet. Die sechs jungen Deutschen trugen Mao-Schuhe mit weichen Sohlen oder Fußkettchen oder ironische Monokel, hatten ihr Geld zusammengelegt, betrieben regen Partnertausch und debattierten laut über kantische Ethik und ihren Bezug zu Verkehrsstreitigkeiten. Alle paar Monate verschwand einer von ihnen nach Tunesien oder Indien oder kehrte nach Hamburg zurück, um in das Exportunternehmen der Familie einzusteigen. Aus Höflichkeit – und weil er von Rebecca gedrängt wurde – ging Rodney zu ihren Partys, aber er kam sich in Gesellschaft dieser Leute immer zu gestriegelt, zu unpolitisch, zu unbekümmert amerikanisch vor.

Als er im Oktober zur Ständigen Vertretung der DDR ging, um sein Akademikervisum abzuholen, teilte man ihm mit, dass sein Antrag abgelehnt worden war. Der Beamte, der ihm diese Nachricht überbrachte, war kein klassischer Ostblockfunktionär, sondern ein freundlich dreinblickender, nervöser Mann mit einer Halbglatze, dem es wirklich leidzutun schien. Er sei selbst aus Leipzig, erzählte er, und als Kind in die Thomaskirche gegangen, wo Bach Kantor gewesen war. Rodney wandte sich an die amerikanische Botschaft in Bonn, doch dort konnte man nichts für ihn tun. Voller Panik rief er Professor Breskin an, seinen Doktorvater in Chicago, der gerade eine Scheidung durchmachte und wenig Empathie aufbrachte. Seine Stimme triefte vor Sarkasmus, als er sagte: «Und? Haben Sie eine andere Idee für Ihre Doktorarbeit?»

Die Linden am Ku'damm verloren ihr Laub. Rodney fand, dass die Blätter nie orange oder rot genug geworden waren, bevor sie abstarben. Aber so sprangen die Preußen mit dem Herbst um. Auch der Winter wurde nie richtig Winter: Regen, grauer Himmel, kaum Schnee – nur diese Feuchtigkeit, die Rodney in die Knochen drang, wenn er von einem Kirchenkonzert zum nächsten ging. Sein Aufenthalt in Berlin würde noch sechs Monate dauern, und er hatte keine Ahnung, wie er sie ausfüllen sollte.

Und dann, zu Beginn des Frühlings, geschah etwas Wunderbares. Lisa Turner, Kulturattaché an der amerikanischen Botschaft, fragte Rodney, ob er auf eine Tournee durch Deutschland gehen wolle, um einen Teil des Programms der «Deutsch-Amerikanischen Freundschaft» zu bestreiten und

Bach zu spielen. Anderthalb Monate reiste Rodney durch meist kleinere Städte in Schwaben, Nordrhein-Westfalen und Bayern, wo er in den städtischen Konzertsälen auftrat. Er übernachtete in puppenhausgroßen Hotels, die voller Puppenhausnippes waren; er schlief in Einzelbetten unter wunderbar flauschigen Decken. Lisa Turner begleitete ihn, las ihm jeden Wunsch von den Augen ab und kümmerte sich auf besondere Weise um seine Reisebegleitung. Das war nicht Rebecca. Rebecca war in Berlin geblieben, um den ersten Entwurf ihrer Dissertation zu schreiben. Rodneys Reisebegleitung war ein Clavichord, hergestellt von Hass im Jahr 1761, das schönste, dynamischste und sensibelste Clavichord, das Rodneys zitternde, hocherfreute Hände jemals berührt hatten.

Rodney war nicht berühmt. Wohl aber das Hass-Clavichord. In München waren vor dem Konzert drei Pressefotografen im Rathaus aufgetaucht, um das Clavichord zu fotografieren. Rodney stand im Hintergrund wie ein Bediensteter.

Dass das Publikum nicht sehr zahlreich zu Rodneys Konzerten erschien, dass die Zuhörerschaft ausschließlich aus Rentnern bestand, deren Mienen von den Jahren und Jahrzehnten, die sie der Hochkultur die Treue gehalten hatten, für immer versteinert waren, ja dass nach fünfzehn Minuten eines Scheidemann-Stücks ein Drittel des Publikums schlief, mit offenen Mündern, als würden sie mitsingen oder einen sehr langen Klagelaut halten – all das störte Rodney nicht. Er wurde bezahlt, zum ersten Mal in seinem Leben. Die Säle, die die optimistische Lisa Turner buchte, fassten zwei- oder dreihundert Zuhörer. Wenn fünfundzwanzig oder sechzehn oder (in Heidelberg) drei Leute kamen, hatte Rodney das Gefühl, dass er allein spielte, nur für sich selbst. Er versuchte, die Töne zu hören, die der Meister vor über zweihundert Jahren hervorgebracht hatte, er versuchte, sie zu fassen und wiederzugeben, wenn der Augenblick sie heranwehte. Es war, als würde er Bach zum Leben erwecken und gleichzeitig in die Vergangenheit reisen. Das war es, woran Rodney dachte, wenn er in diesen riesigen, hallenden Sälen spielte.

Das Hass-Clavichord war nicht so beseelt wie Rodney. Das Instrument beklagte sich bitterlich. Es wollte nicht ins Jahr 1761 zurück. Es hatte seine Arbeit getan und wollte sich entspannen, den Ruhestand genießen, wie das Publikum. Die Tangenten brachen und mussten repariert werden. Jeden Abend starb eine weitere Taste.

Und trotzdem erklang die Alte Musik, spröde und ruckend und unbestreitbar antik, und Rodney, ihr Medium, hielt auf dem Hocker das Gleichgewicht wie ein Mann auf einem geflügelten Pferd. Die Tastatur hob und senkte sich, sie stampfte, und immerzu raste die Musik voran.

Als er Ende Mai nach Berlin zurückkehrte, stellte er fest, dass seine Begeisterung für Musikwissenschaft im engeren Sinne nachgelassen hatte. Er war sich nicht mehr sicher, ob er akademisch arbeiten wollte. Er überlegte, anstelle der Promotion an der Royal Academy of Music in London zu studieren und eine Laufbahn als Konzertmusiker anzustreben.

Derweil hatte West-Berlin Rebecca auseinandergenommen und neu wieder zusammengesetzt. In der eingemauerten, subventionierten Halb-Stadt schien niemand zu arbeiten. Die Genossen in der Wohngemeinschaft verbrachten ihre Zeit damit, die jämmerlichen Orangenbäumchen auf ihrem betonierten Balkon zu hegen und zu pflegen. Rebecca volontierte am Schwarzfahrer-Theater, wo sie das groteske Anti-Atomkraft-Treiben auf der Bühne mit elektronischer Musik – halb Kraftwerk, halb Kurt Weill – begleitete. Sie ging spät ins Bett und stand morgens immer später auf, und sie machte kaum Fortschritte bei ihrer Untersuchung von Johann Georg Sulzers *Allgemeiner Theorie der schönen Künste* in Bezug auf theoretische Konzepte des Musikhörens im Deutschland des achtzehnten Jahrhunderts. Genauer gesagt: Rebecca hatte in Rodneys Abwesenheit gerade fünf Seiten geschrieben.

Rodney und Rebecca genossen ihr Jahr in Berlin. Aber ihre stockenden Doktorarbeiten führten sie zu dem unausweichlichen Schluss, dass sie überhaupt keine Doktoren, welcher Art auch immer, sein wollten.

Orientierungslos kehrten sie nach Chicago zurück. Rodney schloss sich einem Ensemble für Alte Tastenmusik an, das hin und wieder Konzerte gab. Rebecca wandte sich der Malerei zu. Sie zogen nach Bucktown, und ein Jahr später nach Logan Square. Sie hatten so gut wie keine Einkünfte. Sie lebten wie die Boho-Maus.

An seinem vierzigsten Geburtstag lag Rodney mit einer Grippe und vierzig Grad Fieber im Bett. Er stand auf, rief die Schule an, um sich krankzumelden, und legte sich wieder hin.

Nachmittags kamen Rebecca und die Mädchen herein und brachten ihm einen liebevoll verrückten Geburtstagskuchen. Durch seine verklebten Augenlider erkannte Rodney den Resonanzboden aus Zitronenbiskuit, die Marzipantastatur, den von einer Minzstange gehaltenen Schokoladendeckel.

Rebeccas Geschenk war ein Flugticket nach Edinburgh und eine Anzahlung, die sie beim Early Music Shop geleistet hatte. «Mach's», sagte sie. «Mach es einfach. Du brauchst das. Wir kriegen es irgendwie hin. Die Mäuse verkaufen sich immer besser.»

Das war drei Jahre her. Jetzt saßen sie um den wackligen, gebraucht gekauften Küchentisch, und Rebecca warnte Rodney: «Geh nicht ans Telefon.»

Die Zwillinge aßen wie üblich Pasta ohne alles. Die Erwachsenen, diese Feinschmecker, aßen Pasta mit Soße.

«Die haben heute schon sechsmal angerufen.»

«Wer hat angerufen?», fragte Immy.

«Niemand», sagte Rebecca.

«Die Frau?», fragte Rodney. «Darlene?»

«Nein. Jemand anders. Ein Mann.»

Das klang nicht gut. Darlene gehörte inzwischen beinah zur Familie. In Anbetracht der vielen Briefe, die sie in immer fetterer Schrift geschickt hatte, und der zahlreichen Anrufe, bei denen sie zuerst höflich um Geld gebeten, dann Geld gefordert und schließlich Drohungen ausgesprochen hatte – in Anbetracht dieses hartnäckig verfolgten Anspruchs war Darlene so etwas wie eine alkoholkranke Schwester oder eine spielsüchtige Cousine. Nur dass in diesem Fall sie die moralisch Überlegene war. Es war nicht Darlene, die Schulden in Höhe von 27 000 Dollar hatte, zu einem Zinssatz von achtzehn Prozent.

Wenn Darlene anrief, so tat sie das aus der Honigwabe eines Call-Centers; im Hintergrund war das Summen zahlloser weiterer Arbeiterbienen zu hören. Ihrer aller Aufgabe war es, Pollen zu sammeln. Um sie zu erfüllen, schlugen sie mit den Flügeln und hoben manchmal auch ihren Stachel. Da Rodney Musiker war, konnte er all das sehr genau hören. Manchmal verlor er sich in Gedanken und vergaß die wütende Biene, die ihn verfolgte.

Darlene hatte bestimmte Möglichkeiten, sich seiner Aufmerksamkeit zu versichern. Im Gegensatz zu einem Telefonverkäufer, der hundertmal die Angel auswarf, um einen einzigen Fisch zu fangen, machte sie nie einen Fehler. Sie sprach Rodneys Namen korrekt aus und hatte die richtige Anschrift parat: Sie wusste diese Dinge auswendig. Da es leichter gewesen wäre, sich einer Fremden zu widersetzen, hatte sie sich bei ihrem ersten Gespräch erst einmal vorgestellt. Sie erklärte, worum es ihr ging, und machte deutlich, dass sie nicht lockerlassen würde, bis sie ihr Ziel erreicht hätte.

Doch jetzt war sie weg.

«Ein Mann?», fragte Rodney.

Rebecca nickte. «Und kein besonders freundlicher.»

Immy fuchtelte mit ihrer Gabel. «Du hast gesagt, niemand hat angerufen. Wie kann ein Mann niemand sein?»

«Ich habe gemeint, niemand, den ihr kennt, Liebling. Niemand, um den ihr euch Gedanken zu machen braucht.»

Genau da klingelte das schnurlose Telefon, und Rebecca sagte: «Geh nicht dran.»

Rodney nahm seine Serviette (eigentlich ein Stück von der Küchenrolle), faltete sie einmal und legte sie auf den Schoß. «Es gehört sich nicht, während der Essenszeit anzurufen», sagte er in erzieherischem, etwas gestelztem Ton. «Das ist unhöflich.»

In den ersten beiden Jahren hatte Rodney die monatlichen Zahlungen geleistet. Aber dann hatte er an der Old Town School of Folk Music gekündigt, um sich selbständig zu machen. Seine Schüler kamen zu ihm in die Wohnung, wo er sie am Clavichord unterrichtete (den Eltern gegenüber behauptete er, das Clavichord sei die perfekte Vorbereitung auf das Klavier). Eine Zeitlang konnte er seine Einkünfte verdoppeln, doch dann verlor er einen Schüler nach dem anderen. Niemand mochte das Clavichord. Die Kinder fanden, dass es seltsam klang. So etwas spielen doch nur Mädchen, sagte ein

Junge. Rodney geriet in Panik und mietete einen Übungsraum, in dem er den Unterricht am Klavier fortführte, aber bald schon verdiente er weniger als an der Old Town. Also gab er den Klavierunterricht auf und bewarb sich auf eine Stelle als Sachbearbeiter in der Patientenverwaltung einer Krankenkasse, die er noch immer innehatte.

Schon da war er nicht mehr in der Lage, den Ratenzahlungen an den Early Music Shop nachzukommen. Der Zinssatz wurde angehoben und schoss schließlich (dem Kleingedruckten im Vertrag gemäß) regelrecht in die Höhe. Seitdem kam er nicht mehr hinterher.

Darlene hatte ihm mit Pfändung gedroht, aber so weit war es noch nicht gekommen. Und so spielte Rodney sein Clavichord weiterhin jeden Morgen und jeden Abend, jeweils eine Viertelstunde lang.

«Es gibt aber auch gute Nachrichten», sagte Rebecca, als es aufgehört hatte zu klingeln. «Ich habe seit heute einen neuen Kunden.»

«Toll. Wen?»

«Einen Schreibwarenladen in Des Plaines.»

«Und wie viele Mäuse wollen sie haben?»

«Zwanzig. Erst mal.»

Rodney, der die 1/6-Komma-Quinten (F-C-G-D-A-E), die reinen Quinten (E-H-Fis-Cis) und die teuflischen 1/12-Komma-Quinten (Cis-Gis-Dis-Ais) von Bachs Stimmauslegung auseinanderhalten konnte, hatte keine Schwierigkeiten, in seinem Kopf auch die folgende Rechnung aufzustellen: Jede Mice 'n' Warm kostete im Verkauf fünfzehn Dollar. Rebeccas Anteil lag bei vierzig Prozent, also sechs Dollar. Da die Fertigung einer Maus etwa 3,50 Dollar kostete, betrug der Gewinn pro Maus 2,50 Dollar. Das mal zwanzig ergab fünfzig Dollar.

Er rechnete weiter: 27 000 Dollar geteilt durch 2,50 Dollar ergab 10 800. Der Schreibwarenladen wollte für den Anfang zwanzig Stück. Rebecca würde noch über zehntausend Mäuse verkaufen müssen, um das Clavichord abzubezahlen.

Über den Tisch hinweg sah Rodney seine Frau stumpf an.

Es gab viele Frauen, die eine richtige Arbeit hatten. Rebecca gehörte zufällig nicht dazu. Aber alles, was eine Frau heutzutage tat, ging als Arbeit durch. Einen Mann, der Stoffmäuse nähte, würde man im besten Fall als unzulänglichen Ernährer bezeichnen, im schlechtesten als Verlierertyp. Eine Frau mit einem Master und einer beinahe fertiggestellten musikwissenschaftlichen Doktorarbeit dagegen, die handgenähte, mikrowellengeeignete, süß duftende Nagetiere herstellte, galt (besonders bei ihren verheirateten Freundinnen) als Unternehmerin.

Wegen ihrer «Arbeit» konnte sich Rebecca natürlich nicht ständig um die Zwillinge kümmern. Sie waren also gezwungen, eine Babysitterin zu Hilfe zu nehmen, deren wöchentlicher Lohn Rebeccas Einkünfte aus dem Verkauf der Mice-'n'-Warm-Mäuse überstieg (was wiederum zur Folge hatte, dass sie nur den Mindestbetrag ihrer Kreditkartenrechnung begleichen konnten, wodurch sie immer tiefer in die Schulden rutschten). Rebecca hatte schon oft angeboten, das Mäusegeschäft aufzugeben und sich eine Beschäftigung mit einem festen Gehalt zu suchen. Aber Rodney, der wusste, was es bedeutete, etwas Nutzloses zu lieben, sagte immer: «Warte mal noch ein paar Jahre.»

Warum war das, was Rodney tat, Arbeit, und das, was Rebecca tat, nicht? Erstens: Rodney verdiente Geld. Zweitens musste er sich verbiegen, um seinem Arbeitgeber gerecht zu werden. Drittens mochte er die Tätigkeit nicht. Das war ein sicheres Zeichen dafür, dass es sich um Arbeit handelte.

«Fünfzig Dollar», sagte er.

«Was?»

«Das ist der Gewinn bei zwanzig Mäusen. Vor Steuern.»

«Fünfzig Dollar!», brüllte Tallulah. «Das ist 'ne Menge!»

«Es ist ja nur ein Kunde», sagte Rebecca.

Rodney hätte am liebsten gefragt, wie viele Kunden sie denn *im Ganzen* hatte. Er hätte sie am liebsten gebeten, ihm eine monatliche Gegenüberstellung von Einnahmen und Ausgaben vorzulegen. Er musste davon ausgehen, dass Rebecca die finanziellen Belange ihres Tuns irgendwo auf die Rückseite eines Briefumschlags gekritzelt hatte. Aber weil die Mädchen am Tisch saßen, sagte er nichts. Er stand einfach auf und begann abzuräumen. «Ich muss spülen», sagte er, als wäre das etwas Neues.

Rebecca schob die Mädchen ins Wohnzimmer und setzte sie vor eine DVD aus der Videothek. Normalerweise verwandte sie die halbe Stunde nach dem Abendessen darauf, ihre Lieferanten in China anzurufen, wo es schon Morgen war, oder ihre Mutter, die Ischiasbeschwerden hatte. Rodney stand allein an der Spüle, kratzte Teller ab und entfernte den Film von den Kefirgläsern. Er fütterte den drachenartigen Küchenabfallzerkleinerer in der Abflusshöhle. Ein echter Musiker hätte seine Hände versichert. Aber wen würde es kümmern, wenn Rodney seine Finger in die rotierenden Klingen des Häckslers steckte? Klug wäre es, erst eine Versicherung abzuschließen und *dann* die Finger hineinzustecken. So könnte er das Clavichord abbezahlen und jeden Abend mit seinem bandagierten Stumpf darauf spielen.

Wenn er in Berlin geblieben wäre, ja wenn er an der Royal

Academy studiert und nicht geheiratet und keine Kinder bekommen hätte, würde Rodney vielleicht noch heute Musik machen. Möglicherweise wäre er ein international bekannter Clavichordist, wie Menno van Delft oder Pierre Goy.

Er öffnete die Spülmaschine und sah, dass Wasser darin stand. Der Überlauf war falsch installiert worden; der Vermieter hatte versprochen, sich darum zu kümmern, war dem aber nicht nachgekommen. Rodney starrte eine Weile auf die rostrote Brühe, als wäre er selbst ein Klempner, der wüsste, was zu tun war, doch am Ende füllte er nur das Pulver ein, schloss die Tür und stellte die Maschine an.

Als er die Küche verließ und ins Wohnzimmer kam, war niemand da. Im Fernseher lief das Hauptmenü der DVD, die Filmmusik dudelte in Endlosschleife. Rodney schaltete das Gerät aus. Er ging über den Flur zu den Schlafzimmern. Im Bad rauschte Wasser, er hörte, wie Rebecca die Zwillinge beschwor, in die Wanne zu steigen. Er versuchte, die Stimmen seiner Töchter zu hören. Das war für ihn die Neue Musik, und er hätte ihr gern gelauscht, nur eine Minute lang, aber das Wasser war zu laut.

An Tagen, an denen Rebecca die Mädchen abends badete, war es Rodneys Aufgabe, ihnen eine Gutenachtgeschichte vorzulesen. Auf dem Weg zu ihrem Zimmer kam er an Rebeccas Arbeitszimmer vorbei. Und er tat etwas, das er normalerweise nicht tat: Er blieb stehen. Eigentlich hatte er sich angewöhnt, auf den Boden zu sehen, wenn er an ihrem Arbeitszimmer vorbeiging. Für sein emotionales Gleichgewicht war es besser, den Dingen, die darin vor sich gingen, einfach ihren Lauf zu lassen, ohne sie genauer zu betrachten. Aber an diesem Abend starrte er auf die Tür. Und er hob die nicht versicherte rechte Hand und schob sie auf.

Ein riesiger Schwall von pastellfarbenen Stoffbahnen stürzte wie ein Wasserfall von der hinteren Wand, staute sich auf langen Arbeitstischen und an der Nähmaschine und ergoss sich auf den Boden, wo sich ein Damm von Bänderspulen, undichten Beuteln parfümierter Kügelchen, von Heftzwecken und Knöpfen gebildet hatte. Auf dem Treibgut hielten sich, teils keck und breitbeinig wie Holzfäller, teils erschrocken klammernd wie Ertrinkende, die vier verschiedenen Sorten von Mäusen und sahen ihrem Sturz in den Geschenkartikelmarkt entgegen.

Rodney betrachtete ihre kleinen Gesichter, die mitleidheischend oder taktvoll zu ihm aufsahen. Zehn Sekunden hielt er ihren Blicken stand. Dann wandte er sich ab und stapfte entschlossen zurück über den Flur. Er ging am Bad vorbei, ohne nach Immys und Lulas Stimmen zu lauschen, erreichte das Musikzimmer und schloss die Tür hinter sich. Er setzte sich ans Clavichord, atmete tief ein und begann, einen Part eines Duetts in e-Moll von Müthel zu spielen.

Es war ein kompliziertes Stück. Johann Gottfried Müthel, Bachs letzter Schüler, war ein schwieriger Komponist. Er hatte nur drei Monate bei Bach gelernt. Dann war er nach Riga gegangen, um in der baltischen Dämmerung seines Genies zu verschwinden. Kaum jemand kannte Müthel noch. Außer den Clavichordisten. Für Clavichordisten gab es keine größere Herausforderung, als Müthel zu spielen.

Rodney fand gut hinein in das Duett.

Nach zehn Minuten steckte Rebecca den Kopf zur Tür herein.

«Die Mädchen sind jetzt bereit für ihre Gutenachtgeschichte», sagte sie.

Rodney spielte weiter.

Rebecca sagte den Satz noch einmal lauter, und Rodney hielt inne.

«Mach du das», sagte er.

«Ich muss ein paar Telefonate führen.»

Rodney spielte mit der rechten Hand eine e-Moll-Tonleiter. «Ich übe», sagte er. Er starrte auf seine Hand wie ein Klavierschüler, der zum ersten Mal Tonleitern spielt, und er hörte nicht auf zu starren, bis Rebecca ihren Kopf aus dem Türspalt gezogen hatte. Dann stand er auf und schlug mit gedrosselter Kraft die Tür zu. Er kehrte zum Clavichord zurück und fing noch einmal von vorn an.

Müthel hatte nicht viel geschrieben. Hatte nur komponiert, wenn der Geist über ihn gekommen war. Genauso war es bei Rodney. Rodney spielte nur, wenn der Geist über ihn kam.

So wie jetzt gerade, an diesem Abend. Er spielte das Müthel-Stück immer wieder, zwei Stunden lang.

Er spielte gut, mit viel Gefühl. Aber er machte auch Fehler. Er ließ sich nicht beirren. Um sich am Ende ein wenig aufzubauen, nahm er sich noch Bachs Französische Suite in d-Moll vor, ein Stück, das er seit Jahren spielte und auswendig konnte.

Bald war er erhitzt und schwitzte. Es tat gut, wieder einmal derart konzentriert und kraftvoll zu musizieren, und als er schließlich fertig war und die glockenartigen Töne, die von der niedrigen Decke widerhallten, noch in seinen Ohren klangen, senkte er den Kopf und schloss die Augen. Die anderthalb Monate kamen ihm wieder in den Sinn, als er, mit sechsundzwanzig Jahren, entrückt und unsichtbar in leeren westdeutschen Konzertsälen gespielt hatte. Hinter ihm auf dem Sekretär läutete das Telefon, Rodney drehte sich auf seinem Bänkchen um und nahm ab.

«Hallo?»

«Guten Abend, spreche ich mit Rodney Webber?»

Rodney bemerkte, dass er einen Fehler gemacht hatte. Trotzdem sagte er: «Ja, am Apparat.»

«Mein Name ist James Norris, von Reeves Collection. Ich weiß, dass Sie unser Inkassobüro bereits kennen.»

Wenn man auflegte, riefen sie wieder an. Wenn man seine Telefonnummer änderte, fanden sie die neue heraus. Es gab nur eine Möglichkeit: die Sache hinauszuschieben, Versprechungen zu machen und Zeit zu schinden.

«Ich befürchte, ja. Ich kenne Ihre Firma gut.» Rodney suchte nach dem richtigen Ton, humorvoll, aber nicht unbeschwert oder respektlos.

«Bisher hatten Sie mit Ms. Darlene Jackson zu tun, wenn ich das recht verstehe. Sie war für Ihren Fall zuständig. Bis zu diesem Zeitpunkt. Jetzt bin ich zuständig, und ich hoffe, dass wir zu einer Lösung kommen.»

«Das hoffe ich auch», sagte Rodney.

«Mr. Webber, ich übernehme immer dann, wenn ein Fall kompliziert geworden ist, und ich versuche, ihn wieder einfach zu machen. Ms. Jackson hat Ihnen verschiedene Zahlungspläne angeboten, wie ich sehe.»

«Ich habe im Dezember tausend Dollar überwiesen.»

«Ja, das haben Sie. Und das war ein Anfang. Aber nach unseren Unterlagen hatten Sie zweitausend zugesagt.»

«So viel konnte ich nicht aufbringen. Es war Weihnachten.»

«Mr. Webber. Machen wir es nicht komplizierter als nötig. Sie haben vor über einem Jahr aufgehört, Ihre Ratenzahlungen an unseren Kunden, den Early Music Shop, zu leisten. Weihnachten hat damit also nur bedingt etwas zu tun, meinen Sie nicht?»

Die Gespräche mit Darlene waren für Rodney kein Vergnügen gewesen. Aber nun wurde ihm klar, dass sich Darlene vernünftig und flexibel verhalten hatte, anders als dieser James, dessen Stimme weniger bedrohlich als halsstarrig klang, eine Stimme wie eine Wand.

«Sie sind wegen eines Musikinstruments im Zahlungsrückstand, nicht wahr? Um was für ein Instrument handelt es sich denn?»

«Ein Clavichord.»

«Das sagt mir nichts.»

«Das hatte ich auch nicht erwartet.»

Der Mann lachte kurz auf, schien nicht beleidigt.

«Zum Glück gehört es nicht zu meinen Aufgaben, mich mit alten Instrumenten auszukennen.»

«Ein Clavichord ist ein Vorläufer des Klaviers», sagte Rodney. «Nur dass es mit Tangenten gespielt wird und nicht mit Hämmern. Mein Clavichord –»

«Hören Sie, was Sie da sagen, Mr. Webber? Das stimmt so nicht. Es ist nicht Ihr Clavichord. Das Instrument gehört dem Early Music Shop in Edinburgh. Sie haben es nur als Leihgabe. So lange, bis Sie diesen Kredit abbezahlt haben.»

«Mir schien, die Provenienz könnte Sie interessieren», sagte Rodney. Was war nur in ihn gefahren, dass er sich derart hochtrabend ausdrückte? Ganz einfach: Er wollte James Norris von Reeves Collection in seine Schranken verweisen. Als Nächstes hörte er sich sagen: «Es ist eine Kopie, von Verwolf, eine Art von Clavichord, das ein Mann namens Bodechtel im Jahr 1790 gebaut hat.»

«Lassen Sie mich zur Sache kommen», sagte James.

Aber Rodney ließ es nicht zu. «Das ist meine Arbeit», sagte er. Seine Stimme klang gepresst und angestrengt – zu hoch gestimmt. «Das ist meine Arbeit. Ich bin Clavichordist. Ich brauche das Instrument, um meinen Lebensunterhalt zu verdienen. Wenn Sie es mir wegnehmen, werde ich Ihre Raten nie bezahlen können. Beziehungsweise die Raten an den Early Music Shop.»

«Das Clavichord können Sie behalten. Sie können es gern behalten, das ist gar kein Problem. Sie müssen es nur bezahlen, und zwar vollständig, bis morgen um 17 Uhr, mit einem Bankscheck oder einer Überweisung. Dann können Sie so lange Clavichord spielen, wie Sie mögen.»

Rodney lachte verbittert. «Das kriege ich nicht hin, das wissen Sie ja.»

«Dann müssen wir leider morgen um 17 Uhr kommen und das Instrument abholen.»

«So viel kann ich bis morgen nicht beschaffen.»

«Ende der Fahnenstange, Rodney.»

«Es muss doch eine Möglichkeit geben –»

«Nur eine Möglichkeit, Rodney. Vollständige Zahlung.»

Unbeholfen und wütend, mit einer Hand wie ein Backstein, der einen Backstein zu werfen versucht, ließ er den Hörer knallen.

Einen Moment lang blieb er reglos sitzen. Dann drehte er sich wieder um und legte die Hände auf das Clavichord.

Es war, als würde er nach dem Puls suchen. Er fuhr mit den Fingern über die goldene Zierleiste, die kühlen Tasten. Es war nicht das schönste oder erlesenste Clavichord, das er je gespielt hatte. An das Hass kam es nicht heran, aber es war seins, oder seins gewesen, und es war wunderschön, und sein Klang war verzückend genug. Wenn Rebecca ihn nicht nach Edinburgh geschickt hätte, hätte er es niemals gekauft. Er hätte nie erfahren, wie tief deprimiert er gewesen war und wie glücklich ihn das Clavichord für eine gewisse Zeit machen würde.

Seine rechte Hand spielte schon wieder den Müthel.

Rodney war klar, dass er kein erstklassiger Musikologe gewesen war. Er war bestenfalls ein mittelmäßiger, wenn auch ernsthafter Clavichordist. Und er würde auch nicht besser werden, wenn er morgens und abends nur jeweils eine Viertelstunde übte.

Es hatte immer etwas Erbärmliches gehabt, ein Clavichordist zu sein. Darüber war sich Rodney im Klaren. Dennoch empfand er den Müthel, den er spielte, trotz seiner Schwächen und Unzulänglichkeiten als schön. Vielleicht gerade *weil* er so unzeitgemäß war. Er spielte noch eine Minute weiter. Dann ließ er die Hände auf dem warmen Holz des Instruments ruhen, beugte sich vor und betrachtete den gemalten Garten auf der Innenseite des Deckels.

Es war nach zehn, als er das Musikzimmer schließlich verließ. In der Wohnung war es dunkel und still. Rodney schaltete das Licht nicht ein, als er ins Schlafzimmer trat, er wollte Rebecca nicht wecken. Er zog sich im Dunklen aus, tastete im Schrank nach einem Kleiderbügel.

In Unterwäsche schlich er zu seiner Seite des Betts und kroch hinein. Er stützte sich auf, um nachzusehen, ob Rebecca schon schlief. Da bemerkte er, dass ihre Seite leer war. Sie war noch in ihrem Arbeitszimmer, hatte zu tun.

Rodney sank zurück. Er lag auf dem Rücken und rührte sich nicht. Er spürte ein Kopfkissen unter sich, an der falschen Stelle, aber er brachte nicht die Energie auf, zur Seite zu rollen und es hervorzuziehen.

Seine Situation war gar nicht so außergewöhnlich. Er hatte das Ende der Fahnenstange nur früher als andere erreicht.

Aber genauso war es bei Rockstars und Jazzmusikern, bei Romanautoren und Dichtern (ganz besonders bei Dichtern); genauso war es bei Managern, Biologen, Programmierern, Steuerberatern, Floristen. Egal, wer man war, Künstler oder Nichtkünstler, Akademiker oder Nichtakademiker, Menno van Delft oder Rodney Webber, ja selbst Darlene oder James vom Inkassobüro: Es änderte nichts. Niemand wusste, wie diese Musik ursprünglich geklungen hatte. Man stellte seine Vermutungen an und machte seine Sache so gut wie möglich. Was man auch spielte – es gab nie die eine, unumstrittene Temperierung oder ein handschriftliches Schaubild, und das Visum, das man benötigte, um die Tastatur des Meisters zu sehen, wurde einem auf ewig verweigert. Manchmal glaubte man, diese Musik hören zu können, besonders wenn man jung war, und dann verbrachte man den Rest seines Lebens damit, ihren Klang wiederherzustellen.

Das Leben von jedem war Alte Musik.

Er lag noch wach, als Rebecca eine halbe Stunde später hereinkam.

«Kann ich das Licht anmachen?», fragte sie.

«Nein», sagte Rodney.

Sie schwieg. Dann sagte sie: «Du hast lange geübt.»

«Übung macht den Meister.»

«Wer hat angerufen? Das Telefon hat geklingelt.»

Rodney antwortete nicht.

«Du bist nicht rangegangen, oder? Die rufen jetzt immer später an.»

«Ich habe geübt. Ich bin nicht rangegangen.»

Rebecca setzte sich auf die Bettkante und warf Rodney etwas zu. Er nahm es in die Hand und versuchte zu erkennen, was es war. Das Barett, die Hasenscharte. Es war die Boho-Maus.

«Ich mach das nicht mehr», sagte Rebecca.

«Was?»

«Das mit den Mäusen. Ich gebe auf.» Sie erhob sich und begann, sich auszuziehen. Ihre Kleidung glitt auf den Boden. «Ich hätte die Doktorarbeit zu Ende schreiben sollen. Ich hätte eine Professur für Musikwissenschaft bekommen können. Jetzt bin ich nur noch Mami. Mami, Mami, Mami. Eine Mami, die Stofftiere herstellt.» Sie ging ins Bad. Rodney hörte, wie sie sich die Zähne putzte und das Gesicht wusch. Sie kam heraus und kroch ins Bett.

Sie lagen lange schweigend da. Schließlich sagte Rodney: «Du kannst jetzt nicht aufgeben.»

«Warum nicht? Du wolltest es doch immer.»

«Ich hab's mir anders überlegt.»

«Warum?»

Rodney schluckte. «Diese Mäuse sind unsere letzte Hoffnung.»

«Weißt du, was ich vorhin gemacht habe?», sagte Rebecca. «Erst mal habe ich die Maus aus dem Müll geholt. Dann habe ich die Naht aufgetrennt und die Moschuskügelchen herausgenommen. Und dann habe ich die Zimtkügelchen hineingefüllt und die Maus wieder zugenäht. Das war mein Abend.»

Rodney roch an der Maus.

«Riecht gut», sagte er. «Aus diesen Mäusen soll etwas Großes werden. Sie werden uns zu Millionären machen.»

«Wenn ich eine Million habe», sagte Rebecca, «dann zahle ich das Clavichord ab.»

«Abgemacht», sagte Rodney.

«Und du kannst kündigen und dich wieder ganz der Musik widmen.» Sie drehte sich um und küsste ihn auf die Wange, dann drehte sie sich wieder zurück und rückte Kopfkissen und Decke zurecht.

Rodney hielt sich die Stoffmaus an die Nase und atmete tief den würzigen Duft ein. Selbst als Rebecca schon schlief, roch er noch an der Maus. Wenn die Mikrowelle in der Nähe gewesen wäre, hätte er die Boho-Maus erhitzt, um den Duft aufzufrischen. Aber die Mikrowelle stand in der schäbigen Küche am anderen Ende der Wohnung, und so blieb er liegen und roch weiter an der Maus, die inzwischen kalt und beinahe duftlos war.

2005

TIMESHARING

Mein Vater führt mich in seinem neuen Motel herum. Nach allem, was er mir erklärt hat, sollte ich es nicht so nennen, aber ich tu's trotzdem. Es ist, sagt mein Vater, eine Timesharing-Residenz, oder soll es zumindest einmal werden. Während wir den spärlich beleuchteten Flur entlanggehen (einige Birnen sind durchgebrannt), erläutert mir mein Vater die jüngsten Errungenschaften. «An der Seeseite haben wir eine neue Terrasse angelegt», sagt er. «Ich wollte es zuerst von einem Landschaftsarchitekten machen lassen, aber der hatte ganz unverschämte Honorarvorstellungen. Also habe ich sie selbst entworfen.»

Die meisten Einheiten sind noch nicht saniert. Der Bau war eine Ruine, als mein Vater sich das Geld für den Kauf lieh, und nach dem, was meine Mutter mir sagt, sieht es hier jetzt schon um einiges besser aus. Sie haben alles frisch gestrichen, und auch das Dach ist neu. In jedem Zimmer wird es eine Kochnische geben. Momentan sind allerdings erst ein paar Zimmer belegt. Manche Einheiten haben noch nicht mal eine Tür. Im Vorbeigehen sehe ich Abdeckplanen und defekte Klimaanlagen auf dem Boden liegen. Wasserfleckige Auslegeware wellt sich an den Rändern. In manchen Wänden sind faustgroße

Löcher, Spuren der College-Studenten, die hier in den Frühjahrsferien hausten. Mein Vater möchte neue Teppichböden verlegen und nicht mehr an Studenten vermieten. «Oder wenn ich's mach», sagt er, «dann verlange ich eine dicke Kaution, dreihundert oder so. Und stelle für zwei Wochen einen Wachmann ein. Aber eigentlich soll der Laden hier eher was Edleres sein. Und die Studenten, die können mich mal.»

Der Vorarbeiter bei dieser Sanierung ist Buddy. Mein Vater hat ihn am Highway aufgegabelt, wo sich morgens die Tagesarbeiter versammeln. Er ist klein, hat ein rotes Gesicht und bekommt für seine Arbeit fünf Dollar die Stunde. «Hier in Florida sind die Löhne viel niedriger», erklärt mir mein Vater. Meine Mutter ist überrascht, wie kräftig Buddy für seine Größe ist. Erst gestern hat sie ihn einen Stoß Schlackensteine zum Bauschuttcontainer tragen sehen. «Er ist ein richtiger kleiner Herkules», sagt sie. Wir gelangen ans Ende des Flurs und gehen weiter in ein Treppenhaus. Als ich mich am Aluminiumgeländer festhalten will, reiße ich es beinahe aus der Wand. Alle Häuser in Florida haben solche Wände.

«Was riecht hier so?», frage ich.

Mein Vater, oberhalb von mir, sagt nichts, vornübergebeugt steigt er die Treppe hinauf.

«Hast du das Grundstück prüfen lassen, bevor du's gekauft hast?», frage ich. «Vielleicht haben sie das Haus ja auf einer Giftmülldeponie gebaut.»

«Wir sind in Florida», sagt meine Mutter. «So riecht das hier eben.»

Vom Treppenabsatz aus erstreckt sich ein dünner grüner Läufer einen weiteren düsteren Flur entlang. Während mein Vater vorausläuft, stupst meine Mutter mich an, und da sehe ich, was sie vorhin gemeint hat: Er geht schief und gleicht so seinen schlimmen Rücken aus. Sie liegt ihm in den Ohren, dass er einen Arzt aufsuchen soll, aber er tut es nicht. Immer wieder streikt sein Rücken, dann verbringt er einen Tag in der Badewanne (der Wanne in Zimmer 308, wo meine Eltern vorläufig eingezogen sind). Wir kommen an einem Putzwagen voller Reinigungsmittel, Mopps und feuchter Lappen vorbei. In einer offenen Tür steht das Zimmermädchen und schaut heraus, eine massige Schwarze in Jeans und Kittel. Mein Vater sagt nichts zu ihr. Meine Mutter sagt munter hallo, worauf die Frau nickt.

Auf halbem Weg öffnet sich der Flur auf einen kleinen Balkon. Wir treten hinaus, und schon verkündet mein Vater: «Da ist sie!» Ich denke, er meint die See, die ich nun zum ersten Mal sehe, sturmfarben und erhebend, aber dann fällt mir ein, dass mein Vater nie auf Natur und Landschaft hinweist. Er meint die Terrasse. Rot gefliest, mit einem blauen Swimmingpool mittendrin, dazu weiße Liegestühle und zwei Palmen, sieht die Terrasse aus, als gehörte sie tatsächlich zu einer Residenz am Meer. Sie ist menschenleer, aber einen Moment lang sehe ich die Anlage mit den Augen meines Vaters – voller Leute und renoviert, ein gutgehender Betrieb. Unten erscheint Buddy, einen Farbeimer in der Hand. «He, Buddy», ruft mein Vater hinab, «die Palme da ist immer noch braun. Haben Sie inzwischen was unternommen?»

«Ich hab den Mann kommen lassen.»

«Sie soll doch nicht eingehen.»

«Der Mann war gerade hier und hat sie sich angesehen.»

Wir blicken auf die Palme. Die höheren Bäume waren zu teuer, sagt mein Vater. «Das da ist eine andere Sorte.»

«Die höhere finde ich schöner», sage ich.

«Die Königspalme? Die findest du schöner? Na dann, wenn der Laden läuft, besorgen wir die.»

Eine Weile blicken wir schweigend auf die Terrasse und die violette See. «Wenn das erst mal alles fertig ist, scheffeln wir Millionen!», sagt meine Mutter.

«Toi, toi, toi», sagt mein Vater.

Fünf Jahre zuvor hatte mein Vater tatsächlich eine Million gemacht. Er war gerade sechzig geworden, als er sich nach einem Leben als Angestellter bei einer Hypothekenbank für die Selbständigkeit entschied. In Fort Lauderdale erwarb er einen Komplex mit Eigentumswohnungen und verkaufte ihn mit dickem Profit weiter. Dasselbe machte er dann in Miami. Danach hatte er genug für seinen Ruhestand, aber er wollte noch nicht aufhören. Stattdessen legte er sich einen neuen Cadillac zu und ein Achtzehnmeterrennboot. Er kaufte sich ein zweimotoriges Flugzeug und lernte fliegen. Und dann flog er im Land herum, erwarb Immobilien, flog nach Kalifornien, auf die Bahamas, übers Meer. Nun war er sein eigener Herr, und seine Laune besserte sich.

Dann kamen die Rückschläge. Eines seiner Projekte in North Carolina, ein Skihotel, ging pleite. Wie sich herausstellte, hatte sein Partner hunderttausend Dollar unterschlagen. Mein Vater musste ihn vor Gericht bringen, was noch mehr kostete. Unterdessen verklagte ihn eine Sparkasse, weil er mit Hypothekenzahlungen in Verzug geraten war. Weitere Anwaltskosten türmten sich. Die Millionen versickerten rasch, und noch während sie verschwanden, versuchte er sich an allen möglichen Unternehmungen, um sie zurückzubekommen. Er kaufte eine Firma, die «Fertighäuser» baute. Sie seien wie Wohnwagen, sagte er mir, nur stabiler. Sie seien vorgefertigt, könnten überall aufgestellt werden, sähen aber aus wie richtige Häuser, wenn sie dann einmal stünden. In der gegenwärtigen wirtschaftlichen Lage bräuchten die Leute doch billigen Wohnraum. Fertighäuser gingen weg wie warme Semmeln.

Mein Vater zeigte mir das erste aufgestellte Haus. Es war Weihnachten vor zwei Jahren, da hatten meine Eltern noch ihre Eigentumswohnung. Wir hatten gerade unsere Geschenke ausgepackt, als mein Vater sagte, er wolle mit mir eine kleine Spritztour machen. Bald waren wir auf dem Highway. Wir verließen das Florida, das ich kannte, das Florida der Strände, der Hochhäuser und erschlossenen Gemeinden, und gelangten in eine ärmere, eher ländliche Gegend. Von den Bäumen hing Louisianamoos herab, und die ungestrichenen Häuser waren aus Holz. Die Fahrt dauerte ungefähr zwei Stunden. Schließlich sahen wir in der Ferne den Zwiebelturm einer Gasanlage, an dessen Seite «Ocala» gepinselt war. Wir fuhren in den Ort, vorbei an Reihen gepflegter Häuser, dann kam auch schon der Stadtrand, und weiter ging's. «Ich dachte, du hast gesagt, es ist in Ocala», sagte ich.

«Es ist noch ein Stück dahinter», sagte mein Vater.

Wieder flaches Land. Wir fuhren und fuhren. Nach ungefähr fünfzehn Meilen kamen wir an einen unbefestigten Weg, der auf ein freies, grasloses Feld ohne jeden Baum führte. Ganz hinten, auf einem matschigen Gelände, stand das Fertighaus.

Es stimmte schon, wie ein Wohnwagen sah es nicht aus. Statt lang und schmal war das Haus rechteckig und ziemlich breit. Es wurde in drei oder vier verschiedenen Teilen geliefert, die zusammengeschraubt werden mussten, dann kam ein traditionell wirkendes Dach darauf. Wir stiegen aus und gingen über Backsteine näher heran. Da die Bezirksverwaltung gerade die Kanalisation bis hierhin verlängerte, war die Erde vor dem

Gebäude – «der Garten», wie mein Vater es nannte – aufgegraben. Unmittelbar vor dem Haus waren drei kleine Büsche in den Matsch gepflanzt worden. Mein Vater betrachtete sie und schwenkte dann die Hand übers Feld. «Das wird alles mit Gras eingesät», sagte er. Die Haustür war einen halben Meter über der Erde. Eine Veranda gab es noch nicht, aber die werde noch kommen. Mein Vater öffnete die Tür, und wir gingen hinein. Als ich die Tür hinter mir schloss, zitterte die Wand wie eine Theaterkulisse. Ich klopfte dagegen, um zu testen, woraus sie bestand, und hörte einen hohlen, blechernen Ton. Als ich mich umdrehte, stand mein Vater mitten im Wohnzimmer und grinste. Sein rechter Zeigefinger wies senkrecht in die Luft. «Sieh dir das mal an», sagte er. «Das nennen sie eine ‹Kathedralendecke›. Drei Meter. Jede Menge lichte Höhe, Mann.»

Trotz der schweren Zeiten kaufte niemand ein Fertighaus, also schrieb mein Vater den Verlust ab und wandte sich anderen Plänen zu. Bald bekam ich Unterlagen von Firmengründungen von ihm, in denen ich als Vice President der Baron Development Corporation, der Atlantic Glass Company oder der Fidelity Mini-Storage Inc. eingetragen war. Die Gewinne aus diesen Firmen, versicherte er mir, würden eines Tages auf mich zukommen. Was dann aber wirklich auf mich zukam, war nur ein Mann mit einer Beinprothese. Eines Morgens klingelte es bei mir, ich drückte den Summer und ließ ihn herein. Gleich darauf hörte ich ihn die Treppe heraufpoltern. Von oben konnte ich die blonden Stoppeln auf seinem Kahlkopf sehen und seinen schweren Atem hören. Ich hielt ihn für einen Kurierfahrer. Als er vor mir stand, fragte er mich, ob ich der Vice President von Baron Development sei. Ich sagte, das sei ich wohl, und er händigte mir eine Vorladung aus.

Es ging um irgendeinen Rechtsstreit. Nach einer Weile verlor ich die Sache aus den Augen. Unterdessen erfuhr ich von meinem Bruder, dass meine Eltern von Erspartem, der Pensionsrücklage meines Vaters und von Bankkrediten lebten. Irgendwann fand er dann dieses Haus, das Palm Bay Resort, eine Ruine am Meer, und überredete eine andere Bausparkasse, ihm Geld zu leihen, um es wiederherzurichten. Arbeitskraft und Knowhow wollte er selbst einbringen, und wenn die Gäste erst einmal kämen, die Bausparkasse ausbezahlen; danach würde das Hotel ihm gehören.

Nachdem wir uns die Terrasse angesehen haben, möchte mein Vater mir das Modell zeigen. «Wir haben ein hübsches kleines Modell», sagt er. «Alle, die es gesehen haben, waren sehr positiv beeindruckt.» Wir laufen wieder über den dunklen Flur, die Treppe hinunter und den Korridor im Erdgeschoss entlang. Mein Vater hat einen Generalschlüssel und lässt uns durch eine Tür mit der Nummer 103 eintreten. Das Eingangslicht tut's nicht, also gehen wir im Gänsemarsch durch den dunklen Wohnraum zum Schlafzimmer. Als mein Vater das Licht anknipst, ergreift mich ein eigentümliches Gefühl. Mir ist, als wäre ich hier schon einmal gewesen, in diesem Raum, und da erkenne ich, woran es liegt: Das Zimmer ist das alte Schlafzimmer meiner Eltern. Sie haben die Möbel aus ihrer letzten Eigentumswohnung herbringen lassen: den Bettüberwurf mit dem Pfau darauf, die chinesischen Kommoden samt dem dazu passenden Kopfteil, die goldenen Lampen. Die Möbel, die einst einen weit größeren Raum füllten, wirken in diesem kleinen gequetscht. «Das ist ja alles euer alter Kram», sage ich.

«Passt gut hier rein, findest du nicht?», fragt mein Vater.

«Und was habt ihr jetzt als Überwurf?»

«Wir haben in unserer Einheit zwei Einzelbetten», sagt meine Mutter. «Der hier hätte sowieso nicht gepasst. Wir haben jetzt zwei ganz normale Überwürfe. Wie in den anderen Zimmern. Hotelbedarf. Die sind schon in Ordnung.»

«Komm, sieh dir mal das Wohnzimmer an», sagt mein Vater, und ich folge ihm durch die Tür. Nach einigem Tasten findet er ein Licht, das angeht. Die Möbel sind alle neu und erinnern mich an gar nichts. An der Wand hängt ein Gemälde, es zeigt Treibholz am Strand. «Wie gefällt dir das Bild? Davon haben wir fünfzig Stück aus einem Großhandel. Fünf Dollar pro Bild. Und jedes sieht anders aus. Ein paar sind mit Seesternen, ein paar mit Muscheln, lauter so Meeresmotive. Alles signierte Ölgemälde.» Er geht zur Wand, nimmt die Brille ab und entziffert die Signatur: «Cesar Amarollo! Mann, besser als Picasso.» Lächelnd dreht er mir den Rücken zu, freut sich an seinem Haus.

Ich bin für zwei Wochen hergekommen, vielleicht bleibe ich auch einen Monat. Warum, möchte ich nicht erörtern. Mein Vater hat mir die Einheit 207 gegeben, direkt am Meer. Er nennt die Zimmer «Einheiten», um sie von den Motelzimmern zu unterscheiden, die sie einmal gewesen sind. Meine hat eine kleine Küche. Und einen Balkon. Von dort kann ich die Autos am Strand entlangfahren sehen, ein ziemlich gleichmäßiger Strom. Das ist der einzige Küstenabschnitt in Florida, sagt mein Vater, wo man am Strand entlangfahren kann.

Das Motel schimmert in der Sonne. Irgendwo hämmert jemand. Seit ein paar Tagen verspricht mein Vater jedem, der über Nacht bleibt, ein Gratisfläschchen Sonnencreme. Damit wirbt er auf der Plakatwand vorn am Haus, aber bis jetzt ist noch niemand geblieben. Im Moment sind nur ein paar Familien hier, zumeist alte Paare. Eine Frau in einem motorisierten Rollstuhl. Morgens fährt sie an den Pool und bleibt dort, dann erscheint ihr Mann, ein ausgemergelter Kerl in Badehose und Flanellhemd. «Wir werden nicht mehr braun», sagt sie zu mir. «Ab einem gewissen Alter hört das auf. Sehn Sie sich Kurt an. Eine Woche sind wir schon hier, und brauner ist er nicht geworden.» Manchmal kommt auch Judy, die im Büro arbeitet, in der Mittagspause heraus und legt sich in die Sonne. Mein Vater hat ihr ein Zimmer im zweiten Stock gegeben, in dem sie kostenlos wohnen kann, als Teil ihres Lohns. Sie ist aus Ohio und trägt die Haare zu einem langen Zopf geflochten, wie eine Fünftklässlerin.

Nachts, in ihrem Hotelbedarfbett, hat meine Mutter prophetische Träume. Sie hat geträumt, das Dach habe ein Leck; zwei Tage später hat es eins. Sie hat geträumt, das dünne Zimmermädchen werde kündigen; am nächsten Tag hat das dünne Zimmermädchen tatsächlich gekündigt. Sie hat geträumt, jemand habe sich beim Sprung in den leeren Pool das Genick gebrochen (stattdessen ging der Filter kaputt, und um ihn zu reparieren, musste das Wasser abgepumpt werden, was, wie sie sagt, ins Gewicht fällt). Das alles berichtet sie mir am Swimmingpool. Ich bin drin; sie lässt die Beine ins Wasser baumeln. Meine Mutter kann nicht schwimmen. Als ich sie das letzte Mal im Badeanzug gesehen habe, war ich fünf. Sie ist der Sommersprossentyp, der sich leicht einen Sonnenbrand holt, und sie setzt sich, geschützt durch ihren Strohhut, nur deshalb der Sonne aus, um mit mir zu sprechen, mir dieses seltsame Phänomen anzuvertrauen. Es ist, als würde sie mich vom Schwimmunterricht abholen, ich habe Chlorgeschmack im Rachen. Aber dann schaue ich hinab und sehe die Haare auf meiner Brust, grotesk schwarz auf der weißen Haut, und da wird mir bewusst, dass auch ich alt bin.

Was heute an Renovierarbeiten erledigt wird, findet auf der anderen Seite des Gebäudes statt. Auf meinem Weg zum Pool sah ich Buddy in ein Zimmer gehen, einen Schraubenschlüssel in der Hand. Hier draußen sind wir allein, und meine Mutter sagt mir, das komme nur von der Wurzellosigkeit. «Das würde ich doch alles nicht träumen, wenn ich ein anständiges eigenes Haus hätte. Ich bin doch keine Zigeunerin. Das kommt bloß von dieser Herumzieherei. Erst haben wir in dem Motelzimmer in Hilton Head gewohnt. Dann in der Eigentumswohnung in Vero. Danach kam dieses Aufnahmestudio, das dein Vater gekauft hat, ohne ein Fenster, das hat mich fast kaputt gemacht. Und jetzt dies hier. Alle meine Sachen sind eingelagert. Von denen träume ich auch. Von meinen Sofas, meinem guten Geschirr, unseren alten Familienfotos. Fast jede Nacht träume ich davon, wie sie eingepackt werden.»

«Was passiert damit?»

«Nichts. Es kommt sie einfach nur niemand abholen.»

Es gibt noch einige medizinische Eingriffe, denen meine Eltern sich unterziehen wollen, wenn die Dinge besserstehen. Schon seit längerem möchte sich meine Mutter das Gesicht liften lassen. Als meine Eltern noch bei Kasse waren, war sie sogar bei einem plastischen Chirurgen, der Fotos von ihrem Gesicht machte und ein Schaubild von ihrer Knochenstruktur erstellte. Aber offenbar ist es nicht damit getan, die schlaffe Haut hochzuziehen. Es müssen auch bestimmte Knochen gestützt werden. Mit den Jahren hat sich der obere Gaumen meiner Mutter langsam zurückgebildet. Ihr Biss weist Abweichungen auf. Es bedarf einer kieferchirurgischen Behandlung, um den Gesichtsknochen, über dem die Haut gestrafft werden soll, wieder hervorzuheben. Für die erste dieser Maßnahmen hatte sie schon einen Termin gehabt, etwa zu der Zeit, als mein Vater seinen Partner bei der Unterschlagung erwischte. Wegen des ganzen Ärgers, der folgte, musste sie die Sache auf Eis legen.

Auch mein Vater musste zwei medizinische Eingriffe aufschieben. Eine Bandscheibenoperation, wegen seiner Schmerzen im Lendenwirbelbereich, und zweitens eine Prostataoperation, um die Blockade in seiner Harnröhre zu beseitigen, damit der Urin besser fließt. Der Aufschub im letzteren Fall hat nicht nur rein finanzielle Gründe. «Die gehen da mit ihrem Rohrputzer rein, das sind höllische Schmerzen», sagte er zu mir. «Außerdem kann man dadurch auch noch inkontinent werden.» Da ist es ihm schon lieber, fünfzehn- bis zwanzigmal am Tag die Toilette aufzusuchen, jedes Mal ohne volle Befriedigung. In den Pausen zwischen ihren prophetischen Träumen hört meine Mutter ihn immerzu aufstehen. «Dein Vater hat keinen so atemberaubenden Strahl mehr», sagte sie zu mir. «Wenn man mit jemandem zusammenlebt, kriegt man so was mit.»

Und ich, ich brauche neue Schuhe. Etwas Zweckmäßiges. Schuhe, die für die Tropen geeignet sind. Blöderweise kam ich mit einem alten Paar schwarzer Halbschuhe her; der rechte hat auch noch ein Loch in der Sohle. Ich brauche ein Paar Gummilatschen. Jeden Abend, wenn ich im Cadillac meines Vaters in die Bars unterwegs bin (das Boot gibt's nicht mehr, das Flugzeug auch nicht, aber den gelben «Florida Special» mit dem weißen Kunstlederdach haben wir noch), fahre ich an Souvenirläden vorbei, deren Schaufenster voll mit T-Shirts, Muscheln, Sonnenhüten und Kokosnüssen mit draufgemalten Gesichtern sind. Jedes Mal überlege ich dann, ob ich anhalte und mir Gummilatschen kaufe, aber bis jetzt habe ich es noch nicht geschafft.

Eines Morgens komme ich herunter, und das Büro ist ein einziges Chaos. Judy, die Sekretärin, sitzt am Schreibtisch und kaut auf dem Ende ihres Zopfes. «Ihr Vater musste Buddy feuern», sagt sie. Aber bevor sie mir mehr berichten kann, platzt einer der Gäste herein und beschwert sich, dass es von der Decke tropft. «Es ist direkt überm Bett», sagt der Mann. «Soll ich etwa für ein Zimmer mit einer tropfenden Stelle überm Bett bezahlen? Auf dem Fußboden mussten wir schlafen! Gestern Abend war ich noch hier, um mir ein anderes Zimmer geben zu lassen, aber da war keiner mehr im Büro.»

In dem Moment kommt mein Vater mit dem Baumchirurgen herein. «Ich dachte, Sie hätten mir gesagt, diese Palmensorte ist robust.»

«Ist sie auch.»

«Was ist dann los mit dem Baum?»

«Es ist nicht der richtige Boden.»

«Sie haben mir nicht gesagt, dass ich die Erde austauschen soll», sagt mein Vater mit erhobener Stimme.

«Es liegt nicht nur an der Erde», sagt der Baumchirurg. «Bäume sind wie Menschen. Sie werden krank. Warum, kann ich Ihnen nicht sagen. Vielleicht hätte er mehr gegossen werden müssen.»

«Wir haben ihn aber gegossen!», entgegnet mein Vater; er brüllt jetzt. «Ich hab dem Kerl gesagt, er soll ihn jeden Tag gießen, verdammt! Und jetzt erzählen Sie mir, er ist tot?» Der Mann gibt keine Antwort. Mein Vater sieht mich. «He, hallo, mein Junge!», sagt er herzlich. «Augenblick noch.»

Der Mann mit der tropfenden Stelle im Zimmer fängt an, meinem Vater seinen Ärger zu erklären. Mittendrin unterbricht mein Vater ihn. Er zeigt auf den Baumchirurgen und sagt: «Judy, zahlen Sie dieses Arschloch aus.» Dann widmet er sich wieder der Geschichte des Gastes. Als der Mann fertig ist, bietet mein Vater an, ihm sein Geld zurückzugeben, dazu eine kostenlose Übernachtung.

Zehn Minuten später, im Wagen, erfahre ich die absonderliche Geschichte. Mein Vater hat Buddy wegen Trinkens bei der Arbeit gefeuert. «Aber hör dir erst mal an, *wie* er getrunken hat», sagt er. Frühmorgens hatte er Buddy in Einheit 106 auf dem Boden liegen sehen, unter der Klimaanlage. «Er sollte sie ja auch reparieren. Den ganzen Vormittag bin ich da immer wieder vorbeigekommen, und jedes Mal hat Buddy unter dieser Klimaanlage gelegen. Ich dachte, meine Güte. Aber dann taucht dieser elende Gauner auf, der Baumchirurg. Und *der* erzählt mir, der verdammte Baum, den er gesund machen soll, ist eingegangen, und darüber hab ich Buddy völlig vergessen. Wir haben uns den Baum angesehen, und der Kerl erzählt mir seinen ganzen Mist – die Erde hier, die Erde da –, bis ich ihm schließlich sage, ich rufe jetzt die Baumschule an. Also gehe ich ins Büro. Und komme wieder an der 106 vorbei. Und da liegt Buddy noch immer auf dem Fußboden.»

Als mein Vater zu ihm trat, lag Buddy bequem auf dem Rücken, die Augen zu und die Kühlschlange der Klimaanlage im Mund. «Wahrscheinlich enthält die Kühlflüssigkeit Alkohol», sagte mein Vater. Buddy brauchte also nur die Kühlschlange rauszuziehen, sie mit einer Zange umzubiegen und einen Schluck zu nehmen. Dies letzte Mal hatte er allerdings zu lange genuckelt und das Bewusstsein verloren. «Ich hätte merken müssen, dass da was im Busch war», sagt mein Vater. «Die ganze letzte Woche hat er nur Klimaanlagen repariert.»

Nachdem er einen Krankenwagen gerufen hatte (als Buddy abtransportiert wurde, war er noch immer bewusstlos), telefonierte mein Vater mit der Baumschule. Sie wollten ihm weder das Geld erstatten noch die Palme ersetzen. Dann hatte es in der Nacht auch noch geregnet, und niemand musste meinem Vater was über tropfende Stellen erzählen. Auch bei ihm hatte es ins Badezimmer getropft. Das neue Dach, das eine hübsche Summe gekostet hatte, war nicht ordnungsgemäß gedeckt worden. Das Mindeste war, dass es frisch geteert werden musste. «Ich brauch jemanden, der da raufsteigt und Teer an den Rändern verteilt. Das Wasser kommt nämlich an den Rändern durch. So kann ich vielleicht ein paar Kröten sparen.» Während mein Vater mir das alles erzählt, fahren wir die A-1-A entlang. Inzwischen ist es gegen zehn Uhr morgens, und am Straßenrand stehen verstreut die Rumtreiber und halten nach Arbeit für einen Tag Ausschau. Man kann sie an ihrer dunklen Bräune erkennen. Mein Vater fährt an den ersten vorbei; warum er nicht sie aussucht, bleibt mir zunächst unklar. Dann erspäht er einen Weißen Anfang dreißig in grüner Hose und einem Disneyworld-T-Shirt. Er steht in der Sonne und isst einen rohen Blumenkohl. Mein Vater stoppt den Cadillac neben ihm. Ein Griff auf die Schalterkonsole, und das Beifahrerfenster summt herab. Der Mann draußen blinzelt, versucht, die Augen an den dunklen, kühlen Innenraum des Wagens zu gewöhnen.

Nachts, wenn meine Eltern sich schlafen gelegt haben, fahre ich die Piste entlang in die Stadt. Anders als die meisten Orte, an denen meine Eltern gelandet sind, hat Daytona Beach etwas Proletarisches. Weniger alte Leute, mehr Biker. In der Bar, in die ich gern gehe, haben sie einen lebenden Hai. Er ist einen knappen Meter lang und schwimmt in einem Aquarium über den gestapelten Flaschen. Der Hai hat gerade so viel Platz, um kehrtzumachen und wieder zurückzuschwimmen. Ich weiß nicht, welche Wirkung die Lichter auf das Tier haben. Die Tänzerinnen tragen Bikini, manche funkeln wie Fischschuppen. Sie kreisen durch das Dämmerlicht wie Meerjungfrauen, während der Hai mit dem Kopf gegen die Scheibe stößt.

Ich war schon dreimal hier, lange genug, um zu wissen, dass ich für die Mädchen wie ein Kunststudent aussehe und sie nach Florida-Recht die Brüste nicht zeigen dürfen, weshalb sie flügelförmige Applikationen drüberkleben müssen. Ich habe sie gefragt, was für einen Kleber sie nehmen («Elmer's»), wie sie ihn wieder abkriegen («bloß ein bisschen warmes Wasser») und wie der Freund das findet (den stört das Geld nicht). Für zehn Dollar nimmt ein Mädchen einen an die Hand, dann geht's vorbei an den anderen Tischen, wo Männer sitzen, meistens allein, nach hinten, wo es noch dunkler ist. Dort setzt sie einen auf eine gepolsterte Bank und schmiegt sich zwei ganze Songs lang an einen. Manchmal fasst sie einen bei den Händen und fragt: «Kannst du gar nicht tanzen?» – «Ich tanze doch», sagt man dann, obwohl man sitzt.

Morgens um drei fahre ich zurück, höre einen Country-and-Western-Sender, um mich daran zu erinnern, dass ich fern von zu Hause bin. Um diese Zeit bin ich dann meistens betrunken, aber die Fahrt ist nicht lang, höchstens eine Meile, gemächlich geht es vorbei an den anderen Wassergrundstücken, den großen Hotels und den kleineren, den Themen-Motels. Eines heißt Viking Lodge. Zum Einchecken fährt man unter ein Wikingerschiff, das als Carport dient.

Die Frühjahrsferien sind noch einen Monat hin. Die meisten Hotels sind kaum halb voll. Viele mussten schließen, vor allem die weiter außerhalb. Das Motel neben unserem hat noch geöffnet. Es ist polynesisch eingerichtet. Am Swimmingpool gibt es eine Bar mit einem Grasdach. Bei uns ist es etwas schicker. Vorn führt ein weißer Kiesweg zu zwei Mini-Orangenbäumen, die den Eingang flankieren. Mein Vater fand es lohnenswert, sich den Eingang etwas kosten zu lassen, da der ja entscheidend für den ersten Eindruck der Leute sei. Unmittelbar dahinter, links von der Eingangshalle mit der noblen Auslegeware, ist das Verkaufsbüro. Bob McHugh, der Verkäufer, hat einen Plan des Resorts an der Wand hängen, auf dem die verfügbaren Einheiten und Timesharing-Wochen verzeichnet sind. Zurzeit suchen die Leute aber nur etwas zum Übernachten. Meistens fahren sie auf den Parkplatz an der Seite des Gebäudes und sprechen mit Judy im Geschäftsbüro.

Während ich in der Bar war, hat es wieder geregnet. Als ich auf unseren Parkplatz fahre und aussteige, kann ich Wasser vom Dach des Motels tropfen hören. In Judys Zimmer brennt noch Licht. Ich überlege, ob ich hochgehen und bei ihr klopfen soll. Hi, hier ist der Sohn vom Boss! Aber während ich so dastehe, auf das tropfende Wasser horche und meinen nächsten Schritt bedenke, geht das Licht aus. Und damit, wie es scheint, jedes andere Licht ebenfalls. Die Timesharing-Residenz meines Vaters versinkt im Dunkel. Ich lege die Hand auf die Motorhaube des Cadillacs, um mich ihrer Wärme zu versichern, und versuche kurz, mir im Geist den Weg zu meinem Zimmer vorzustellen – wo die Treppe anfängt, wie viele Stockwerke ich hinaufmuss, an wie vielen Türen vorbei, bis ich zu meinem Zimmer gelange.

«Komm mal», sagt mein Vater. «Ich möchte dir was zeigen.»

Er trägt Tennisshorts und hat einen Racketballschläger in der Hand. Letzte Woche hat Jerry, das gegenwärtige Faktotum (der Ersatz für Buddy erschien eines Morgens nicht mehr), endlich die zusätzlichen Betten und Vorhänge aus der Racketballhalle geräumt. Mein Vater hatte den Fußboden streichen lassen und forderte mich zu einem Spiel auf. Doch wegen der schlechten Belüftung hatte die Luftfeuchtigkeit den Boden rutschig gemacht, und wir gaben das Spiel schon nach vier Punkten auf. Mein Vater wollte sich nicht die Hüfte brechen.

Jerry musste einen alten Luftentfeuchter aus dem Büro heranschleppen, und am Morgen spielten sie dann ein paar Runden.

«Wie ist der Fußboden?», frage ich.

«Immer noch ein bisschen rutschig. Dieser Luftentfeuchter ist keinen Pfifferling wert.»

Mein Vater will mir also nicht die neue, trockene Racketballhalle zeigen. Sondern, wie mir seine Miene verrät, etwas Bedeutsameres. Zur einen Seite geneigt (die sportliche Betätigung hat seinem Rücken nicht gerade gutgetan), führt er mich in den zweiten Stock, dann weiter eine kleinere Treppe hinauf, die mir bis jetzt noch nicht aufgefallen ist. Sie führt direkt aufs Dach. Als wir oben ankommen, taucht vor uns ein weiteres Gebäude auf. Es ist ziemlich groß, wie ein Bunker, aber rundum mit Fenstern versehen.

«Davon hast du nichts gewusst, stimmt's?», sagt mein Vater. «Das ist das Penthouse. Da ziehen deine Mutter und ich ein, sobald es fertig ist.»

Das Penthouse hat eine rote Tür, davor liegt eine Matte mit der Aufschrift Willkommen. Es steht mitten auf dem geteerten Dach, das sich in jede Richtung ausdehnt. Hier oben sind alle Nachbargebäude verschwunden, nur der Himmel und das Meer sind noch da. Neben das Penthouse hat mein Vater einen kleinen Hibachi-Grill gestellt. «Hier können wir heute Abend ein bisschen brutzeln», sagt er.

Drinnen ist meine Mutter und putzt die Fenster. Sie trägt die gleichen gelben Gummihandschuhe wie damals, als sie die Fenster unseres Vorstadthauses putzte. Momentan sind nur zwei Räume des Penthouse bewohnbar. Der dritte dient als Abstellkammer und birgt noch immer ein Durcheinander aus übereinandergestapelten Stühlen und Tischen. Im großen Zimmer ist neben einem grünen Plastikstuhl ein Telefon angeschlossen. An der Wand hängt eines der Gemälde aus dem Großhandel, ein Stillleben mit Muscheln und Korallen.

Die Sonne geht unter. Wir veranstalten unseren Grillabend, sitzen auf Klappstühlen auf dem Dach.

«Das wird noch schön hier oben», sagt meine Mutter. «Als wäre man mitten im Himmel.»

«Mir gefällt», sagt mein Vater, «dass man hier keinen sieht. Privater Meerblick, auf dem eigenen Haus. Ein so großes Haus am Wasser würde dich unverschämt viel Geld kosten.»

«Sobald wir das abbezahlt haben», fährt er fort, «ist das unser Penthouse. Das bleibt dann in der Familie, von einer Generation zur nächsten. Immer wenn du in deinem eigenen Florida-Penthouse wohnen willst, kannst du kommen.»

«Toll», sage ich und meine es auch so. Zum ersten Mal übt das Motel eine starke Anziehung auf mich aus. Die unerwarteten Freiheitsgefühle auf dem Dach, der salzbedingte Verfall der Küstenbebauung, die angenehme Absurdität Amerikas, alles kommt zusammen, sodass ich mir vorstellen kann, wie ich in kommenden Jahren Freunde und Frauen mit auf dieses Dach nehme.

Als es dann dunkel wird, gehen wir hinein. Meine Eltern schlafen noch nicht hier oben, aber wir wollen nicht weg. Meine Mutter macht die Lampen an.

Ich trete vor sie und lege ihr die Hände auf die Schultern.

«Was hast du letzte Nacht geträumt?», frage ich.

Sie sieht mich an, blickt mir in die Augen. Nun ist sie weniger meine Mutter als einfach ein Mensch mit Sorgen und einem Sinn für Humor. «Frag lieber nicht», sagt sie.

Ich gehe ins Schlafzimmer und schaue mich um. Das Mobiliar ist typische Motelausstattung, aber auf der Kommode hat meine Mutter ein Foto von mir und meinen Brüdern aufgestellt. An der Innenseite der Badezimmertür, die offen steht, ist ein Spiegel angebracht. In dem Spiegel sehe ich meinen Vater. Er uriniert. Oder versucht es. Er steht vor der Toilette und starrt mit leerem Blick hinab. Er konzentriert sich auf ein Problem, auf das ich mich noch nie habe konzentrieren müssen, etwas, das, wie ich weiß, auch auf mich zukommen wird, aber ich kann mir nicht vorstellen, was es ist. Er hebt eine Hand in die Luft und ballt sie zur Faust. Dann, als würde er es schon seit Jahren so machen, schlägt er sich damit auf den Bauch, dahin, wo die Blase sitzt. Er hämmert weiter, seine Hand verursacht ein dumpfes Geräusch. Schließlich, wie auf ein Zeichen hin, hört er auf damit. Ein Augenblick der Stille tritt ein, bevor sein Strahl aufs Wasser trifft.

Als ich zurückgehe, ist meine Mutter noch im Wohnzimmer. Das Muschelgemälde über ihrem Kopf, bemerke ich, hängt schief. Ich überlege, ob ich es gerade rücken soll, denke dann, zum Teufel damit. Ich trete aufs Dach hinaus. Es ist jetzt dunkel, aber ich höre das Meer. Ich schaue zum Strand hinab, auf die anderen Hochhäuser, die hell erleuchtet sind, das Hilton, das Ramada. Als ich an den Rand des Daches trete, kann ich das Motel nebenan sehen. Rote Lichter glimmen in der tropischen Grasdachbar. Aber die Fenster unseres Motels, unter und neben mir, sind schwarz. Angestrengt spähe ich auf die Terrasse, kann jedoch nichts erkennen. Auf dem Dach stehen noch immer Pfützen vom Gewitter der vergangenen Nacht, und bei jedem Schritt spüre ich, wie mir Wasser in den Schuh dringt. Das Loch wird immer größer. Lange bleibe ich nicht draußen, nur lange genug, um die Welt zu spüren. Als ich umkehre, sehe ich, dass mein Vater wieder ins Wohnzimmer gekommen ist. Er telefoniert, streitet mit jemandem oder lacht, und arbeitet an meinem Erbe.

1997

SUCH DEN BÖSEWICHT

Das Haus gehört uns jetzt seit – also – zwölf Jahren, schätze ich. Wir haben es von einem älteren Ehepaar gekauft, den De Rougemonts, deren Duftnote man bis heute wahrnehmen kann, besonders im Schlafzimmer, und im Büro, wo der alte Brummbär im Sommer seinen Mittagsschlaf gehalten hat, und auch noch ein bisschen in der Küche.

Ich weiß noch, wie ich als Kind in die Häuser anderer Leute gekommen bin und mich gefragt habe: Riechen die etwa nicht, wie sie riechen? In einigen Häusern war es schlimmer als in anderen. Der ranzige Feldküchengeruch der Pruitts von nebenan war sogar noch einigermaßen erträglich. Die Willots, die in ihrem Hobbyraum Fechtunterricht gaben, rochen nach Stinkkohl. Man durfte diese Gerüche seinen Freunden gegenüber nie erwähnen, denn die waren Teil des Problems. War es eine Frage der Hygiene? Oder lag es an den, sagen wir mal, Drüsen, und der Eigengeruch jeder Familie hatte mit den körperlichen Funktionen tief in ihren Eingeweiden zu tun? Wenn man genau darüber nachdachte, konnte einem die ganze Sache ziemlich auf den Magen schlagen.

Jetzt lebe *ich* in einem alten Haus, das für Außenstehende wahrscheinlich merkwürdig riecht.

Beziehungsweise: lebte ich. Im Augenblick verstecke ich mich in meinem Vorgarten, zwischen der verputzten Mauer und den Ravenalas, den Bäumen der Reisenden.

Oben in Megs Zimmer brennt Licht. Sie ist mein Zuckertörtchen. Sie ist dreizehn. Von meinem Standort aus kann ich Lucas' Zimmer nicht sehen, aber Lucas zieht es in der Regel vor, seine Hausaufgaben unten zu machen, im Wohnzimmer. Wenn ich mich an das Haus heranschleichen würde, würde ich ihn vermutlich in Schulpullunder und Krawatte sitzen sehen, bewaffnet mit allem, was für den Erfolg nötig ist: graphikfähiger Taschenrechner (✓), iPad der St.-Bonifatius-Schule (✓), lateinische Vokabelkärtchen (✓), Schüssel mit Goldfisch-Crackern (✓). Ich kann da aber jetzt nicht weiter ran, weil ich sonst das gerichtlich verhängte Kontaktverbot verletze.

Ich darf meiner reizenden Frau Johanna nicht näher kommen als fünfzig Fuß. Es handelt sich um eine einstweilige, das heißt *vorläufige* Verfügung, die spät am Abend von einem Bereitschaftsrichter erlassen wurde. Mein Anwalt Mike Peekskill arbeitet schon an der Aufhebung. Und bis dahin – na, überlegen Sie mal. Charlie D., meine Wenigkeit, besitzt noch die Pläne des Landschaftsarchitekten aus der Zeit, als Johanna und er überlegten, diese Bäume der Reisenden durch etwas zu ersetzen, das weniger dschungelhaft und anfällig für Schädlinge ist. Deshalb weiß ich zufällig genau, dass die Entfernung zwischen dem Haus und der verputzten Mauer dreiundsechzig Fuß beträgt. Von hier aus, im Gebüsch, sind es schätzungsweise sechzig oder einundsechzig. Außerdem kann mich niemand sehen, denn es ist Februar und in diesen Breiten schon dunkel.

Heute ist Donnerstag. Wo also ist Bryce? Ach ja, stimmt. Trompetenunterricht bei Mr. Talawatamy. Johanna wird bald losfahren, um ihn abzuholen. Lange darf ich hier nicht bleiben.

Wenn ich mein Versteck verlassen und ums Haus streifen würde, könnte ich das Gästezimmer sehen, das mir immer als Rückzugsort gedient hat, wenn der Streit mit Johanna eskaliert war – das Zimmer, in dem ich letztes Frühjahr, nachdem Johanna bei Hyundai befördert wurde, das erste Mal unsere Babysitterin Cheyenne gevögelt habe. Und wenn ich weiter in den Garten gehen würde, würde ich mich schließlich an der Glastür wiederfinden, die ich zertrümmert habe, als ich den Gartenzwerg hineinwarf. Klar, da war ich betrunken.

Jawohl. Reichlich Munition für Johanna, die bei der Paartherapie ihr Such-den-Bösewicht-Spielchen getrieben hat.

Es ist nicht *wirklich* kalt hier draußen, aber es ist kalt für Houston. Wenn ich mich bücke, um mein Handy aus dem Stiefel zu ziehen, zwickt meine Hüfte. Leichte Arthritis.

Ich zücke das Handy, weil ich Online-Scrabble spielen will. Ich hab drüben beim Sender damit angefangen, nur um mir die Zeit zu vertreiben, dann habe ich herausgefunden, dass Meg auch spielt, und ihr eine Einladung geschickt.

In *mrsbieber gegen radiocowboy* sehe ich, dass mrsbieber gerade das Wort *Kacke* gespielt hat. (Sie will mich provozieren.) Meg hat das erste k auf doppelten Buchstabenwert gelegt und das zweite auf doppelten Wortwert, das macht eine Punktzahl von sechsundzwanzig. Nicht schlecht. Jetzt spiele ich ein einfaches Wort, *Sarg*, für schlappe neun Punkte. Ich liege einundfünfzig Punkte vorn. Ich möchte sie nicht entmutigen. Sie darf nicht aufhören, mit mir zu spielen.

Ich kann sehen, wie sich ihr Schatten dort oben bewegt. Aber sie spielt nicht weiter. Wahrscheinlich skypt oder bloggt sie und lackiert sich dabei die Nägel.

Johanna und ich – sie besteht übrigens auf der deutschen Aussprache – sind seit einundzwanzig Jahren verheiratet. Als wir uns kennenlernten, lebte ich mit Jenny Braggs, meiner damaligen Freundin, in Dallas. Damals arbeitete ich nur für drei Sender in verschiedenen Ecken von Texas, unter der Woche war ich also meistens unterwegs. Eines Tages hatte ich in San Antonio beim Sender WWWR zu tun, und da war sie. Johanna. Sortierte gerade CDs ein. Sie war riesengroß und sexy.

«Wie ist das Wetter da oben?», fragte ich.

«Wie bitte?»

«Nichts. Hallo. Ich bin Charlie D. Höre ich da einen Akzent heraus?»

«Ja. Ich bin aus Deutschland.»

«Wusste ich nicht, dass die Deutschen Countrymusik mögen.»

«Tun sie auch nicht.»

«Vielleicht sollte ich dort mal vorsprechen. Die frohe Botschaft verkünden. Wer ist denn dein Lieblingscountrysänger?»

«Ich steh mehr auf Oper», sagte Johanna.

«Verstehe. Du machst hier nur deinen Job.»

Wenn ich danach in San Antonio war, schaute ich immer bei Johanna im Büro vorbei. Es war weniger nervenaufreibend, wenn sie an ihrem Schreibtisch saß.

«Hast du mal Basketball gespielt, Johanna?»

«Nein.»

«Spielen Frauen überhaupt Basketball, da drüben in Deutschland?»

«Für eine Deutsche bin ich nicht besonders groß», sagte Johanna.

So in etwa lief das. Dann steh ich irgendwann mal bei ihr

am Schreibtisch, und sie sieht mich mit ihren großen blauen Augen an und sagt: «Charlie, bist du 'n guter Schauspieler?»

«Schauspieler oder Lügner?»

«Lügner.»

«Ziemlich gut», sagte ich. «Aber das ist wahrscheinlich eine Lüge.»

«Ich brauche eine Green Card», sagte Johanna.

Film ab: Ich, beim Abpumpen des Wasserbetts, Schlauch in der Wanne, damit ich ausziehen kann. Im Hintergrund weint Jenny Braggs bittere Tränen. Johanna und ich, in einen Fotoautomaten gequetscht, wo wir niedliche Wir-sind-jetzt-zusammen-Fotos für unser «Erinnerungsalbum» machen. Dann, sechs Monate später, der Termin bei der Einwanderungsbehörde, mit diesem Album.

«Also gut, Ms. Lubbock – spreche ich das richtig aus?»

«Lübeck», sagte Johanna zu dem Beamten. «Über dem *u* ist ein Umlaut.»

«Nicht in Texas, Lady», sagte der Beamte. «Also, Ms. Lubbock, Sie werden sicher Verständnis dafür haben, dass die Vereinigten Staaten sicherstellen müssen, dass diejenigen, denen wir die Möglichkeit einer Einbürgerung einräumen, weil sie mit einem amerikanischen Bürger verheiratet sind, auch wirklich mit diesem Bürger verheiratet sind. Und deshalb muss ich Ihnen einige Fragen stellen, die Ihnen möglicherweise ein wenig zu intim erscheinen. Sind Sie damit einverstanden?»

Johanna nickte.

«Wann hatten Sie und Mr. D. das erste Mal –» Er hielt inne und sah mich an. «Hey, Sie sind aber nicht *der* Charlie Daniels, oder?»

«Neinnein. Das ist der Grund, warum ich immer nur D. verwende. Damit man uns nicht verwechselt.»

«Sie sehen nämlich so ähnlich aus.»

«Ich bin ein großer Fan», sagte ich. «Ich nehme das mal als Kompliment.»

Er wandte sich wieder Johanna zu, aalglatt. «Wann hatten Sie und Mr. D. das erste Mal Geschlechtsverkehr?»

«Das werden Sie aber nicht meiner Mutter verraten, oder?», sagte Johanna.

Der Beamte ging auf den Witz nicht ein. «Vor Ihrer Hochzeit oder danach?»

«Davor.»

«Und wie würden Sie Mr. D.s sexuelle Leistung beurteilen?»

«Was glauben Sie wohl? Phantastisch. Ich habe ihn schließlich geheiratet, oder?»

«Hat sein Geschlechtsorgan irgendwelche besonderen Merkmale?»

«Da steht ‹In God We Trust› drauf, wie bei allen Amerikanern.»

Der Beamte sah mich an und grinste. «Da haben Sie sich aber einen ziemlichen Heißsporn angelacht», sagte er.

«Das können Sie laut sagen», erwiderte ich.

Damals schliefen wir noch nicht miteinander. Das kam erst später. Johanna musste nur Zeit mit mir verbringen und mich kennenlernen, um sich als meine Verlobte ausgeben zu können, dann als meine Braut. Johanna ist aus Bayern. Sie hat diese Theorie, dass Bayern das Texas von Deutschland ist. Die Bayern sind konservativer als der linksliberale Durchschnittseuropäer. Sie sind katholisch, wenn auch nicht gerade gottesfürchtig. Außerdem tragen sie gern Lederjacken und so weiter. Johanna wollte alles über Texas wissen, und da hatte sie natürlich genau den Richtigen getroffen. Ich nahm sie mit zur SXSW-Tagung, das war in den Achtzigern noch nicht das Schaulaufen, das es heute ist. Und, mein Gott, Johanna sah umwerfend aus in Jeans und Cowboystiefeln.

Dann ging alles ganz schnell. Wir flogen nach Michigan, zu meiner Familie. (Ich bin ursprünglich aus Traverse City. Den texanischen Akzent habe ich, weil ich schon so lange hier unten lebe. Mein Bruder Ted zieht mich deswegen immer auf. In meiner Branche musst du den Leuten aufs Maul schauen, sag ich dann immer.)

Vielleicht lag es an Michigan. Es war tiefster Winter. Ich nahm Johanna mit zum Schneemobilfahren und Eisfischen. Meine Mom hätte diese Green-Card-Sache nie verstanden, deshalb erzählte ich ihr einfach, wir wären befreundet. Als wir dann aber da oben waren, hörte ich, wie Johanna meiner Schwester erzählte, wir wären zusammen. Beim Barsch-Grillen im Veteranenclub, nachdem wir ein paar Bierchen getrunken hatten, hielt sie unter dem Tisch meine Hand. Ich hatte nichts dagegen. Ich meine, da war diese Frau, 1,85 groß oder so, kerngesund, mit ordentlichem Appetit, und sie hielt unter dem Tisch meine Hand, ganz versteckt und heimlich. Hören Sie, ich war glücklicher als ein Hund mit zwei Schwänzen.

Meine Mutter quartierte uns in verschiedenen Zimmern ein. Aber eines Abends schlich Johanna zu mir rüber, leise wie ein Indianermädchen, und kroch zu mir ins Bett.

«Ist das Teil der Strasberg-Methode?», fragte ich.

«Nein, Charlie. Das ist echt.»

Sie umarmte mich und hielt mich, und wir wiegten uns ganz zärtlich, genau wie Meg es mit dem Kätzchen machte, das wir ihr geschenkt haben, als es noch lebte, meine ich, ein warmes, kuscheliges Knäuel, nicht wie später, als es so was wie Maul- und Klauenseuche bekommen hat und abgenippelt ist.

«Fühlt sich auch echt an», sagte ich. «Echter als alles, was ich bisher gefühlt habe.»

«Und das, Charlie? Fühlt sich das auch echt an?»

«Aber hallo.»

«Und das?»

«Wart mal. Muss ich erkunden. Oh, ja. Das ist *echt* echt.»

Liebe auf den fünfzehnten Blick würde man das wohl nennen.

Ich sehe zu meinem Haus hinüber und mache mir so meine Gedanken – worüber, will ich gerade nicht sagen. Die Sache ist die. Ich bin ein erfolgreicher Mann im besten Alter. Habe schon im Studium angefangen, als DJ zu arbeiten, und, okay, meine Stimme war immerhin gut genug für die Schicht von drei bis sechs Uhr früh. Das war beim Campus-Sender der Marquette University, draußen in der richtigen Welt kam ich aber schnell an meine Grenzen, das muss ich zugeben. Einen festen Platz am Mikrophon haben sie mir nie gegeben, also habe ich Telefonmarketing gemacht. Aber das Radio hat mich nie ganz losgelassen, ich hab dann angefangen, Sender zu beraten. Das war in den Achtzigern, als die ersten Countrysänger anfingen, Rockelemente einzubauen. Wir nannten das Crossover. Viele Spartensender wussten nicht, wie sie damit umgehen sollten. Ich habe ihnen gesagt, wen und was sie spielen sollen. Zuerst hatte ich Beraterverträge mit drei Sendern, inzwischen sind es siebenundsechzig, die alle zu mir kommen und fragen: «Charlie D., wie können wir unseren Marktanteil vergrößern? Gib uns deine Crossover-Weisheit, du Prophet der

Prärie.» (So steht es auf meiner Website. Der Name hat sich einigermaßen durchgesetzt.)

Aber das, was ich gerade denke, gibt mir nicht das Gefühl, ein Prophet zu sein. Ganz im Gegenteil. Ich frage mich nämlich, wie mir das passieren konnte. Dass ich hier draußen im Gebüsch sitze.

Such den Bösewicht ist ein Ausdruck, den wir bei der Paartherapie gelernt haben. Ungefähr ein Jahr lang gingen Johanna und ich zu dieser Therapeutin, Dr. van der Jagt. Holländerin. Eine Praxis in der Nähe der Uni, das Haus hatte zwei separate Wege, einen zur Haustür und einen nach hinten raus. So konnten diejenigen, die fertig waren, nicht auf die treffen, die den nächsten Termin hatten.

Angenommen, du kommst von der Paartherapie und dein Nachbar kreuzt auf und sagt: «Hey, Charlie D. Wie geht's denn so?» Und du antwortest: «Meine bessere Hälfte hat gerade gesagt, dass ich sie verbal missbrauche. Ansonsten ist aber alles klar.»

Nee. Das will man doch nicht.

Ehrlich gesagt fand ich es nicht so toll, dass unsere Therapeutin eine Frau war, und dann auch noch eine Europäerin. Ich hab gedacht, die wird sich bestimmt auf Johannas Seite schlagen.

Bei unserer ersten Sitzung saßen Johanna und ich jeweils an den entgegengesetzten Enden des Sofas, zwischen uns lagen die Kissen.

Dr. van der Jagt sah uns an, ihr Schal hatte die Ausmaße einer Pferdedecke.

Was uns zu ihr geführt habe, wollte sie wissen.

Reden, miteinander auskommen, das ist was für Frauen. Ich ließ Johanna den Vortritt.

Aber sie hatte die gleiche Kröte im Hals wie ich.

Dr. van der Jagt machte einen weiteren Versuch. «Johanna, erzählen Sie mir, wie Sie sich in dieser Ehe fühlen. Drei Wörter.»

«Frustriert. Wütend. Einsam.»

«Warum?»

«Am Anfang hat mich Charlie immer zum Tanzen ausgeführt. Dann haben wir Kinder bekommen, und dann war es damit vorbei. Jetzt arbeiten wir beide. Wir sehen uns tagsüber gar nicht. Aber sobald Charlie abends nach Hause kommt, geht er erst mal raus zu seiner Feuerstelle –»

«Du kannst gern dazustoßen, jederzeit», sagte ich.

«– und trinkt. Den ganzen Abend. Jeden Abend. Er ist mehr mit seiner Feuerstelle verheiratet als mit mir.»

Ich war da, um zuzuhören und mich mit Johanna zu verständigen, und ich tat mein Bestes. Aber nach einer Weile konnte ich mich auf ihre Worte nicht mehr konzentrieren, sondern ich lauschte nur noch ihrer Stimme, diesem fremdartigen Klang von ihr. Wenn wir Vögel wären, dachte ich, würde ich ihr Lied nicht verstehen können. Es wäre das Lied einer anderen Vogelgattung, von einem anderen Kontinent, einer Gattung, die ihre Nester in den Glockentürmen von Kathedralen baut oder in Windmühlen, was in den Ohren meiner Vogelart ziemlich, na ja, affektiert klingen würde.

Zum Beispiel die Sache mit der Feuerstelle. Habe ich denn nicht jeden Abend versucht, alle da rauszulocken? Hab ich jemals gesagt, dass ich da draußen *gern* allein sitze? Nein. Was ich mir wünsche, ist, dass wir zusammen sind, als Familie, unterm Sternenhimmel, während das Mesquiteholz flackert und prasselt. Aber Johanna, Bryce, Meg und selbst Lucas – die haben nie Lust dazu. Sind zu beschäftigt mit ihren Computern und ihrem Instagram.

«Was empfinden Sie, wenn Sie das von Johanna hören?», fragte Dr. van der Jagt.

«Na ja», sagte ich. «Als wir das Haus damals gekauft haben, war Johanna ganz begeistert von der Feuerstelle.»

«Ich konnte damit nie etwas anfangen. Du denkst das immer nur. Wenn du etwas magst, denkst du immer, dass ich es auch mögen muss.»

«Als uns die Maklerin das Haus gezeigt hat, wer hat denn da gesagt: ‹Hey, Charlie, sieh dir das an! Das wird dir gefallen!›»

«Ja, und du wolltest einen Grill von Wolf. Du musstest diesen Grill von Wolf unbedingt haben. Aber hast du den überhaupt jemals benutzt?»

«Wir haben damals diese Steaks gegrillt, unten an der Feuerstelle.»

Ungefähr hier hob Dr. van der Jagt ihre zarte kleine Hand.

«Wir sollten versuchen, über diese kleinen Streitereien hinwegzukommen. Versuchen wir lieber herauszufinden, was der Kern Ihrer Unzufriedenheit ist. Diese Dinge sind nur die Oberfläche.»

In der nächsten Woche gingen wir wieder hin, und dann wieder. Dr. van der Jagt gab uns Fragebogen, wir mussten aufschreiben, wie zufrieden wir mit bestimmten Aspekten unseres Ehelebens waren, in abnehmender Reihenfolge. Sie empfahl uns Bücher: *Halt mich fest*, über Paare, die dazu neigten, einander falsch zu verstehen, und *Der Vulkan unter dem Bett*, in dem es darum ging, sexuelle Flauten zu überwinden, eine ziemlich schlüpfrige Lektüre. Ich wechselte die Umschläge der beiden Bücher aus. So dachten beim Sender alle, ich würde Tom Clancy lesen.

Langsam, aber sicher verstand ich den Jargon.

Such den Bösewicht, das bedeutet: Wenn man sich mit seinem Partner streitet, versuchen beide zu gewinnen. Wer hat das Garagentor nicht zugemacht? Wer hat das riesige Haarbüschel im Duschabfluss liegengelassen? Als Paar muss man erkennen, dass es keinen Bösewicht gibt. Wenn man verheiratet ist, kann man einen Streit nicht gewinnen. Denn wenn man gewinnt, verliert der andere, und das führt zu Feindseligkeit, und damit hat man dann praktisch selbst verloren.

Da ich ein unzulänglicher Ehemann war, begann ich, noch mehr Zeit allein zu verbringen und mich genauer zu betrachten. Konkret sah das so aus, dass ich im Fitnessstudio in die Sauna ging. Ich tröpfelte eine Pipette Eukalyptus in den Wassereimer, löffelte das Wasser auf die künstlichen Steine, sodass es ordentlich dampfte, und drehte die Minisanduhr um. Dann beobachtete ich mich, bis die Sanduhr abgelaufen war. Mir gefiel die Vorstellung, dass die Hitze meinen ganzen Ballast verbrannte – ich war nicht der Einzige dort, der es verkraften konnte, ein paar Kilo loszuwerden –, bis nichts von mir übrig blieb als der echte Charlie D. Die meisten Typen in der Sauna brüllten nach zehn Minuten, dass sie gar seien, und rannten mit roten Ärschen raus. Ich nicht. Ich drehte die Sanduhr wieder um und hielt mich noch ein Weilchen. Erst jetzt verbrannte die Hitze meine wahren Unreinheiten. Dinge, die ich noch nie jemandem erzählt hatte. Wie damals, als Bryce geboren wurde und volle sechs Monate Koliken hatte und ich schon vor dem Abendessen zwei Bourbon kippte, um ihn nicht aus dem Fenster zu schmeißen, und mich, wenn niemand zusah, an Forelock abreagierte. Er war damals noch ein kleines Hündchen, acht oder neun Monate alt. Immer hatte er sich *irgendwas* zuschulden kommen lassen. Ein erwachsener Mann, der seinen eigenen Hund schlug, bis der so wimmerte, dass seine Frau rief: «Hey? Was machst du denn da?», und er antwortete: «Nichts! Der stellt sich an! Der stellt sich immer nur an!» Oder das eine Mal, es ist noch nicht so lange her, als Johanna nach Chicago oder Phoenix geflogen ist und ich gedacht habe: Und wenn jetzt ihr Flugzeug abstürzt? Hatten andere Leute auch solche Gedanken, oder war ich der Einzige? War ich ein böser Mensch? Wusste Damien in *Das Omen* und *Omen II*, dass er böse war? Oder hielt er «Ave Satani» nur für einen guten Soundtrack? «Hey, die spielen gerade meinen Song!»

Meine Selbstbeobachtung muss Früchte getragen haben, denn ich begann, gewisse Muster zu erkennen. Wenn Johanna zum Beispiel in mein Arbeitszimmer kam, um mir den Verschluss der Zahnpastatube hinzuhalten, den ich vergessen hatte aufzuschrauben, dann rief ich vielleicht später, wenn sie mich bat, das Altglas rauszubringen, ein scharfes deutsches «Jawoll!», woraufhin Johanna komplett ausrastete, und bevor wir's uns versahen, war der dritte Weltkrieg ausgebrochen.

Wann immer mich Dr. van der Jagt bei der Therapie aufforderte zu sprechen, sagte ich Dinge wie: «Als positiven Aspekt habe ich diese Woche festgestellt, dass ich es immer deutlicher erkenne, wenn wir uns in einen Teufelsdialog verstricken. Ich verstehe dann, dass das unser eigentlicher Feind ist. Nicht wir selbst sind die Feinde. Unsere Teufelsdialoge sind der Feind. Es ist gut zu wissen, dass Johanna und ich gemeinsam gegen diese Muster angehen können, jetzt, da wir uns ihrer bewusster sind.»

Doch das war leichter gesagt als getan.

Einmal, an einem Wochenende, gingen wir mit einem Ehepaar essen. Die Frau, Terri, arbeitete mit Johanna bei Hyundai. Der Mann, er hieß Burton, war von der Ostküste.

Man sieht es mir vielleicht nicht an, aber ich bin eigentlich ein schüchterner Mensch. Deshalb kippe ich in gesellschaftlichen Situationen gern ein paar Margaritas, um mich etwas lockerer zu machen. Mir ging es ganz gut, als sich die Frau, Terri, vorbeugte und auf den Tisch stützte, um ein bisschen mit Johanna zu reden, wie Frauen halt so reden.

«Wie habt ihr euch eigentlich kennengelernt?», fragte Terri.

Ich war in ein Gespräch mit Burton verwickelt, der mir von seiner Weizenallergie erzählte.

«Eigentlich sollte es eine Green-Card-Ehe sein», sagte Johanna.

«Am Anfang», mischte ich mich ein.

Johanna sah unbeirrt Terri an. «Ich hab damals beim Radio gearbeitet. Mein Visum lief ab. Ich kannte Charlie seit einiger Zeit und fand ihn sehr nett. Also haben wir geheiratet, ich hab die Green Card bekommen und, wie das so ist, na ja.»

«Das leuchtet mir ein», sagte Burton, sah uns abwechselnd an und nickte, als hätte er ein Puzzleteil an die richtige Stelle gelegt.

«Was soll das heißen?», fragte ich.

«Charlie, sei nett zu ihm, ja?», sagte Johanna.

«Ich bin doch nett», sagte ich. «Findest du mich nicht nett, Burton?»

«Ich meinte nur, weil ihr doch aus verschiedenen Ländern kommt. War ja klar, dass irgendwas dahintersteckt.»

Bei der Paartherapie in der Woche darauf war ich zum ersten Mal derjenige, der das Gespräch begann.

«Mein Problem ist ...», sagte ich. «Hey, ich hab auch mal ein Problem! Jedes Mal wenn jemand fragt, wie wir uns kennengelernt haben, sagt Johanna, dass sie mich wegen der Green Card geheiratet hat. Als würden wir unsere Ehe nur spielen.»

«Ist ja gar nicht wahr», sagte Johanna.

«Ganz sicher.»

«Na, stimmt doch auch, oder?»

«Ich höre aus Charlies Worten heraus», sagte Dr. van der Jagt, «dass es auf ihn wirkt, als würden Sie abschätzig über Ihre Verbindung reden, auch wenn Sie selbst glauben, dass Sie nur deren Umstände anführen.»

«Was soll ich denn sonst sagen?», fragte Johanna. «Soll ich irgendeine Geschichte erfinden, wie wir uns kennengelernt haben?»

Halt mich fest zufolge wurde meine emotionale Bindung bedroht, als Johanna Terri von der Green Card erzählte. Ich hatte das Gefühl, dass sich Johanna zurückzog, und deshalb versuchte ich an dem Abend, ihr wieder näherzukommen und mit ihr zu schlafen. Da ich mich ihr gegenüber aber nicht von meiner besten Seite gezeigt hatte (ich war ja sauer wegen der Green-Card-Angelegenheit), war sie nicht gerade in Stimmung. Außerdem hatte ich der freundlichen Dame Margarita ein wenig zu sehr zugesprochen. Mit anderen Worten, ich war ein mürrischer, betrunkener, insgeheim bedürftiger und verängstigter Lebenspartner, der sich auf dem Memory-Schaum an seine Frau heranmachte. Der Memory-Schaum ist auch so ein Streitpunkt, weil Johanna die Matratze toll findet, während ich sie für meine Rückenschmerzen verantwortlich mache.

Das war unser Muster: Johanna rannte davon, ich schnüffelte ihr hinterher wie ein Spürhund.

Ich befasste mich ausgiebig mit all diesen Dingen, ich las und dachte nach. Nach drei Monaten Paartherapie waren die Aussichten in La Casa D. schon rosiger. Zum einen erhielt Johanna die bereits erwähnte Beförderung, sie war nun für die ganze Region zuständig. Außerdem versuchten wir, möglichst viel Zeit miteinander zu verbringen. Ich versprach, weniger zu saufen.

Um diese Zeit herum kam eines Abends Cheyenne, unsere Babysitterin, hereingeschneit, sie stank nach Schweinestall. Ihr Vater hatte sie rausgeschmissen, wie sich herausstellte. Sie war bei ihrem Bruder untergekommen, aber da waren zu viele Drogen, also zog sie weiter. Jeder Typ, der ihr einen Schlafplatz anbot, wollte nur das eine, also blieb Cheyenne nichts anderes übrig, als in ihrem Chevy zu übernachten. Johanna, die ein weiches Herz hat und ihre Stimme an die Grünen verschenkt, bot Cheyenne sofort ein Zimmer an. Schließlich war sie jetzt mehr unterwegs, die zusätzliche Hilfe für die Kinder konnten wir gebrauchen.

Jedes Mal, wenn Johanna von einer Dienstreise zurückkehrte, waren die beiden wie beste Freundinnen. Sie lachten und quatschten ohne Ende. Dann fuhr Johanna wieder weg, und ich ertappte mich dabei, wie ich Cheyenne vom Fenster aus anstarrte, wenn sie sich am Pool sonnte. Ich kannte jede ihrer Rippen.

Außerdem mochte sie die Feuerstelle. Sie kam fast jeden Abend raus.

«Hast du Lust, meinen Kumpel George Dickel kennenzulernen?», fragte ich. Dickel war damals mein Lieblingsbourbon.

Cheyenne sah mich an, als könnte sie meine Gedanken lesen. «Ich bin nicht alt genug, weißt du», sagte sie. «Ich meine, zum Trinken.»

«Aber wählen darfst du doch schon, oder? Und dich beim Militär verpflichten und unser Land verteidigen darfst du auch.»

Ich schenkte ihr ein.

War offenbar nicht der erste Drink in ihrem Leben.

Diese vielen Abende unten am Lagerfeuer mit Cheyenne ließen mich's vergessen, dass ich ich war, Charlie D., der Mann mit den Altersflecken und der sonnengegerbten Haut, und dass Cheyenne Cheyenne war, kaum älter als das Mädchen, das John Wayne in *Der schwarze Falke* sucht.

Ich begann, mit ihr zu chatten, wenn ich bei der Arbeit war. Und bevor ich mich's versah, nahm ich sie zum Shoppen mit, kaufte ihr ein T-Shirt mit einem Totenschädel drauf oder eine Handvoll Tangas bei Victoria's Secret oder ein neues Android-Handy.

«Ich weiß nicht recht, ob ich das alles von dir annehmen soll», sagte Cheyenne.

«Hey, das ist doch das Mindeste, was ich tun kann. Du hilfst uns doch, Johanna und mir. Das gehört zum Job. Fairer Lohn für alle.»

Ich war halb Daddy und halb Freund. Abends am Feuer erzählten wir uns Geschichten über unsere Kindheit, über meine, die unglücklich und schon lange her war, und über ihre, die unglücklich war und eigentlich noch andauerte.

Johanna war immer die Hälfte der Woche unterwegs. Sie kam hotelverwöhnt nach Hause zurück, erwartete Zimmerservice und zu einem V gefaltetes Toilettenpapier. Dann war sie wieder weg.

Einmal sah ich *Monday Night* im Fernsehen. In der Werbepause lief ein Captain-Morgan-Clip – den finde ich immer klasse –, und das brachte mich auf die Idee, mir einen Captain

Morgan mit Cola zu mixen, was ich dann auch tat. Cheyenne kam herein.

«Was guckst du da?», fragte sie.

«Football. Willst du einen? Gewürzter Rum.»

«Nein danke.»

«Sag mal, die Tangas, die ich dir neulich gekauft habe, passen die eigentlich?»

«Ja, sehr gut.»

«Du könntest ein Unterwäsche-Model sein, Cheyenne, ehrlich.»

«Quatsch!» Sie lachte, die Idee gefiel ihr.

«Komm, führ mal einen von diesen Tangas vor. Ich mach die Jury.»

Cheyenne drehte sich zu mir. Die Kinder schliefen schon. Im Fernsehen grölten Fans. Sie sah mir in die Augen, öffnete den Verschluss ihrer abgeschnittenen Jeans und ließ sie auf den Boden gleiten.

Ich fiel auf die Knie, wie zum Gebet. Ich drückte mein Gesicht gegen Cheyennes festen, kleinen Bauch, versuchte, sie einzuatmen. Dann rutschte ich tiefer.

Und mittendrin im Geschehen hob Cheyenne ihr Bein wie Captain Morgan, und dann war's geschehen.

Schlimm, ich weiß. Beschämend. Ziemlich leicht, hier den Bösewicht zu finden.

Zwei-, dreimal. Okay, eher siebenmal. Aber dann, eines Morgens, öffnet Cheyenne ihre rot unterlaufenen Teenageraugen und sagt: «Du könntest mein Opa sein, weißt du das eigentlich?»

Als Nächstes ruft sie mich bei der Arbeit an, völlig hysterisch. Ich hole sie ab, wir fahren zum Drogeriemarkt und kaufen einen Schwangerschaftstest. Sie ist so aufgelöst, sie kann nicht mal warten, bis wir zu Hause sind. Ich muss ranfahren, sie hockt sich in diesen Straßengraben, und als sie wieder einsteigt, läuft ihr die Wimperntusche über die Wangen.

«Ich kann jetzt kein Baby kriegen! Ich bin doch erst neunzehn!»

«Komm, Cheyenne, lass uns mal kurz nachdenken», sagte ich.

«Willst du dieses Baby großziehen, Charlie D.? Wirst du mich und das Baby unterstützen? Du bist alt. Dein *Sperma* ist alt. Vielleicht wird das Baby autistisch.»

«Wo hast du das denn her?»

«Hab ich im Fernsehen gesehen.»

Sie dachte nicht lang darüber nach. Ich bin gegen Abtreibung, aber unter diesen Umständen sah ich ein, dass es ihre Entscheidung war. Cheyenne erklärte, sie werde sich um alles selbst kümmern. Sie machte auch den Termin. Ich sollte sie nicht mal begleiten. Aber sie brauchte dreitausend Dollar.

Ja, fand ich auch ziemlich viel.

Eine Woche später bin ich mit Johanna auf dem Weg zur Paartherapie. Wir gehen gerade über den Plattenweg zur Haustür, als mein Handy in der Tasche vibriert. Ich halte Johanna die Tür auf und sage: «Nach dir, Schatz.»

Die Nachricht war von Cheyenne: «Ist vorbei. Schönes Leben noch.»

Die war überhaupt nicht schwanger. Da kapierte ich das erst. War mir egal. Sie war weg. Ich war in Sicherheit. Mal wieder gerade so davongekommen.

Und dann, was tat ich dann? Ich betrat Dr. van der Jagts Zimmer, setzte mich aufs Sofa und sah rüber zu Johanna. Meine Frau. Nicht so jung, wie sie mal gewesen war, natürlich nicht. Aber es lag hauptsächlich an mir, dass sie älter und erschöpfter war. Weil sie meine Kinder aufgezogen und meine Wäsche gewaschen und mein Essen gekocht und die meiste Zeit noch voll gearbeitet hatte. Ich hatte einen riesigen Kloß im Hals, als mir auffiel, wie traurig und fix und fertig sie aussah. Und sobald mich Dr. van der Jagt fragte, was ich zu sagen hätte, erzählte ich in einem einzigen Redeschwall die ganze Geschichte.

Ich hatte keine Wahl. Ich musste dieses Geständnis ablegen. Ich dachte, ich würde sonst platzen.

Und das bedeutet etwas. Wenn man der Sache ins Auge sieht, bedeutet es, dass die Wahrheit wahr ist. Die Wahrheit behauptet sich immer.

Bis dahin war ich mir dessen nicht so sicher gewesen.

Als unsere fünfzig Minuten vorbei waren, führte uns Dr. van der Jagt zur Hintertür. Wie gewöhnlich konnte ich es nicht lassen, mich umzusehen, ob uns jemand beobachtete.

Aber warum stahlen wir uns denn davon? Wofür schämten wir uns? Wir waren einfach zwei Liebende in Schwierigkeiten, die zu ihrem Nissan gingen, um die Kinder von der Schule abzuholen. Drüben in den Alpen, als sie diesen prähistorischen, tiefgefrorenen Mann fanden, diesen Typen namens Ötzi, und ihn ausgruben, stellten sie nicht nur fest, dass er mit Gras gefütterte Lederschuhe und eine Bärenfellmütze trug, sondern auch, dass er ein Holzkästchen dabeihatte, in dem sich glühende Holzkohle befunden hatte. Das war es ja, was Johanna und ich taten, als wir die Paartherapie machten. Wir waren mit Pfeil und Bogen bewaffnet und durchlebten eine Eiszeit. Wir hatten Narben von früheren Kämpfen. Wenn wir krank wurden, halfen wir uns mit nichts als ein paar Heilkräutern. In meiner linken Schulter steckte eine Pfeilspitze aus Feuerstein, weshalb ich ein bisschen angeschlagen war. Aber wir hatten dieses Kästchen mit der Kohle, und wenn wir uns damit nur irgendwohin retten könnten – in eine Höhle zum Beispiel oder in ein Tannenwäldchen –, könnten wir mit dieser Glut das Feuer unserer Liebe neu entfachen. Einen großen Teil der Zeit, die ich mit versteinertem Gesicht auf Dr. van der Jagts Sofa verbrachte, dachte ich über Ötzi nach, der ganz allein da draußen gewesen war, als er getötet wurde. Offenbar ermordet. Schädelbruch. Man muss einfach sehen, dass es heutzutage gar nicht so schlimm ist, wie wir vielleicht denken. Es gibt statistisch gesehen viel weniger Gewalttaten als in prähistorischer Zeit. Wenn wir zu Ötzis Zeit leben würden, müssten wir bei jedem Spaziergang, den wir machen, ganz schön aufpassen. Und wen wollte ich unter solchen Bedingungen lieber an meiner Seite haben als Johanna, mit ihren breiten Schultern und ihren kräftigen Beinen und dem ehemals fruchtbaren Schoß? Sie ist es, die die ganze Zeit unsere Glut getragen hat, seit Jahren, trotz all meiner Versuche, sie zu löschen.

Der Zufall wollte es, dass gerade jetzt, als wir am Auto waren, mein Autoschlüssel nicht funktionierte. Ich drückte und drückte. Johanna, die kleiner, schmächtiger wirkte als sonst, stand auf dem Kies, weinte und rief: «Ich hasse dich! Ich hasse dich!» Als ich sie so weinen sah, hatte ich das Gefühl, dass ich ihr sehr fern war. Dies war dieselbe Frau, die mich damals, als wir Lucas bekommen wollten, anrief und sagte: «Ich spür's, ich brauch deinen Samen!» Ich fuhr nach Hause, so schnell ich konnte, rannte ins Schlafzimmer, ließ dabei Weste und Bolo-Tie fallen, und da lag dann Johanna auf dem Rücken, mit gespreizten Beinen und offenen Armen, die mich umfangen wollten, und ihre Wangen glühten, und ich sprang, manchmal noch in Cowboystiefeln (auch wenn sich das nicht richtig anfühlte), und stürzte, und mein Sturz in sie hinein schien nie zu enden, und wir versanken gemeinsam in dem süßen, feierlichen Akt des Babymachens.

Das ist also der Grund, warum ich hier im Gebüsch sitze. Johanna hat mich rausgeschmissen. Ich wohne zurzeit in der Stadt, in der Nähe des Theaterviertels, wo ich eine Dreizimmerwohnung in einem der überteuerten Apartmenthäuser gemietet habe, die vor dem Crash gebaut wurden und mittlerweile zum Teil leer stehen.

Ich würde wetten, dass ich jetzt circa sechzig Fuß vom Haus entfernt bin. Vielleicht neunundfünfzig. Ich geh mal etwas näher ran.

Achtundfünfzig.

Siebenundfünfzig.

Wie gefällt Ihnen das, Herr Richter?

Ich stehe gerade neben einem der Strahler, als mir einfällt, dass Kontaktverbote nicht in Fuß berechnet werden, sondern in Yards. Ich soll fünfzig Yards weit wegbleiben. Das ist das Dreifache!

Verflucht!

Aber ich rühre mich nicht. Und zwar deshalb: Wenn ich mich nur bis auf fünfzig Yards nähern darf, dann verletze ich das Kontaktverbot ohnehin seit Wochen.

Ich bin ja sowieso schon schuldig.

Also kann ich auch noch etwas näher rangehen.

Auf die Veranda zum Beispiel.

Wie ich's mir gedacht habe: Die Haustür ist offen. Verdammt, Johanna!, denke ich. Klar, lass einfach die Haustür sperrangelweit offen, damit jeder Einbrecher hereinspazieren kann! Warum auch nicht?

Einen kurzen Moment lang fühlt es sich an wie früher. Ich bin wütender als eine Hornisse, und ich stehe in meinem eigenen Haus. Ein süßer Rechtfertigungsdrang erfüllt mich. Ich weiß, wer hier der Bösewicht ist. Johanna. Ich würd am liebsten losgehen und sie suchen und rufen: «Du hast die Haustür aufgelassen! *Schon wieder.*» Aber das geht gerade nicht, denn juristisch gesehen wäre das Hausfriedensbruch.

Dann trifft mich der Geruch. Das sind nicht die De Rougemonts. Es ist teils das Abendessen – Lammkoteletts, und der Kochwein. Lecker. Teils ist es das Shampoo, weil Meg gerade oben geduscht hat. Feuchte, warme, parfümierte Luft sickert die Treppe herunter. Ich spüre sie auf meinen Wangen. Ich rieche auch Forelock, der nicht mal kommt, um sein Herrchen zu begrüßen, so alt ist er. Unter den gegenwärtigen Umständen ist es mir nur recht. Es sind all diese Gerüche zusammen, und das bedeutet, es ist unser Geruch. Die D.s! Endlich leben wir so lange hier, dass wir den Alte-Leute-Mief der De Rougemonts verdrängt haben. Ich habe das bisher nur nicht bemerkt. Ich musste erst aus meinem eigenen Haus geschmissen werden, um hier reinzukommen und diesen Geruch wahrzunehmen, der, wie ich finde, eigentlich nur angenehm sein kann, selbst für ein Kind mit dem Geruchssinn eines Superhelden.

Oben kommt Meg aus ihrem Zimmer gerannt. «Lucas!», schreit sie. «Was hast du mit meinem Ladegerät gemacht?»

«Gar nichts hab ich gemacht», gibt er zurück. (Er ist in seinem Zimmer.)

«Du hast es geklaut!»

«Hab ich nicht!»

«Doch!»

«Mom!», ruft Meg und erscheint oben an der Treppe. Da

sieht sie mich. Oder auch nicht. Sie sollte ihre Brille tragen. Sie starrt auf die schattige Stelle, wo ich stehe, und ruft: «Mom! Sag Lucas, er soll mir mein Ladegerät wiedergeben!»

Ich höre etwas und wende den Kopf. Da steht Johanna. Als sie mich entdeckt, macht sie etwas Komisches. Sie springt zurück. Sie wird kreidebleich und sagt: «Kinder! Bleibt oben!»

Hey, reg dich nicht auf, denke ich. Ich bin's doch nur.

Johanna drückt die Kurzwahl auf ihrem Handy, sie geht noch immer rückwärts.

«Das brauchst du doch nicht zu tun», sage ich. «Komm, Jo-Jo, lass das.»

Sie spricht mit dem Notruf. Ich gehe einen Schritt auf sie zu, strecke die Hand nach ihr aus. Ich will ihr das Handy nicht wegnehmen. Ich will nur, dass sie auflegt. Dann kann ich ja gehen. Aber plötzlich habe ich das Telefon in der Hand, Johanna schreit, und wie aus dem Nichts springt mich etwas von hinten an und ringt mich zu Boden.

Es ist Bryce. Mein Sohn.

Er ist gar nicht beim Trompetenunterricht. Vielleicht hat er aufgehört. Ich bin ja immer der Letzte, der so was erfährt.

Bryce hat ein Seil in der Hand, oder ein Verlängerungskabel, und er ist stark wie ein Stier. Er kommt halt nach Johanna, das war schon immer so.

Er stemmt mir mit voller Kraft sein Knie in den Rücken und versucht, mich mit dem Kabel zu fesseln.

«Ich hab ihn, Mom!», ruft er.

Ich will etwas sagen. Aber mein Sohn drückt mein Gesicht in den Teppich. «Hey, Bryce, lass mich los», sage ich. «Ich bin's, Dad. Hier unten, das bin ich. Bryce? Jetzt mal ernsthaft.»

Ich versuch's mit einem alten Ringertrick aus Studentenzeiten, einer Art Stoßschere. Funktioniert wie geschmiert. Ich werfe Bryce ab, er landet auf dem Rücken. Er versucht zu entwischen, doch ich bin schneller.

«Also, Bryce», sage ich. «Wer ist hier der Daddy? Heh? Wer ist hier der Daddy?»

Da bemerke ich Meg auf der Treppe. Sie war die ganze Zeit wie erstarrt. Aber in dem Moment, wo ich sie ansehe, flitzt sie nach oben. Sie hat Angst vor mir.

Als ich das erkenne, verlässt mich der Kampfgeist. *Meg? Meine Süße? Daddy wird dir doch nicht weh tun.*

Aber sie ist schon weg.

«Okay», sage ich. «Ich verzieh mich.»

Ich drehe mich um und gehe raus. Sehe in den Himmel. Keine Sterne. Ich hebe die Hände hoch und warte.

Der Polizeibeamte brachte mich zur Hauptwache, nahm mir die Handschellen ab und übergab mich dem Sheriff, der mich aufforderte, meine Taschen zu leeren: Geldbörse, Handy, Kleingeld, ein Fläschchen 5-Hour-Energy und eine aus der Zeitung gerissene Ashley-Madison-Anzeige. Ich musste alles in einen Ziplockbeutel tun und dann eine Quittung unterschreiben.

Es war zu spät, um meinen Anwalt in der Kanzlei zu erreichen, also wählte ich Peekskills Handynummer und hinterließ eine Nachricht auf der Mailbox. Ich durfte nur einen Anruf machen, und ich fragte, ob das zählte. Ja, das zählte.

Sie bringen mich in einen Vernehmungsraum. Nach einer halben Stunde kommt ein Typ, den ich bisher noch nicht gesehen habe, ein Polizist, und setzt sich hin.

«Was haben Sie denn heute so getrunken?», fragt er.

«Ein paar Gläser.»

«Der Barkeeper im Le Grange hat gesagt, dass Sie gegen Mittag reingekommen sind und auch die Happy Hour noch mitgenommen haben.»

«Jawohl, stimmt. Ich will Ihnen nichts vormachen.»

Der Beamte lehnt sich in seinem Stuhl zurück und wippt.

«Leute wie Sie haben wir hier ständig», sagt er. «Hey, ich weiß, wie sich das anfühlt. Ich bin auch geschieden. Zweimal schon. Meinen Sie, ich will's meiner Alten nicht auch manchmal zeigen? Aber wissen Sie, was? Sie ist die Mutter meiner Kinder. Finden Sie, dass sich das kitschig anhört? Ich nicht. Für mich ist das nicht kitschig. Man muss alles tun, damit sie glücklich ist, ob man will oder nicht. Weil, deine Kinder leben mit ihr zusammen, und die sind es am Ende, die bezahlen.»

«Sie sind auch meine Kinder», sage ich. Meine Stimme klingt seltsam.

«Schon klar.»

Und damit geht er raus. Ich sehe mich in dem Raum um, ob da ein verspiegeltes Fenster ist wie bei *Law & Order*, und als das geklärt ist, lasse ich den Kopf sinken und fange an zu weinen. Als Kind habe ich mir immer vorgestellt, ich würde verhaftet werden und wie cool ich dabei bleiben würde. Aus mir bekommen sie nichts heraus. Ein echter Gangster. Tja, jetzt *bin* ich verhaftet worden, und ich bin nicht anders als ein Typ mit einem grauen Dreitagebart, und meine Nase blutet noch immer ein wenig, weil Bryce sie in den Teppich gedrückt hat.

Es gibt da etwas, das sie über die Liebe herausgefunden haben. Wissenschaftlich. Die haben Studien gemacht, um zu untersuchen, was Paare zusammenhält. Und wissen Sie, was das ist? Nicht, dass man miteinander auskommt. Nicht Geld, oder Kinder, oder eine ähnliche Lebenseinstellung. Es sind die kleinen Aufmerksamkeiten. Dass man sich gegenseitig wahrnimmt. Beim Frühstück reicht man die Marmelade.

Oder man nimmt – bei einem Ausflug nach New York City zum Beispiel – im U-Bahn-Aufzug ganz kurz mal die Hand des anderen. Man fragt «Wie war dein Tag?» und tut, als würde es einen interessieren. Solche Sachen funktionieren wirklich.

Hört sich ziemlich einfach an, oder? Nur dass die meisten Menschen das nicht durchhalten. Sie suchen nicht nur bei jedem Streit den Bösewicht, sie machen auch das, was man eine Protestpolka nennt. Das ist ein Tanz, bei dem sich der eine Partner an den anderen wendet, weil er eine Bestätigung der Beziehung sucht, aber weil er das normalerweise macht, indem er sich beklagt oder ärgert, will der andere nur noch weg und verdrückt sich. Für die meisten Menschen ist dieses schwierige Manöver leichter, als einfach zu fragen: «Was macht deine Erkältung, Schatz? Hast du noch diesen Druck in den Schläfen? So was Blödes. Ich hol dir mal deine Salzlösung.»

Als mir diese Dinge durch den Kopf gehen, taucht der Polizist auf und sagt: «Okay. Verschwinde.»

Er meint, ich darf gehen. Kein Einwand von meiner Seite. Ich folge ihm durch den Korridor bis zum Eingangsbereich. Ich gehe davon aus, dass ich Peekskill dort sehen werde, und genauso ist es. Er macht gerade Smalltalk mit dem Polizisten am Schalter, wobei er launige Obszönitäten zum Besten gibt. Niemand kann mit fröhlicherer Selbstverständlichkeit «du Wichser» sagen als Rechtsanwalt Peekskill. All das überrascht mich gar nicht. Was mich überrascht, ist, dass ein paar Meter hinter Peekskill meine Frau steht.

«Johanna sieht von einer Anzeige ab», sagt Peekskill, als er auf mich zukommt. «Juristisch betrachtet kann dir das am Arsch vorbeigehen, weil es der Staat ist, der das Kontaktverbot durchsetzt. Aber die Polizei will dir nichts anhängen, wenn die Ehefrau nicht darauf besteht. Ich muss dir allerdings sagen, dass dir das vor dem Richter nicht helfen dürfte. Kann sein, dass es uns nicht gelingen wird, das aufzuheben.»

«Nie mehr?», frage ich. «Ich bin doch jetzt auch weniger als fünfzig Yards von ihr entfernt.»

«Stimmt. Aber du bist hier in einer Wache.»

«Kann ich mit ihr reden?»

«Mit ihr reden willst du? Das würde ich dir im Moment nicht raten.»

Aber ich gehe schon durch die Lobby auf sie zu.

Johanna steht mit gesenktem Kopf an der Tür.

Ich weiß nicht, wann ich sie wiedersehen werde, deshalb schaue ich sie mir ganz genau an.

Ich betrachte sie, aber ich fühle nichts.

Ich könnte nicht einmal mehr sagen, ob sie noch hübsch ist.

Wahrscheinlich ist sie das. Bei Empfängen und so sprechen sie immer irgendwelche Leute an, Männer, die sagen: «Sie kommen mir bekannt vor. Waren Sie nicht früher mal Cheerleader bei den Dallas Cowboys?»

Ich sehe sie an. Sehe sie immer weiter an. Schließlich treffen sich unsere Blicke.

«Ich will, dass wir wieder eine Familie sind», sage ich.

Schwer zu beurteilen, was ihr Gesichtsausdruck bedeutet. Aber ich habe den Eindruck, dass Johannas junges Gesicht unter ihrem neuen, älteren verborgen ist, ja dass das ältere Gesicht wie eine Maske darüberliegt. Ich will, dass ihr jüngeres Gesicht zum Vorschein kommt, nicht nur weil es das ist, in das ich mich damals verliebt habe, sondern auch weil es das Gesicht ist, das *mich* geliebt hat. Ich habe noch die Lachfältchen vor Augen, die sich zeigten, wenn ich irgendwo hereingekommen bin.

Jetzt sind da keine Lachfältchen mehr. Es sieht eher wie ein Halloweenkürbis aus, nur dass die Kerze erloschen ist.

Und dann erklärt sie mir, wie die Dinge stehen. «Ich hab's lange genug versucht, Charlie. Dich glücklich zu machen. Ich hab gedacht, wenn ich mehr Geld verdiene, bist du vielleicht glücklicher. Oder wenn wir ein größeres Haus kaufen. Oder wenn ich dich einfach nur in Ruhe lasse, damit du die ganze Zeit trinken kannst. Nichts davon hat dich glücklich gemacht, Charlie. Und mich auch nicht. Seit du ausgezogen bist, bin ich traurig. Ich weine jeden Abend. Aber weil ich jetzt die Wahrheit kenne, kann ich lernen, mit ihr umzugehen.»

«Das ist aber nicht die einzige Wahrheit», sage ich. Das hört sich schwammiger an, als es gemeint ist, also breite ich die Arme aus – als wollte ich die ganze Welt umarmen. So klingt der Satz noch schwammiger.

Ich mache einen zweiten Versuch. «Ich will nicht der Mensch sein, der ich war», sage ich. «Ich will mich ändern.» Ich meine das aufrichtig. Aber wie die meisten aufrichtigen Worte sind auch diese recht fadenscheinig. Und weil ich aus der Übung bin, was Aufrichtigkeit angeht, habe ich trotzdem das Gefühl, ich würde lügen.

Nicht sehr überzeugend.

«Es ist spät», sagt Johanna. «Ich bin müde. Ich fahr nach Hause.»

«Unser Zuhause», sage ich. Aber sie ist schon auf dem Weg zum Auto.

Ich weiß nicht, wohin ich gehe. Ich lasse mich treiben. Ich habe keine große Lust, in meine Wohnung zurückzukehren.

Als Johanna und ich das Haus gekauft haben, hat uns der Makler die Eigentümer vorgestellt, und wissen Sie, was der alte Herr gemacht hat? Er hat mich mitgenommen, um mir die Haustechnik zu zeigen – er wollte mir die Wartung des

Heizungskessels erklären –, und er ging sehr langsam. Dann wandte sich der alte Glatzkopf plötzlich um, sah mich an und sagte: «Warten Sie's ab.»

Er hatte einen krummen Buckel und kam nur mühsam voran. Und weil er sich schämte, dass er dem Tod näher war als ich, wies er mich grimmig darauf hin, dass ich eines Tages genauso enden würde wie er, durch das Haus schlurfend wie ein Pflegefall.

Als ich an Mr. De Rougemont dachte, verstand ich auf einmal, was mein Problem war. Warum ich mich so verrückt verhalten hatte.

Es war der Tod. Er ist der Bösewicht.

Hey, Johanna. Ich habe ihn gefunden! Es ist der Tod.

Ich gehe weiter, denke noch darüber nach. Ich weiß nicht, wie lange ich so gehe.

Als ich schließlich aufblicke, staune ich nicht schlecht, dass ich schon wieder vor meinem Haus stehe! Auf der anderen Straßenseite, und damit außerhalb der Verbotszone, aber trotzdem. Meine Füße haben mich aus Gewohnheit hierhergeführt, wie ein alter Klepper.

Ich ziehe noch einmal das Handy aus der Tasche. Vielleicht hat Meg ein Wort gelegt, als ich auf der Wache war.

Leider nicht.

Wenn beim Online-Scrabble ein neues Wort gelegt wurde, ist das immer ein wunderschöner Anblick. Die Buchstaben tauchen aus dem Nichts auf, wie glitzernder Sternenstaub. Egal, wo ich bin, egal, was ich gerade mache, Megs neues Wort fliegt durch die Nacht und tanzt und hüpft auf meinem Handy. Ich weiß dann, dass sie an mich denkt, selbst wenn sie nur versucht, mich zu schlagen.

Als Johanna und ich anfangs miteinander geschlafen haben,

war ich immer ein wenig eingeschüchtert. Ich bin nicht klein, aber wenn ich auf Johanna liege? Die Situation war ein bisschen wie bei *Gullivers Reisen*. Es war, als wäre Johanna eingeschlafen und ich wäre hochgeklettert, um mir von oben einen Überblick zu verschaffen. Was für eine Aussicht! Sanfte Hügel! Fruchtbare Äcker! Aber es gab nur einen von meiner Art, nicht eine ganze Stadt voller Liliputaner, die Lassos warfen und sie am Boden fesselten.

Es war seltsam. In der ersten Nacht mit Johanna, und in jeder weiteren immer deutlicher, war es, als würde sie im Bett schrumpfen, oder als würde ich wachsen, bis wir dieselbe Größe hatten. Und diese Angleichung übertrug sich zusehends auch auf den Tag. Die Leute drehten sich immer noch nach uns um. Doch es schien, als würden sie uns nur noch als *ein* Geschöpf wahrnehmen, nicht als ein sonderbares Gespann von zwei Leuten, die überhaupt nicht zusammenpassten. Sie sahen *uns*. Zusammen. Damals liefen wir nicht voreinander weg, und wir wiesen einander nicht ab. Wir strebten immer nur zueinander, und wenn sich einer von uns auf die Suche machte, war der andere da, wartend, um gefunden zu werden.

Wir suchten uns so lange, bis wir uns wieder verloren. *Hier bin ich!*, sagten wir tief in unseren Herzen. *Komm, such mich.* So einfach, wie es ist, einen Regenbogen zum Erröten zu bringen.

2013

DAS ORAKEL DER VULVA

Schädel eignen sich erstaunlich gut als Kopfkissen. Dr. Peter Luce (der berühmte Sexologe) hat seine Wange an das lackierte Scheitelbein eines Dawat-Ahnen gelegt, um wessen Vorfahren es sich handelt, weiß er nicht genau. Der Schädel wippt vor und zurück, von Kiefer bis Kinn, und auch Luce selbst wird sanft gewiegt von dem Jungen auf dem Schädel neben ihm, der seine Füße an Luces Rücken reibt. Die Palmenmatte kratzt an seinen nackten Beinen.

Es ist mitten in der Nacht, eine Zeit, in der, aus welchem Grund auch immer, alle jaulenden Viecher des Dschungels mal kurz das Maul halten. Zoologie ist nicht Luces Fachgebiet. Seit er hier ist, hat er der örtlichen Fauna kaum Beachtung geschenkt. Er hat es niemandem aus dem Team erzählt, aber seine Angst vor Schlangen ist pathologisch, weshalb er sich noch nicht weit vom Dorf entfernt hat. Wenn die anderen losziehen, um Wildschweine zu jagen oder Sagopalmen zu schlagen, bleibt er zurück, um über seine Situation nachzugrübeln. (Vor allem über seine ruinierte Karriere, aber da ist noch mehr, das ihn bedrückt.) Nur einmal, als er betrunken war, hat er seinen ganzen Mut zusammengenommen und sich zum Pinkeln ein Stück von dem Langhaus weggewagt, und da stand er dann etwa fünfunddreißig Sekunden im Dickicht, bevor ihm unheimlich wurde und er zurückeilte. Er weiß nicht, was im Dschungel vor sich geht, und es interessiert ihn auch nicht. Er weiß nur, dass jeden Abend bei Sonnenuntergang die Affen und Vögel anfangen zu kreischen, und dann, gegen ein Uhr mittags New Yorker Zeit – der das leuchtende Zifferblatt seiner Armbanduhr weiterhin die Treue hält –, hören sie auf. Sofort ist es totenstill. So still, dass Luce aufwacht. Oder beinahe aufwacht. Seine Augen sind jetzt geöffnet, zumindest glaubt er das. Eigentlich spielt es keine Rolle. Dies ist der Dschungel, und es ist Neumond. Die Dunkelheit ist absolut. Luce hält sich die Hand vors Gesicht, die Handfläche knapp vor der Nasenspitze, er sieht sie nicht. Er verlagert seinen Kopf auf dem Schädel, was zur Folge hat, dass der Junge sein Reiben unterbricht und unterwürfig winselt.

Feucht, wie Dampf – er ist jetzt eindeutig wach –, steigt ihm der Dschungel in die Nase. So etwas hat er noch nie gerochen. Ein Gestank von Schlamm und Fäkalien, gemischt mit dem von Achselschweiß und Würmern, aber da ist noch mehr. Ein Hauch von verwilderten Hausschweinen, der käsige Duft sechs Fuß hoher Orchideen, der Leichengeruch von fleischfressenden Fliegenfallen. Im ganzen Dorf, vom sumpfigen Boden bis in die Baumwipfel, fressen die Tiere einander und verdauen mit offenen, rülpsenden Mäulern.

Die Evolution hat keine klare Strategie. Zwar ist sie berühmt dafür, sich an bestimmte elegante Formen zu halten (Dr. Luce weist zum Beispiel gern auf die strukturellen Ähnlichkeiten von Muscheln und weiblichen Genitalien hin), kann aber auch aus einer Laune heraus improvisieren. Genau das ist Evolution: ein Streuschuss von Möglichkeiten, die sich nicht durch stetige Verbesserung entfalten, sondern nur durch mal gute, mal schlechte Veränderungen, die niemand im Voraus durchdacht hat. Der Markt – das heißt, die Erde – entscheidet. Was zur Folge hat, dass hier an der Kasuarinenküste die Blumen Merkmale ausgebildet haben, die Luce, der aus Connecticut stammt, mit Blumen überhaupt nicht in Verbindung bringen würde, obwohl auch Botanik nicht sein Fachgebiet ist. Er dachte immer, Blüten müssten *duften*. Um Bienen anzulocken. Hier sieht das ganz anders aus. Die wenigen grässlichen Blüten, in die er dummerweise seinen Rüssel gehalten hat, hatten allesamt den Geruch des Todes. In jedem Kelch befindet sich eine kleine Regenpfütze (tatsächlich ist es Verdauungssaft) und ein geflügelter Käfer, der gerade gefressen wird. Luces Kopf zuckt zurück, er hält sich die Nase zu und hört, wie sich irgendwo im Busch ein paar Dawat schlapplachen.

Diese endlos wiederkehrenden Überlegungen werden vom Winseln des Jungen auf dem Schädel nebenan unterbrochen. «Cemen», bettelt er. «Ake cemen.» Es ist still, nur ein paar Dawat murmeln in ihre Träume hinein, und dann, wie jede Nacht, spürt er, wie sich die Hand des Jungen in seine kurze Hose schlängelt. Luce fasst ihn sanft am Handgelenk und sucht mit der freien Hand nach seiner Stiftlampe. Er schaltet sie ein, im fahlen Lichtstrahl leuchtet das Gesicht des Jungen auf. Auch er ruht mit der Wange auf einem Schädel (genauer gesagt, dem Schädel seines Großvaters), der über die Jahre vom Haar und Körperöl des Jungen beinahe dunkelorange geworden ist. Vom Licht erschreckt, hat der Junge die Augen aufgerissen. Mit seinem krausen Haar sieht er ein wenig aus wie der junge Jimi Hendrix. Seine Nase ist flach und breit, die Wangenknochen sind ausgeprägt. Seine vollen Lippen bilden einen permanenten, von der explosiven Dawatsprache geformten

Schmollmund. «Ake cemen», sagt er wieder, was vielleicht ein Wort ist. Seine gefangene Hand schnellt noch einmal zu Luces Gürtellinie, und Luce packt noch einmal fester zu.

Also, was ihn sonst noch bedrückt: dass er in seinem Alter überhaupt noch Feldforschung betreiben muss. Dass er gestern, als er zum ersten Mal seit acht Wochen Post bekam, das durchweichte Päckchen mit großer Vorfreude aufgerissen hat, nur um, gleich auf dem Titelblatt des *New England Journal of Medicine*, die unzulängliche Studie von Pappas-Kikuchi angekündigt zu sehen. Und dann noch, unmittelbarer: dieser Junge.

«Komm», sagt Luce, «schlaf wieder ein.»

«Cemen. Ake cemen!»

«Nein danke. Auch wenn ich die gastfreundschaftliche Geste zu schätzen weiß.»

Der Junge wendet sich ab und starrt in die Finsternis des Langhauses, und als er sich wieder umdreht, sieht Luce im Lichtstrahl der Stiftlampe die Tränen in den Augen. Der Junge hat Angst. Er zerrt an Luce, senkt den Kopf und bettelt. «Hast du schon mal was von Berufsethik gehört, Kleiner?», sagt Luce. Der Junge hält kurz inne, sieht ihn an, versucht zu verstehen, und zerrt weiter.

Der Junge ist jetzt seit drei Wochen hinter ihm her. Das hat mit Liebe oder Ähnlichem nichts zu tun. Zu den vielen ungewöhnlichen Eigenschaften der Dawat gehört, dass der Stamm die strikte Trennung der Geschlechter aufrechterhält. Es ist zwar nicht die biologische Besonderheit, die Luce und sein Team nach Irian Jaya geführt hat, hängt aber als anthropologisches Merkmal mit ihr zusammen. Das Dorf ist hantelförmig angelegt, schmal in der Mitte, an den Enden befindet sich jeweils ein Langhaus. Die Männer und Jungen schlafen in einem der Häuser, die Frauen und Mädchen im anderen. Männliche

Dawat halten die Berührung von Frauen für äußerst beschmutzend, weshalb sie gesellschaftliche Strukturen herausgebildet haben, die den Kontakt der Geschlechter auf ein Minimum reduzieren. Zum Beispiel gehen Dawatmänner in das Langhaus der Frauen nur zum Zweck der Fortpflanzung. Sie tun eilig, was zu tun ist, und verschwinden wieder. Laut Randy, dem Anthropologen, der Dawat spricht, lässt sich das Dawatwort für Vagina wortwörtlich übersetzen mit: das Ding, das wirklich nicht gut ist. Das hat Sally Ward natürlich auf die Palme gebracht, die Endokrinologin, die mitgekommen ist, um die Plasmahormonspiegel zu messen, und die für sogenannte kulturelle Unterschiede nur wenig Verständnis hat, weshalb sie – aus purer Verachtung und berechtigter Wut heraus – Randy gegenüber die Anthropologie bei jeder Gelegenheit verteufelt. Was nicht oft vorkommt, denn laut Stammesgesetz muss sie am anderen Ende des Dorfs bleiben. Luce hat keine Ahnung, wie es da drüben ist. Die Dawat haben zwischen den beiden Bereichen einen Erdwall errichtet, eine etwa mannshohe, von Speerspitzen gekrönte Lehmmauer. Auf den Speerspitzen stecken längliche grüne Kalebassen, die auf den ersten Blick sehr festlich auf Luce wirkten, wie venezianische Laternen, bis Randy ihm erklärte, dass die Kalebassen nur für die menschlichen Köpfe vergangener Zeiten stehen. Wie dem auch sei, über den Erdwall hinweg kann man kaum sehen, und es gibt nur einen engen Durchgang, an dem die Frauen das Essen für die Männer abstellen und durch den die Männer einmal im Monat gehen, um für dreieinhalb Minuten ihre Frauen zu besteigen.

So papsttreu die Dawat auch sein mögen – wenn es darum geht, den Geschlechtsverkehr der Fortpflanzung vorzubehalten, haben es die Missionare bei ihnen ausgesprochen schwer. Im Langhaus der Männer leben sie nicht gerade im Zölibat. Dawatjungen leben bei ihren Müttern, bis sie sieben sind, dann ziehen sie um zu den Männern. Die nächsten acht Jahre werden sie gezwungen, die älteren Männer zu fellationieren. Die Verunglimpfung der Vagina im Glaubenssystem der Dawat bringt die Überhöhung des männlichen Sexualorgans mit sich, besonders des Samens, der als Elixier mit überwältigend nahrhafter Wirkkraft gilt. Um Männer und Krieger zu werden, müssen Jungen so viel Samen wie möglich zu sich nehmen, und das tun sie auch – nächtlich, täglich, stündlich. In ihrer ersten Nacht im Langhaus waren Luce und sein Assistent Mort gelinde gesagt bestürzt, als sie sahen, wie süße kleine Jungs pflichtbewusst von einem Erwachsenen zum nächsten gingen, als würden sie Apfelbeißen spielen. Randy saß einfach da und machte sich Notizen. Als alle Männer befriedigt waren, herrschte einer der Häuptlinge – zweifellos im Sinne der Gastfreundschaft – zwei Jungen an, die sogleich zu den amerikanischen Wissenschaftlern hinübergingen. «Lass gut sein», sagte Mort zu dem einen Jungen. Selbst Luce hatte einen Schweißausbruch. Die Jungen gingen mal freudig, mal leicht resigniert ihrem Geschäft nach, wie Kinder, die ihren Haushaltspflichten nachkommen. Das Ritual bestätigte Luce wieder einmal, dass sexuelle Scham ein soziales, ausschließlich kulturell bedingtes Konstrukt war. Aber *seine* Kultur war nun mal die amerikanische, genauer gesagt die anglo-irische eines vom Glauben abgefallenen Episkopalen, und er lehnte das Angebot der Dawat dankend ab, in jener Nacht und, jetzt, in dieser.

Allerdings wusste er die Ironie zu würdigen, dass er, Dr. Peter Luce, Leiter der Ambulanz für sexuelle Störungen und geschlechtliche Identität, ehemaliger Generalsekretär der Society for the Scientific Study of Sex (SSSS), Verfechter der uneingeschränkten Erforschung menschlichen Sexualverhaltens, Gegner jeglicher Prüderie, Geißel sexueller Gehemmtheit und Vorkämpfer für jede Art von sexuellem Vergnügen, auf der anderen Seite der Erde in den erotischen Dschungel gestoßen worden war und sich derart verklemmt vorkam. 1969, in seiner alljährlichen Ansprache vor der SSSS, hatte Dr. Luce die versammelten Sexologen an den historischen Konflikt zwischen wissenschaftlicher Forschungsarbeit und allgemeiner Moral erinnert. Sehen Sie sich nur Vesalius an, sagte er. Oder Galileo. Pragmatisch, wie er war, hatte er seinen Zuhörern geraten, in fremde Länder zu reisen, in denen sogenannte aberrante Sexualpraktiken geduldet wurden und dementsprechend leicht zu erforschen waren (Sodomie in Holland zum Beispiel und Prostitution in Phuket). Er war stolz auf seine Aufgeschlossenheit. Menschliche Sexualität war für ihn so etwas wie ein großes Bruegel-Gemälde, er hatte seine Freude daran zu beobachten, was dort alles vor sich ging. Stets war er bemüht, sich über die verschiedenen klinisch dokumentierten Paraphilien kein Urteil zu bilden, und nur da, wo sie offensichtlich schädigend waren, wie bei Pädophilie und Vergewaltigung, bezog er Position. Seine Toleranz war sogar noch größer, wenn fremde Kulturen im Spiel waren. Die Blowjobs, die im Langhaus der Männer verabreicht werden, würde er vielleicht verabscheuen, wenn sie im YMCA auf der West Twenty-Third Street stattfänden, aber hier hat er, so scheint es ihm, kein Recht, sie zu verdammen. Es wäre auch seiner Arbeit nicht zuträglich. Er ist ja kein Missionar. Unter den Bedingungen der hiesigen Moralvorstellungen ist es unwahrscheinlich, dass die Jungen durch ihre oralen Pflichten Schaden nehmen. Sie werden ohnehin nicht zu typischen heterosexuellen Ehemännern erzogen. Sie wechseln nur von der gebenden zur empfangenden Seite, und alle sind glücklich.

Aber warum ärgert es Luce dann jedes Mal so, wenn der Kleine mit den Füßen an seinem Rücken reibt und diese winselnden Brunftgeräusche von sich gibt? Vielleicht hat es mit dem zunehmend bangen Ton dieses Flehens zu tun, ganz abgesehen von der besorgten Miene des Jungen. Es könnte sein, dass er bestraft wird, wenn es ihm nicht gelingt, den Fremden zu befriedigen. Anders kann sich Luce die Hartnäckigkeit des Jungen nicht erklären. Glauben sie etwa, dass der Samen von Weißen besondere Kraft besitzt? Nicht sehr wahrscheinlich, wenn man bedenkt, wie Luce, Randy und Mort in diesen Tagen aussehen. Nämlich schauderhaft: Ihre Haare sind fettig und schuppen. Die Dawat denken vermutlich, dass alle Weißen Hitzeausschlag haben. Luce sehnt sich nach einer Dusche. Er sehnt sich danach, Kaschmir-Rolli, Halbstiefel und Wildlederjacke anzuziehen und irgendwo einen Whiskey Sour zu trinken. Das Exotischste, was er nach dieser Reise noch erleben will, ist ein Abendessen bei Trader Vic's. Und wenn alles gutgeht, dann wird es auch so sein. Er und ein Mai Tai mit einem Cocktail-Schirmchen, zu Hause in Manhattan.

Bis vor drei Jahren – bis zu dem Abend, als er von Pappas-Kikuchi und ihrer Feldforschung überrollt wurde – galt Dr. Peter Luce als die weltweit führende Kapazität auf dem Gebiet der menschlichen Intersexualität. Er war der Autor eines einflussreichen sexologischen Werks, *Das Orakel der Vulva*, eine grundlegende Arbeit für eine ganze Reihe von Fachdisziplinen, von der Genetik über die Pädiatrie bis hin zur Psychologie. Unter demselben Titel hatte er von August 1969 bis Dezember 1973 eine Kolumne im *Playboy* geschrieben, in der ein personifiziertes, allwissendes weibliches Pudendum die Fragen der männlichen Leser mit witzigen, manchmal auch sibyllinischen Aussagen beantwortete. Hugh Hefner war auf Peter Luce aufmerksam geworden, als er den Namen in einem Zeitungsartikel über eine Demonstration für sexuelle Freiheit entdeckte. Sechs Studenten der Columbia University hatten in einem Zelt auf der zentralen Wiese des Campus eine Orgie veranstaltet, die durch den Einsatz von Polizeikräften ein Ende fand, und als man ihn fragte, was er von solchen Aktivitäten auf dem Campus halte, ließ sich Assistenzprofessor Peter Luce, damals vierunddreißig, folgendermaßen zitieren: «Ich bin immer für eine Orgie, egal wo sie stattfindet.» Dies erweckte Hefs Neugier. Hefner, der jede Ähnlichkeit mit Xaviera Hollanders Kolumne «Call Me Madam» im *Penthouse* vermeiden wollte, legte fest, dass sich Luces Kolumne ausschließlich mit den wissenschaftlichen und historischen Aspekten des Geschlechtsverkehrs beschäftigen sollte. Und so bot *Das Orakel der Vulva* in den ersten drei Kolumnen Abhandlungen über die erotische Kunst des japanischen Malers Hiroshi Yamamoto, die Epidemiologie der Syphilis und die Tradition der Berdache bei den Navajo-Indianern, alles geschrieben in einem orakelhaft wabernden Ton, den Luce seiner Tante Rose Pepperdine nachempfand, die ihm immer die Bibel ausgelegt hatte, während sie in der Küche ihr Fußbad nahm. Die Kolumne erfreute sich einer gewissen Beliebtheit, auch wenn es nicht immer leicht war, intelligente Fragen gestellt zu bekommen, da die Leserschaft eher an den Cunnilingus-Tipps des «Playboy Advisor» interessiert war oder an Abhilfe bei vorzeitiger Ejakulation. Scheiß drauf, sagte Hefner schließlich, Luce solle seine Fragen selbst schreiben, was er dann auch tat.

Peter Luce war 1987 zu Gast bei *Phil Donahue* gewesen, wo er zusammen mit zwei Intersexuellen und einem Transsexuellen aufgetreten war, um über die medizinischen und psychologischen Aspekte dieser sexuellen Phänomene zu diskutieren. In dieser Sendung sagte Phil Donahue: «Ann Parker, Sie wurden als Mädchen geboren und erzogen. Sie haben 1968 in Miami Beach, im guten alten Dade County in Florida, den Schönheitswettbewerb gewonnen, richtig? Junge, Junge, hören Sie sich das an. Sie haben bis zu Ihrem neunundzwanzigsten Lebensjahr als Frau gelebt, und seitdem leben Sie als Mann. Er hat anatomische Eigenschaften sowohl des Mannes als auch der Frau. Ich will tot umfallen, wenn ich lüge.»

Außerdem sagte er: «Was jetzt kommt, ist nicht lustig gemeint. Diese lebendigen, unersetzlichen Söhne und Töchter Gottes, allesamt Menschen, möchten, dass Sie vor allem eines wissen: Sie sind genau das – Menschen.»

Noch als Assistenzarzt am Mount-Sinai-Krankenhaus, vor beinahe dreißig Jahren, hatte Luce begonnen, sich für Intersexualität zu interessieren. Ein sechzehnjähriges Mädchen war in seine Sprechstunde gekommen. Sie hieß Felicity Kennington, und ihre Erscheinung hatte im ersten Augenblick einige unprofessionelle Gedanken bei ihm ausgelöst. Diese Felicity Kennington sah ausgesprochen gut aus, sie war eine schlanke, etwas streberhaft wirkende Brillenträgerin, was ihn immer umhaute.

Luce untersuchte sie mit ernster Miene und diagnostizierte: «Du hast Lentigines.»

«Was?», fragte das Mädchen besorgt.

«Sommersprossen.» Er lächelte. Felicity Kennington lächelte auch. Luce erinnerte sich, dass ihn sein Bruder eines Abends mit einem anzüglichen Augenzwinkern gefragt hatte, ob ihn die Untersuchung von Frauen nicht manchmal scharf mache, und dass er ihm die Standardantwort gegeben hatte, die da lautete, man sei halt sehr mit seiner Arbeit beschäftigt und nehme gar nichts anderes wahr. Er hatte allerdings überhaupt keine Schwierigkeiten, Felicity Kennington auf der Behandlungsliege wahrzunehmen, ihr hübsches Gesicht, ihr gesundes Zahnfleisch, ihre kindlich kleinen Zähne, die schüchternen, weißen Beine, die sie immer wieder von neuem übereinanderschlug. Das Einzige, was er nicht wahrnahm, war ihre Mutter, die in der Ecke saß und zusah.

«Lissie», unterbrach ihn die Frau, «erzähl dem Doktor mal von den Schmerzen, die du hast.»

Felicity errötete und senkte den Blick. «Das ist in meiner – gleich unterm Bauch.»

«Was für Schmerzen sind das?»

«Gibt's unterschiedliche?»

«Ein stechender Schmerz oder ein dumpfer?»

«Stechend.»

Zu diesem Zeitpunkt seiner Karriere hatte Luce im Ganzen acht gynäkologische Untersuchungen durchgeführt. Die Untersuchung von Felicity Kennington gehört bis zum heutigen Tag zu den schwierigsten. Erstens war da das Problem, dass er sie schrecklich attraktiv fand. Er war selbst erst fünfundzwanzig. Er war nervös; sein Herz pochte heftig. Einmal fiel ihm das Spekulum runter, er musste hinausgehen und ein neues holen. Die Art, wie Felicity Kennington das Gesicht abwandte und sich auf die Unterlippe biss, bevor sie die Beine spreizte, war im wahrsten Sinne des Wortes schwindelerregend. Zweitens machte es die Sache nicht einfacher, dass die Mutter ihn die ganze Zeit beobachtete. Er hatte ihr vorgeschlagen, draußen zu warten, aber Mrs. Kennington hatte geantwortet: «Nein danke, ich bleibe hier bei Lissie.» Drittens, und das war das Schlimmste, schien er Felicity Kennington mit allem, was er tat, weh zu tun. Er hatte das Spekulum nicht einmal zur Hälfte eingeführt, als sie schon vor Schmerz aufschrie. Ihre Knie pressten sich unwillkürlich zusammen, er musste aufgeben. Als Nächstes versuchte er einfach nur, ihre Genitalien abzutasten, aber sobald er ein wenig drückte, schrie sie schon wieder. Schließlich musste er Dr. Budekind holen, einen Gynäkologen, der die Untersuchung zu Ende führte, während Luce mit weichen Knien dastand und zusah. Der Gynäkologe benötigte kaum fünfzehn Sekunden, dann nahm er Luce mit ins Ärztezimmer.

«Was hat sie denn?»

«Hodenhochstand.»

«Was!?»

«Sieht nach einem adrenogenitalen Syndrom aus. Haben Sie so was schon mal gesehen?»

«Nein.»

«Nun. Dafür sind Sie ja hier, nicht wahr? Zum Lernen.»

«Das Mädchen hat Hoden?»

«Das werden wir bald wissen.»

Die Gewebeknoten in Felicity Kenningtons Leistenkanal waren, wie sich herausstellte, als sie eine Probe unters Mikroskop legten, testikulär. Damals – das war 1961 – bedeutete dieses Ergebnis, dass Felicity Kennington als männlich einzuordnen war. Seit dem neunzehnten Jahrhundert hatte die Medizin für die Geschlechtszuordnung dasselbe primitive Diagnosekriterium angewandt, das Edwin Klebs bereits 1876 formuliert hatte. Klebs zufolge bestimmten die Gonaden, welchem Geschlecht man angehörte. In Fällen uneindeutigen Geschlechts sah man sich das Gonadengewebe unter dem

Mikroskop an. Wenn es testikulär war, war die Person männlich, wenn es ovarial war, weiblich. Aber die Methode führte zwangsläufig zu einigen Zuordnungsschwierigkeiten. Und diese wurden Luce vor Augen geführt, als er miterlebte, was 1961 mit Felicity Kennington geschah. Sie sah zwar aus wie ein Mädchen und hielt sich auch für eins, da sie aber männliche Geschlechtsdrüsen hatte, wurde sie von Budekind zum Jungen erklärt. Die Eltern protestierten. Andere Ärzte wurden hinzugezogen – Endokrinologen, Urologen, Genetiker –, aber auch sie konnten sich nicht einigen. Und während die medizinische Zunft noch diskutierte, kam Felicity in die Pubertät. Ihre Stimme wurde tiefer. An einigen wenigen Stellen zeigte sich eine hellbraune Gesichtsbehaarung. Sie ging nicht mehr in die Schule, bald verließ sie das Haus überhaupt nicht mehr. Einmal kam sie noch zu einem Beratungsgespräch ins Krankenhaus, es war das letzte Mal, dass Luce sie sah. Sie trug ein langes Kleid und ein unter dem Kinn gebundenes Kopftuch, das beinahe ihr gesamtes Gesicht verbarg. In einer von abgekauten Nägeln verunstalteten Hand hielt sie eine Ausgabe von *Jane Eyre*. Sie beugte sich gerade über den Trinkbrunnen, als Luce sie zufällig traf. «Das Wasser schmeckt rostig», sagte sie und sah zu ihm auf, offenbar ohne ihn zu erkennen. Dann stürzte sie davon. Eine Woche später erschoss sie sich mit der fünfundvierziger Automatik ihres Vaters.

«Das beweist, dass sie ein Junge war», sagte Budekind am nächsten Tag in der Kantine.

«Wie meinen Sie das?», fragte Luce.

«Jungs töten sich mit Pistolen. Statistisch gesehen. Mädchen wenden weniger gewaltsame Methoden an. Schlaftabletten, Kohlenmonoxidvergiftung.»

Mit Budekind sprach er danach nicht mehr. Sein Leben

nahm eine entscheidende Wendung. Von nun an widmete er sich ganz der Aufgabe, sicherzustellen, dass das, was mit Felicity Kennington geschehen war, nie wieder passierte. Er stürzte sich in die Literatur zur Intersexualität. Er las alles, was er zum Thema finden konnte – was nicht viel war. Und je mehr er las und je mehr er lernte, desto überzeugter wurde er, dass die als unantastbar geltenden Kategorien des Männlichen und Weiblichen tatsächlich ein einziger Schwindel waren. Bei gewissen genetischen und hormonellen Konstellationen war es schlicht unmöglich zu sagen, welches Geschlecht bestimmte Babys hatten. Aber in der Geschichte der Menschheit hatte es gegen die nächstliegende Schlussfolgerung immer Widerstand gegeben. Wenn sich die Spartaner einem Baby ungewissen Geschlechts gegenübersahen, legten sie es auf einen Felshang und eilten davon. Luces eigene Vorfahren, die Engländer, bevorzugten, das Thema überhaupt nicht zur Sprache zu bringen, und hätten es wohl auch nie getan, hätte das Ärgernis enigmatischer Genitalien die ansonsten reibungslosen Abläufe des Erbrechts nicht empfindlich gestört. Lord Coke, der große englische Jurist des siebzehnten Jahrhunderts, versuchte die Frage, wer den Grundbesitz erben durfte, zu klären, indem er festlegte, dass eine Person «entweder männlich oder weiblich» zu sein habe und in der Erbfolge «nach dem Geschlecht, das sich schließlich durchsetzt», bedacht werden solle. Was er natürlich nicht weiter ausführte, war, nach welcher Methode festgestellt werden sollte, *welches* Geschlecht sich durchgesetzt hatte. Es musste erst der Deutsche Klebs kommen, um diese Aufgabe in Angriff zu nehmen. Und hundert Jahre später schloss Peter Luce die Arbeit ab.

1965 veröffentlichte er einen Artikel mit dem Titel «Viele Wege führen nach Rom: Sexuelle Konzepte des menschlichen

Hermaphroditismus». Auf fünfundzwanzig Seiten legte Luce dar, dass das Geschlecht durch eine Vielzahl von Einflüssen bestimmt wird: das chromosomale Geschlecht; das gonadale Geschlecht; die Hormone; die inneren Genitalstrukturen; die äußeren Geschlechtsorgane; und – was am wichtigsten war – das anerzogene Geschlecht. Oft war es nicht das gonadale Geschlecht, das die Geschlechtsidentität eines Patienten beziehungsweise einer Patientin bestimmte. Geschlecht war eher so etwas wie eine Muttersprache. Kinder lernten, Männlich oder Weiblich zu sprechen, wie sie Englisch oder Französisch sprechen lernten.

Der Artikel sorgte für Furore. Luce erinnert sich noch, wie man ihm in den Wochen nach der Veröffentlichung eine neue Art der Aufmerksamkeit schenkte: Frauen lachten ausgelassener über seine Witze, gaben zu verstehen, dass sie zu haben waren, und tauchten gelegentlich sogar sehr leicht bekleidet an seiner Wohnungstür auf. Sein Telefon klingelte häufiger. Oft waren am anderen Ende der Leitung völlig fremde Menschen, die alles über ihn zu wissen schienen. Sie machten Angebote und versuchten, ihn zu ködern. Sie baten ihn, Artikel zu begutachten, an Diskussionsforen teilzunehmen, als Preisrichter beim Schneckenfestival in San Luis Obispo mitzumachen, da die meisten Schnecken schließlich diözisch seien. Es dauerte nur wenige Monate, bis so ziemlich jeder im Fach das Kriterium von Klebs zugunsten von Luces *Kriterien* aufgegeben hatte.

Auf der Grundlage dieses Erfolgs erhielt Luce die Chance, eine psychohormonale Station an der Columbia-Presbyterian-Universitätsklinik in New York aufzubauen. Während eines Jahrzehnts solider Grundlagenforschung machte er seine zweite große Entdeckung: dass Geschlechtsidentität schon sehr früh im Leben festgelegt wird, ungefähr im Alter von zwei Jahren. Nach dieser Erkenntnis wuchs sein Ruf ins Stratosphärische. Die Drittmittel flossen, von der Rockefeller-Stiftung, der Ford-Stiftung und von den National Institutes of Health. Es war eine phantastische Zeit, um Sexologe zu sein. Die sexuelle Revolution hatte ein kurzes Zeitfenster dargeboten, das dem kühnen Sexualforscher die vielfältigsten Möglichkeiten bereitstellte. In diesen wenigen Jahren damals galt es als Aufgabe von nationalem Interesse, das Geheimnis des weiblichen Orgasmus zu entschlüsseln. Oder die psychologischen Ursachen dafür zu ergründen, dass sich bestimmte Männer auf der Straße entblößten. 1968 eröffnete Dr. Luce die Ambulanz für sexuelle Störungen und geschlechtliche Identität, die schon bald die weltweit führende Einrichtung für die Erforschung und Behandlung uneindeutiger Geschlechtszuordnungen war. Luce behandelte jeden: die flügelfelligen Teenagermädchen mit Turner-Syndrom, die langbeinigen Schönheiten mit Androgenresistenz; die unleidlichen Klinefelter-Fälle, die ausnahmslos entweder den Trinkwasserkühler zertrümmerten oder sich darin versuchten, eine Krankenschwester niederzuschlagen. Wenn ein Baby mit uneindeutigen Genitalien geboren wurde, wurde Dr. Luce hinzugerufen, um die Angelegenheit mit den schockierten Eltern zu besprechen. Auch Transsexuelle behandelte Luce. Alle kamen sie in die Ambulanz; die Luce zur Verfügung stehende Menge an Forschungsmaterial – an lebendigen, atmenden Untersuchungsobjekten – überstieg alles, worauf andere Wissenschaftler jemals Zugriff gehabt hatten.

Es war 1968, und die Welt ging in Flammen auf. Luce hielt eine der Fackeln. Die Feuersbrunst zerstörte eine sexuelle Tyrannei, die zweitausend Jahre angedauert hatte. Nicht eine einzige Studentin in seiner Vorlesung über Verhaltenszytogenetik trug einen BH. Luce schrieb Kommentare für die *New York Times*, in denen er Gesetzesänderungen in Bezug auf gesellschaftlich ungefährliche und gewaltlose Sexualstraftaten forderte. In den Cafés von Greenwich Village verteilte er Pamphlete für den freien Umgang mit Verhütungsmitteln. So war das in der Wissenschaft. Beinahe in jeder Generation vereinten sich Einsicht, Fleiß und die Notwendigkeit des Augenblicks und hoben die Arbeit eines Wissenschaftlers aus dem akademischen Betrieb heraus und in das öffentliche Bewusstsein, wo sie als Richtfeuer der Zukunft strahlte.

Aus der Tiefe des Dschungels sirrt eine Mücke heran und streift Luces linkes Ohr. Es ist eins dieser Jumbo-Modelle. Er sieht sie nie, aber er hört sie in der Nacht, sie kreischen wie durch die Luft fliegende Rasenmäher. Er schließt die Augen, zuckt zusammen und spürt einen kurzen Augenblick später das Unausweichliche: Das Insekt ist auf seiner blutduftenden Haut unterhalb des Ellenbogens gelandet. Es ist so groß, dass er die Landung hören konnte, wie einen plitschenden Regentropfen. Luce legt den Kopf in den Nacken, schließt die Augen fester und sagt: «Hei-ei-ei.» Er täte nichts lieber, als die Mücke wegzuklatschen, aber er kann nicht. Seine Hände sind damit beschäftigt, den Jungen von seinem Gürtel fernzuhalten. Er kann nichts sehen. Die Stiftlampe auf dem Boden neben dem Schädel flackert und schwächelt. Sie ist ihm in dem noch immer andauernden Handgemenge hingefallen. Jetzt beleuchtet sie einen zwanzig Zentimeter langen Winkel auf der Matte. Das bringt überhaupt nichts. Außerdem haben die Vögel wieder losgelegt, was bedeutet, dass es bald dämmern wird. Luce liegt embryonal gekrümmt auf dem Rücken, um sich zu verteidigen, in jeder Hand hält er ein gertenschlankes, zehn Jahre altes Dawathandgelenk. Der Position dieser Handgelenke nach zu urteilen, befindet sich der Kopf des Jungen irgendwo über seinem Nabel, vermutlich mit schlabbernder Zunge, denn er hört weiterhin diese Schmatzgeräusche, was sehr deprimierend ist.

«Hei-ei-ei.»

Der Stachel ist drin. Die Mücke stößt und schiebt, wackelt zufrieden mit den Hüften, hockt sich hin und beginnt zu trinken. Luce hat schon Typhusimpfungen ertragen, die sich sanfter angefühlt haben. Er kann das Saugen regelrecht spüren. Er spürt, wie das Insekt an Gewicht gewinnt.

Ein Richtfeuer der Zukunft? Mach dir nichts vor! Seine Arbeit strahlt, wie sich herausgestellt hat, heute nicht heller als diese Stiftlampe auf dem Boden. Sie strahlt nicht heller als die schmale Sichel des Neumonds über den Baumkronen des Dschungels.

Er braucht den Artikel von Pappas-Kikuchi im *New England Journal of Medicine* überhaupt nicht zu lesen. Er hat das alles schon mal gehört, und zwar von ihr persönlich. Vor drei Jahren war er bei der Jahrestagung der SSSS zu spät zum letzten Vortrag erschienen.

«Heute Nachmittag», sagte Pappas-Kikuchi, als er den Raum betrat, «möchte ich die Ergebnisse einer Studie vorstellen, die unser Team gerade erst im südwestlichen Guatemala abgeschlossen hat.»

Luce setzte sich in die hinterste Reihe, vorsichtig, denn er trug einen Smoking von Pierre Cardin, dessen Hose er nicht ruinieren wollte. Später am Abend würde ihn die SSSS mit einem Preis für sein Lebenswerk ehren. Er zog ein Minibar-Fläschchen J&B aus der seidengefütterten Innentasche und nahm einen diskreten Schluck. Er war schon in Feierstimmung.

«Das Dorf heißt San Juan de la Cruz», fuhr Pappas-Kikuchi fort. Luce warf einen Blick auf das, was er trotz des Podiums von ihr sehen konnte. Sie war attraktiv, in der Art einer Studienrätin. Sanfte, dunkle Augen, Pony, weder Ohrringe noch Make-up, dafür eine Brille. Luces Erfahrung nach waren es gerade diese unscheinbaren, auf den ersten Blick asexuellen Frauen, die sich im Bett als besonders leidenschaftlich erwiesen, während Frauen, die sich aufreizend anzogen, oftmals kühl und passiv waren, als hätten sie ihre gesamte sexuelle Energie in die Außendarstellung gesteckt.

«Männliche Pseudohermaphroditen mit einem 5-alpha-Reduktase-Mangelsyndrom, die weiblich aufgezogen wurden, dienen als außerordentlich wertvolle Testfälle für die Erforschung der Einflüsse von Testosteron und dem anerzogenen Geschlecht auf die Ausbildung der geschlechtlichen Identität», fuhr Pappas-Kikuchi fort, die ihren Vortrag jetzt ablas. «In diesen Fällen führt die verminderte Produktion von Dihydrotestosteron in utero dazu, dass die externen Genitalien der betroffenen männlichen Föten von äußerst uneindeutigem Aussehen sind. Folglich werden viele der betroffenen Neugeborenen für weiblich gehalten und als Mädchen erzogen. Und doch sind sie dem pränatalen, postnatalen und pubertären Testosteron in normaler Weise ausgesetzt.»

Luce nahm einen weiteren Schluck von seinem treuen J&B und legte den Arm auf die Lehne des benachbarten Stuhls. Nichts von dem, was Pappas-Kikuchi sagte, war in irgendeiner Weise neu. Der 5-alpha-Reduktase-Mangel war bereits eingehend erforscht. Jason Whitby hatte einige gute Erkenntnisse durch seine Arbeit mit 5αR-Pseudohermaphroditen in Pakistan geliefert.

«Das Skrotum dieser Neugeborenen ist nicht zusammengewachsen, sodass es den Labia ähnelt», mühte sich Pappas-Kikuchi weiter ab, wobei sie nur wiederholte, was ohnehin alle wussten. «Der Phallus, oder Mikropenis, ähnelt einer Klitoris. Ein urogenitaler Sinus endet in einem vaginalen Beutel ohne Ausgang. Die Testes liegen meistens in der Bauchhöhle oder im Leistenkanal, nur manchmal finden sie sich auch hypertrophiert in dem zweigeteilten Skrotum. Und trotzdem findet in der Pubertät eine eindeutige Virilisierung statt, da die Plasma-Testosteronwerte normal sind.»

Wie alt war sie? Zweiunddreißig? Dreiunddreißig? Ob sie wohl zum Festessen nach der Preisverleihung kommen würde? Mit ihrer altmodischen, bis oben hin zugeknöpften Bluse erinnerte Pappas-Kikuchi ihn an eine Freundin aus Studienzeiten, eine Altphilologin, die weiße Lord-Byron-Hemden und unkleidsame Wollkniestrümpfe trug. Im Bett hatte ihn diese kleine Gräzistin allerdings überrascht. Sie legte sich auf den Rücken, schwang die Beine über seine Schultern und erklärte, dass dies die Lieblingsstellung von Hektor und Andromache gewesen sei.

Gerade als Luce sich an den Moment erinnerte («Ich bin Hector!», hatte er ausgerufen und Andromaches Fesseln hinter seine Ohren gelegt), verkündete Dr. Fabienne Pappas-Kikuchi: «Folglich sind diese Personen normale, vom Testosteron beeinflusste *Jungen*, die aufgrund ihrer weiblichen externen Genitalien fälschlicherweise als Mädchen erzogen werden.»

«Was hat sie da gesagt?» Luce spitzte die Ohren. «Hat sie ‹Jungen› gesagt? Das sind keine Jungen. Nicht, wenn man sie nicht als Jungen erzogen hat.»

«Die Arbeit von Dr. Peter Luce galt in der Erforschung des menschlichen Hermaphroditismus lange Zeit als der Weisheit letzter Schluss», erklärte Pappas-Kikuchi nun. «In sexologischen Kreisen ist seine Vorstellung, dass die Geschlechtsidentität in einem sehr frühen Entwicklungsstadium festgelegt wird, normativ. Unsere Studie» – hier legte sie eine Kunstpause ein – «widerlegt dies.»

Hundertfünfzig Münder gingen gleichzeitig auf, und ein dünnes Blubbern wie von platzenden Blasen stieg in der Luft des Auditoriums auf. Luce, der gerade wieder das Fläschchen angesetzt hatte, erstarrte.

«Das Datenmaterial, das unser Team in Guatemala gesammelt hat, wird bestätigen, dass die Wirkung von pubertären Androgenen auf 5-alpha-Reduktase-Pseudohermaphroditen ausreicht, um einen Wechsel der Geschlechtsidentität herbeizuführen.»

Luce erinnerte sich nur verschwommen an das, was nun folgte. Er bemerkte, dass ihm in seinem Smoking sehr heiß wurde; dass sich nicht wenige Köpfe drehten, um ihn anzusehen, dann nur noch wenige Köpfe, dann gar keine mehr. Auf dem Podium präsentierte Dr. Pappas-Kikuchi immer mehr Ergebnisse, sie hörte und hörte nicht auf. «Proband/Probandin Nummer sieben hat zum männlichen Geschlecht gewechselt, kleidet sich aber weiterhin als Frau. Proband/Probandin Nummer zwölf zeigt Affekt und Gestik eines Mannes und verkehrt sexuell mit Frauen aus dem Dorf. Proband/Probandin Nummer fünfundzwanzig hat eine Frau geheiratet und arbeitet als Schlachter, ein traditionell männlicher Beruf. Proband/Probandin Nummer fünfunddreißig war mit einem Mann verheiratet, der die eheliche Verbindung nach einem Jahr auflöste, woraufhin Proband/Probandin eine männliche Geschlechtsidentität annahm. Ein Jahr danach heiratete er eine Frau.»

Am Abend hatte wie geplant die Preisverleihung stattgefunden. Luce, betäubt von weiteren Drinks an der Hotelbar, bekleidet mit dem blauen Jackett eines Aetna-Versicherungsvertreters, das er mit seiner Smokingjacke verwechselt hatte, war unter dem absoluten Minimum an Applaus auf das Podium getreten und hatte den Preis für sein Lebenswerk entgegengenommen, eine Lingam-und-Yoni-Statue aus Kristallglas, die mit Schmelzkleber auf einem versilberten Sockel befestigt war und später sehr hübsch ausgesehen hatte, als sie, die Lichter der Stadt einfangend, die zweiundzwanzig Etagen von seinem Balkon auf das Rondell vor dem Hotel flog und zersplitterte. Schon damals sah er nach Westen, hinaus auf den Pazifik, Richtung Irian Jaya und das Volk der Dawat. Es dauerte drei Jahre, bis ihm die National Institutes of Health, die National Foundation, der March of Dimes und Gulf and Western die Forschungsgelder bewilligten, aber jetzt ist er hier, inmitten einer weiteren isolierten Hochblüte der 5αR-Mutation, wo er Pappas-Kikuchis Theorie und seine eigene überprüfen kann. Er weiß, wer gewinnen wird. Und wenn es so weit ist, werden die Stiftungen sein Institut wieder fördern, wie sie es früher getan haben. Er kann aufhören, die hinteren Räume an Zahnärzte und den Chiropraktiker unterzuvermieten. Nur eine Frage der Zeit. Randy hat die Stammesältesten überredet, die Untersuchungen zu gestatten. In der Morgendämmerung wird man sie zu dem separaten Camp führen, wo die «Turnim-Männer» wohnen. Allein die Tatsache, dass dieser Begriff in der Sprache dort existiert, zeigt, dass Luce recht hat und dass kulturelle Faktoren Einfluss auf die Geschlechtsidentität haben. Es sind diese Dinge, die Pappas-Kikuchi in ihren Studien unter den Teppich kehrt.

Luces Hände und die Hände des Kindes sind ineinander verschränkt. Es ist, als würden sie ein Spiel spielen. Erst hat Luce seine Gürtelschnalle bedeckt. Dann hat der Junge seine Hand auf Luces Hand gelegt. Daraufhin hat Luce seine Hand auf die Hand des Jungen gelegt. Und jetzt bedeckt der Junge mit seiner Hand den ganzen Stapel. All diese Hände ringen miteinander, aber nicht ohne Zärtlichkeit. Luce ist müde. Der Dschungel ist noch immer einigermaßen still. Er würde gern noch eine Stunde schlafen, bevor am Morgen die Affen zu schreien beginnen. Er hat einen wichtigen Tag vor sich.

Die B-52 sirrt wieder an seinem Ohr vorbei, kehrt dann in einem Bogen zurück und schießt in sein linkes Nasenloch. «Verdammt!» Er befreit seine Hände und bedeckt das Gesicht, aber die Mücke ist schon wieder weg, hat seinen Finger noch kurz gestreift. Luce sitzt jetzt halb aufgerichtet auf seiner Palmenmatte. Er hält die Hände noch immer vorm Gesicht, weil es ihn irgendwie tröstet, und da sitzt er nun einfach in der Dunkelheit, plötzlich ermattet, er hat den Dschungel satt, er stinkt und schwitzt. Darwin hatte es leichter auf der HMS *Beagle*. Er brauchte nichts weiter zu tun, als sich Predigten anzuhören und Whist zu spielen. Luce weint nicht, auch wenn ihm durchaus danach zumute ist. Seine Nerven liegen blank. Wie aus weiter Ferne spürt er wieder den Druck der Kinderhände. Die Gürtelschnalle öffnen. Mit dem technischen Rätsel des Reißverschlusses kämpfen. Luce rührt sich nicht. Er hält sich einfach die Hände vors Gesicht, die Dunkelheit ist vollkommen. Noch ein paar Tage, dann kann er wieder nach Hause. Seine elegante Junggesellenwohnung auf der West Thirteenth Street erwartet ihn. Schließlich hat der Junge den Dreh heraus. Und es ist sehr dunkel. Und Dr. Peter Luce ist ein aufgeschlossener Mensch. Man muss sie nehmen, wie sie sind, die lokalen Sitten und Bräuche.

1999

LAUNENHAFTE GÄRTEN

So sprach ich und weinte in der bittersten Zerknirschung meines Herzens. Da auf einmal hörte ich aus dem Nachbarhaus die Stimme eines Knaben oder Mädchens im Singsang … Ich hemmte die Gewalt der Tränen und stand vom Boden auf: ich wusste keine andere Deutung, als dass mir Gott befehle, das Buch zu öffnen und die Stelle zu lesen, auf die zuerst ich träfe. AUGUSTINUS

In Irland, im Sommer, gehen vier Leute in einen Garten, auf der Suche nach etwas Essbarem.

Die hintere Tür eines Herrenhauses öffnet sich, und ein Mann kommt heraus. Er heißt Sean. Er ist dreiundvierzig Jahre alt. Er entfernt sich vom Haus und wirft einen Blick zurück, als zwei weitere Gestalten auftauchen, Annie und Maria, junge Amerikanerinnen. Es folgt eine Lücke in der Prozession, eine Pause entsteht, bevor die nächste Person erscheint, aber schließlich tritt auch Malcolm heraus. Zögerlich setzt er den Fuß auf das Gras, als hätte er Angst, er könnte versinken.

Sie sehen schon, was hier passiert ist.

Sean sagte: «An alldem ist meine Frau schuld. Das entspricht genau ihrer Persönlichkeit. Dass sie sich die Mühe gemacht hat, alles umzugraben und zu bepflanzen und zu bewässern, und es dann innerhalb weniger Tage völlig vergessen hat. Das ist unverzeihlich.»

«Ich habe noch nie ein derart überwuchertes Beet gesehen», sagte Malcolm. Die Bemerkung war an Sean gerichtet, aber der antwortete nicht. Er betrachtete gerade die Amerikanerinnen, die mit einer einzigen identischen Bewegung die Hände in die Hüften gestemmt hatten. Die Präzision ihrer Geste, die synchron und doch wie zufällig aussah, machte ihn nervös. Es war ein schlechtes Omen. Ihr Anblick schien zu sagen: «Wir sind unzertrennlich.»

Das war bedauerlich, denn eins der Mädchen war wunderschön, das andere nicht. Auf der Fahrt vom Flughafen, vor kaum einer Stunde (er war gerade aus Rom gekommen), hatte Sean Annie am Straßenrand entlanggehen sehen, allein. Das Haus, zu dem er fuhr, war schon einen ganzen Monat unbewohnt, seit Meg, seine Frau, nach Frankreich oder Peru verschwunden war. Sie lebten schon seit Jahren getrennt, jeder nutzte das Haus nur, wenn der andere nicht da war, und Sean hasste es, nach langer Abwesenheit zurückzukehren. Der Geruch seiner Frau war überall, er stieg von den Sesseln auf, wenn er sich setzte, erinnerte ihn an Zeiten mit bunten Halstüchern und makelloser Bettwäsche.

Doch als er Annie sah, wusste er sofort, wie er seine Heimkehr freundlicher gestalten konnte. Sie trampte nicht, trug aber einen Rucksack; sie war eine hübsche Reisende mit ungewaschenem Haar, und er vermutete, dass sie das Zimmer, das er ihr anbieten wollte, dem Straßengraben oder dem feuchtkalten Bed and Breakfast, das sie vielleicht für die Nacht anpeilte, vorziehen würde. Er hielt direkt neben ihr an und lehnte sich über den Beifahrersitz, um das Fenster herunterzukurbeln. Während er sich so streckte, hatte er sie nicht im Blick, als er aber zu ihr aufsah und, seiner Laune folgend, gerade die Einladung aussprach, war da nicht nur Annie, sondern auch noch eine zweite junge Frau, eine Begleiterin, die wie aus dem Nichts aufgetaucht war. Sie war alles andere als attraktiv. Sie hatte kurzes Haar, das einen beinahe eckigen Schädel unzureichend bedeckte, und ihre Augen waren hinter der dicken, spiegelnden Brille nicht zu sehen.

Am Ende blieb Sean nichts übrig, als auch die lästige Maria einzuladen. Die jungen Frauen stiegen, nachdem sie ihre Rucksäcke im Kofferraum verstaut hatten, wie einander zärtlich verbundene Schwestern in den Wagen, und Sean fuhr an. Als sie am Haus ankamen, erwartete ihn allerdings eine weitere Überraschung. Auf den Stufen des Eingangs saß, den Kopf in die Hände gestützt, sein alter Freund Malcolm.

Malcolm stand am Rand des Beets und betrachtete die Verwahrlosung. Der größte Teil war unbepflanzt. Im hinteren Bereich hatte sich das Brombeergestrüpp ausgebreitet, und vorn bedeckte nichts als eine einzige Reihe brauner, vom Regen niedergedrückter Blumen die Erde. Sean machte für all das seine Frau verantwortlich. «Sie ist überzeugt davon, dass sie einen grünen Daumen hat», sagte er grinsend, aber Malcolm lachte nicht. Das Beet erinnerte ihn an seine eigene Ehe. Es war erst fünf Wochen her, dass ihn seine Frau Ursula wegen eines anderen Mannes verlassen hatte. Ihre Ehe war schon länger keine glückliche gewesen; Malcolm wusste, dass Ursula mit ihm und ihrem gemeinsamen Leben nicht zufrieden war, aber er hätte nie gedacht, dass sie sich in jemand anderen verlieben würde. Als sie fort war, stürzte er in tiefe Verzweiflung. Er konnte nicht schlafen, wurde von Weinkrämpfen geschüttelt und begann zu trinken. Einmal war er zu einem Aussichtspunkt an der Küste gefahren, aus dem Wagen gestiegen und an die Klippe getreten. Bereits da wurde ihm klar, dass das pathetisch war und ihm der Mut fehlen würde, sich hinunterzustürzen. Trotzdem blieb er fast eine Stunde am Klippenrand stehen.

Am nächsten Tag hatte sich Malcolm beurlauben lassen und war einfach aufgebrochen, in der Hoffnung, dass ihn die Freiheit beim Reisen auch von seiner Trauer befreien würde. Zufällig war er in dem Ort gelandet, in dem, wie er sich erinnerte, sein alter Freund Sean wohnte. Er streunte im kaffeebefleckten Hemd durch die Straßen, fand Seans Haus und klopfte an die Tür, aber niemand machte ihm auf.

Er hatte keine Viertelstunde dort gesessen, als er den Blick hob und sah, wie Sean, flankiert von zwei jungen Frauen, durch den Vorgarten auf ihn zukam. Dieses Bild erfüllte Malcolm mit Neid. Dort war sein Freund, umgeben von Jugend und Vitalität und dem melodischen Lachen der Mädchen, und hier saß er, allein auf den Stufen, gefangen von den Gespenstern des Alters, von Einsamkeit und Verzweiflung.

Die Situation wurde noch unangenehmer. Sean begrüßte ihn ohne Überschwang, als hätten sie sich erst letzte Woche gesehen, und Malcolm spürte gleich, dass er störte. Mit großer Geste öffnete Sean die Tür und führte sie durch das riesige Haus. Er zeigte den Mädchen, wo sie schlafen würden, Malcolm wies er ein Zimmer im anderen Flügel zu. Dann gingen sie in die Küche. Er und die Mädchen suchten in den Schränken nach etwas Essbarem. Das Einzige, was sie fanden, war ein Plastikbeutel mit schwarzen Bohnen und, im Kühlschrank, ein Stück Butter, eine verschrumpelte Zitrone und eine eingetrocknete Knoblauchzehe. Das war der Augenblick, als Sean vorschlug, sich im Garten auf die Suche zu machen.

Malcolm folgte ihnen nach draußen. Und jetzt stand er etwas abseits und wünschte, er könnte das Scheitern seiner Ehe ähnlich locker nehmen wie Sean das Misslingen der seinen. Er wünschte, er könnte Ursula vergessen, die Erinnerung in eine Kiste packen und tief in der Erde vergraben, weit unterhalb der Kruste, die er gerade mit seiner linken Schuhspitze aufbrach.

Sean ging ein paar Schritte ins Beet hinein und trat gegen das Brombeergestrüpp. Er hatte nicht daran gedacht, dass die Schränke leer sein würden, er hatte nichts, was er seinen Gästen anbieten konnte, und er hatte zwei Gäste mehr, als ihm lieb war. Angewidert von allem, trat er noch einmal gegen die Brombeersträucher, aber diesmal verfing sich sein Schuh in den Stacheln, und die ineinander verhakten Zweige wurden angehoben. Das Gestrüpp lüftete sich wie ein Deckel von einer Kiste, und darunter, im Schutz der dahinterliegenden Mauer, standen mehrere dichtgedrängte Artischockenpflanzen. «Wartet mal», sagte er, als er sie entdeckte. «Seht euch das an.» Er machte ein paar Schritte auf sie zu, bückte sich und berührte eine der Pflanzen. Er drehte sich um. «Weißt du, was das ist?», sagte er zu Annie. «Das ist göttliche Vorsehung. Der gütige Gott hat es gefügt, dass meine Frau diese armen Artischocken pflanzt und sie dann vergisst, damit wir sie in unserer Not finden. Und essen.»

Einige der Artischocken blühten. Annie hatte nicht gewusst, dass Artischocken Blüten haben, aber da waren sie, violett wie Disteln, nur größer. Die Vorstellung, sie zu essen, machte sie glücklich. Alles an diesem Abend machte sie glücklich: das herrschaftliche Haus, der Garten, ihr neuer Freund Sean. Seit einem Monat reisten sie und Maria durch Irland und übernachteten in Jugendherbergen, wo sie in großen Sälen voller anderer Mädchen auf Klappbetten schlafen mussten. Sie hatte diese Billigunterkünfte satt, die jämmerlichen, in Herbergsküchen zusammengewürfelten Mahlzeiten, die Socken und Unterhosen, die die anderen Mädchen im Waschbecken ausspülten und zum Trocknen an den Etagenbetten aufhängten. Dank Sean durfte sie heute in einem Himmelbett schlafen, in einem riesigen Zimmer mit vielen Fenstern.

«Komm, sieh es dir an», sagte Sean und winkte sie zu sich. Annie trat in das Beet, und gemeinsam beugten sie sich über die Artischocken. Ein winziges Goldkreuz rutschte ihr aus dem T-Shirt und baumelte an einem Kettchen. «Mein Gott, du bist katholisch», sagte er. «Ja», antwortete Annie. «Und deine Vorfahren waren Iren?» Sie lächelte und nickte. Er pflückte eine der Artischocken, reichte sie ihr und sagte mit gedämpfter Stimme: «Meine Liebe, dann sind wir praktisch verwandt.»

Wenn Sean wahrnahm, was die Körpersprache der Mädchen bedeutete, dann tat Maria es erst recht. Denn es stimmte nicht, dass die beiden ihre Hände gleichzeitig, aber unabsichtlich, in die Hüften gestemmt hatten. Annie hatte mit der Bewegung angefangen, und Maria war ihr Spiegelbild gewesen. Damit wollte sie genau das klarstellen, was Sean aus der Geste abgelesen hatte: ihre Unzertrennlichkeit. Maria wollte Annies Existenz bewohnen, ihr so nah wie möglich sein, weshalb sie sich und Annie in diesem Fall zu zwei identischen, nebeneinander auf dem Rasen stehenden Statuen verwandelt hatte.

Maria hatte noch nie eine Freundin wie Annie gehabt. Sie hatte sich noch nie von jemandem so verstanden gefühlt. Bis zu ihrer Begegnung hatte sie wie in einer Stadt voller Taubstummer gelebt, wo niemand zu ihr sprach, sie immer nur angestarrt wurde. Ihr war, als hätte sie nie eine andere menschliche Stimme gehört – bis zu dem Tag, einem Sonntag im

März, als Annie in der Bibliothek der Universität, an der sie studierten, ohne irgendeinen Anlass zu ihr gesagt hatte: «Du hast es dir in dem Sessel ja richtig gemütlich gemacht.»

Hinten im Beet hingen die Artischocken schwer an dicken Stielen. Maria betrachtete Annie, die dort stand und sich mit der Hand durch das volle Haar fuhr. Maria war nicht weniger glücklich als Annie. Auch sie war berührt von der schlichten Schönheit dieses Herrenhauses und der kühlen Abendluft. Aber neben dem Entzücken über diesen Ort war da noch ein anderer Lichtblick, der ihr Glück ausmachte, ein Lichtblick, zu dem sie in Gedanken immer wieder zurückkehrte. Denn am Tag zuvor, in einem leeren Zugabteil, hatte Annie Maria umarmt und auf den Mund geküsst.

Annies Goldkreuz glitzerte im Abendlicht. Sean betrachtete es und dachte, dass es unmöglich sei vorherzusagen, welche Bedeutung die Umstände beliebigen Dingen gelegentlich zuwiesen. Aus purem Zufall lag in seinem noch unausgepackten Koffer ein Gegenstand, für den er bis zu diesem Augenblick keine Verwendung gesehen hatte. Aber jetzt, als das winzige Kreuz aufblitzte, verband er im Geist das eine Bild mit dem anderen, und vor seinem inneren Auge erschien der Zeigefinger des heiligen Augustinus.

Es war das einzige Souvenir, das er aus Rom mitgebracht hatte. An seinem letzten Tag dort, als er das Viertel, in dem sein Hotel lag, noch ein wenig erkundete, hatte er einen Laden voller religiöser Statuetten und Kunstgegenstände entdeckt. Der Besitzer, der an Seans Kleidung wohl gleich gesehen hatte, dass er über gewisse Mittel verfügte, führte ihn zu einer Glasvitrine und zeigte ihm ein dünnes, staubiges, knochenartiges Stück, von dem er fest behauptete, es sei der Finger des Verfassers der *Bekenntnisse*. Sean glaubte ihm zwar nicht, kaufte die Reliquie aber trotzdem, weil er die Sache lustig fand.

Er zog Annie tiefer in das Beet hinein, weiter weg von Maria und Malcolm, die sich noch immer nicht herangewagt hatten. Er wandte ihnen den Rücken zu und fragte Annie: «Deine Freundin ist aber nicht katholisch, oder?» «Episkopalisch», flüsterte Annie. «Das reicht nicht», sagte Sean. Er runzelte die Stirn. «Und Malcolm, fürchte ich, ist Anglikaner.» Er legte einen Finger auf die Lippen, als müsste er intensiv nachdenken. «Warum willst du das wissen?», fragte Annie. Sean richtete seine Aufmerksamkeit wieder auf sie und sah sie listig an. Als er dann sprach, wandte er sich jedoch an alle: «Wir müssen Aufgaben verteilen, jeder bekommt etwas zu tun. Malcolm, wärst du so nett, diese Artischocken hier zu pflücken? Wir setzen schon mal das Wasser auf.»

Malcolm wirkte niedergeschlagen. «Die haben Stacheln», sagte er.

«Nur ganz kleine Dornen», erwiderte Sean, stapfte aus dem Beet und kehrte zum Haus zurück.

Annie nahm an, dass Sean gemeint hatte, sie würden alle drei hineingehen und das Wasser aufsetzen. Sie folgte ihm und sah sich mit einem Lächeln nach Maria um, die ihnen mit kurzen, schwingenden Armen hinterhereilte. Aber in der Küche sah Sean Maria an und sagte: «Wenn ich mich recht erinnere, bewahrt meine Frau das Tafelsilber in einer der Kommoden oben im Flur auf. In der roten. In der untersten Schublade, eingerollt in ein Tuch. Würdest du das für uns holen, Maria? Es wär doch schön, wenn wir wenigstens das Tafelsilber hätten.» Maria zögerte, sie suchte nach einer Antwort. Aber dann sah sie Annie an und fragte, ob sie ihr nicht helfen wolle.

Annie wollte nicht. Sie mochte Maria, aber in letzter Zeit hatte sie den Eindruck, dass die Freundin sie erdrückte. Wo sie auch hinging, Maria lief ihr hinterher. Im Zug rückte sie ihr regelrecht auf die Pelle. Gestern, als Annie zwischen der Metallwand des Abteils und Marias harter Schulter eingequetscht gewesen war, hatte sie schließlich genug gehabt. Am liebsten hätte sie Maria von sich geschoben und gebrüllt: «Lass mich mal atmen, ja?» Ihr war furchtbar heiß, und gerade wollte sie ihre Freundin wegschubsen, als ihr Ärger auch schon wieder verflog. Stattdessen regte sich ihr Gewissen. Wie konnte sie Maria böse sein, nur weil sie so dicht an sie herangerückt war? Wie konnte sie auf diese Zuneigung mit Gereiztheit reagieren? Annie schämte sich und versuchte zu ignorieren, dass Maria sie nach wie vor bedrängte. Sie beugte sich zu ihr hinüber, spitzte die Lippen und gab Maria einen freundschaftlichen Kuss auf den Mund.

Jetzt wollte Annie unten bleiben und beim Kochen helfen. Sie fand Sean interessant. Er hatte ein perfektes Leben, musste nicht arbeiten, flog nach Rom, wann immer er Lust hatte, und kehrte dann auf diesen wunderschönen Landsitz zurück. Einen Menschen wie Sean hatte Annie noch nie kennengelernt, und was sie von ihrem derzeitigen Leben vor allem erwartete, war genau das: neue Erfahrungen, Abenteuer. Und deshalb war sie froh, als Sean sagte: «Tut mir leid, Maria, aber du musst allein da hoch. Ich brauche Annie hier in der Küche.»

Vorsichtig, tastend, erntete Malcolm die Artischocken. Im Garten war es bereits dunkel; die Sonne war hinter der Steinmauer untergegangen, das einzige Licht kam jetzt aus dem Haus, es fiel auf ein Stück Rasen unweit der Stelle, an der Malcolm gerade kniete. Es hatte Zeiten gegeben, in denen er sich niemals auf so etwas eingelassen hätte: auf die Knie zu gehen und sich die Hose schmutzig zu machen und sein eigenes Abendessen zu pflücken, aber im Moment lag es ihm sehr fern, solche Überlegungen anzustellen. Seit Wochen hatte er sich nicht getraut, in den Spiegel zu schauen, während ihn seine elegante Erscheinung früher immer mit Stolz erfüllt hatte.

Er fuhr mit den Händen über die dicken Stängel nach oben und brach die Artischocken ab. So mied er die Stacheln. Er ließ sich Zeit. Der feuchte, mineralische Geruch der Erde stieg ihm in die Nase. Es war der erste Geruch seit langem, den er überhaupt wahrnahm, und er hatte etwas Berauschendes. Malcolm spürte die Kälte der Erde an seinen Kniescheiben.

In der Dunkelheit schien die Reihe der Artischockenpflanzen endlos. Er pflückte und rückte weiter und entdeckte jedes Mal neue Stiele. Er beschleunigte seine Arbeit ein wenig und ging schließlich völlig in dieser Tätigkeit auf. Es machte ihm Spaß, die Artischocken zu pflücken. Er arbeitete langsamer. Es sollte nicht gleich wieder vorbei sein.

Die Freitreppe war lang und prächtig, und sobald Maria die ersten Stufen hinaufgegangen war, löste sich ihr Widerstand gegen die einsame Aufgabe, die Sean ihr aufgetragen hatte. Sie war weit entfernt von der Heimat, von all den Enttäuschungen ihres Lebens dort, und fühlte sich frei. Sie mochte ihre schwere, lockere Kleidung; sie mochte ihr kurzes Haar; ihr gefiel die Tatsache, dass sie und Annie an einem Ort waren, an dem sie niemand finden konnte, einem Ort, an dem sie miteinander umgehen konnten, wie es ihnen passte, nicht, wie es die Gesellschaft verlangte. An der Wand hing ein alter Gobelin, darauf ein Hirsch, der von zwei abgewetzten Hunden gerissen wurde.

Als sie oben war, machte sie sich im Korridor auf die Suche nach der roten Kommode. Da standen verschiedene Kommoden auf beiden Seiten des Flurs, die meisten aus dunklem Mahagoni. Schließlich fand sie eine, die etwas rötlicher schimmerte als die anderen, und ging auf die Knie. Sie zog die untere Schublade auf, entdeckte das gerollte Leinentuch und hob es heraus. Sie staunte, wie schwer es war. Sie legte es auf den Boden und begann, es abzuwickeln. Während sie es immer wieder umschlug, klirrte im Inneren das Metall. Schließlich löste sich die letzte Wicklung, und da waren sie: Messer, Gabeln, Löffel. Alles lag ordentlich aufgereiht nebeneinander und glitzerte sie an.

Als er mit Annie allein war, nahm sich Sean viel Zeit dafür, das Wasser aufzusetzen. Er hob einen großen Metalltopf vom Haken an der Wand. Er trug ihn zur Spüle. Er füllte ihn mit Wasser.

Und während er all dies tat, war ihm jeder seiner Griffe äußerst bewusst, und auch die Tatsache, dass Annie ihn dabei beobachtete. Als er den Arm hob, um den Topf vom Haken zu nehmen, bemühte er sich, seine Bewegungen so geschmeidig wie möglich sein zu lassen. Er stellte den Topf (behutsam) auf den Herd und drehte sich zu ihr.

Sie lehnte an der Spüle und stützte sich mit beiden Händen ab, ihr Körper dehnte sich in einem eleganten Bogen. Sie wirkte noch reizvoller als zuvor an der Straße. «Da wir jetzt allein sind, Annie», sagte Sean, «kann ich dir ein Geheimnis verraten.»

«Schieß los», sagte sie.

«Versprichst du, es für dich zu behalten?»

«Ich schwör's.»

Er blickte ihr in die Augen. «Wie gut kennst du dich mit Kirchengeschichte aus?»

«Ich hatte Katechismusunterricht, bis zum dreizehnten Lebensjahr.»

«Du weißt also, wer Augustinus war?»

Sie nickte. Sean sah sich in der Küche um, als wollte er sichergehen, dass sie nicht belauscht wurden. Dann, nach einer langen Pause, zwinkerte er ihr zu und sagte: «Ich habe seinen Finger.»

Annie interessierte sich weniger für Augustinus' Finger als für die Tatsache, dass Sean ihr ein Geheimnis anvertrauen wollte. Sie lauschte ihm andächtig, als würde er ihr ein göttliches Mysterium offenbaren.

Wenn Annie flirtete, gestand sie sich nicht immer ein, dass sie es gerade tat. Manchmal zog sie es vor, ihre geistigen Kräfte ruhenzulassen, damit sie gewissermaßen flirten konnte, ohne von ihrem eigenen Verstand dabei beobachtet zu werden. Es schien dann, als wären ihr Körper und ihr Geist voneinander getrennt, als würde ihr Körper hinter einen Wandschirm treten, um sich zu entkleiden, während sich der Geist auf der anderen Seite des Schirms überhaupt nicht darum scherte.

Jetzt, in der Küche mit Sean, begann Annie zu flirten, ohne es sich einzugestehen. Er erzählte ihr von seiner Reliquie und sagte, dass er angesichts der Tatsache, dass sie Katholikin war, bereit sei, sie ihr zu zeigen. «Du darfst aber niemandem davon erzählen. Wir möchten ja nicht, dass sich diese Häretiker wieder einmal in den wahren Glauben einmischen.»

Annie lachte zustimmend. Sie dehnte ihren Körper noch ausgiebiger. Sie wusste, dass Sean sie ansah, und plötzlich, wenn auch undeutlich, spürte sie, dass sie Gefallen daran fand, angesehen zu werden. Sie betrachtete sich selbst durch seine Augen: eine junge, gertenschlanke Frau, die sich, auf ihre Arme gestützt, zurücklehnte; das lange, nach hinten fallende Haar.

«Hast du einen Korb?», fragte Malcolm, als er hereinkam. Seine Hände waren völlig verdreckt, und zum ersten Mal an diesem Tag lächelte er.

«So viele können es doch nicht sein», sagte Sean.

«Es sind *Hunderte*. Ich kann sie nicht alle tragen.»

«Dann geh zweimal», sagte Sean. «Oder dreimal.»

Malcolm bemerkte, wie Annie an der Spüle lehnte. Als sie den Kopf drehte und ihn ansah, schimmerte der Elfenbeinkamm in ihrem Haar. Noch einmal kam ihm der Gedanke, wie leicht es Sean fiel, sich mit Jugend und Vitalität zu umgeben. Also sagte er zu ihr: «Es ist richtig angenehm da draußen im Garten, Annie. Komm doch mit und hilf mir. Der alte Herr hier wird sich schon um das Kochwasser kümmern.»

Widerspruch war nicht vorgesehen. Er nahm ihre Hand und führte sie zur Hintertür, mit der freien winkte er Sean zum Abschied. «Ich hab sie alle auf einen Haufen gelegt», sagte er, als sie im Beet standen. «Es ist ein bisschen feucht, aber daran gewöhnst du dich.» Er kniete vor den Artischocken und sah zu ihr auf. Im Licht, das aus den Fenstern fiel, konnte er ihre Figur erkennen, die Konturen ihres Gesichts.

«Mach einfach einen Korb mit deinen Armen, ich fülle ihn», sagte er. Annie tat, was er verlangte, drehte die Handflächen nach oben und kreuzte die Arme. Und der vor ihr kniende Malcolm begann, die Artischocken aufzunehmen und einzeln in ihre Arme zu legen, indem er sie ganz leicht gegen ihren Bauch drückte. Erst waren es fünf, dann zehn, dann fünfzehn. Je mehr Artischocken er auftürmte, desto genauer musste er sie positionieren. Er legte die Stirn in Falten und passte jede einzelne Artischocke zwischen den anderen ein, als würde er ein Puzzleteil ergänzen. «Wenn du dich sehen könntest», sagte er. «Wir haben eine Erntegöttin aus dir gemacht.» Und für ihn war sie das auch. Jung und schlank stand sie vor ihm, aus ihrem Bauch spross die Fülle des geernteten Gemüses. Als er die letzte Artischocke vorsichtig an ihre Brust legte, pikste er sie aus Versehen.

«Oh, tut mir leid!», sagte er.

«Ich bring die jetzt am besten erst mal rein.»

«Ja, auf jeden Fall, tu das. Das wird ein Festessen!»

Maria wurde unruhig, als sie in die Küche kam und Sean am Herd stehen und in den Wassertopf schauen sah. Sie wusste natürlich genau, was er vorhatte. Sie hatte die Blicke bemerkt, die er Annie zuwarf, und seine affektierte Stimme wahrgenommen, wenn er sie ansprach. «Ihr Mädels könnt das blaue Zimmer haben», hatte er gesagt, und sein Ton hatte etwas Großspuriges gehabt.

Sie wollte gerade das Besteck auf der Küchentheke ablegen, als sie innehielt. Es würde zu viel Lärm machen. Lieber blieb sie mit ihrem Bündel noch eine Weile stehen und betrachtete Sean von hinten, im Stillen die Freude auskostend, dass sie ihn unbemerkt beobachten konnte.

Das Zimmer, in dem sie und Annie schlafen würden, hatte nur ein Bett. Das war Maria als Erstes aufgefallen. Sie waren mit ihren Rucksäcken hereingekommen, Maria hatte das Bett gesehen und gleichzeitig aus dem Augenwinkel wahrgenommen, dass auch Annies Blick darauf ruhte. Es war ein Moment unausgesprochener Übereinkunft gewesen. Einer Übereinkunft, die besagte: «Heute schlafen wir im selben Bett!» Doch vor Sean und Malcolm konnten sie es nicht aussprechen. Sie wussten beide, was die jeweils andere dachte, aber sie sagten nur: «Toll», und: «Oh, ein Himmelbett. So eins hatte ich auch mal!»

Malcolm kniete im Beet und schwelgte in der Vision von Annie als Erntegöttin. Es war lange her, seit er zum letzten Mal eine derart törichte Freude empfunden hatte. In den vergangenen Jahren zu Hause war Ursula oft schlecht gelaunt gewesen. Malcolm versuchte immer herauszufinden, was ihr über die Leber gelaufen war, aber das ärgerte sie nur noch mehr. Nach einer Weile stellte er seine Bemühungen ein. Sie lebten nebeneinander her und beschränkten ihre Kommunikation auf das Notwendige.

Jetzt hob er die restlichen Artischocken auf, die Annie nicht hatte tragen können. Er drückte sie an seine Wange, um ihre Kühle zu spüren. Dabei überwältigte ihn ein Gefühl, das er noch aus Studienzeiten kannte, als er Sean kennengelernt hatte – ein Empfinden für die Schönheit dieser Welt, verbunden mit dem Bewusstsein, dass er verpflichtet oder vom Schicksal bestimmt war, sie zu erfassen, bevor sie unbemerkt verging. Sein Leben mit Ursula, die Streitereien mit ihr, hatten Malcolms Leben so weit verengt, dass er diese Fähigkeit, dieses Bewusstsein, verloren hatte. Sie konnte nichts dafür. Niemand konnte etwas dafür.

Sean warf die Artischocken eine nach der anderen in das kochende Wasser. Annie stand neben ihm. Ihre Schultern berührten sich. Er konnte ihre Haut riechen, ihr Haar.

Am Tisch wischte Maria das Besteck ab. Sie beugte sich weit vor, kniff die Augen zusammen, um die Flecken zu erkennen, und rieb sich hin und wieder mit dem Handrücken über die Nase. Auch einige Artischocken lagen auf dem Tisch. In regelmäßigen Abständen trug Annie einen neuen Schwung zum Herd und reichte sie vorsichtig Sean, der sie mit der eifrigen Hingabe eines Mannes, der Münzen in einen Wunschbrunnen wirft, in den riesigen Topf fallen ließ.

Das sieht wirklich gemütlich aus, dachte Malcolm, als er mit der letzten, kleineren Ladung Artischocken in den Türrahmen trat. Der Topf auf dem Herd dampfte. Annie und Sean spülten den Staub von den Tellern, die sie aus den Tiefen der Küchenschränke gefischt hatten. Auf der anderen Seite, am Tisch, sortierte Maria das Besteck. Es war eine Szene rustikaler Einfachheit – das im Garten geerntete Gemüse, der gigantische, zischende Topf auf dem Herd, die beiden Amerikanerinnen, die Malcolm an Mädchen vom Land erinnerten, an all die flüchtigen Blicke, die er aus fahrenden Zügen heraus erhascht hatte: von zarten, winkenden jungen Frauen, die auf schmalen Landstraßen auf ihren Rädern warteten. Es war ein Bild der Bescheidenheit, der Güte und Gesundheit. Malcolm war so ergriffen von dem Anblick, dass er sich nicht überwinden konnte, die Szenerie zu stören. Er musste sie einfach aus dem schattigen Türrahmen heraus betrachten.

Ihm kam der Gedanke, dass das Mahl, zu dem sie sich versammelten, einem Wunder glich. Vor nicht einmal einer Stunde hatten sie enttäuscht in die leeren Schränke gestarrt, sodass er schon befürchtete, sie würden in irgendeinem Pub landen, wo sie im Lärm und Zigarettenqualm Sandwiches mit Leber und Zwiebeln hätten essen müssen. Jetzt gab es in dieser Küche Speisen im Überfluss.

Unsichtbar stand er in der Tür und schaute zu. Und je länger er, ohne bemerkt zu werden, zuschaute, desto seltsamer fühlte er sich. Er glaubte plötzlich, aus der Wirklichkeit der Küche in eine andere Ebene der Existenz übergetreten zu sein, als würde er nun nicht mehr das Leben betrachten, an dem er teilhatte, sondern nur noch von außen in dieses Leben hineinsehen. War er nicht in gewisser Weise schon tot? War er nicht längst so weit, das Leben zu verachten und zu verwerfen? Sean stand an der Spüle und wrang ein gelbes Küchentuch aus, Annie, am Herd, schmolz ein Stück Butter, Maria, am Tisch, überprüfte im Schein der Lampe einen Silberlöffel. Aber niemand, nicht einer von ihnen, begriff, wie bedeutsam das Mahl war, das sie gleich gemeinsam einnehmen würden.

Und so war Malcolm hocherfreut, als er spürte, wie sein schwerer Körper schließlich wieder hinausglitt (aus dem Jenseits in die träge Erdatmosphäre, die ihm so viel bedeutete). Sein Gesicht tauchte im Schein der Lampe auf, er lächelte, erfüllt von der Glückseligkeit des Aufschubs. Es war noch nicht zu spät, um zu sagen, was er zu sagen hatte.

Sean bemerkte nicht, wie Malcolm in die Küche kam, denn er trug gerade eine Platte voller Artischocken an den Tisch. Die Artischocken dampften; der Dampf stieg ihm ins Gesicht, er konnte nichts sehen.

Auch Annie bemerkte nicht, dass Malcolm hereinkam, denn sie dachte gerade darüber nach, wovon sie in ihrem nächsten Brief nach Hause berichten könnte. Sie würde alles beschreiben: die Artischocken! Den Dampf! Die glänzenden Teller!

Malcolm nahm am Tisch Platz und legte die Artischocken neben sich auf den Boden. In diesem Augenblick waren die Gesichter der Mädchen von einer unfassbaren Schönheit. Auch das Gesicht seines alten Freundes Sean war wunderschön.

Malcolm begann zu sprechen, aber Annie hörte ihm nicht zu. Sie vernahm zwar seine Stimme, doch seine Worte hatten für sie keine Bedeutung, waren nichts als ein fernes Geräusch. Annie versuchte noch immer, sich die Wirkung ihres Briefs auf die Familie vollständig auszumalen, sie stellte sich vor, wie sie alle um den Esstisch saßen, wie ihre Mutter die Lesebrille aufsetzte und vorlas, wie ihre kleinen Schwestern gelangweilt tun und sich beklagen würden. Andere Erinnerungen an ihr Leben zu Hause drängten sich auf: die Äpfel auf der Wiese hinter dem Haus, die nassen Stiefel, die im Winter aufgereiht am Kücheneingang standen. Während diese Bilder vor ihrem geistigen Auge vorüberzogen, behielt Malcolms Stimme ihren getragenen, gleichmäßigen Ton, und Annie begann, hier und dort ein Wort aufzuschnappen. Er hatte eine Fahrt unternommen. Er hatte an einer Klippe angehalten. Er hatte dagestanden und auf das Meer hinausgeschaut.

Auf der Platte in der Mitte des Tischs dampften die Artischocken. Annie streckte die Hand aus und griff nach einer, aber sie war noch zu heiß. Sie warf einen seitlichen Blick auf Sean, dann sah sie Maria an und stellte fest, dass ihnen beiden etwas nicht behagte. Erst da wurde ihr die Tragweite dessen klar, was Malcolm gerade erzählte. Er sprach über Selbstmord. Seinen eigenen.

Die Vorstellung, dass sich dieser übergewichtige, nicht mehr junge Mann von einer Klippe stürzen könnte, hatte etwas Komisches für Maria. Sie bemerkte sehr wohl, dass Malcolms Augen glänzten, aber die Tatsache, dass sein Gefühl echt war, rückte ihn nur noch weiter von ihr ab. Es mochte stimmen, dass er vorgehabt hatte, sich umzubringen, und es mochte ebenso stimmen, dass ihn diese Mahlzeit (wie er beharrlich behauptete) ins Leben zurückgeführt hatte, aber es war ein Trugschluss zu glauben, dass sie, die ihn kaum kannte, sein Leid oder seine Freude darüber teilen konnte. Einen Moment lang machte sie sich Vorwürfe, dass sie nicht in der Lage war, Mitgefühl für Malcolm aufzubringen (in sehr emotionalem Ton beschrieb er gerade die «finstersten Tage», unmittelbar nachdem seine Frau ihn verlassen hatte), aber dieser Moment ging schnell vorüber. Maria gestand sich ein, dass sie überhaupt nichts fühlte. Sie stupste Annie unter dem Tisch an. Annie lächelte kurz und hielt sich die Serviette vor den Mund. Maria strich mit dem Fuß über Annies Wade. Annie zog das Bein zurück, Maria konnte es nicht mehr finden. Sie suchte überall mit ihrem Fuß und wartete darauf, dass Annie wieder zu ihr herübersehen würde, damit sie ihr zuzwinkern könnte, aber Annie starrte nur auf ihren Teller.

Sean schaute gebannt zu, wie sich Malcolm über die Artischocken hermachte. Er hatte nun erreicht, dass alle zuhörten, und so begann er, gleichzeitig zu erzählen und zu essen. Zum denkbar schlechtesten Zeitpunkt! Nichts war einer romantischen Stimmung (die Stimmung, die Sean heraufzubeschwören versuchte) abträglicher als die Erwähnung des Todes. Er konnte schon sehen, dass Annie peinlich berührt war, sie hatte die Schultern vorgeschoben, als wollte sie sich ducken, und presste (zweifellos) die hübschen Beine zusammen. Der Tod, ein Sprung von der Klippe: Warum musste Malcolm gerade jetzt darüber reden? Als könnten sie das nachvollziehen! Ein vom Pathos aufgeladener Augenblick, den Malcolm ausgekostet hatte, um sich selbst davon zu überzeugen, dass er in der Lage war zu lieben. Aber wie groß war diese Liebe gewesen? Hatte er sich nicht relativ schnell wieder gefangen? Fünf Wochen! «Ich hätte nicht gedacht, dass ich je wieder ein einfaches Essen unter Freunden würde genießen können», sagte er gerade, und Sean bemerkte die Träne, die sich einen krummen Weg über Malcolms Wange bahnte. Unfassbar! Er weinte und pflückte die Blätter von einer riesigen Artischocke (trotz des Gefühlsausbruchs war es ihm gelungen, die größte zu nehmen), er zupfte die Blätter ab, tauchte sie in die Butter und schob sie in den Mund.

«Wir sind zu voreilig, wenn es darum geht, unser Leben zu bewerten!», rief Malcolm aus, und ihm war, als wäre er noch nie in seinem Leben einer Gruppe von Menschen so nah gewesen. Alle waren verstummt, sie lauschten seinen Worten, und in seiner Rührung hatte er sich zu einer Eloquenz aufgeschwungen, die er so nicht von sich kannte. Wie oft im Leben sprechen wir Unwichtiges aus, dachte er, Triviales, nur um uns die Zeit zu vertreiben. Wie selten haben wir die Gelegenheit, unsere Herzen auszuschütten, von Schönheit zu sprechen und vom Sinn des Lebens, von seiner Kostbarkeit, und wie selten hört uns jemand dabei zu! Noch vor wenigen Minuten hatte er am eigenen Körper die Pein der Toten erlebt, die aus dem Leben verbannt waren, doch jetzt war er von der Freude am Sprechen erfüllt, an der Mitteilung seiner innersten Gedanken, und er konnte dem wohligen Schauder nachspüren, den die eigene Stimme in seinem Körper erzeugte.

Bei der erstbesten Gelegenheit unterbrach Sean Malcolms düsteren Monolog, indem er eine Artischocke von der Platte nahm und sagte: «Nimm die hier, Annie. Die ist jetzt nicht mehr so heiß.»

«Sie sind herrlich», sagte Malcolm und tupfte sich mit der Serviette über die Augen.

«Du weißt, wie man die isst, oder, Annie?», fragte Sean. «Du ziehst einfach die Blätter ab, tauchst sie in die Butter und schabst das Fruchtfleisch mit den Zähnen ab.» Er demonstrierte, was er gerade erklärt hatte, tauchte ein Blatt in die Butter und hielt es ihr hin. «Komm, probier mal», sagte er. Annie öffnete den Mund, nahm das Blatt zwischen die Lippen und biss vorsichtig hinein.

«Sean, du weißt schon, dass wir in Amerika auch Artischocken haben, oder?», sagte Maria und nahm sich eine. «Wir haben die schon mal gegessen.»

«Ich nicht», sagte Annie, kaute und lächelte Sean an.

«Hast du wohl», sagte Maria. «Ich hab's ja gesehen. Schon oft.»

«Vielleicht war das Spargel», sagte Sean, und er und Annie lachten.

Das Abendessen nahm seinen Lauf. Sean bemerkte, dass Annie ihren Körper ihm ein wenig zugewandt hatte. Malcolm aß schweigend, seine nassen Wangen glänzten wie das buttrige Gemüse, das er in der Hand hielt. Eine Artischocke nach der anderen wurde von der Platte genommen und abgepflückt. Sean reichte Annie immer wieder etwas an und umsorgte sie mit kleinen, nur ihr geltenden Aufmerksamkeiten. «Noch eine? ... Etwas Butter? ... Wasser?» Und wenn er heruntergeschluckt hatte, machte er sich etwas kleiner, wandte ihr sein Gesicht zu und füllte den Raum zwischen ihnen mit dem warmen Geruch dessen, was er gerade gegessen hatte.

Er dachte an ihr bevorstehendes Stelldichein. Der Plan,

den er mit ihr abgesprochen hatte, war folgender: Nach dem Essen wollte er vorschlagen, ein wenig Backgammon zu spielen; sie würde sich sofort darauf einlassen, und gemeinsam würden sie nach unten ins Billardzimmer gehen; dort wollten sie spielen, bis die anderen sich schlafen legten. Dann würden sie nach oben kommen, und er würde ihr, nur ihr, die Reliquie zeigen.

Aber gerade da sagte Malcolm: «Meine Damen, seht euch nur diese beiden alten Männer an, die hier vor euch sitzen. Wir sind schon lange eng befreundet, Sean und ich. In Oxford waren wir unzertrennlich.»

Sean blickte auf. Malcolm lächelte ihn über den Tisch hinweg warmherzig an. Er hatte noch immer feuchte Augen. Er wirkte verletzlich, wie ein Idiot. Aber er war noch nicht fertig. «Ich hoffe inständig, dass eure Freundschaft, so jung sie auch ist, ebenso lange halten wird», sagte er. Er sah die beiden Mädchen an, erst das eine, dann das andere. «Alte Freundschaften», murmelte er. «Das ist das Beste, was es gibt.»

«Hat jemand Lust, ins Billardzimmer runterzugehen und ein wenig Backgammon zu spielen?», fragte Sean laut in die Runde, aber Annie wusste, dass in erster Linie sie gemeint war. Sie wollte gerade ja sagen, als sie aus dem Augenwinkel bemerkte, wie Maria sie beobachtete. Annie wusste, dass Maria ihre Antwort abwartete. Wenn sie ja sagen würde, würde Maria auch ja sagen. Plötzlich wurde ihr klar, dass ihr Plan nicht funktionieren würde, Maria würde ganz bestimmt nicht allein ins Bett gehen. Und so legte Annie die Hände flach auf den Tisch, betrachtete ihre Fingernägel und fragte: «Maria, wie sieht's mit dir aus?»

«Ach, ich weiß nicht», sagte Maria.

«Wir können nicht alle spielen», sagte Sean. «Leider geht das nur zu zweit.»

«Backgammon, das ist doch 'ne hübsche Idee», sagte Malcolm. Annie rutschte unruhig auf dem Stuhl hin und her. Sie hatte zu lange gezögert. Sie hatte alles zunichtegemacht.

«Wir müssen sowieso früh aufstehen», sagte Maria.

«Na gut, dann wollen wir euch zwei Globetrotter mal entschuldigen», sagte Malcolm. «Mit tiefem Bedauern.»

«Vielleicht ist es doch schon ein bisschen spät für Backgammon», sagte Sean.

«Unsinn!», erwiderte Malcolm. «Es ist doch noch früh!» Und damit schob er seinen Stuhl zurück und stand entschlossen auf.

Sean konnte nichts machen. Er hatte keine Ahnung, warum Annie von ihrem gemeinsamen Plan abgewichen war. Er befürchtete, dass er beim Essen zu aufdringlich gewesen war, sie seine wahren Motive erkannt hatte und nun verschreckt Distanz hielt. Was auch immer der Grund sein mochte, er hatte jetzt keine Wahl, als aufzustehen, die Zeichen seines Herzens (das Verzweiflung bekundete) durch ein Lächeln zu verleugnen und die Tür zum Untergeschoss anzusteuern. Als er, gefolgt von Malcolm, die Treppe hinunterstieg, versuchte er noch zu hören, was die Mädchen in der Küche sagten, aber es gelang ihm nicht.

Das Billardzimmer war ein langer, schmaler, halbhoch getäfelter Raum. Der Billardtisch stand in der Mitte, an einem Ende war eine Fernsehecke mit einem Ledersofa. Sean ging gleich zum Fernseher und schaltete ihn ein.

«Und was ist mit Backgammon?», fragte Malcolm.

«Ich hab keine Lust mehr», sagte Sean.

Malcolm sah ihn verunsichert an. «Ich hoffe, meine kleine Rede hat dich nicht gestört», sagte er. «Ich fürchte, ich habe das Gespräch dominiert.»

Seans Blick war auf den Fernseher geheftet. «Ist mir kaum aufgefallen», sagte er.

«Sean mag dich», sagte Maria zu Annie, als sie allein waren.

«Stimmt gar nicht.»

«Doch. Ich seh so etwas.»

«Er ist einfach nur freundlich.»

Sie standen nebeneinander an der Spüle, trockneten die letzten Teller ab. «Was hat er denn im Garten zu dir gesagt?»

«Wann?»

«Im Garten. Als du mit ihm hinten im Beet warst.»

«Er hat gesagt, dass ich die schönste Frau bin, die er je gesehen hat, und dass er mich heiraten will.»

Maria spülte noch einen Teller ab. Sie hielt ihn unter den Hahn und schwieg.

«War nur ein Scherz», sagte Annie. «Er hat über den Boden geredet, wie schwer es ist, hier etwas anzubauen.»

Maria schrubbte den Teller, obwohl er längst sauber war.

«War nur ein Scherz», sagte Annie noch einmal.

Annie tat alles, um den Abwasch in die Länge zu ziehen. Wenn Sean zurückkäme, könnte sie ihm ein Zeichen geben, dass sie ihn später treffen wollte. Aber die Teller waren nicht besonders schmutzig, und es waren auch nur vier, dazu ein paar Gläser. Bald waren sie mit allem fertig. «Ich bin erschöpft», sagte Maria. «Du nicht?»

«Nein.»

«Du siehst aber erschöpft aus.»

«Bin ich aber nicht.»

«Was wollen wir denn jetzt machen?»

Annie fiel kein Grund ein, länger in der Küche zu bleiben. Sie könnte hinunter ins Billardzimmer gehen, aber da war Malcolm. Er würde überall sein, den ganzen Abend lang. Er war so glücklich, am Leben zu sein, dass er sich wohl nie wieder schlafen legen würde. Also sagte sie schließlich: «Es gibt nichts mehr zu tun. Ich glaube, ich geh ins Bett.»

«Ich komme mit», sagte Maria.

«Lass uns jetzt nicht fernsehen, Sean», sagte Malcolm. «Wir hatten noch gar keine Gelegenheit, uns zu unterhalten. Wir haben seit zwanzig Jahre nicht mehr miteinander geredet!»

«Ich habe seit zwei Wochen nicht mehr ferngesehen», sagte Sean.

Malcolm lachte verträglich. «Sean», sagte er, «das bringt doch nichts. Du kannst dich nicht vor mir verstecken. Erst recht nicht heute Abend.» Er wartete auf eine Antwort, erhielt aber keine. Eine unerschütterliche Ruhe erfasste ihn. Er war in der Lage gewesen zu sagen, was er zu sagen hatte, ohne jede Scham, und nun fragte er sich, warum sich Sean derart dagegen abkapselte. Aber dann hatte er eine Eingebung. Seans Verschlossenheit war viel zu perfekt. Sie war nur vorgetäuscht. Auch Sean in seinem Panzer war einsam, er trauerte um seine gescheiterte Ehe, nicht anders als Malcolm selbst. Das war der Grund, warum er nicht ernst sein konnte und sich mit jungen Frauen umgab.

Malcolm wunderte sich, dass ihm das nicht eher aufgegangen war. Sein Blick war jetzt in jeder Hinsicht geschärft. Er sah seinen Freund an und brachte ihm tiefes Mitgefühl entgegen.

Er sagte: «Erzähl mir von Meg, Sean. Es gibt nichts, wofür du dich schämen musst. Du weißt ja, ich sitze im selben Boot.»

Da wandte sich Sean ihm zu, und ihre Blicke trafen sich. Er wirkte immer noch gehemmt, es fiel ihm sichtlich schwer, aber schließlich sagte er: «Nicht im selben Boot, Malcolm. Gar nicht. Meg hat mich nicht verlassen. Ich habe *sie* verlassen.»

Malcolm sah auf den Boden.

«Und sie hat das leider nicht gut verkraftet», fuhr Sean fort. «Sie ist vor einen Zug gesprungen.»

«Sie hat versucht, sich umzubringen?», fragte Malcolm. «Um Himmels willen!»

«Sie hat es nicht nur versucht. Es ist ihr auch gelungen.»

«Meg ist tot?»

«Ja, sie ist tot. Das ist der Grund, warum der Garten in diesem Zustand ist.»

«Sean, das tut mir so leid. Warum hast du nichts gesagt?»

«Ich konnte bisher noch nicht darüber reden», sagte Sean.

Sean war hochzufrieden mit dieser Racheaktion. Malcolm hatte ihm den Abend ruiniert, aber jetzt hatte Sean ihn fest im Griff, er konnte ihm einreden, was er wollte. Malcolm ließ den Kopf auf die Sofalehne sinken, und Sean sagte: «Was für ein Zufall, dass du gerade heute Abend hier aufgetaucht bist. Und diese Geschichte erzählt hast. Beinahe, als hätte dich irgendetwas hergeführt.»

«Ich hatte doch keine Ahnung», sagte Malcolm leise. Sean sah seinen Freund weiter eindringlich an. Es erfüllte ihn mit Macht, eine Welt für Malcolm zu erschaffen, in der es keine Zufälle gab, in der sich sogar Selbstmorde zu einem harmonischen Ganzen zusammenfügten.

Er ließ Malcolm auf dem Sofa zurück und ging zur Treppe.

Als Maria im Bad verschwand, um sich die Zähne zu putzen, schlich Annie auf Zehenspitzen zur Tür. Nichts war zu hören. Das Haus war still. Sie hörte nur, wie Maria ihren Mund ausspülte und das Wasser ins Becken spuckte. Annie trat auf den Flur. Immer noch nichts, kein Laut. Dann kam Maria aus dem Bad. Sie hatte ihre Brille abgesetzt und blinzelte in Richtung Bett.

Sean kam in die Küche, es war niemand mehr da. Er verfluchte sich, weil er den Vorschlag mit dem Backgammon gemacht hatte, er verfluchte Malcolm, der ihm in die Quere gekommen war, und er verfluchte Annie, die sich nicht an den gemeinsamen Plan gehalten hatte. Es sollte wohl nicht sein, egal, was er noch unternehmen würde. Das Haus, die Artischocken, die Reliquie, all das war nicht genug gewesen. Er dachte an seine Frau, die irgendwo in den Tropen tanzte, und sah sich plötzlich, wie er war, allein, in einem kalten Haus, mit unerfüllten Wünschen und durchkreuzten Plänen.

Er trat wieder an die Treppe und lauschte nach unten. Der Fernseher lief noch. Malcolm saß noch immer davor, wie vom Blitz getroffen. Sean wandte sich ab, fest entschlossen, Malcolm einfach dort sitzen zu lassen, aber als er sich gerade umgedreht hatte, erstarrte er. Vor ihm stand, nur mit einem langen Männer-T-Shirt bekleidet, Annie.

Oben wartete, mit gespitzten Ohren, Maria darauf, dass Annie zurückkommen würde. Annie hatte sich gerade ins Bett gelegt, als sie plötzlich sagte, sie wolle unten ein Glas Wasser holen, und wieder hinauskroch. «Trink doch aus dem Wasserhahn im Bad», schlug Maria vor, aber Annie sagte: «Ich will ein Glas.»

Nach all der Zeit, selbst nach dem Kuss im Zug, war Annie noch immer schüchtern. Sie war so nervös, dass sie, gerade ins Bett gestiegen, gleich wieder heraussprang. Maria wusste genau, was ihre Freundin bewegte. Sie verschränkte die Arme hinter dem Kopf. Sie betrachtete die Stuckverzierungen an der Decke und spürte die Schwere ihres Körpers in Matratze und Kissen sinken. Eine tiefe innere Ruhe überkam sie, eine Festigkeit, ein Gefühl, dass jetzt, endlich, ihre Wünsche in Erfüllung gehen würden, dass sie nur noch zu warten brauchte.

Malcolm stand auf und schaltete den Fernseher aus. Er ging durch das Zimmer, zum Billardtisch. Er nahm eine Kugel, schob sie an und verfolgte, wie sie über den Filz rollte und von den Banden abprallte. Er fing sie ein und wiederholte das Spiel. Die Kugel machte ein dumpfes Geräusch, wenn sie auf die Polster traf.

Er dachte über das nach, was Sean ihm erzählt hatte. Er fragte sich, was all dies bedeuten mochte.

Sean führte Annie in sein Arbeitszimmer, bloß weg, bevor Malcolm nach oben kam. Auf dem Weg nahm er den Koffer mit, den er vorn am Eingang abgestellt hatte. Als er die Tür zum Arbeitszimmer hinter sich geschlossen hatte, flüsterte er Annie zu, dass sie absolut still sein müsse. Dann bückte er sich, um mit feierlicher Geste den Koffer zu öffnen. Als er den Metallriegel aufspringen ließ, war ihm bewusst, dass Annies nackte Schenkel nur Zentimeter von seinem Gesicht entfernt waren. Er hätte am liebsten versucht, ihre Beine zu packen, sie an sich zu ziehen und sein Gesicht in ihren Schoß zu drücken. Aber er tat nichts dergleichen. Er zog nur eine graue Wollsocke aus dem Koffer, der er einen dünnen, gelblichen, etwa fünf Zentimeter langen Knochen entnahm.

«Da ist er», sagte er und zeigte ihn ihr. «Direkt aus Rom. Augustinus' Zeigefinger.»

«Wann hat der noch mal gelebt?»

«Vor fünfzehnhundert Jahren.»

Annie streckte die Hand aus und fuhr mit dem Finger über den Knochensplitter, während Sean ihre Lippen anstarrte, ihre Wangen, die Augen, das Haar.

Annie wusste, dass er kurz davor war, sie zu küssen. Immer wusste sie es, wenn Männer kurz davor waren, sie zu küssen. Manchmal machte sie es ihnen schwer, indem sie zurückwich oder ihnen Fragen stellte. Andere Male tat sie nur, als würde sie es nicht bemerken, so wie jetzt, als sie den Finger des Heiligen betastete.

Dann sagte Sean: «Ich hatte schon befürchtet, unser kleines Tête-à-Tête würde nicht stattfinden.»

«Es war schwierig, die Häretiker abzuschütteln», sagte Annie.

Malcolm kam in die Küche, er suchte Sean. Aber alles, was er vorfand, waren die Teller, die die Mädchen umsichtigerweise abgewaschen und neben dem Spülbecken gestapelt hatten. Er wanderte in der Küche umher, wärmte sich die Hände an der Kaminglut und bemerkte, dass die Artischocken, die er zuletzt hereingebracht hatte, noch auf dem Boden lagen. Er hob sie auf und legte sie auf den Tisch. Erst dann ging er zum Fenster und sah hinaus in den Garten.

Als Maria die beiden entdeckte, waren sie über etwas gebeugt, ihre Köpfe berührten sich beinahe. Ihr war sofort klar, was passiert war. Annie war heruntergekommen, um ein Glas Wasser zu holen, und Sean hatte ihr aufgelauert. Maria war gerade noch rechtzeitig gekommen, um ihre Freundin aus einer misslichen Lage zu befreien.

«Was ist das?», fragte sie und marschierte kühn und triumphierend ins Zimmer.

Marias Stimme war die Stimme des Schicksals, dem er nicht entrinnen konnte. Genau im Augenblick des Sieges, als es nur noch eine Frage von Sekunden war, bis sein Verlangen gestillt würde (ihre Wangen berührten sich bereits), hörte Sean Marias Stimme, die seine Hoffnung zunichtemachte. Er sagte nichts. Er stand einfach stumm da, während Maria herantrat und die Reliquie in ihre kalte Hand nahm.

«Das ist Augustinus' Finger», sagte Annie zur Erklärung.

Maria sah sich kurz den Knochen an, reichte ihn Sean und sagte nur: «Nie im Leben.» Die Mädchen wandten sich (gemeinsam) um und gingen zur Tür. «Gute Nacht», sagten sie, und der versteinerte Sean hörte, wie ihre Stimmen zu einem einzigen, unerträglichen Einklang verschmolzen.

«Das hast du ihm doch nicht etwa abgenommen, oder?», fragte Maria, als sie wieder im Zimmer waren. Annie antwortete nicht, sie stieg einfach ins Bett und schloss die Augen. Maria schaltete das Licht aus und tastete sich durch die Dunkelheit. «Nicht zu fassen, dass du darauf hereingefallen bist. Augustinus' Finger!» Sie lachte. «Typen erzählen dir jeden Blödsinn, wenn sie was von dir wollen.» Sie kroch ins Bett und zog die

Decke bis ans Kinn, starrte dann in die Finsternis und grübelte über die Verschlagenheit der Männer.

«Annie», flüsterte sie, doch ihre Freundin reagierte nicht. Maria rückte näher. «Annie», sagte sie, jetzt etwas lauter. Sie schob sich weiter über das Laken, bis ihre Hüfte Annies Hüfte berührte. Noch einmal, lauter, sagte sie: «Annie.»

Aber ihre Freundin antwortete nicht, und sie erwiderte auch nicht den Druck auf ihre Hüfte. «Ich will jetzt schlafen», sagte Annie und drehte sich um.

Sean blieb zurück, in seiner Handfläche der falsche Finger eines berühmten Heiligen. Er meinte, im Flur das Kichern der Mädchen zu hören. Dann ihre Schritte auf der Treppe, das Knarren und Schlagen der Zimmertür. Und danach – Stille.

Auf dem Knochen war eine dünne Schicht weißes Pulver, das in seine offene Hand rieselte. Er hätte den Knochen am liebsten einmal quer durchs Zimmer gepfeffert oder auf den Boden geworfen und mit dem Absatz zerstampft, aber irgendetwas hielt ihn davon ab. Denn während er den Knochen betrachtete, hatte er das Gefühl, dass er von jemandem beobachtet wurde. Er sah sich um, aber es war niemand im Zimmer. Doch als sein Blick wieder auf den Knochen fiel, geschah etwas Merkwürdiges. Der Finger schien auf ihn zu zeigen. Als wäre es der einer lebendigen Person, oder als wäre er von Geist durchdrungen. Und er schien ihn anzuklagen, zu verurteilen.

Glücklicherweise dauerte das Gefühl nur einen Augenblick an. Der Finger zeigte nicht mehr auf ihn. Es war wieder nur ein Knochen.

Der Mond war aufgegangen, und in seinem Schein konnte Malcolm das Beet ausmachen, das blassblau und kreisförmig hinter dem Rasen lag. Er warf noch einen Blick auf die übrig gebliebenen Artischocken auf dem Tisch. Dann ging er zur Gartentür, öffnete sie und trat hinaus.

Das Beet war in noch schlechterem Zustand als vorher. Die verwelkten Blumen, die vorn in einer Reihe gestanden hatten, waren jetzt zertrampelt, abgebrochen und weit verstreut. Überall waren Fußspuren. Zeichen der Gewalt waren an die Stelle heiterer Vernachlässigung getreten.

Malcolm erkannte die Abdrücke seiner eigenen Schuhe, groß und tief. Dann entdeckte er das kleinere Profil von Annies Tennisschuhen. Er hielt seinen Fuß darüber und freute sich, wie vollständig er Annies Schuhabdruck bedeckte. Er hatte inzwischen aufgehört, sich Gedanken darüber zu machen, wo Sean abgeblieben war. Er wusste nicht, wer sich wo im Haus aufhielt – dass Maria auf einer Seite des Bettes lag und Annie auf der anderen, dass Sean in seinem Arbeitszimmer stand und das dürre Gebilde eines Knochens betrachtete. Malcolm vergaß für einen Augenblick seine Freunde, während er in dem Beet stand, das Meg, sein Zwilling im Geiste, bepflanzt und dann vernachlässigt hatte. Meg war gegangen, sie hatte aufgegeben, aber er war noch hier. Was er brauchte, dachte er, war ein eigenes Haus mit einem eigenen Garten. Er sah sich Rosenbüsche zurückschneiden und Bohnen ernten. Ihm schien, als könnte ihm mit einer solch einfachen Veränderung endlich Glück beschieden sein.

1988

DAS GROSSE EXPERIMENT

«Wenn du so schlau bist, wieso bist du dann nicht reich?»

Die Stadt selbst war es, die das wissen wollte, das im Licht des frühen Abends und des Spätkapitalismus erstrahlende Chicago. Kendall befand sich in einer (nicht seiner eigenen) Penthousewohnung in einem sehr teuren Wolkenkratzer am Lake Shore Drive. Der Blick ging auf den See hinaus, achtzehn Etagen tiefer. Aber wenn man das Gesicht an die Fensterscheibe presste, wie es Kendall gerade tat, konnte man den blassbraunen Strand sehen, der sich bis zum Navy Pier erstreckte, wo in diesem Moment die Beleuchtung des Riesenrads eingeschaltet wurde.

Das Grau des neogotischen Tribune Tower, das Schwarz des stählernen Mies-van-der-Rohe-Hauses nebenan – das waren nicht die Farben des neuen Chicago. Bauherren hörten auf dänische Architekten, die wiederum auf die Natur hörten, und entsprechend organisch sahen diese kürzlich errichteten Wohntürme auch aus. Die Fassaden waren grün, die Dachlinien gewellt, wie Grashalme, die sich im Wind neigten.

Einst ist hier Prärie gewesen. Das war es, was die Wohntürme sagen wollten.

Kendall starrte auf die luxuriösen Gebäude und stellte

sich die Menschen vor, die in ihnen wohnten (er nicht), und er fragte sich, was sie ihm an Wissen voraushatten. Als er den Kopf an der Scheibe bewegte, hörte er Papier knistern. An seiner Stirn klebte ein gelbes Post-it-Zettelchen. Offenbar war Kendall am Schreibtisch eingenickt, und Piasecki war hereingekommen und hatte es dort hinterlassen.

Auf dem Zettel stand: «Denk drüber nach.»

Kendall zerknüllte ihn und warf ihn in den Papierkorb. Dann starrte er wieder hinaus auf die Gold Coast, den glitzernden Bezirk.

Seit sechzehn Jahren glaubte Kendall trotz aller Zweifel an die gute Seite dieser Stadt. Chicago hatte ihn mit offenen Armen empfangen, als er mit seinem «Liederzyklus» angekommen war, einer Sammlung von Gedichten, die er im Iowa Writers' Workshop geschrieben hatte. Sie war von der Bandbreite seiner anspruchsvollen Berufseinsteigerjobs beeindruckt gewesen: als Korrekturleser beim *Baffler*; als Lateinlehrer am altsprachlichen Gymnasium. Dass jemand bereits mit Anfang zwanzig das Studium am Amherst College mit summa cum laude abgeschlossen, ein Michener-Stipendium erhalten und ein Jahr nach dem Workshop in Iowa City eine unerbittlich düstere Villanella im *Times Literary Supplement* veröffentlicht hatte – all das galt damals als vielversprechend. Falls Chicago begonnen hatte, an seiner Intelligenz zu zweifeln, als er dreißig wurde, hatte er es nicht bemerkt. Er arbeitete als Lektor bei einem kleinen Verlag, Great Experiment, der fünf Titel im Jahr herausbrachte. Der Verlag gehörte dem inzwischen zweiundachtzigjährigen Jimmy Boyko. In Chicago verband man mit dem Namen Jimmy Boyko eher den State-Street-Pornographen, den er in den Sechzigern und Siebzigern abgegeben hatte, und weniger den freiheitsliebenden Aktivisten und Herausgeber libertärer Bücher, der er viel länger gewesen war. Es war Jimmys Penthouse, in dem Kendall arbeitete, es war Jimmys luxuriöse Aussicht, die er gerade genoss. Geistig war er noch immer auf der Höhe, dieser Jimmy. Er hörte schlecht, aber wenn man laut genug sprach und ihn nach der politischen Lage fragte, funkelten die blauen Altmänneraugen vor ungezähmter Angriffslust und ewigem Rebellentum.

Kendall riss sich von der Aussicht los und kehrte zu seinem Schreibtisch zurück, wo er das Buch zur Hand nahm, das dort lag. Es war Alexis de Tocquevilles *Über die Demokratie in Amerika*. Tocqueville, der Jimmy zu dem Verlagsnamen Great Experiment inspiriert hatte, war eine von Jimmys großen Leidenschaften. An einem Abend vor sechs Monaten, nach seinem abendlichen Martini, hatte er beschlossen, dass das Land eine stark gekürzte Fassung von Tocquevilles bahnbrechendem Werk benötigte, die alle Voraussagen versammelte, die der Franzosen über Amerika gemacht hatte, vor allem aber jene, die die Bush-Regierung in schlechtem Licht erscheinen ließ. Das also war es, was Kendall seit einer Woche tat: Er las *Über die Demokratie in Amerika* und suchte die Stellen heraus, die am meisten ins Auge sprangen. Wie zum Beispiel den Anfang: «Unter den Gegenständen, welche während meines Aufenthalts in den vereinigten Freistaaten meine Aufmerksamkeit anregten, zähle ich besonders die Gleichheit aller Stände.»

«Wie vernichtend das ist!», hatte Jimmy gerufen, als Kendall ihm den Satz am Telefon vorgelesen hatte. «Wenn in Bushs Amerika etwas Mangelware ist, dann ist es die Gleichheit aller Stände!»

Jimmy wollte das kleine Buch Die *Taschendemokratie* nennen. Nachdem seine erste Begeisterung abgeklungen war, hatte er das Projekt an Kendall abgegeben. Am Anfang hatte Kendall versucht, das Buch komplett zu lesen. Aber nach einer Weile begann er, vor- und zurückzublättern. Beide Bände enthielten Abschnitte, die unfassbar langweilig waren: die Methodik der amerikanischen Jurisprudenz, Untersuchungen über das amerikanische System der Gemeindeverwaltung. Jimmy interessierte sich nur für die Passagen, die die Gegenwart vorwegnahmen. *Über die Demokratie in Amerika* war wie die Geschichten, die Eltern ihren erwachsenen Kindern über deren Kindheit erzählen – Beschreibungen von Charaktereigenschaften, die über die Jahre ausgeprägter geworden sind, oder von Eigentümlichkeiten und Vorlieben, die die Kinder schließlich abgelegt haben. Es war merkwürdig zu lesen, was ein Franzose über ein Amerika zu sagen hatte, das klein, schwach und bewundernswert war, etwas noch kaum Gewürdigtes, das die Franzosen vereinnahmen und zu ihrer eigenen Sache machen konnten, wie serielle Musik oder die Romane von John Fante.

> Wie in den von Menschen bewirtschafteten Wäldern schlug der Tod hier ohne Unterlass zu. Niemand aber sorgte für das Wegschaffen der Überreste. So häuften sich die einen über die anderen; die Zeit vermochte sie nicht rasch genug in Staub zu verwandeln, um wieder Platz zu machen. Aber die Arbeit der Zeugung ging inmitten der Trümmer ohne Unterbrechung weiter. Kletterpflanzen und Gräser aller Art drangen durch alle Hindernisse ans Licht empor; sie krochen an den gestürzten Bäumen entlang, bohrten sich in deren Staub ein, hoben und zerbrachen die welke Rinde, die sie noch bedeckte, und bahnten ihren jungen Schösslingen den Weg.

Wie erhaben das war! Wie phantastisch, sich dieses Amerika des Jahres 1831 vorzustellen, als es noch keine Einkaufszentren und Highways gab, als die Stadtränder noch nicht zersiedelt und die Ufer der Seen noch «wie von Urzeiten her ganz von Wäldern umgeben» waren. Wie hatte dieses Land kurz nach seiner Geburtsstunde ausgesehen? Vor allem aber: Was war schiefgelaufen, und wie konnten wir auf den Weg, den wir verlassen hatten, zurückfinden? Wie konnte aus dem Verfall neues Leben entstehen?

Vieles von dem, was Tocqueville beschrieb, hatte mit dem Amerika, das Kendall kannte, überhaupt nichts zu tun. Einige Einsichten jedoch schienen ein wenig den Vorhang zu lüften und einen Blick auf diejenigen amerikanischen Eigenschaften freizugeben, die er nie bemerkt hatte, weil sie mit dem Wesen des Landes zu tief verwoben waren. Das wachsende Unbehagen, das Kendall über sein Leben als Amerikaner verspürte – das Gefühl, dass er in den ihn prägenden Jahren während des Kalten Krieges dazu verleitet worden war, verschiedene nationale Frömmigkeiten kritiklos zu akzeptieren, ja dass er nicht weniger effizient von der Propaganda geformt worden war als ein Kind, das damals in Moskau groß wurde –, führte dazu, dass er dieses Experiment namens Amerika nun wirklich verstehen wollte.

Doch je mehr Kendall über dieses Amerika von 1831 las, desto klarer wurde ihm, wie wenig er über das Amerika von heute, 2005, und über die Überzeugungen und Verhaltensweisen seiner Bürger wusste.

Piasecki war ein perfektes Beispiel. Neulich, abends im Coq d'Or, hatte er gesagt: «Wenn wir beide nicht so ehrlich wären, könnten wir eine Menge Geld verdienen.»

«Wie meinst du das?»

Piasecki war Jimmy Boykos Buchhalter. Er kam immer freitags, um Rechnungen zu begleichen und die Geschäftsbücher zu führen. Ein bleicher, meistens verschwitzter Typ, dessen kraftloses, blondes Haar aus der länglichen Stirn nach hinten gekämmt war.

«Er überprüft ja nichts, okay?», sagte Piasecki. «Er weiß nicht mal, wie viel Geld er hat.»

«Wie viel hat er denn?»

«Das ist vertraulich», sagte Piasecki. «Das Erste, was sie dir in der kaufmännischen Ausbildung beibringen. Mund halten.»

Kendall beließ es dabei. Er war wenig erpicht darauf, sich Piaseckis Vorträge über Buchhaltung anzuhören. Als die Wirtschaftsprüfergesellschaft Arthur Andersen 2002 plötzlich abstürzte, hatte Piasecki gemeinsam mit fünfundachtzigtausend anderen Angestellten die Kündigung erhalten. Das war ein Schlag in den Nacken gewesen, von dem er sich nie ganz erholt hatte. Er nahm zu, er nahm wieder ab, er kaute Diättabletten und Nicorette. Er soff wie ein Loch.

Jetzt, in der schummrigen, mit dunkelroten Ledermöbeln ausgestatteten Bar, in der sich die Happy-Hour-Gäste drängten, bestellte Piasecki einen Scotch. Kendall folgte seinem Beispiel.

«Möchten Sie das Managerglas?», fragte der Kellner.

Zum Manager würde es Kendall nie bringen, aber ein Managerglas konnte er immerhin bekommen. «Ja», sagte er.

Sie schwiegen eine Weile und starrten auf den Fernseher. Ein Baseballspiel. Es war gegen Ende der Saison, zwei Mannschaften der Western Division, die die Liga gerade erst aus dem Hut gezaubert hatte, spielten gegeneinander. Kendall hatte die Trikots noch nie gesehen. Selbst Baseball war verdorben.

«Ich weiß nicht», sagte Piasecki. «Aber wenn du einmal so richtig verarscht worden bist, dann fängst du eben an, die Dinge anders wahrzunehmen. Ich bin aufgewachsen in dem Glauben, dass sich die meisten Leute an die Regeln halten. Aber als es bei Andersen den Bach runterging – ich meine, die haben eine ganze Firma zum Sündenbock gemacht für das Ding, das ein paar schwarze Schafe da im Namen von Ken Lay und Enron gedreht haben ...» Er führte den Gedanken nicht zu Ende. Seine Augen glänzten im neu entflammten Schmerz.

Der Whiskey, zwei winzige Scotch-Fässchen, wurde serviert. Sie tranken die erste Runde und bestellten gleich eine zweite. Piasecki griff bei den Horsd'œuvres zu, eine Aufmerksamkeit des Hauses.

«Neun von zehn Leuten in unserer Situation ziehen es wenigstens mal *in Betracht*», sagte er. «Ich meine, dieser Arsch! Wie hat er sein Geld denn überhaupt verdient? Mit Mösen. Das war sein Ding, sein Fokus: Jimmy war der Pionier des *beaver shot*. Titten und Ärsche, das war gestern. Das hat er erkannt. Damit hat er sich gar nicht erst abgegeben. Und jetzt ist er so was wie ein Heiliger? Ein politischer Aktivist? Den Scheiß nimmst du ihm doch nicht ab, oder?»

«Eigentlich schon», antwortete Kendall.

«Wegen der Bücher, die ihr veröffentlicht? Ich seh die Zahlen, okay? Ihr verliert jedes Jahr Geld. Das Zeug liest doch keiner.»

«Wir haben fünftausend Stück von den *Federalist Papers* verkauft», sagte Kendall zu seiner Verteidigung.

«Hauptsächlich in Wyoming», gab Piasecki zurück.

«Jimmy macht gute Sachen mit seinem Geld. Denk nur an die Summen, die er der ACLU spendet.» Kendall fühlte sich berufen hinzuzufügen: «Der Verlag ist von dem, was er tut, nur ein Aspekt unter vielen.»

«Okay, dann vergiss Jimmy mal kurz», sagte Piasecki. «Ich will nur sagen, sieh dir dieses Land an. Bush – Clinton – Bush – vielleicht wieder Clinton. Das ist doch keine Demokratie, oder? Das ist eine dynastische Monarchie. Was sollen Leute wie wir denn machen? Was wär denn so schlimm daran, wenn wir einfach mal ein bisschen absahnen würden? Nur ein bisschen. Ich hasse mein Scheißleben. Geht mir das hin und wieder durch den Kopf? Klar. Ich bin ja längst verurteilt. Sie haben uns alle verurteilt, und sie haben uns unsere Lebensgrundlage genommen, egal, ob wir ehrlich waren oder nicht. Na gut, denke ich, wenn ich sowieso schon schuldig bin, wen kümmert's dann, was ich mache?»

Wenn Kendall betrunken war, wenn er sich an einem Ort befand, der so seltsam war wie das Coq d'Or, wenn er das Elend eines anderen vor Augen hatte, in Momenten wie diesem eben – selbst da empfand er sich noch als Dichter. Er spürte, wie die Worte irgendwo in der Tiefe seines Geistes grummelten, als würde er sie weiterhin sorgfältig notieren. Er betrachtete Piaseckis veilchenblaue Tränensäcke, die angespannten, an einen Suchtkranken erinnernden Kiefermuskeln, den billigen Anzug, die blaue Tour-de-France-Sonnenbrille, die er in das schmutzig blonde, strähnige Haar geschoben hatte.

«Sag mal, wie alt bist du eigentlich?», fragte Piasecki.

«Fünfundvierzig», antwortete Kendall.

«Willst du für den Rest deines Lebens als Lektor in einem Kleinverlag wie Great Experiment arbeiten?»

«Ich will für den Rest meines Lebens überhaupt nichts mehr machen», sagte Kendall grinsend.

«Die Krankenversicherung bezahlt dir Jimmy nicht, oder?»

«Nein», räumte Kendall ein.

«Der hat so viel Geld, und du und ich, wir haben beide

keine festen Stellen. Und du glaubst, er kämpft für soziale Gerechtigkeit?»

«Meine Frau findet das auch schlimm.»

«Deine Frau ist klug», sagte Piasecki und nickte anerkennend. «Vielleicht sollte ich mal mit *ihr* reden.»

In der Bahn nach Oak Park war es stickig, trostlos, der Mangel wie eine Strafe. Der Zug ratterte über die Gleise, die Beleuchtung flackerte. War das Licht an, las Kendall seinen Tocqueville. «Das Verderben dieser Völker begann an dem Tage, da die Europäer an ihren Küsten landeten; seither ist es ständig fortgeschritten; gegenwärtig steht es vor dem Abschluss.» Ruckelnd erreichte die Bahn die Brücke und überquerte den Fluss. Am gegenüberliegenden Ufer ragten hell erleuchtete, atemberaubend konstruierte Gebäude aus Glas und Stahl über dem Wasser empor. «Diese Küsten, die sich so trefflich für Handel und Gewerbe eignen, diese tiefen Ströme, dieses unerschöpfliche Tal des Mississippi, dieser ganze Erdteil – sie erscheinen so gleichsam als die noch leere Wiege einer großen Nation.»

Sein Handy klingelte, er nahm ab. Es war Piasecki, der auf dem Heimweg von der Straße aus anrief.

«Worüber wir eben geredet haben, du weißt schon», sagte Piasecki. «Na ja, ich bin betrunken.»

«Ich auch», sagte Kendall. «Mach dir keine Sorgen.»

«Ich bin betrunken», wiederholte Piasecki. «Aber ich meine es ernst.»

Kendall war nie davon ausgegangen, dass er einmal so reich sein würde wie seine Eltern, aber er hatte auch nie gedacht, dass er so wenig verdienen oder ihn das derart stören würde.

Nach fünf Jahren im Verlag hatten er und seine Frau Stephanie gerade einmal so viel angespart, dass sie ein «Handwerkerobjekt» in Oak Park erwerben konnten, ohne dass sie irgendwelche handwerklichen Fähigkeiten gehabt hätten.

Früher hätten ihm einfache Wohnverhältnisse nichts ausgemacht. Die ausgebauten Scheunen und schlecht beheizten Garagen, in denen Stephanie und er vor ihrer Hochzeit gehaust hatten, hatten ihm immer gefallen, und ihm gefielen auch die nur ansatzweise komfortableren Wohnungen in zweifelhaften Vierteln, in denen sie *seit* ihrer Hochzeit wohnten. Er verstand ihre Ehe als gegenkulturell, als eine Künstlerverbindung zur Förderung von kleinen Schallplattenlabels und regionalen literarischen Vierteljahresschriften, und das sogar dann noch, als die Kinder bereits geboren waren. War es nicht eine geniale Idee gewesen, die brasilianische Hängematte als Wickeltisch zu benutzen? Und das Poster von Beck, der auf die Wiege hinabblickte und gleichzeitig ein Loch in der Wand verdeckte?

Kendall hatte nie so leben wollen wie seine Eltern. Das war der Leitgedanke, die hochtrabende Rechtfertigung für die Schneekugelsammlung und die Flohmarktbrillen. Aber als Max und Eleanor größer wurden, dämmerte es ihm, dass ihre Kindheit dem Vergleich mit seiner eigenen nicht standhielt. Und sein Gewissen begann sich zu regen.

Von der Straße aus gesehen, als er sich jetzt unter den dunklen, tropfenden Bäumen näherte, machte sein Haus durchaus Eindruck. Der Vorgarten war großzügig. Zwei Steinvasen rahmten die Treppe, die zu einer breiten Veranda hinaufführte. Abgesehen von der blätternden Farbe unter dem Dachvorsprung wirkte das Haus von außen recht gepflegt. Die Schwierigkeiten zeigten sich erst beim Interieur.

Mit dem Wort *Interieur* ging es eigentlich schon los. Stephanie verwendete es gern und oft. Die Design-Zeitschriften, die sie konsultierte, waren voll davon. Eine hieß sogar: *Interieurs*. Aber Kendall hatte seine Zweifel, dass ihr Zuhause den Charakter eines authentischen Innenlebens hatte. Zum Beispiel bahnte sich das Äußere immer wieder den Weg hinein. Regenwasser tropfte von der Decke des Elternschlafzimmers. Abwasser drückte durch den Kellerabfluss nach oben.

Auf der anderen Straßenseite stand ein Range Rover in zweiter Reihe, der Auspuff qualmte. Im Vorbeigehen warf Kendall der Person am Steuer einen bösen Blick zu. Er hatte mit einem Geschäftsmann gerechnet oder einer eleganten Vorstadtdame. Aber auf dem Fahrersitz saß eine verlottert wirkende Frau mittleren Alters, die ein Sweatshirt mit einem Aufdruck der University of Wisconsin trug und in ihr Handy sprach.

Kendalls Hass auf Geländewagen hatte nicht verhindert, dass er den Grundpreis eines Range Rovers kannte: 75 000 Dollar. Von der offiziellen Range-Rover-Webseite, auf der sich ein Ehemann spät am Abend sein eigenes Fahrzeug zusammenstellen konnte, wusste Kendall auch, dass das Ausstattungspaket «Luxury» (bevorzugt mit marineblau abgesetzten Kaschmirpolstern und einem Armaturenbrett aus Wurzelwalnuss) den Preis auf 82 000 Dollar erhöhte. Das war eine unfassbare, niederschmetternde Zahl. Und doch war da ein zweiter Range Rover, der gerade vor der Garage des Nachbarhauses parkte. Er gehörte seinem Nachbarn Bill Ferret. Bill machte irgendetwas mit Software; er entwickelte oder vermarktete sie. Bei einem Grillfest im vergangenen Sommer hatte Kendall mit ernster Miene zugehört, als Bill seinen Beruf erklärte. Die ernste Miene war Kendalls Spezialität. Es war die Miene, die er auf seinem Platz in der ersten Reihe gegenüber Lehrern und Professoren aufgesetzt hatte: die allzeit aufmerksame Klassenbestermiene. Doch trotz seiner augenscheinlichen Aufmerksamkeit konnte sich Kendall nicht daran erinnern, was Bill ihm über seine Arbeit erzählt hatte. In Kanada gab es eine Softwarefirma namens Waxman, und Bill besaß Anteile an Waxman, oder Waxman war an Bills Firma Duplicate beteiligt, und entweder Waxman oder Duplicate dachte über einen Börsengang nach, was offenbar eine gute Sache war, nur hatte Bill gerade eine dritte Softwarefirma, Triplicate, gegründet, und deshalb hatten ihn Waxman oder Duplicate oder beide gezwungen, einen einjährigen Wettbewerbsverzicht zu unterzeichnen.

Kendall hatte seinen Hamburger gefuttert, und ihm war klargeworden, dass die Leute eben so redeten, draußen in der Welt – in der wahren Welt, in der er zwar lebte, die er aber paradoxerweise noch nicht betreten hatte. In dieser Welt gab es solche Dinge wie kundenspezifische Software und Eigentumsanteile und machiavellische Übernahmeschlachten, die alle dazu führten, dass man mit seinem herzzerreißend schönen, waldgrünen Ranger Rover auf der eigenen asphaltierten Garagenzufahrt parken konnte.

Vielleicht war Kendall doch nicht so schlau.

Er ging durch den Vorgarten ins Haus, wo er Stephanie in der Küche antraf, neben dem offenen, glühenden Backofen. Sie hatte die Post auf die Küchenablage geworfen und blätterte in einer Architekturzeitschrift. Kendall trat von hinten an sie heran und küsste sie auf den Nacken.

«Ärger dich nicht», sagte Stephanie. «Ich hab den Ofen erst vor ein paar Minuten angemacht.»

«Ich ärgere mich nicht. Ich ärgere mich nie.»

Stephanie hütete sich, das zu bestreiten. Sie war eine schlanke, feingliedrige Frau, die in einer Galerie für zeitgenössische Fotografie arbeitete. Sie hatte noch immer den Pagenschnitt, der vor zweiundzwanzig Jahren, als sie sich in einem H.-D.-Seminar kennengelernt hatten, unter den Komparatistinnen en vogue gewesen war. Seit ihrem vierzigsten Geburtstag fragte sie Kendall immer wieder, ob sie zu alt sei für die Art, wie sie sich kleide. Aber er antwortete wahrheitsgemäß, dass sie in ihren kuratierten Secondhandoutfits – der langen, bunt gescheckten Lederjacke oder dem Tambourmajorinnenrock oder der weißen russischen Kunstpelzmütze – noch immer genauso phantastisch aussehe.

In der Fotostrecke, die Stephanie in der Zeitschrift gerade anschaute, ging es um die Renovierung von Stadthäusern. Auf einem Bild war zu sehen, wie die Rückseite eines Backsteinhauses abgerissen wurde, um Platz für einen kastenförmigen Glasanbau zu schaffen. Ein anderes zeigte ein elegantes Stadthaus, das entkernt worden war und im Inneren so hell und luftig wirkte wie ein Loft in Soho. Das war das Ideal: dem Ethos der Erhaltung verpflichtet, ohne auf moderne Annehmlichkeiten verzichten zu müssen. Die gutaussehenden, wohlhabenden Familien, die diese Häuser bewohnten, wurden oft in unbeschwerten Augenblicken abgebildet, wenn sie frühstückten oder Gäste empfingen, und ihr Leben schien vollendet durch die Designlösungen, die sogar das Einschalten des Lichts oder das Einlassen des Badewassers zu einer erfüllenden, harmonischen Erfahrung machten.

Wange an Wange betrachteten sie die Fotos. Dann sagte Kendall: «Wo sind die Kinder?»

«Max ist bei Sam. Eleanor findet es zu kalt hier, sie schläft bei Olivia.»

«Weißt du, was?», sagte Kendall. «Scheiß drauf. Lass uns die Heizung aufdrehen.»

«Lieber nicht. Die Rechnung vom letzten Monat war horrend.»

«Mit dem geöffneten Backofen zu heizen ist auch nicht besser.»

«Ich weiß. Aber es ist bitterkalt hier.»

Kendall wandte sich um und ging zur Spüle. Als er sich vorbeugte, spürte er, wie eisige Luft durch die Fenster strömte. Ein richtiger, kräftiger Luftzug.

«Piasecki hat heute was Interessantes erzählt.»

«Wer?»

«Piasecki. Der Buchhalter. Aus dem Verlag. Er findet es unfassbar, dass Jimmy mir keine Krankenversicherung bezahlt.»

«Hab ich dir ja auch schon gesagt.»

«Ja. Piasecki sieht das wie du.»

Stephanie legte die Zeitschrift zur Seite, schloss die Ofentür und drehte das Gas ab. «Wir zahlen jedes Jahr sechstausend Dollar an Blue Cross, nur für die Krankenversicherung. In drei Jahren hätten wir eine neue Küche.»

«Oder wir könnten es für die Heizkosten nehmen», sagte Kendall. «Dann würden uns unsere Kinder nicht im Stich lassen. Sie hätten uns noch immer lieb.»

«Sie haben dich noch immer lieb. Keine Sorge. Im Frühling kommen sie wieder.»

Kendall küsste noch einmal den Nacken seiner Frau, bevor er die Küche verließ. Er ging nach oben, zuerst auf die Toilette, dann wollte er sich einen Pullover holen, aber als er ins Schlafzimmer trat, blieb er wie angewurzelt stehen.

Es war nicht das einzige Schlafzimmer dieser Art in Chicago. Im ganzen Land sahen mehr und mehr Schlafzimmer von berufstätigen, gestressten Paaren genauso aus. Durchwühlte Decken und Laken auf dem Bett, die Kissen entweder zerknautscht oder ihrer Bezüge beraubt, sodass sie Speichelflecken zeigten und Federn spuckten, der Boden übersät von Socken und Unterhosen, die aussahen wie Kleintierfelle: Der ganze Raum wirkte wie eine Höhle, in der zwei Bären erst kürzlich ihren Winterschlaf gehalten hatten. Oder noch immer hielten. In der hinteren Ecke war ein Hügel von Schmutzwäsche auf einen Meter angewachsen. Vor ein paar Monaten war Kendall zu Bed Bath & Beyond gefahren und hatte einen geflochtenen Korb für die Schmutzwäsche gekauft. Eine Zeitlang hatte die Familie ihn gewissenhaft benutzt. Aber bald war der Korb voll gewesen, und sie hatten sich angewöhnt, ihre Wäsche einfach ungefähr in seine Richtung zu werfen. Soweit Kendall es beurteilen konnte, war der Korb noch da, begraben unter einer Wäschepyramide.

Wie war das innerhalb einer Generation möglich gewesen? Das Schlafzimmer seiner Eltern hatte so nie ausgesehen. Die Wäsche seines Vaters lag stets gefaltet in einer Kommode, Hemden und Anzüge hingen frisch gebügelt im Schrank. Das Bett, in das er abends stieg, war immer akkurat gemacht. Wenn Kendall heutzutage so leben wollte, wie sein Vater gelebt hatte, müsste er eine Waschfrau, eine Putzfrau, eine Privatsekretärin und eine Köchin einstellen. Er müsste eine Ehefrau einstellen. Wäre das nicht phantastisch? Stephanie könnte auch eine gebrauchen. Jeder konnte eine Ehefrau gebrauchen, aber niemand hatte eine.

Um aber eine Ehefrau einzustellen, musste Kendall mehr Geld verdienen. Die Alternative war, so zu leben, wie er es tat: als verheirateter Junggeselle im bürgerlichen Elend.

Wie die meisten anständigen Menschen stellte sich Kendall manchmal vor, ein Verbrechen zu begehen. In den nächsten Tagen jedoch erging er sich in seinen kriminellen Phantasien auf eine Weise, die selbst schon kriminell war. Wie veruntreute man, wenn man richtig veruntreuen wollte? Welche Anfängerfehler galt es zu vermeiden? Wann wurde man erwischt, und welche Strafen drohten?

Erstaunlich für einen Veruntreuungsphantasten war, dass sich Tageszeitungen als derart lehrreich erwiesen. Nicht nur die reißerische *Chicago Sun-Times* mit ihren Berichten über spielsüchtige Buchhalter und irisch-amerikanische Speditionsfirmen mit «Minoritätenstatus». Weit lehrreicher waren die Wirtschaftsseiten der *Tribune* oder der *Times*. Hier fand sich etwas über den Pensionsfondsmanager, der fünf Millionen auf die Seite gebracht hatte, oder das koreanisch-amerikanische Hedgefondsgenie, das mit einer Viertelmilliarde an Rentnergeldern aus Palm Beach verschwunden war und sich als Mexikaner namens Lopez entpuppte. Blätterte man weiter, las man von Boeing-Managern, die zu vier Monaten Haft verurteilt worden waren, weil sie Verträge mit der Air Force manipuliert hatten. Die Vergehen von Bernie Ebbers und Dennis Kozlowski hatten die Titelseiten fest im Griff, aber es waren die kürzeren Artikel auf den Seiten A21 oder C15, in denen die stilleren Betrügereien erklärt und jene Hochstapler vorgestellt wurden, die in zarteren Farben malten oder mit objets trouvés hantierten und Kendall erst das wahre Ausmaß der allgemeinen Skrupellosigkeit vor Augen führten.

Als sie am Freitag wieder im Coq d'Or saßen, sagte Piasecki: «Weißt du, was die meisten Leute falsch machen?»

«Was?»

«Sie kaufen sich ein Haus am Strand. Oder einen Porsche. Sie verhalten sich auffällig. Sie können es einfach nicht lassen.»

«Ihnen fehlt die Selbstbeherrschung», sagte Kendall.

«Richtig.»

«Die Charakterstärke.»

«Genau.»

War es nicht genau diese Untreue, die Amerika ausmachte? Das *wahre* Amerika, das Kendall, der in John Hollanders *Rhyme's Reason* vertieft gewesen war, nicht bemerkt hatte? Inwieweit unterschieden sich die Unterschlagungen im mittleren Management vom Bilanzbetrug bei Enron? Und was war mit all den Geschäftsleuten, die clever genug waren, sich *nicht* erwischen zu lassen, denen es gelang, sich aus der Schuld herauszuwinden? In den Chefetagen wurden nicht etwa Redlichkeit und Transparenz vorgelebt, sondern das exakte Gegenteil.

Als Kendall aufwuchs, leugneten amerikanische Politiker noch, dass die Vereinigten Staaten ein Imperium waren. Jetzt taten sie das nicht mehr. Sie hatten es aufgegeben. Jedem war es bewusst. Alle waren zufrieden.

Und auf den Straßen von Chicago, genauso wie auf den Straßen von Los Angeles, New York, Houston und Oakland, sprach es sich herum. Vor einigen Wochen war der Film *Patton* im Fernsehen gelaufen. Kendall war noch einmal daran erinnert worden, dass der General schwer dafür bestraft worden war, einem einfachen Soldaten eine Ohrfeige gegeben zu haben. Während jetzt Rumsfeld jede Verantwortung für Abu Ghraib von sich wies. Sogar der Präsident, der Lügen über Massenvernichtungswaffen verbreitet hatte, war wiedergewählt worden. Die Leute auf der Straße zogen ihre Schlüsse daraus. Was zählte, war der Sieg, errungen durch Macht, Einschüchterung und, wenn nötig, Doppelzüngigkeit. Man merkte es daran, wie die

Leute Auto fuhren, wie sie einem die Vorfahrt nahmen, wie sie einen beschimpften und den Stinkefinger zeigten. Frauen und Männer, alle demonstrierten ihre Wut und ihre Härte. Jeder wusste, was er wollte und wie er es bekam. Wem man auch begegnete: Niemand ließ sich etwas vormachen.

Und das Land, in dem man lebte, war wie man selbst. Je mehr man darüber erfuhr, desto beschämender war es.

Aber es war auch nicht nur Quälerei, in der Plutokratie zu leben. Jimmy war noch immer in Montecito, und Kendall hatte die Wohnung unter der Woche für sich. Es gab unterwürfige Pförtner, unsichtbare Hausmeister, die den Müll rausbrachten, einen Trupp polnischer Putzfrauen, die jeden Mittwoch- und Freitagmorgen kamen, um hinter Kendall herzuräumen, die Toilette im maurisch gefliesten Badezimmer zu reinigen und die sonnendurchflutete Küche sauber zu machen, wo er zu Mittag aß. Die Wohnung hatte zwei Etagen, Kendall arbeitete oben. Unten war Jimmys «Jadezimmer», in dem er seine Sammlung chinesischer Jadearbeiten in edlen Museumsvitrinen aufbewahrte. (Wer kriminelle Neigungen hatte, war gut beraten, sich erst einmal das Jadezimmer vorzunehmen.)

Wenn Kendall im Büro von seinem Tocqueville aufsah, blickte er auf den schimmernden See, der sich in alle Richtungen erstreckte. Die seltsame Leere, der sich Chicago gegenübersah, die Art, wie die Stadt – vor allem bei Sonnenuntergang oder Nebel – einfach im Nichts endete, war vermutlich verantwortlich für ihre Geschäftigkeit. Das Land hatte nur darauf gewartet, erschlossen zu werden. An diesem Ufer, das für Industrie und Kommerz wie geschaffen war, waren tausend Fabriken aus dem Boden geschossen. Die Fabriken hatten stählerne Fahrzeuge in die Welt gesandt, und ebendiese Fahrzeuge, in ihrer gepanzerten Form, trafen jetzt im Kampf um die Herrschaft übers Öl, das das ganze Unterfangen in Gang hielt, aufeinander.

Zwei Tage nach seinem Gespräch mit Piasecki rief Kendall seinen Chef auf dem Festnetz in Montecito an. Jimmys Frau Pauline nahm ab. Pauline war Jimmys neueste Frau, mit ihr hatte er endlich die eheliche Erfüllung gefunden. Jimmy war vorher bereits zweimal verheiratet gewesen, erst mit einer Freundin aus Studienzeiten, dann mit einer Miss Universe, die dreißig Jahre jünger war als er. Pauline passte vom Alter her, war eine vernünftige und freundliche Frau, die der Boyko-Stiftung vorsaß und ihre Zeit damit verbrachte, Jimmys Geld zu verschenken.

Sie plauderten eine Weile, dann fragte Kendall, ob Jimmy zu sprechen sei, und kurz darauf ertönte dessen laute Stimme. «Was gibt's, Kleiner?»

«Hallo, Jimmy, wie geht es dir?»

«Bin gerade von meiner Harley gestiegen. Ein Trip bis Ventura runter und zurück. Mein Arsch tut weh, aber ich bin glücklich. Was gibt's?»

«Ach ja», sagte Kendall. «Also, ich möchte dich mal was fragen. Ich mach den Verlag jetzt seit fünf Jahren. Wenn ich das richtig sehe, bist du mit meiner Arbeit zufrieden.»

«Bin ich, ja», sagte Jimmy. «Alles bestens.»

«Angesichts meiner Leistungen und angesichts dieser fünf Jahre wollte ich dich mal fragen, ob es möglich wäre, irgendeine Form von Krankenversicherung hinzukriegen. Ich habe –»

«Kann ich nicht machen», sagte Jimmy. Diese herausgeplatzte Antwort war typisch: Es war dieselbe Art von Mauer, hinter der er sich immer versteckte, eine Verteidigung gegen die Polenkinder, die ihn auf dem Schulweg zusammengeschlagen hatten, gegen seinen Vater, der Jimmy als Nichtsnutz bezeichnet hatte, der es in seinem Leben zu nichts bringen werde, und später dann gegen die Beamten der Sittenpolizei, die den Laden schikanierten, in dem Jimmy seine Pornohefte produzierte und verkaufte, ja gegen jeden Konkurrenten, der versuchte, ihn übers Ohr zu hauen, und schließlich auch gegen Heuchler und scheinheilige Politiker, die den ersten Verfassungszusatz – das Recht auf Rede- und Meinungsfreiheit – untergruben und gleichzeitig das vom zweiten Verfassungszusatz geschützte Recht auf Waffenbesitz ohne Sinn und Verstand ausweiteten. «Das war nie Teil der Vereinbarung. Der Verlag ist ein Verlustgeschäft, Kleiner. Piasecki hat mir gerade die Abrechnungen geschickt. Wir schreiben dieses Jahr rote Zahlen. Wir schreiben *jedes* Jahr rote Zahlen. Wir verlegen all diese wichtigen, grundlegenden, patriotischen Bücher – geradezu *unverzichtbare* Bücher –, und niemand kauft sie! Die Bevölkerung dieses Landes schläft! Eine ganze Nation hat Schlaftabletten geschluckt! Und Karl Rove ist das Sandmännchen, das allen den Sand in die Augen streut.»

Er donnerte und fluchte gegen Bush und Wolfowitz und Perle, bis sich offenbar sein Gewissen regte, weil er vom Thema abgelenkt hatte, denn er kehrte schließlich doch zu ihm zurück und sagte mit milderer Stimme: «Hör zu. Ich weiß, dass du eine Familie hast. Du musst tun, was für dich am besten ist. Wenn du mal ausprobieren möchtest, was du auf dem Stellenmarkt so wert bist, kann ich das verstehen. Ich würde dich nur sehr ungern verlieren, Kendall, aber ich hätte auch Verständnis, wenn du dir was anderes suchen würdest.»

Schweigen in der Leitung.

Jimmy sagte: «Denk drüber nach.» Er räusperte sich. «Also.

Da ich dich gerade an der Strippe habe. Was macht die *Taschendemokratie?*»

Kendall wünschte, er könnte sachlich bleiben. Aber eine gewisse Verbitterung konnte er aus seiner Stimme nicht verbannen, als er antwortete: «Es geht voran.»

«Wann kannst du mir mal was zeigen?»

«Keine Ahnung.»

«Wie bitte?»

«Kann ich im Moment nicht sagen.»

«Hör mal», sagte Jimmy. «Ich führe hier ein Unternehmen. Glaubst du, du bist der erste Lektor, der für mich arbeitet? Nein. Ich stelle junge Leute ein und ersetze sie, wenn sie weiterziehen. Genau wie dich, falls du gehen willst. So läuft das. Das sagt nichts über die Qualität deiner Arbeit aus. Du hast das ausgezeichnet gemacht. Tut mir leid, Kleiner. Sag Bescheid, wenn du dich entschieden hast.»

Als Kendall auflegte, ging gerade die Sonne unter. Das Wasser reflektierte das Graublau der Dämmerung, und die Pumpstationen, deren Lichter angesprungen waren, sahen jetzt aus wie eine Reihe schwimmender Pavillons. Kendall sank in seinen Stuhl, die Kopien von *Über die Demokratie in Amerika* bedeckten den gesamten Schreibtisch. Seine linke Schläfe pochte. Er rieb sich die Stirn und wandte sich der vor ihm liegenden Seite zu:

> Nicht als ob es in den Vereinigten Staaten wie anderswo keine Reichen gäbe: Ich kenne sogar kein Land, wo das Geld eine so erhebliche Rolle im Denken der Menschen spielt und wo man tiefere Verachtung hegt für ein gleichbleibendes Vermögen. Aber der Kreislauf der Vermögen ist von einer unvorstellbaren Schnelligkeit, und

die Erfahrung lehrt, dass selten zwei Generationen daraus Nutzen ziehen.

Kendall schwang sich herum und griff nach dem Hörer. Er wählte Piaseckis Nummer, und nach einem einzigen Mal Klingeln war Piasecki dran.

«Komm ins Coq d'Or», sagte Kendall.

«Jetzt? Was ist denn?»

«Das will ich am Telefon nicht besprechen. Ich erzähl's dir, wenn du da bist.»

So ging das. So nahm man sein Schicksal in die Hand. Von einer Sekunde auf die andere konnte sich alles ändern.

Im letzten Tageslicht spazierte Kendall vom Lake Shore Drive hinauf zum Drake Hotel und betrat durch den Straßeneingang die Bar. Er fand eine Nische im hinteren Teil, weit weg von dem Typen, der im Smoking Klavier spielte, bestellte einen Drink und wartete auf Piasecki.

Es dauerte eine halbe Stunde, bis er endlich kam. Sobald Piasecki sich hingesetzt hatte, sah ihn Kendall über den Tisch hinweg eindringlich an und lächelte. «Wegen dieser Idee, die du neulich hattest», sagte er.

Piasecki warf ihm von der Seite einen Blick zu. «Meinst du das ernst, oder willst du mich aufziehen?»

«Ich bin neugierig.»

«Verarsch mich nicht.»

«Tu ich nicht», sagte Kendall. «Ich hab mich das nur gefragt. Also, wie würde man das anstellen? Wie genau?»

Piasecki beugte sich vor, um sich über das Geklimper hinweg Gehör zu verschaffen. «Was ich jetzt sage, habe ich nie gesagt. Okay?»

«Okay.»

«Wenn du so was machen willst, dann musst du eine Scheinfirma gründen. Für diese Scheinfirma schreibst du Rechnungen. Und Great Experiment bezahlt diese Rechnungen. Nach ein paar Jahren schließt du das Konto und wickelst die Firma ab.»

Kendall versuchte zu verstehen. «Aber die Rechnungen sind doch für nichts. Fällt das nicht auf?»

«Wann hat Jimmy zum letzten Mal Rechnungen überprüft? Verdammt, der ist zweiundachtzig. Der ist da drüben in Kalifornien und schluckt Viagra, damit er irgendeine Nutte bumsen kann. Der denkt gerade nicht an Rechnungen. Der hat ganz andere Sachen im Kopf.»

«Und wenn wir vom Finanzamt geprüft werden?»

Jetzt war es an Piasecki zu lächeln. «Ich mag das, wie du ‹wir› sagst. Da komm dann nämlich *ich* ins Spiel. Wenn wir geprüft werden, wer kümmert sich darum? Ich. Ich zeige dem Finanzamt die Rechnungen und die Zahlungsausgänge. Da die Rechnungen von der Scheinfirma mit den Zahlungen übereinstimmen, sieht alles sauber aus. Solange wir das Einkommen ordnungsgemäß versteuern, hat das Finanzamt keinen Grund, sich zu beklagen.»

Es war gar nicht so kompliziert. Kendall war es nicht gewohnt, auf diese Weise zu denken, weder in krimineller noch in finanzieller Hinsicht, aber als ihm jetzt der Managerwhiskey durch die Kehle rann, begriff er, dass es machbar war. Er sah sich in der Bar um, betrachtete die Geschäftsleute, die etwas tranken und ihre Deals aushandelten.

«Es geht nicht um sehr viel Geld», sagte Piasecki. «Jimmy hat vielleicht acht Millionen. Also sagen wir mal eine halbe Million für dich und eine halbe für mich. Vielleicht, wenn es besonders gut läuft, für jeden eine Million. Dann hören wir auf, verwischen unsere Spuren und ziehen nach Bermuda.» Mit loderndem, bedürftigem Blick fügte er noch hinzu: «Jimmy verdient alle vier Monate über eine Million an der Börse. Für den ist das nichts.»

«Und was ist, wenn's schiefgeht? Ich hab schließlich eine Familie.»

«Ich etwa nicht? Wegen der Familie mach ich's ja. In diesem Land geht's einfach nicht fair zu. Es geht *unfair* zu. Warum sollte ein intelligenter Typ wie du nicht ein Stück vom Kuchen abbekommen? Hast du etwa Angst?»

«Ja», sagte Kendall.

«Wenn wir das machen, dann *solltest* du auch Angst haben. Nur ein bisschen. Statistisch gesehen liegt die Wahrscheinlichkeit, dass wir erwischt werden, allerdings bei etwa einem Prozent. Vielleicht weniger.»

Allein schon die Tatsache, dass sie dieses Gespräch führten, war für Kendall aufregend. Alles am Coq d'Or, von den fettigen Snacks über die schnulzige Musik bis hin zu den Empire-Anleihen bei der Einrichtung, erweckte den Eindruck, dass sie sich noch immer im Jahr 1926 befanden. Kendall und Piasecki steckten verschwörerisch die Köpfe zusammen, wie zwei echte Gangster. Sie hatten die Mafia-Filme gesehen, sie wussten also, wie das ging. Kriminalität war nicht wie Lyrik, wo eine Strömung der nächsten folgte. Dieselben Mauscheleien, die vor achtzig Jahren in Chicago stattgefunden hatten, fanden auch jetzt noch statt.

«Ich sag dir was. Wenn's gut läuft, ist das alles in zwei Jahren erledigt», sagte Piasecki. «Man muss das ganz ruhig angehen, ohne sich zu überfordern, ohne eine Spur zu hinterlassen. Dann investieren wir das Geld und leisten unseren Beitrag zum Bruttosozialprodukt.»

Was war denn ein Dichter anderes als jemand, der in einer Phantasiewelt lebte? Der träumte, statt zu handeln? Wie wäre es, einmal etwas zu *tun*? Wenn man seine Denkkraft auf das handfeste Universum des Geldes richtete statt auf das immaterielle Reich der Wörter?

Stephanie würde er nie davon erzählen. Er würde einfach sagen, er hätte eine Gehaltserhöhung bekommen. Zu diesem Gedanken gesellte sich unmittelbar ein zweiter: Eine Küchenrenovierung zog keine Aufmerksamkeit auf sich. Sie könnten das ganze Haus innen drin renovieren, ohne dass es irgendjemandem auffiele.

Vor Kendalls geistigem Auge stand schon schon das «Handwerkerobjekt», wie es in ein, zwei Jahren aussehen könnte: modernisiert, gedämmt, warm, mit glücklichen Kindern und einer Frau, die für das, was sie über die Jahre für ihn getan hatte, ihren Lohn bekam.

Der Kreislauf der Vermögen ist von einer unvorstellbaren Schnelligkeit …

Daraus Nutzen ziehen …

«Okay, ich bin dabei», sagte Kendall.

«Du bist dabei?»

«Ich denk noch mal darüber nach.»

Das reichte Piasecki fürs Erste. Er hob sein Glas. «Auf Ken Lay», sagte er. «Meinen Helden.»

«Was für ein Unternehmen möchten Sie gründen?»

«Einen Lagerbetrieb.»

«Und Sie sind?»

«Der Geschäftsführer. Einer der beiden Geschäftsführer, um genau zu sein.»

«Und der andere heißt …?» – die Anwältin, eine untersetzte

Frau mit einer Art Strohdachfrisur, überflog den Anmeldebogen – «Mr. Piasecki.»

«Richtig», sagte Kendall.

Es war ein Samstagnachmittag, und Kendall saß in der spärlich eingerichteten, mit gerahmten Urkunden dekorierten Kanzlei der Anwältin im Zentrum von Oak Park. Max war draußen auf dem Bürgersteig, hatte die Arme ausgebreitet und rannte hin und her, um das herabwirbelnde Laub zu fangen.

«Ich könnte einen Lagerraum gebrauchen», sagte die Anwältin und lachte. «Der ganze Sportkram von meinen Kindern, das ist der Wahnsinn. Snowboards, Surfbretter, Tennisschläger, Lacrosseschläger. Mein Auto passt kaum noch in die Garage.»

«Wir machen das nur für Geschäftskunden», sagte Kendall. «Großlager. Für die Industrie. Tut mir leid.»

Er hatte sich das Gelände nicht einmal angesehen. Es lag draußen in der Pampa, außerhalb von Kewanee. Piasecki war hingefahren und hatte das Land gepachtet. Es stand nichts darauf außer einer alten, überwucherten Esso-Tankstelle. Aber es verfügte über eine amtliche Adresse, und bald, unter dem Namen «Midwestern Storage», auch über regelmäßige Einnahmen.

Great Experiment verkaufte nur wenige Bücher, entsprechend groß war der Bestand. Neben den üblichen Lieferungen an ein Warenlager in Schaumburg, Illinois, sollte Kendall demnächst damit beginnen, eine Phantomzahl von Büchern in das Lager nach Kewanee zu schicken. Midwestern Storage würde dem Verlag diese Leistung in Rechnung stellen, und Piasecki würde der Firma Schecks zusenden. Sobald Midwestern Storage gegründet war, würde Piasecki ein Konto im

Namen des Unternehmens eröffnen. Die Zeichnungsberechtigten: Michael J. Piasecki und Kendall Wallis.

Das war alles ziemlich elegant. Kendall und Piasecki würden eine legale Firma besitzen. Die Firma würde das Geld legal verdienen und die entsprechenden Steuern bezahlen. Die beiden würden sich den Gewinn teilen und ihn als Geschäftseinkommen auf ihren Steuerformularen vermerken. Wer sollte je erfahren, dass in dem Lager keine Bücher deponiert wurden, weil es überhaupt kein Lager gab?

«Ich hoffe nur, dass der Alte nicht über den Jordan geht», hatte Piasecki gesagt. «Wir müssen beten, dass Jimmy gesund bleibt.»

Als Kendall die nötigen Formulare unterschrieben hatte, sagte die Anwältin: «Okay, ich reiche den Antrag am Montag ein. Herzlichen Glückwunsch. Sie sind jetzt der stolze Besitzer eines Unternehmens im Staat Illinois.»

Draußen wirbelte Max noch immer durch das fallende Laub.

«Na, Kumpel, wie viele hast du gefangen?», fragte Kendall.

«Zweiundzwanzig!», rief Max.

Kendall sah zum Himmel auf, um die Blätter zu betrachten, die rot und golden zur Erde herabtaumelten. Er klemmte sich die Mappe unter den Arm.

«Noch fünf, dann müssen wir nach Hause», sagte Kendall.

«Zehn!»

«Na gut, zehn. Bist du bereit? Die olympischen Spiele im Blattfangen beginnen – jetzt!»

Und jetzt, an einem Montagmorgen im Januar, dem Beginn einer neuen Woche, saß Kendall wieder in der Bahn und las über Amerika: «Es gibt in der Welt ein Land, wo die große soziale Revolution, von der ich spreche, ihre natürlichen Grenzen einigermaßen erreicht zu haben scheint.» Er trug ein neues Paar Schuhe, zweifarbige Ziegenlederschuhe aus dem Allen-Edmonds-Laden an der Michigan Avenue. Ansonsten sah er aus wie immer: dieselbe Khakihose, dasselbe an den Ellenbogen abgewetzte Cordjackett. Niemand im Zug wäre auf den Gedanken gekommen, dass er nicht der sanftmütige Intellektuelle war, der er zu sein vorgab. Niemand hätte angenommen, das er seinen wöchentlichen Posteinwurf vor dem Wohnturm am Riverside Drive erledigte (damit der Portier, der sonst die abgehende Post sammelte, die Einzahlungsumschläge an die Bank in Kewanee nicht bemerkte). Die meisten Fahrgäste, die beobachteten, wie er auf seiner Zeitung Zahlen notierte, wären eher davon ausgegangen, dass er Sudoku spielte, als dass er den möglichen Gewinn einer fünfjährigen Geldmarktanlage errechnete. Kendall in seiner Lektorenkluft hatte die perfekte Tarnung. Er war wie Poes entwendeter Brief: für jeden sichtbar versteckt.

Und er sollte nicht schlau sein?

Die Angst war in den ersten Wochen am größten gewesen. Kendall wurde um drei Uhr morgens aus dem Schlaf gerissen, als hätte ihm jemand ein Stromkabel an seinen Bauchnabel geklemmt. Was, wenn Jimmy die Druck-, Fracht- und Lagerkosten für die Phantombücher bemerkte? Was, wenn sich ein betrunkener Piasecki bei einer hübschen Kellnerin verplapperte, deren Bruder zufällig Polizist war? Kendalls Gedanken kreisten um mögliche Pannen und Gefahren, bis ihm schwindlig war. Wie hatte er sich auf so etwas einlassen können, mit so einem wie dem? Im Bett neben Stephanie, die den Schlaf der Gerechten schlief, lag er stundenlang wach, den Kopf voller Bilder von Gefängnishöfen, von Angeklagten, die durch ein Spalier von Fotografen ins Gericht geführt wurden.

Nach einiger Zeit wurde es leichter. Angst war eine Emotion wie jede andere. Erst war sie von leidenschaftlicher Intensität, dann ließ sie langsam nach, bis man sich an sie gewöhnt hatte und sie schließlich kaum noch spürte. Außerdem lief alles wie geschmiert. Kendall schrieb doppelte Schecks aus, einmal für die Bücher, die sie tatsächlich druckten, und einmal für die Bücher, die Piasecki und er nur zu drucken vorgaben. Freitags trug Piasecki diese Sollposten in seine Bilanz ein und glich sie mit den wöchentlichen Einnahmen ab. «Sieht nach einem negativen Gewinn aus», sagte er zu Kendall. «Wir sparen Jimmy sogar Steuern. Er müsste uns dankbar sein.»

«Warum weihen wir ihn dann nicht ein?», fragte Kendall.

Piasecki lachte laut auf. «So wie der drauf ist, würde er's doch eh gleich wieder vergessen.»

Kendall tat, was er tun musste, um keinen Verdacht zu erregen. Während der Kontostand der Midwestern Storage langsam anstieg, stand noch immer der alte Volvo in der Einfahrt. Er schützte das Geld vor neugierigen Blicken. Es zeigte sich nur drinnen. Im *Interieur.* Jeden Abend, wenn er nach Hause kam, überprüfte er die Arbeit der Maurer, Schreiner und Teppichleger, die er beauftragt hatte. Auch um andere Interieurs wollte er sich kümmern: die ummauerten Gärten der College-Sparfonds (den Max-Garten und den Eleanor-Garten), das Allerheiligste eines Rentenfonds.

Sein Haus verbarg noch etwas anderes: eine Ehefrau. Sie hieß Arabella. Sie kam aus Venezuela und sprach kaum Englisch. An ihrem ersten Arbeitstag hatte sie sich angesichts des Wäschebergs im Schlafzimmer weder schockiert noch entsetzt gezeigt. Sie schleppte einfach Ladung um Ladung in den Keller, wusch und faltete die Wäsche und verstaute sie in den Schubladen. Kendall und Stephanie waren hellauf begeistert.

In der Penthousewohnung am Lake Shore Drive tat Kendall etwas, das er lange nicht mehr getan hatte: Er erledigte seine Arbeit. Er stellte die gekürzte Fassung von *Über die Demokratie in Amerika* fertig und schickte das mehrfarbig markierte Manuskript per FedEx nach Montecito. Schon am nächsten Tag begann er damit, in Kurzgutachten obskure Bücher vorzuschlagen, die man herausbringen könnte. Er schickte Jimmy zwei oder drei dieser Gutachten am Tag, zusammen mit den gescannten oder ausgedruckten Manuskripten. Statt eine Antwort abzuwarten, rief er Jimmy immer wieder an und traktierte ihn mit Fragen. Anfangs hatte sich Jimmy auf diese Anrufe eingelassen, aber bald schon beklagte er sich über ihre Häufigkeit. Schließlich bat er Kendall, ihn nicht mit Details zu behelligen, sondern die Dinge einfach selbst in die Hand zu nehmen. «Ich vertraue auf deinen Geschmack», sagte Jimmy.

Er rief kaum noch im Büro an.

Der Zug setzte Kendall an der Union Station ab. Er nahm den Ausgang auf die Madison Street, stieg in ein Taxi (das er mit nicht zurückverfolgbarem Bargeld bezahlte) und ließ den Fahrer eine Querstraße vom Büro entfernt anhalten. Er trottete um die Ecke und tat, als wäre er zu Fuß gekommen, grüßte Mike, den Pförtner, und steuerte den Fahrstuhl an.

Das Penthouse war leer. Nicht einmal eine Putzfrau war da. Der Aufzug fuhr nur bis in die untere Etage, und als Kendall auf dem Weg zur Wendeltreppe, die zu seinem Büro führte, an Jimmys Jadezimmer vorbeikam, drückte er die Türklinke herunter. Das Zimmer war nicht verschlossen. Also trat er ein.

Er hatte nicht vor, etwas zu stehlen. Das wäre dumm gewesen. Er wollte nur mal das verbotene Zimmer betreten, in der

Absicht, diesen geringfügigen Akt des Ungehorsams seinem viel schwerwiegenderen, Robin-Hood-artigen Akt des Widerstands hinzuzufügen. Das Jadezimmer war wie ein Kabinett in einem Museum oder einem exklusiven Schmuckgeschäft, mit wunderschön gearbeiteten Einbauregalen und Schubladen an allen Wänden. Sämtliche Vitrinen, beleuchtet und gleichmäßig im Raum verteilt, enthielten Jadeexponate. Der Stein war nicht dunkelgrün, wie Kendall es erwartet hatte, sondern hellgrün. Ihm fiel ein, dass Jimmy einmal erklärt hatte, dass der beste, seltenste Jade beinahe weiß war und dass die kostbarsten Arbeiten aus einem einzigen Stück geschnitzt waren.

Was die Schnitzereien darstellen sollten, war kaum zu erkennen, die Formen waren derart schnörkelig, dass Kendall die Tiere anfangs für Schlangen hielt. Doch dann erkannte er die Köpfe. Lange, schlank auslaufende Pferdeköpfe. Die Pferde schmiegten ihre Köpfe an die eigenen Körper, als würden sie schlafen.

Er öffnete eine der Schubladen. Darin lag, in Samt gebettet, ein weiteres Pferd.

Kendall nahm es in die Hand. Fuhr mit dem Finger über den Grat seiner Mähne. Er stellte sich den Kunsthandwerker vor, der dieses Stück geschaffen hatte, irgendeinen Chinesen vor sechzehnhundert Jahren, dessen Name niemand mehr kannte und der wie alle anderen, die in der Jin-Dynastie gelebt hatten, längst gestorben war. Aber er hatte das lebendige, atmende Pferd, das er auf einer nebligen Wiese im Tal des Gelben Flusses beobachtet hatte, in einer Weise *gesehen*, dass es ihm gelungen war, die Gestalt in diesem wertvollen Stein einzufangen und ihn damit noch viel wertvoller zu machen. Die menschliche Sehnsucht, etwas derart Nutzloses zu tun, etwas Anspruchsvolles und Schwieriges und geradezu Abwegiges, hatte auch

Kendall immer erfasst, bis sie irgendwann verflogen war, weil er festgestellt hatte, dass ihm die Fähigkeit fehlte, es selbst zu tun. Vor allem die Fähigkeit, die nötige Ausdauer aufzubringen und die Scham zu akzeptieren, die damit einherging, ein Handwerk auszuüben, das im kulturellen Umfeld nicht nur Geringschätzung, sondern offenem Hohn ausgesetzt war.

Doch irgendwie hatte sich dieser Jadekünstler durchgesetzt. Er sollte es nie erfahren, aber sein bleiches, weißes, schläfriges Pferd, das vor so langer Zeit gelebt hatte, war nicht tot, noch immer nicht, denn hier lag es: auf Kendalls Handfläche, sanft beschienen von den eingelassenen Halogenstrahlern in diesem zimmergroßen Schmuckkästchen.

Beinahe ehrfürchtig legte Kendall den Pferdekopf zurück und schob die Samtschublade zu. Er verließ das Jadezimmer und ging nach oben ins Büro.

Der Boden war übersät von Kartons. Gerade war die erste Auflage der *Taschendemokratie* vom Drucker – dem echten Drucker – gekommen. Kendall hatte bereits einzelne Exemplare an die Einkäufer des Buchhandels und die Shops in den historischen Museen verschickt. Kaum hatte er sich an den Schreibtisch gesetzt und den Computer eingeschaltet, da klingelte das Telefon.

«Hey, Kleiner, ich hab eben das neue Buch bekommen.» Es war Jimmy. «Sieht super aus! Hast du klasse gemacht.»

«Danke.»

«Wie schaut's denn mit den Bestellungen aus?»

«In zwei Wochen wissen wir mehr.»

«Ich glaube, wir haben genau den richtigen Ladenpreis festgesetzt. Und das Format ist perfekt. Wenn die irgendwo an der Kasse liegen, gehen die weg wie warme Semmeln. Der Umschlag sieht phantastisch aus.»

«Finde ich auch.»

«Und die Rezensionen?»

«Das Buch ist zweihundert Jahre alt. Nichts für die Nachrichten, würde ich sagen.»

«Aber es ist hochaktuell. Na gut, also Anzeigen», sagte Jimmy. «Schick mir eine Liste von Zeitschriften, von denen du glaubst, dass sie unser Publikum erreichen können. Nicht die verdammte *New York Review of Books*. Die haben wir eh schon auf unserer Seite. Ich will, dass das Buch *Wellen schlägt*. Es ist wichtig!»

«Ich denk mal drüber nach», sagte Kendall.

«Was wollte ich denn noch – ? Ach ja! Das Lesezeichen! Super Idee. Die Leute werden das lieben. Werbung für das Buch *und* für unseren Verlag. Willst du die auch getrennt verschicken oder nur in die Bücher legen?»

«Sowohl als auch.»

«Perfekt. Und sollten wir nicht ein paar Plakate drucken lassen? Jedes mit einem anderen Zitat aus dem Buch. So was würden die Buchhandlungen bestimmt aufhängen. Mach mal ein paar Entwürfe und schick sie mir, ja?»

«Mach ich», sagte Kendall.

«Ich habe ein gutes Gefühl. Vielleicht verkaufen wir jetzt endlich mal ein paar Bücher.»

«Das wäre schön.»

«Hör zu», sagte Jimmy. «Falls sich dieses Buch so gut verkauft, wie ich erwarte, dann kriegst du deine Krankenversicherung.»

Kendall zögerte. «Das wäre toll.»

«Ich will dich nicht verlieren, Kleiner. Außerdem, ehrlich gesagt, es ist gar nicht so einfach, jemand anderen zu finden.»

Diese Großzügigkeit war kein Grund für eine Neueinschätzung der Lage, oder für Reue. Jimmy hatte sich ja Zeit genug gelassen, oder etwa nicht? Und das Versprechen hing an einem Bedingungssatz. Falls. Nein, sagte sich Kendall, ich warte ab, was dabei herauskommt. Wenn ich die Krankenversicherung und eine ordentliche Gehaltserhöhung kriege, dann denke ich *vielleicht* darüber nach, Midwestern Storage abzuhaken. Aber erst dann.

«Oh, noch eine Sache», sagte Jimmy. «Piasecki hat mir die Bilanzen geschickt. Die Zahlen sehen komisch aus.»

«Wie bitte?»

«Was soll das, dass wir dreißigtausend Exemplare von Thomas Paine drucken? Und warum brauchen wir dazu *zwei* Druckereien?»

Wenn beschuldigte Manager im Kongress vorgeladen werden oder bei Gericht, dann verfolgen sie immer eine von zwei Strategien: Entweder sagen sie, dass sie nichts davon gewusst haben, oder sie sagen, sie hätten es vergessen.

«Ich weiß nicht mehr, warum wir dreißigtausend gedruckt haben», sagte Kendall. «Da muss ich mir die Bestellungen ansehen. Was die Druckereien angeht, darum kümmert sich Piasecki. Vielleicht hat uns jemand ein besseres Angebot gemacht.»

«Die neue Druckerei berechnet uns mehr.»

Darüber hatte Piasecki ihn nicht informiert. Piasecki war gierig geworden und hatte den Preis erhöht, ohne ihm davon zu erzählen.

«Hör zu», sagte Jimmy. «Schick mir mal die Kontaktdaten von der neuen Druckerei. Und dieses Lager, wo auch immer das ist, ich hab da jemanden, der wird sich das mal anschauen.»

Kendall lehnte sich in seinem Stuhl vor. «Wen denn?»

«Meinen Buchhalter. Meinst du, ich würde Piasecki einfach machen lassen, ohne ihn zu kontrollieren? Nie im Leben! Alles, was über seinen Tisch geht, wird hier geprüft. Wenn er irgendwelche Dinger dreht, kriegen wir das raus. Keine Sorge. Und dann steckt der Polacke in der Scheiße.»

Kendall dachte fieberhaft nach. Er suchte nach einer Antwort, die diese Bilanzprüfung abwenden oder wenigstens verzögern würde, aber bevor er etwas sagen konnte, fuhr Jimmy fort: «Hör zu, Kleiner. Ich fliege nächste Woche nach London. Das Haus hier in Montecito ist dann frei. Komm mal mit deiner Familie für 'n langes Wochenende. Ihr müsst mal raus aus der Kälte.»

«Da muss ich meine Frau fragen», sagte Kendall kraftlos. «Die Kinder gehen ja in die Schule.»

«Schreib ihnen eine Entschuldigung. Ein, zwei Tage schulfrei bringt sie nicht um.»

«Ich red mit meiner Frau.»

«Wie auch immer. Das hast du gut gemacht, Kleiner. Du hast den Tocqueville auf das Wesentliche zusammengestrichen. Ich weiß noch, wie das war, als ich das Buch zum ersten Mal gelesen habe. Ich war damals einundzwanzig oder zweiundzwanzig. Das hat mich umgehauen.»

Jimmy setzte an, mit seiner lebendigen, rauen Stimme eine Passage aus *Über die Demokratie in Amerika* vorzutragen. Es war das Zitat, das Kendall auf die Lesezeichen hatte drucken lassen und das dem kleinen Verlag seinen Namen gegeben hatte: «In diesem Land sollte der zivilisierte Mensch in einem großen Experiment den Versuch unternehmen, die Gesellschaft auf eine neue Grundlage zu stellen», zitierte Jimmy, «und es war hier, wo zum ersten Mal bis dahin unbekannte oder als unanwendbar geltende Theorien der Welt ein Schauspiel bieten sollten, auf das diese durch ihre Vergangenheit nicht vorbereitet war.»

Kendall starrte aus dem Fenster auf den See. Er erstreckte sich unendlich weit. Aber statt beim Anblick dieser Weite Entspannung zu empfinden, ein Gefühl von Freiheit, schien es ihm, als würde der See, mit all seinen Tonnen von eisigem, beinahe schon gefrorenem Wasser, immer näher rücken.

«Verdammt, das haut mich um», sagte Jimmy. «Jedes Mal.»

2008

Nach der Tat

Als Matthew erfährt, dass die Anklage fallengelassen wurde – es wird weder zur Auslieferung noch zum Prozess kommen –, ist er bereits seit vier Monaten in England. Ruth und Jim haben ein Haus in Dorset gekauft, in Küstennähe. Es ist viel kleiner als das Haus, in dem Matthew und seine Schwester aufgewachsen sind, als Ruth noch mit dem Vater der beiden verheiratet war. Aber es ist voller Dinge, die Matthew aus seiner Kindheit in London kennt. Wenn er sich abends nach oben ins Gästezimmer zurückzieht oder, auf dem Weg ins Pub, durch die Seitentür hinausgeht, springen ihm vertraute Gegenstände ins Auge: die kleine Schnitzfigur eines Alpenwanderers in Lederhose, die 1977 während eines Familienurlaubs in der Schweiz erworben wurde, oder die gläsernen Buchstützen, die früher im Büro ihres Vaters standen – massive durchsichtige Blöcke, in die jeweils ein goldener Apfel eingeschlossen war, in seinen Kinderaugen schien er magisch zu schweben. Sie haben ihren Platz in der Küche gefunden, wo sie Ruths Kochbücher abstützen.

Die Seitentür führt auf eine gepflasterte Gasse, die sich, an der Rückseite der Nachbarhäuser entlang, an einer Kirche und einem Friedhof vorbei, ins Ortszentrum schlängelt. Das Pub liegt gegenüber von einer Apotheke und einem H&M-Geschäft. Matthew ist dort inzwischen Stammgast. Andere Gäste fragen manchmal, warum er nach England zurückgekehrt ist, doch die Gründe, die er angibt – Schwierigkeiten mit der Arbeitserlaubnis, Probleme mit der Steuer –, scheinen ihre Neugier zu befriedigen. Er fürchtet, dass irgendetwas über seinen Fall im Internet auftauchen könnte, aber bisher war da nichts.

Der Ort liegt im Hinterland der Kanalküste, knapp zweihundert Kilometer von London entfernt. PJ Harvey hat in einer Kirche in der Nähe *Let England Shake* aufgenommen. Matthew hört das Album mit Kopfhörern, wenn er durch das Moorland wandert oder mit dem Wagen Erledigungen macht, vorausgesetzt, dass es ihm gelungen ist, Ruths Bluetooth einzuschalten. Die Texte dieser Lieder, die von uralten Schlachten und gefallenen Engländern handeln, von finsteren Orten heiligen Gedenkens, sind der Willkommensgruß, den ihm seine Heimat geschickt hat.

Wenn Matthew den Wagen durch den Ort lenkt, blitzt in seinem Augenwinkel manchmal etwas auf. Das blonde Haar eines Mädchens. Oder eine Gruppe von Studentinnen, die vor der Pflegefachschule stehen und rauchen. Er braucht nur hinzusehen, schon fühlt er sich wie ein Verbrecher.

An einem Nachmittag fährt er einmal an die Küste. Er parkt und wandert los. Die Wolken hängen tief am Himmel, wie immer in dieser Gegend. Es ist, als wären sie nach ihrer Reise über den Ozean überrascht, Land unter sich zu entdecken, und hätten es versäumt, sich respektvoll zurückzuziehen.

Er folgt dem Trampelpfad bis zum Steilufer. Und da, als er nach Westen auf den Ozean blickt, wird es ihm plötzlich klar.

Er kann jetzt wieder nach Hause. Und seine Kinder wiedersehen. Er kann gefahrlos nach Amerika zurückkehren.

Vor elf Monaten, zu Jahresbeginn, war Matthew eingeladen worden, an einer kleinen Universität in Dover, Delaware, einen Vortrag zu halten. Er nahm den Montagmorgenzug aus New York, wo er mit seiner Frau Tracy, einer Amerikanerin, und ihren Kindern Jacob und Hazel lebte. Am Nachmittag um drei saß er in einem Café gegenüber von seinem Hotel und wartete darauf, dass jemand aus dem Fachbereich Physik kommen und ihn zum Hörsaal begleiten würde.

Er hatte einen Tisch am Fenster gewählt, damit man ihn leichter entdecken konnte. Während er seinen Espresso trank, sah er sich am Computer noch einmal seine Notizen an, wurde aber bald von E-Mails abgelenkt, die er beantwortete, und dann vom *Guardian*. Er nahm den letzten Schluck Espresso und überlegte gerade, ob er nicht einen zweiten bestellen sollte, als er angesprochen wurde.

«Professor?»

Ein dunkelhaariges Mädchen in schlabbrigem Sweatshirt stand, einen Rucksack auf dem Rücken, ein, zwei Meter neben ihm. Als Matthew aufsah, hob sie die Hände, als wollte sie sich ergeben. «Ich will Sie nicht belästigen», sagte sie. «Ehrlich.»

«Das habe ich auch nicht angenommen.»

«Sind Sie Matthew Wilks? Ich komme heute zu Ihrem Vortrag!»

Ihre Mitteilung klang, als würde Matthews Leben davon abhängen. Dann schien sie zu verstehen, dass sie sich erklären musste, ließ die Hände sinken und sagte: «Ich studiere hier.» Sie drückte die Brust heraus, um ihm das Emblem der Universität auf ihrem Sweatshirt zu zeigen.

Matthew wurde in der Öffentlichkeit eher selten erkannt. Wenn es doch einmal geschah, waren es meistens Kollegen – andere Kosmologen – und deren Doktoranden. Manchmal ein Leser, Mitte fünfzig oder älter. Nie jemand wie dieses Mädchen.

Sie schien indischer Abstammung zu sein. Sie sprach und kleidete sich wie eine typische Amerikanerin ihres Alters, doch die Kleidung, die sie trug – nicht nur das Sweatshirt, sondern auch die schwarzen Leggings, die Timberland-Stiefel und die violettfarbenen Wollsocken –, dazu die Aura studentischer Ungepflegtheit und Wohnheimexistenz hinderten Matthew nicht daran, in der Extravaganz ihres Gesichts nach dem weit entfernten genetischen Ursprung zu suchen. Das Mädchen erinnerte ihn an eine Figur in einem hinduistischen Miniaturbild. Ihre dunklen Lippen, die geschwungene Nase mit den weiten Nasenflügeln, vor allem aber die außerordentliche Farbe ihrer Augen, die eigentlich nur in einem Gemälde vorkommen durfte, dessen Schöpfer sich die Freiheit genommen hatte, Grün und Blau und Gelb beinahe wahllos zu vermischen, ließen dieses Mädchen weniger wie eine Studentin aus Delaware erscheinen als wie eine tanzende Gopi oder eine kindliche, von den Massen verehrte Heilige.

«Wenn Sie vorhaben, zu meinem Vortrag zu kommen», gelang es Matthew zu sagen, während er diese Eindrücke sortierte, «dann studieren Sie Physik wohl im Hauptfach.»

Das Mädchen schüttelte den Kopf. «Ich habe gerade mit dem Studium angefangen. Wir müssen erst im zweiten Jahr ein Hauptfach wählen.» Sie nahm den Rucksack ab und stellte ihn auf den Boden, als wollte sie sich für eine längere Zeit einrichten. «Meine Eltern möchten, dass ich etwas Naturwissenschaftliches mache. Und Physik interessiert mich tatsächlich. Den Physik-Leistungskurs, den ich in der Schule hatte, kann ich mir sogar an der Uni anrechnen lassen. Aber ich würde auch gern Jura studieren, dann müsste ich eher etwas in den Geisteswissenschaften machen. Was würden Sie mir raten?»

Es war unangenehm zu sitzen, während das Mädchen stand. Wenn er sie aber gebeten hätte, sich zu ihm zu setzen, hätte er sich auf ein längeres Gespräch einstellen müssen, wozu er weder Zeit noch Lust hatte. «Ich kann Ihnen nur raten, das zu studieren, was Sie wirklich interessiert. Sie haben ja noch Zeit, darüber nachzudenken.»

«Genau das haben Sie auch gemacht, stimmt's? In Oxford? Erst haben Sie Philosophie studiert, und dann haben Sie zur Physik gewechselt.»

«Ja, das ist richtig.»

«Ich fände es wirklich spannend zu erfahren, wie Sie Ihre verschiedenen Interessen miteinander vereinbaren», sagte das Mädchen. «Genau das will ich nämlich auch. Und überhaupt, Sie können so toll schreiben! Wie Sie den Urknall erklären oder Chaotische Inflation, das ist fast, als würde ich es vor mir sehen. Haben Sie an der Uni viele Literaturkurse belegt?»

«Ein paar, ja.»

«Ich bin praktisch süchtig nach Ihrem Blog. Als ich gehört habe, dass Sie an unsere Uni kommen, konnte ich's gar nicht fassen!» Das Mädchen hielt inne, sah ihn an und lächelte. «Könnten wir uns nicht vielleicht zum Kaffee treffen oder so, während Sie hier in Dover sind, Professor?»

Der Vorschlag war zwar kühn, überraschte Matthew aber nur mäßig. In jedem Kurs, den er unterrichtete, gab es mindestens einen aufdringlichen Studenten. Das waren junge Leute, die seit dem Kindergarten damit beschäftigt waren, ihre Lebensläufe zu optimieren. Sie wollten sich immer zum Kaffee treffen oder in seine Sprechstunde kommen, sie wollten Networking betreiben, um sich später Empfehlungsschreiben oder Praktikumsplätze zu sichern, oder wollten einfach nur für ein paar Minuten die Angst lindern, die daher rührte, dass sie die gestressten und ultraehrgeizigen Menschen waren, zu denen die Welt sie gemacht hatte. Die innere Anspannung dieses Mädchens, ihre knisternde Begeisterung, die schon beinahe einem nervösen Zustand glich, war etwas, das ihm bekannt vorkam.

Matthew war beruflich unterwegs, er hatte freie Zeit zur Verfügung, wollte sie aber nicht darauf verwenden, Studienanfänger zu beraten. «Ich werde von den Leuten hier ganz schön auf Trab gehalten», sagte er. «Alles verplant.»

«Wie lange sind Sie denn hier?»

«Nur heute Abend.»

«Okay. Na dann, ich komme auf jeden Fall zu Ihrem Vortrag.»

«In Ordnung.»

«Eigentlich wollte ich auch zu der Diskussion morgen früh kommen, aber ich habe einen Kurs», sagte das Mädchen.

«Da verpassen Sie nichts. Meistens erzähle ich dasselbe noch einmal.»

«Das stimmt *so* mit Sicherheit nicht», sagte das Mädchen. Sie nahm ihren Rucksack und schien gerade gehen zu wollen, als sie hinzufügte: «Brauchen Sie jemanden, der Ihnen den Weg zum Hörsaal zeigt? Ich verlaufe mich hier zwar immer noch, aber ich glaube, ich werde ihn finden. Ich geh ja jetzt da hin.»

«Die schicken jemanden, der mich abholt.»

«Okay. Allmählich habe ich das Gefühl, dass ich Sie *doch* belästige. Nett, Ihre Bekanntschaft gemacht zu haben, Professor.»

«Hat mich gefreut.»

Aber das Mädchen ging noch immer nicht. Sie sah Matthew an mit ihrer seltsamen Intensität, die auch eine Leere war. Und als würde sie aus dieser Leere eine Nachricht von einer anderen Welt überbringen, sagte das Mädchen plötzlich: «Sie sehen besser aus als auf den Fotos.»

«Ich weiß nicht, ob das ein Kompliment ist.»

«Es ist eine Feststellung.»

«Ich bezweifle allerdings, dass das was Gutes aussagt. Schließlich haben wir das Internet. Vermutlich sehen mehr Menschen die Fotos als mein lebendiges Gesicht.»

«Ich habe ja nicht gesagt, dass Sie auf den Fotos *schlecht* aussehen, Professor», sagte das Mädchen. Und ein wenig eingeschnappt oder aber als Hinweis darauf, dass sie das Gespräch letztendlich für eine milde Enttäuschung hielt, warf sie ihren Rucksack über die Schulter und steuerte den Ausgang an.

Matthew wandte sich wieder seinem Laptop zu. Starrte auf den Bildschirm. Erst als das Mädchen das Café verlassen hatte und am Fenster vorbeiging, blickte er kurz und verschämt auf, weil er wissen wollte, wie sie von hinten aussah.

Das war nicht fair.

Obwohl ein Drittel der Kinder in ihrer Schule indischstämmig war, war Diwali kein offizieller Feiertag. Weihnachten und Ostern hatten sie natürlich frei, und Rosch ha-Schana und Jom Kippur auch, aber bei hinduistischen oder muslimischen Feiertagen gab es nur ein «Entgegenkommen». Das bedeutete, Lehrer konnten einen vom Unterricht befreien, aber trotzdem Hausaufgaben verlangen. Außerdem musste man den Stoff nachholen, der an diesem Tag behandelt wurde.

Prakrti würde vier Tage versäumen. Beinahe eine ganze Woche, zum ungünstigsten Zeitpunkt überhaupt: kurz vor den Prüfungen in Mathe und Geschichte, und das im entscheidenden vorletzten Schuljahr. Bei dem Gedanken ergriff sie Panik.

Sie flehte ihre Eltern an, die Reise abzusagen. Ihr leuchtete nicht ein, warum sie das Fest nicht wie alle ihre Bekannten zu Hause feiern konnten. Prakrtis Mutter erklärte, ihre Verwandten würden ihr fehlen, ihre Schwester Deepa und ihre Brüder Pratul und Amitava. Ihre Eltern – Prakrtis und Durvas Großeltern – würden auch immer älter. Wolle Prakrti denn nicht Dadi und Dadu noch einmal sehen, bevor sie sich von der Erde lösten?

Prakrti antwortete darauf nicht. Sie kannte ihre Großeltern kaum – sah sie nur bei den seltenen Besuchen in einem Land, das ihr fremd war. Sie konnte nichts dafür, dass ihre Großeltern eigenartig und entrückt auf sie wirkten, und gleichzeitig war ihr klar, dass sie in einem schlechten Licht dastehen würde, wenn sie es offen zugäbe.

«Lasst mich einfach hierbleiben», sagte sie. «Ich komme schon allein zurecht.»

Das zog auch nicht.

Sie flogen an einem Montagabend Anfang November in Philadelphia los. Prakrti, die weit hinten im Flugzeug neben ihrer kleinen Schwester saß, schaltete das Leselicht ein. Sie hatte sich vorgenommen, auf dem Hinflug *Der scharlachrote Buchstabe* zu lesen und auf dem Rückflug den Aufsatz darüber zu schreiben. Aber sie konnte sich nicht konzentrieren. Hawthornes Symbolismus wirkte so verbraucht auf sie wie die Luft, die in die Kabine gepumpt wurde. Zwar hatte sie Mitleid mit Hester Prynne, die für etwas bestraft worden war, das heutzutage jeder tun würde, doch als das Essen gebracht wurde, klappte sie das Tablett herunter und nutzte die Gelegenheit, beim Essen einen Film anzuschauen.

Als sie in Kalkutta gelandet waren, plagte sie der Jetlag so heftig, dass sie keine Hausaufgaben mehr machen konnte. Außerdem wurden sie sofort eingespannt. Tante Deepa war strikt dagegen, dass sie sich hinlegten, und nahm Prakrti, Durva, ihre Cousine Smita und ihre Mutter gleich mit zum Einkaufen. Sie fuhren zu einem eleganten, neu eröffneten Warenhaus, wo sie Besteck kauften, Silbergabeln, Messer und Vorlegelöffel; die Mädchen bekamen goldene und silberne Armreife. Danach liefen sie durch einen überdachten Markt, einer Art Basar mit langen Reihen von Ständen, wo sie das weiße und das zinnoberrote Pulver besorgten. Als sie wieder in der Wohnung waren, begannen sie, alles für das Fest herzurichten. Prakrti, Durva und Smita erhielten den Auftrag, sich um Lakshmis Fußabdrücke zu kümmern. Vor der Wohnungstür stand ein Kasten mit angefeuchtetem Pulver, in den die Mädchen barfuß treten mussten. Vorsichtig stiegen sie heraus und legten eine Spur ins Haus hinein. Sie schufen zwei Spuren, eine rote und eine weiße; und weil Lakshmi dafür zuständig war, Wohlstand zu bringen, ließen sie kein Zimmer aus. Ihre Fußspuren führten in die Küche und wieder hinaus, von dort durchs Wohnzimmer und sogar bis ins Badezimmer.

Ihr Cousin Rajiv, der ein Jahr älter war als Prakrti, hatte in seinem Zimmer zwei Xbox-Konsolen. Sie verbrachte den restlichen Nachmittag damit, *Titanfall* mit ihm zu spielen, im Mehrspieler-Modus. Das Internet in der Wohnung war superschnell, und es blieb nie hängen. Bei früheren Besuchen in Indien hatte Prakrti ihren Cousin und ihre Cousine wegen der veralteten Computer bemitleidet, aber jetzt hatten sie einen Sprung gemacht und sie überholt, wie auch Kalkutta ihre Heimatstadt überholt hatte. Die Stadt sah an einigen Plätzen beinahe futuristisch aus, besonders verglichen mit dem alten Dover, seinen rot geklinkerten Geschäftshäusern, den schiefen Telefonmasten, den Straßen voller Schlaglöcher.

Prakrti und Durva hatten ihre Saris in den Plastikhüllen von der Reinigung gelassen, damit sie nicht zerknitterten. Am Abend, zu Dhanteras, zogen sie die festliche Kleidung an, dazu trugen sie die neuen Armreife. Sie standen vor dem Spiegel und betrachteten das funkelnde Metall.

Sobald es dunkel wurde, zündete die Familie die Diyas an und verteilte sie in der ganzen Wohnung – auf Fensterbänken, Wohnzimmertischchen, in der Mitte des Esstischs und auf den Lautsprecherboxen des Onkels, schwarzen Monolithen, denen Musik entströmte. Die Familie versammelte sich am Esstisch, sie aßen ausgiebig und sangen Bhajans.

Den ganzen Abend kamen Verwandte vorbei. An einige erinnerte sich Prakrti, aber die meisten erkannte sie nicht, auch wenn sie alles über Prakrti wussten: dass sie eine ausgezeichnete Schülerin war, dass sie im Debattierclub mitmachte und es sogar in die Schulmannschaft geschafft hatte, selbst dass sie plante, sich schon kommendes Jahr an der University of Chicago zu bewerben. Sie pflichteten ihrer Mutter bei, die meinte, dass Chicago zu weit von Dover entfernt und außerdem zu kalt sei. Hatte sie wirklich vor, so weit wegzuziehen? Würde sie dort nicht frieren?

Eine Gruppe von alten Frauen, weißhaarig und laut, versuchte, sie in Beschlag zu nehmen. Sie bedrängten sie mit ihren Hängebrüsten und Schwabbelbäuchen und brüllten Fragen auf Bengalisch. Und wenn Prakrti die alten Frauen nicht verstand – was meistens der Fall war –, dann brüllten sie noch lauter, bis sie schließlich kopfschüttelnd aufgaben, belustigt und zugleich entsetzt über ihre amerikanische Unbedarftheit.

Gegen Mitternacht überkam sie der Jetlag aufs Neue. Prakrti schlief auf dem Sofa ein. Als sie aufwachte, standen wieder drei alte Frauen um sie herum und machten irgendwelche Bemerkungen.

«Das ist total unheimlich», sagte Durva, als Prakrti ihr davon erzählte.

«Ja echt, oder?»

Die nächsten Tage waren genauso verrückt. Sie gingen in den Tempel, besuchten die Verwandtschaft ihrer Onkel, beschenkten sich gegenseitig und stopften sich mit Essen voll. Einige dieser Verwandten befolgten alle Bräuche und Rituale, andere nur ein paar, und wieder andere betrachteten die Woche als Urlaub und ausgedehnte Party. Am Abend von Diwali versammelten sie sich am Wasser, um an den Festlichkeiten teilzunehmen. Der Hugli, der durch Kalkutta fließende Strom, sah tagsüber braun und trüb aus, aber jetzt, unter dem Sternenhimmel, verwandelte er sich in einen schwarzen, glitzernden Spiegel. Tausende Menschen standen dicht an dicht an seinem Ufer. Trotzdem wurde kaum gedrängelt, als sie ans Wasser traten, um ihre Blütenflöße hineinzusetzen. Die Menschenmenge bewegte sich wie ein einziger Organismus, jedes plötzliche Aufwallen in eine Richtung wurde durch einen Rückzug an anderer Stelle ausgeglichen. Diese Eintracht war beeindruckend. Außerdem hatte Prakrtis Vater ihr erklärt, dass alles, was aufs Wasser gelegt wurde – die Palmwedel, die Blumen, selbst die Bienenwachskerzen –, am Morgen schon zerfallen sein würde. Das gesamte gleißende Ritual würde von einem Augenblick auf den anderen spurlos verschwinden.

Der ganze Glitzerquatsch dieses Festes – Lakshmi, Göttin des Wohlstands, goldene und silberne Kugeln, glänzende Messer, Gabeln und Vorlegelöffel – lief letztendlich auf eins hinaus: das Licht und seine Flüchtigkeit. Man lebte, man wurde verbrannt, man leuchtete kurz auf, und dann – puff.

Die Seele wanderte in einen anderen Körper. Das war es, woran ihre Mutter glaubte. Ihr Vater hatte gewisse Zweifel, und Prakrti wusste, dass es nicht stimmte. Sie hatte unbedingt vor, noch lange nicht zu sterben. Vor ihrem Tod wollte sie etwas aus ihrem Leben machen. Sie legte den Arm um ihre kleine Schwester, und gemeinsam sahen sie zu, wie die Kerzen hinaustrieben, bis sie im Flammenmeer nicht mehr zu erkennen waren.

Wenn sie wie geplant am Wochenende zurückgeflogen wären, wäre die Reise noch erträglich gewesen. Aber nach Bhai Dooj, dem letzten Tag des Festes, erklärte ihre Mutter, sie habe umgebucht, damit sie noch einen Tag länger bleiben könnten.

Prakrti war so wütend, dass sie in der Nacht kaum ein Auge zumachte. Am Morgen erschien sie in Sweatpants und einem T-Shirt zum Frühstück, ungekämmt und schlecht gelaunt.

«Das kannst du heute nicht anziehen, Prakrti», sagte ihre Mutter. «Wir gehen aus. Zieh deinen Sari an.»

«Nein.»

«Wie bitte?»

«Er ist durchgeschwitzt. Ich habe ihn schon dreimal getragen. Meine Choli riecht schon.»

«Geh und zieh ihn an.»

«Warum nur ich? Was ist mit Durva?»

«Deine Schwester ist jünger. Für sie reicht ein Salwar Kamiz.»

Als Prakrti in ihrem Sari aus dem Zimmer trat, war ihre Mutter nicht zufrieden. Sie ging mit ihr zurück und wickelte ihn neu. Dann prüfte sie Prakrtis Fingernägel und zupfte ihr die Augenbrauen. Schließlich – und das war noch nie vorgekommen – schminkte sie ihr die Augen mit Kajal.

«Muss das sein?», fragte Prakrti und wandte den Kopf.

Die Mutter nahm ihr Gesicht zwischen beide Hände. «Halt still!»

Draußen wartete ein Wagen. Sie fuhren über eine Stunde, bis sie am Stadtrand vor einem ummauerten und mit Stacheldraht geschützten Anwesen hielten.

Ein Pförtner führte sie über einen unbefestigten Hof ins Haus. Sie gingen durch einen gefliesten Eingangsbereich, dann eine Treppe hinauf und gelangten in einen Saal mit hohen Fenstern an drei Seiten. An der Decke hingen mehrere Ventilatoren aus Bastgeflecht, die trotz der Hitze nicht angeschaltet waren. Der Raum war entschieden zu karg möbliert, außer in einer Ecke, wo sich ein weißhaariger Mann in einer Nehru-Jacke im Schneidersitz auf einer Matte niedergelassen hatte. Genau die Art von Mann, dem zu begegnen man in Indien erwartete. Ein Guru. Oder ein Politiker.

Auf der anderen Seite des Saals, auf einem kleinen Sofa, saßen ein Mann und eine Frau mittleren Alters. Als Prakrti mit ihrer Familie hereinkam, wackelten sie zum Gruß kurz mit dem Kopf.

Ihre Eltern setzten sich dem Paar gegenüber. Durva bekam einen Stuhl direkt dahinter zugewiesen. Prakrti wurde zu einer Art Bank oder Podium geführt – sie wusste nicht, wie sie es nennen sollte –, ein wenig abseits von allen anderen. Die Bank war aus Sandelholz und mit Elfenbeinintarsien versehen, hatte etwas unbestimmt Zeremonielles an sich. Als sie sich setzte, bemerkte sie, dass sie roch – sie hatte in der Hitze zu schwitzen begonnen. Eigentlich war es ihr egal. Sie hatte sogar große Lust, ihren Körpergeruch all diesen Leuten aufzudrängen und ihre Mutter zu blamieren, aber das ging natürlich nicht. Dazu schämte sie sich viel zu sehr. Stattdessen blieb sie so still sitzen, wie sie konnte.

Während des nun folgenden Gesprächs hörte Prakrti mehrmals ihren Namen. Sie wurde aber nicht ein einziges Mal direkt angesprochen.

Tee wurde gereicht. Indische Süßigkeiten. Prakrti konnte sie nach einer Woche schon nicht mehr sehen. Sie aß nur aus Höflichkeit.

Ihr Handy fehlte ihr. Sie hätte gern ihrer Freundin Kylie geschrieben, um ihr von den Qualen zu berichten, die sie gerade durchlitt. Zähe Minuten verstrichen auf der harten Bank, Bedienstete kamen und gingen, andere Leute tauchten im Gang auf und warfen verstohlene Blicke in den Saal. Im Haus schienen sich Dutzende von Menschen aufzuhalten. Die neugierig waren. Gafften.

Als es vorbei war, hatte sich Prakrti absolutes Schweigen auferlegt. Sie stieg mit dem festen Vorsatz in den Wagen, kein Wort mit ihren Eltern zu sprechen, bis sie zu Hause ankamen. Also war es Durva, die fragte: «Wer waren diese Leute?»

«Habe ich doch erzählt», sagte Prakrtis Mutter. «Die Kumars.»

«Sind wir mit denen verwandt?»

Ihre Mutter lachte. «Eines Tages vielleicht.» Sie sah strahlend aus dem Fenster, ihre Zufriedenheit hatte etwas Brachiales. «Das sind die Eltern des Jungen, der deine Schwester heiraten will.»

Matthews Vortrag dauerte wunschgemäß fünfundvierzig Minuten. Sein Thema an diesem Tag waren Gravitationswellen, besonders ihre neuliche Messung in zwei baugleichen Interferometern, die sich an zwei weit voneinander entfernten Orten auf dem US-amerikanischen Festland befanden. In Jeans und einem marineblauem Jackett, an dem ein Mikrofon steckte, schritt Matthew die Bühne ab und erklärte, dass Einstein die Existenz dieser Wellen vor beinahe hundert Jahren schon theoretisch hergeleitet hatte, dass der Nachweis aber erst in diesem Jahr gelungen war. Zur Untermauerung seines Vortrags hatte er eine digitale Simulation der beiden Schwarzen Löcher mitgebracht, deren Kollision in einer 1,3 Milliarden Lichtjahre entfernten Galaxie die Wellen erzeugt hatte, die seitdem unsichtbar und lautlos durch das Universum gerast waren, um an zwei hochempfindlichen, nur zu diesem einen Zweck entwickelten und gebauten Anlagen – in Livingston, Louisiana, und in Hanford, Washington – aufgezeichnet zu werden. Sie seien «so genau wie das Ohr Gottes», sagte Matthew über diese Messgeräte. «Tatsächlich sogar noch viel genauer.»

Der Hörsaal war nicht einmal halb gefüllt. Ebenso entmutigend war, dass der Großteil der Zuhörerschaft aus Siebzig- oder Achtzigjährigen bestand, Rentnern, die zu den Vorträgen an der Universität kamen, weil sie öffentlich waren und zu einer angemessenen Zeit stattfanden, sodass sie beim Abendessen etwas hatten, über das sie sich unterhalten konnten.

Die Verbliebenen rückten Matthew mächtig zu Leibe, als er, bewaffnet mit einem Filzschreiber und einem Glas Wein, am Signiertisch saß. Viele von ihnen hatten ungebleichte Stofftaschen dabei, die Frauen trugen bunte Schals und lockere, ihre Figur kaschierende Pullover, die Männer unförmige Khakihosen, und alle strahlten Duldsamkeit und Erwartung aus. Ihren Äußerungen war nicht zu entnehmen, ob sie Matthews Buch gelesen hatten oder die wissenschaftliche Grundlage seines Vortrags verstanden, aber alle wollten persönliche Widmungen haben. Die meisten begnügten sich damit, zu lächeln und zu sagen: «Danke, dass Sie nach Dover gekommen sind!» – fast so, als hätte er es ehrenamtlich getan. Einige Männer kramten ein paar Details hervor, die ihnen noch aus dem Physikunterricht in Erinnerung geblieben waren, und versuchten, sie auf Matthews Vortrag anzuwenden.

Eine Frau mit einer weißen Ponyfrisur und roten Wangen blieb vor Matthew stehen. Sie sei vor kurzem in England gewesen, um Ahnenforschung zu betreiben, sagte sie, und sie berichtete ausführlich von den Grabsteinen, die sie auf verschiedenen anglikanischen Friedhöfen in Kent gefunden hatte. Diese Frau war gerade gegangen, als das Mädchen aus dem Café vor ihm auftauchte.

«Ich hab gar nichts, was Sie signieren könnten», sagte sie unschuldig.

«Das macht nichts. Niemand verlangt das.»

«Ich kann es mir nicht leisten, ein Buch zu kaufen! Das Studium ist so teuer!»

Noch vor einer guten Stunde war Matthew von dem Mädchen einigermaßen genervt gewesen. Aber nun, ermüdet von einer Prozession alter, verhärmter Gesichter, sah er erleichtert und dankbar zu ihr auf. Statt des schlabbrigen Sweatshirts trug sie jetzt ein kleines weißes Top, das ihre Schultern frei ließ.

«Holen Sie sich wenigstens ein Glas Wein», sagte Matthew. «Der ist umsonst.»

«Ich bin noch nicht einundzwanzig. Ich bin neunzehn. Im Mai werde ich zwanzig.»

«Ich glaube nicht, dass das jemanden stört.»

«Wollen Sie mich mit Alkohol gefügig machen, Professor?», fragte das Mädchen.

Matthew spürte, wie ihm das Blut ins Gesicht schoss. Er versuchte, an etwas zu denken, das dem entgegenwirkte, doch weil sie mit ihrer Frage gar nicht so falschgelegen hatte, wollte ihm nichts einfallen.

Zum Glück war die Studentin, hektisch und überdreht, wie es ihre Art zu sein schien, gedanklich schon einen Schritt weiter. «Ich hab's!», sagte sie mit großen Augen. «Würden Sie ein leeres Blatt für mich signieren? Dann kann ich es später in Ihr Buch kleben.»

«Falls Sie es irgendwann kaufen.»

«Genau. Erst muss ich zu Ende studieren und das Darlehen für die Studiengebühren abbezahlen.»

Sie hatte ihren Rucksack schon mit einem Schwung auf dem Tisch deponiert. Die Bewegung hatte ihren Geruch freigegeben, einen leichten, sauberen Duft, wie Talkumpuder.

Hinter ihr in der Schlange standen noch immer ein Dutzend Leute. Sie drängelten nicht, aber einige reckten die Köpfe, um zu sehen, warum es nicht weiterging.

Das Mädchen zog ein kleines Spiralheft hervor. Sie öffnete es und suchte nach einer leeren Seite. Dabei fiel ihr schwarzes Haar nach vorne und bildete eine Art Vorhang, der sie beide vor den Blicken der Leute in der Schlange verbarg. Dann geschah etwas sehr Seltsames. Das Mädchen schien zu zittern. Eine zarte oder schmerzhafte Empfindung durchfuhr ihren ganzen Körper. Sie sah Matthew an, und als müsste sie einem unwiderstehlichen Drang nachgeben, sagte sie mit erstickter, erregter Stimme: «O Gott! Warum signierst du nicht einfach meinen Körper?»

Das Bekenntnis war so unerwartet, so absurd und so willkommen, dass Matthew einen Moment lang sprachlos war. Er warf einen Blick auf die am weitesten vorn stehenden Leute in der Schlange, um herauszufinden, ob jemand das Mädchen gehört hatte.

«Ich denke, ich sollte lieber das Heft nehmen», sagte er.

Sie reichte es ihm. Matthew legte es flach auf den Tisch und fragte: «Was soll ich denn schreiben?»

«Für Prakrti. Muss ich es buchstabieren?»

Aber er schrieb schon: «Für Prakrti. Eine freche Studentin.»

Das Mädchen lachte auf. Und als würde sie den unschuldigsten Wunsch aller Zeiten äußern, sagte sie: «Schreibst du deine Handynummer dazu?»

Matthew wagte nicht einmal, sie anzusehen. Sein Gesicht brannte. Er wünschte sehnlichst, dass der Moment vorüberginge, und war doch bezaubert von dieser Begegnung. Er kritzelte seine Handynummer auf das Blatt. «Danke, dass Sie gekommen sind», sagte er, schob ihr das Heft hin und wandte sich dem Nächsten in der Schlange zu.

Der Junge hieß Dev. Dev Kumar. Er war zwanzig Jahre alt und arbeitete als Verkäufer in einem Elektromarkt. Abends machte er eine Ausbildung zum Informatiker. All das erzählte die Mutter ihrer Tochter auf dem Rückflug in die USA.

Die Vorstellung, dass sie diesen Unbekannten – jetzt überhaupt schon irgendjemanden – heiraten sollte, war derart wahnwitzig, dass Prakrti sie nicht ernst nehmen konnte.

«Mom? Hallo! Ich bin erst sechzehn.»

«Ich war siebzehn, als ich mich mit deinem Vater verlobt habe.»

Ja, genau, und das hast du jetzt davon, dachte Prakrti. Aber sie sagte nichts. Wenn sie sich auf eine Diskussion einließe, würde sie diese fixe Idee nur aufwerten, statt sie abzutun. Ihre Mutter hatte eine lebhafte Phantasie. Sie träumte ständig davon, eines Tages, wenn Prakrtis Vater pensioniert wäre, nach Indien zurückzukehren. Sie malte sich aus, dass Prakrti dort einmal arbeiten könnte, in Bangalore oder Mumbai, und einen jungen Inder heiraten und ein Haus kaufen würde, das groß genug war, um ihre Eltern aufzunehmen. Dev Kumar war nur die neueste Ausformung dieser Phantasie.

Prakrti setzte die Kopfhörer auf, um sich von ihrer Mutter abzuschotten. Den restlichen Flug verbrachte sie damit, den Aufsatz über den *Scharlachroten Buchstaben* zu schreiben.

Als sie wieder zu Hause waren, löste sich der Albtraum in nichts auf, genau, wie sie gehofft hatte. Ihre Mutter erwähnte Dev zwar gelegentlich in einer Weise, die zurechtgelegt wirkte, wie ein Verkaufsargument, doch dann ließ sie das Thema wieder fallen. Ihr Vater, der mit seiner Arbeit beschäftigt war, schien die Kumars vollständig vergessen zu haben. Und Prakrti selbst stürzte sich wie immer in ihre Schulangelegenheiten. Sie arbeitete bis spät in die Nacht, fuhr mit dem Debattierteam zu Wettkämpfen und besuchte samstagvormittags den Vorbereitungskurs für den Uni-Zulassungstest.

An einem Wochenende im Dezember saß sie in ihrem Zimmer und unterhielt sich mit Kylie über Facetime, während sie beide ihre Hausaufgaben machten. Prakrtis Handy lag neben ihr auf dem Bett.

«Also», sagte Kylie, «der ist zu uns nach Hause gekommen und hat diese ganzen Blumen auf der Veranda verteilt.»

«Ziad?»

«Ja, und er hat sie einfach da liegen lassen. Solche Blumen aus dem Supermarkt, aber unglaublich viele davon. Und dann sind meine Eltern und mein kleiner Bruder nach Hause gekommen und haben sie entdeckt. Das war so peinlich. *Warte.* Er hat mir gerade geschrieben.»

Während sie wartete, bis Kylie die Nachricht gelesen hatte,

sagte sie: «Du musst mit ihm Schluss machen. Der ist unreif. Er kann keine Rechtschreibung und – tut mir leid, er ist fett.»

Als sich ihr Handy kurz darauf meldete, ging sie davon aus, dass Kylie ihr die neueste Nachricht von Ziad weitergeleitet hatte, damit sie darüber sprechen und eine gemeinsame Antwort formulieren könnten. Sie öffnete sie, ohne auf den Absender zu achten, und schon baute sich auf ihrem Display das Gesicht von Dev Kumar auf.

Sie erkannte ihn an seiner gequälten, übereifrigen Miene. Dev hatte sich in schmeichelhaftem Licht vor den verschlungenen Ästen eines Banyanbaums aufgestellt, beziehungsweise war dort, was wahrscheinlicher erschien, in Pose gebracht worden. Er war dürr, wie man nur in Entwicklungsländern dürr sein konnte, als hätte er in seiner Kindheit unter Proteinmangel gelitten. Ihr Cousin Rajiv und seine Freunde kleideten sich nicht anders als die Jungen an Prakrtis Schule, vielleicht sogar ein bisschen besser. Sie kauften dieselben Markenklamotten und hatten dieselben Frisuren. Dev dagegen trug ein weißes Hemd mit einem absurd großen Siebzigerjahrekragen und dazu eine graue Hose, die nicht passte. Sein Lächeln war schief, sein schwarzes Haar glänzte ölig.

Normalerweise hätte Prakrti das Foto mit Kylie geteilt. Selfies von Typen, die zu bemüht wirkten oder die mit nacktem Oberkörper posierten oder Filter verwendeten, lösten immer schallendes Gelächter bei ihnen aus. Aber an diesem Abend schaltete Prakrti ihr Handy aus und legte es weg. Sie hatte keine Lust zu erklären, wer Dev war. Es war ihr zu peinlich.

Und auch in den folgenden Tagen erzählte sie ihren indischen Freundinnen nicht davon. Viele von ihnen hatten Eltern, deren Ehen arrangiert worden waren, und waren also daran gewöhnt, dass der Brauch zu Hause hochgehalten wurde.

Einige dieser Eltern begründeten die Überlegenheit der arrangierten Ehe mit der niedrigen Scheidungsrate in Indien. Mr. Mehta, Devi Mehtas Vater, berief sich immer auf eine «wissenschaftliche» Studie aus *Psychology Today*, die zu folgendem Ergebnis gekommen war: Partner, die aus Liebe geheiratet hatten, waren in den ersten *fünf* Jahren verliebter, während Partner in arrangierten Ehen nach *dreißig* Ehejahren verliebter waren. Die Liebe erblüht mit den gemeinsamen Erfahrungen, lautete die Lehre, die man daraus ziehen sollte. Liebe war eine Belohnung, nicht ein Geschenk.

Das *mussten* die Eltern natürlich sagen, sonst hätten sie ihre eigenen Ehen abgewertet. Aber all das war nur vorgeschoben. Sie wussten schließlich, dass es in Amerika anders lief.

Nur dass es manchmal doch nicht so war. An Prakrtis Schule gab es eine Clique von Mädchen, die, aus erzkonservativen Familien stammend und in Indien geboren, teilweise noch ihre Kindheit dort verbracht hatten und entsprechend unterwürfig waren. Diese Mädchen sprachen im Unterricht zwar perfektes Englisch und schrieben ihre Aufsätze in einem eigenwilligen, wunderschönen, beinahe viktorianischen Stil, aber wenn sie unter sich waren, unterhielten sie sich lieber auf Hindi oder Gujarati oder was auch immer. Sie aßen nie in der Schulkantine und zogen auch nie etwas aus dem Automaten, sondern hatten jeden Tag, in Lunchgefäßen, ihr eigenes vegetarisches Essen dabei. Diese Mädchen durften an den Tanzabenden der Schule nicht teilnehmen, und sie durften keinem Schulclub beitreten, in denen auch Jungen verkehrten. Sie schwänzten nie und taten still und beflissen, was von ihnen verlangt wurde, und wenn es zum Unterrichtsschluss klingelte, marschierten sie gleich hinaus zu den wartenden Kia-Limousinen und Honda-Minivans, die sie in ihr abgeschottetes Leben zurückbrachten. Es gab Gerüchte, dass diese Mädchen keine Tampons benutzten, weil sie ihr Jungfernhäutchen schützen wollten, was Prakrti und ihre Freundinnen dazu inspiriert hatte, den Mädchen einen Spitznamen zu geben: die Häutchen. Guck mal, da kommen die Häutchen.

«Ich weiß nicht, warum ich ihn mag», sagte Kylie. «Wir hatten früher diesen Neufundländer, Bartleby. Ziad erinnert mich ein bisschen an ihn.»

«Was?»

«Hörst du mir überhaupt zu?»

«Entschuldige», sagte Prakrti. «Ja, nein. Diese Hunde sind ekelig. Die sabbern.»

Sie löschte das Foto.

«Jetzt gibst du also schon irgend so einem Typen meine Handynummer?», sagte Prakrti am nächsten Tag zu ihrer Mutter.

«Hast du das Foto von Dev bekommen? Seine Mutter hat versprochen, dafür zu sorgen, dass er eins schickt.»

«Mir hast du verboten, fremden Leuten meine Nummer zu geben, und du tust genau das.»

«Dev ist ja wohl alles andere als irgend so ein Typ.»

«Für mich schon.»

«Lass mich mal ein Foto von dir machen, das du ihm schicken kannst. Ich hab's Frau Kumar versprochen.»

«Nein.»

«Komm schon. Nun schau nicht so grimmig. Dev wird glauben, dass du ein schrecklich unfreudliches Mädchen bist. *Lächeln*, Prakrti. Muss ich dich etwa zwingen zu lächeln?»

Warum signierst du nicht einfach meinen Körper?

Während sich Matthew, beim Abendessen in einem Restaurant in Campusnähe, mit den Mitgliedern des Vortragskommission unterhielt, hallten die Worte des Mädchens in seinem Kopf nach.

Hatte sie es wirklich so gemeint? Oder war das nur die plumpe, provokative Art gewesen, in der sich amerikanische Studentinnen heutzutage präsentierten? In etwa so, wie sie auch tanzten, *twerkten*, den Bump-and-Grind machten und dabei etwas zum Ausdruck brachten, das gar nicht beabsichtigt war? Wenn Matthew jünger, das heißt annähernd in ihrem Alter wäre, würde er die Antwort vielleicht kennen.

Das Restaurant war netter, als er erwartet hatte: gemütlich, mit viel Holz und einer regionalen, bodenständigen Küche. Sie hatten einen Tisch in dem Raum neben der Bar bekommen. Matthew war der Ehrenplatz in der Mitte zugewiesen worden.

Neben ihm saß eine kampflustige Philosophieprofessorin in den Dreißigern, mit krausem Haar und breitem Gesicht. «Meine Frage zur Kosmologie wäre folgende», sagte sie. «Wenn wir akzeptieren, dass es ein unendliches Multiversum gibt, und davon ausgehen, dass jedes nur erdenkliche Universum existiert, dann muss darunter doch ein Universum sein, in dem Gott existiert, und ein anderes, in dem er – beziehungsweise sie – nicht existiert. Und alle anderen Universen auch. Also sagen Sie: In welchem leben wir denn nun?»

«Glücklicherweise in einem, in dem es Alkohol gibt», sagte Matthew und hob sein Glas.

«Gibt es ein Universum, in dem ich Haare habe?», fragte ein glatzköpfiger, bärtiger Ökonom, der zwei Plätze neben ihm saß.

So ging es immer weiter – gut gelaunt und schlagfertig.

Matthew wurde mit Fragen überhäuft. Wenn er den Mund öffnete, um zu antworten, wurde es still am Tisch. Die Fragen hatten nichts mit seinem Vortrag zu tun, der ihnen schon nicht mehr ganz präsent war, sie handelten von anderen Themen: von Außerirdischen oder dem Higgs-Teilchen. Der einzige andere Physiker in der Runde, der Matthew seinen relativen Erfolg möglicherweise missgönnte, sagte kein Wort. Auf dem Weg zum Restaurant hatte er allerdings die Bemerkung fallenlassen: «Ihr Blog ist bei meinen Erstsemestern sehr beliebt. Die finden das ganz toll.»

Als nach dem Hauptgang das Geschirr abgeräumt wurde, bat der Vorsitzende der Kommission diejenigen, die in Matthews Nähe saßen, die Plätze mit den anderen, weiter weg Sitzenden zu tauschen. Alle bestellten Nachtisch, aber als der Kellner an ihn herantrat, bat Matthew um einen Whiskey. Er hatte den Drink gerade bekommen, als das Handy in seiner Tasche vibrierte.

Seine neue Tischnachbarin war eine blasse, vogelartige Frau in einem Hosenanzug. «Ich bin keine Professorin», sagte sie. «Ich bin Petes Frau.» Sie zeigte auf ihren Mann, der auf der anderen Seite Platz genommen hatte.

Matthew zog das Handy aus der Tasche und hielt es diskret unterhalb der Tischkante.

Er kannte die Nummer nicht. Die Nachricht war schlicht: «Hi.»

Kaum steckte das Handy wieder in der Tasche, trank er einen Schluck Whiskey. Dann lehnte er sich zurück und ließ den Blick durchs Restaurant schweifen. Er hatte einen Zustand erreicht – einen Zustand an Abenden wie diesem –, in dem eine rosa Färbung über die Dinge kam, ein träges, appetitlich triefendes Licht, das sich beinahe wie eine Flüssigkeit über das

Restaurant ergoss. Diese Rosigkeit entsprang dem Schein der Bar mit den Flaschen, die aufgereiht im verspiegelten Regal standen, aber auch den Wandleuchtern und dem Kerzenlicht, das golden von den Fensterscheiben zurückfunkelte. Die Rosigkeit gehörte zum Grundton des Restaurants, zu dem Gewirr von Stimmen und geselligem Lachen, dem Rauschen der Stadt, aber sie gehörte ebenso zu Matthew selbst, seinem wachsenden Gefühl der Zufriedenheit mit sich und seinem Platz in der Welt, mit der Tatsache, dass er jeglichen Unfug anstellen konnte, der ihm gerade in den Sinn kam. Nicht zuletzt entsprang sie dem Wissen um ein einziges Wort – *Hi* –, verborgen in dem Handy, das sich in seiner Hosentasche an den Oberschenkel schmiegte.

Auf sich selbst gestellt, würde diese Rosigkeit nicht überleben. Sie benötigte Matthews aktive Teilnahme. Er bestellte noch einen Whiskey und stand auf. Als er festen Boden unter den Füßen spürte, ging er durch den Barraum zur Treppe, die zu den Toiletten hinabführte.

In der Herrentoilette war niemand. Die Musik, die ihm oben im Lärm des Gastraums nicht aufgefallen war, wummerte hier aus den an der Decke montierten HiFi-Lautsprechern. Sie klang in dem gekachelten Raum erstaunlich gut, und Matthew schob sich in ihrem Rhythmus zu einer der Kabinen, schloss die Tür. Er zog das Handy hervor und begann, mit einem Finger zu tippen.

Tut mir leid. Die Nummer kenne ich nicht. Wer schreibt hier?

Die Antwort kam innerhalb von Sekunden.

die freche Studentin :)

Ach, hallo.

was machst du gerade?

Ich betrinke mich in einem Restaurant.

hört sich gut an bist du allein?

Matthew zögerte. Dann schrieb er:

Unendlich.

Es war wie Skifahren. Wie der Moment, wenn man sich auf dem Gipfel der Abfahrt entgegenlehnt und die Schwerkraft zu wirken beginnt, sodass man abhebt und fliegt. In den nächsten Minuten, als sie ihre Nachrichten hin und her schickten, war Matthew nicht ganz klar, mit wem er da eigentlich kommunizierte. Die beiden Bilder, die er von dem Mädchen vor Augen hatte – eins im schlabbrigen Sweatshirt, das andere in dem engen weißen Top –, deckten sich kaum. Er konnte sich nicht genau daran erinnern, wie sie aussah. Sie war einerseits konkret und andererseits so vage, dass sie jede Frau hätte sein können, oder alle Frauen zusammen. Jede Nachricht, die Matthew abschickte, hatte eine elektrisierende Antwort zur Folge, und das Mädchen zog mit, als er seinen flirtenden Ton immer weiter auf die Spitze trieb. Die Erregung, die ihn erfasste, sobald er seine ungestümen Gedanken ins Leere schleuderte, war wie ein Rausch.

Drei Punkte erschienen: Das Mädchen schrieb etwas. Matthew starrte erwartungsvoll auf den Bildschirm. Er konnte sie am anderen Ende der unsichtbaren Leitung, die sie verband, förmlich spüren, sah ihren gesenkten Kopf, das schwarze Haar, das ihr wie am Signiertisch übers Gesicht fiel, während sie mit flinken Daumen tippte.

Dann kam ihre Nachricht:

du bist verheiratet oder?

Damit hatte Matthew nicht gerechnet. Prompt stellte sich Ernüchterung ein. Einen Augenblick lang sah er sich als das, was er war: ein Ehemann und Vater im mittleren Alter, der sich in einer Toilettenkabine versteckte, um einem Mädchen SMS-Nachrichten zu schicken, das höchstens halb so alt war wie er.

Es gab nur eine ehrenhafte Antwort.

Das bin ich, ja.

Wieder erschienen die Punkte. Dann verschwanden sie. Und kamen nicht wieder.

Matthew wartete noch einige Minuten, schließlich trat er aus der Kabine. Er sah sich im Spiegel, verzog das Gesicht und rief laut: «Erbärmlich!»

Er fühlte sich aber nicht so. Nicht wirklich. Alles in allem war er eher stolz wie ein Sportler, der bei einem spektakulären Spiel gescheitert war.

Er ging gerade die Treppe hinauf ins Restaurant, als das Handy erneut vibrierte.

stört mich nicht wenns dich nicht stört

Auf der Kommode im Schlafzimmer der Eltern stand ein Hochzeitsfoto. Der Junge und das Mädchen, die später Prakrtis Eltern werden sollten, standen in grellbunten Kleidern nebeneinander, als hätte sie jemand mit einem Stock zusammengetrieben. Das unglaublich schmale Gesicht ihres Vaters war von einem weißen Turban gekrönt. Auf der glatten Stirn der Mutter lag ein Diadem, dessen goldener, zum Nasenring passender Reif im roten Spitzenschleier verschwand, der ihr Haar bedeckte. Um den Hals trugen sie beide dicke Ketten aus mehreren Strängen dunkelrot glänzender Beeren. Vielleicht waren sie zu hart, um Beeren zu sein. Vielleicht waren es Samen.

Als das Foto entstand, kannten sie sich erst seit vierundzwanzig Stunden.

Die Hochzeit ihrer Eltern beschäftigte Prakrti nur selten. Sie hatte vor langer Zeit und in einem anderen Land stattgefunden, wo andere Regeln herrschten. Aber hin und wieder, getrieben von Entrüstung und Neugier, zwang sie sich dazu, sich die Ereignisse vorzustellen, die sich unmittelbar nach der Entstehung dieses Fotos abgespielt hatten. Ein düsteres, notdürftig eingerichtetes Hotelzimmer irgendwo, und in der Mitte davon ihre siebzehnjährige Mutter. Ein naives Mädchen vom Land, das so gut wie nichts über Sex, Jungs und Verhütung wusste, das sich aber durchaus im Klaren darüber war, was in diesem besonderen Moment von ihm erwartet wurde. Ihrer siebzehnjährigen Mutter war bewusst, dass es ihre Pflicht war, sich vor einem Mann auszuziehen, der ihr nicht weniger fremd war als ein x-beliebiger Passant auf der Straße. Dass sie den Hochzeitssari abzulegen hatte, die Satinpantoffeln, die handgenähte Unterwäsche, die goldenen Armreife und Halsketten, ja dass es von ihr erwartet wurde, sich auf den Rücken zu legen und ihn tun zu lassen, was er wollte. Sich zu fügen. Und sich einem angehenden Rechnungsprüfer zu unterwerfen, der in Newark, New Jersey, mit sechs anderen Junggesellen zusammenwohnte und dessen Atem nach dem amerikanischen Fastfood roch, das er noch schnell heruntergeschlungen hatte, bevor er ins Flugzeug nach Indien gestiegen war.

Prakrti konnte das Skandalöse dieses Arrangements – es erschien ihr beinahe wie Prostitution – mit ihrer sittsamen, selbstherrlichen Mutter nicht in Einklang bringen. Vermutlich war es gar nicht so abgelaufen, dachte sie. Nein, viel wahrscheinlicher war, dass in den ersten Wochen oder Monaten, in denen ihre Eltern verheiratet gewesen waren, überhaupt nichts passiert war, sondern erst viel später, als sie sich kennengelernt hatten und Pflicht oder Nötigung überhaupt nicht mehr im Raum standen. Prakrti würde die Wahrheit niemals erfahren. Sie traute sich nicht zu fragen.

Im Internet suchte sie nach Leuten, die in ihrer Situation waren. Wie üblich genügte die Eingabe weniger Suchbegriffe, um Foren zu finden, in denen es von Beschwerden, Ratschlägen, Erklärungsversuchen, Hilferufen und tröstenden Worten nur so wimmelte. Einige Frauen – vor allem gebildete Städterinnen – behandelten das Thema der arrangierten Ehe mit theatralischer Besorgnis, als befänden sie sich in einer irrsinnig komischen Folge von *The Mindy Project*. Sie schilderten ihre Eltern als wohlmeinende Menschen, deren Einmischung zwar äußerst ärgerlich war, ihnen aber nichts von ihrer Liebenswürdigkeit nahm. «Also, meine Mom verteilt meine E-Mail-Adresse immer an Leute, die sie kennenlernt. Vor ein paar Tagen kam eine Mail von dem Vater irgendeines Typen, und er stellt mir so persönliche Fragen, wie viel ich wiege, ob ich rauche oder Drogen nehme und ob es irgendwelche gesundheitlichen oder gynäkologischen Probleme gibt, über die er informiert sein sollte, weil er ja wissen will, ob ich als Ehepartnerin in Frage komme für seinen unfähigen Sohn, mit dem ich nicht mal was anfangen würde, wenn wir beide beim Burning Man Festival auf Ecstasy wären und ich gerade sehr großzügig und/oder geil wäre.» Andere Frauen schienen sich dem Druck und den Machenschaften ihrer Eltern ergeben zu haben. «Sagt mal ehrlich», schrieb eine, «ist das denn schlimmer, als sich auf einer Datingseite anzumelden? Oder sich damit abzufinden, dass dich irgendein Typ in einer Bar den ganzen Abend mit seiner Fahne anhaucht?»

Einige Beiträge von eher Gleichaltrigen waren aber auch todtraurig. Sie stammten von Mädchen, die nicht so gut schreiben konnten und vielleicht schlechte Schulen besuchten oder noch nicht lange in den USA waren. Der Beitrag von einem Mädchen mit dem Usernamen «Brokenbylife» ging Prakrti lange nicht aus dem Kopf. «Hi, ich lebe in Arkansas. Hier ist es verboten, in meinem Alter zu heiraten (ich bin 15), außer mit Zustimmung der Eltern. Mein Vater will aber, dass ich seinen Freund aus Indien heirate, und das ist mein Problem. Ich habe ihn noch nicht einmal kennengelernt. Ich wollte ein Foto sehen, aber das Foto, das mein Vater mir gezeigt hat, war von einem Typen, der viel zu jung war, um ein Freund von ihm zu sein. (Mein Vater ist 56.) Das heißt, mein eigener Vater versucht mich zu ködern, wie diese Sextäter im Internet. Kann mir jemand helfen? Gibt es irgendeinen Rechtshilfeverein, an den ich mich wenden kann? Was kann man tun, wenn man jung ist und nicht einwilligt, aber zu ängstlich ist, um sich seinen Eltern zu widersetzen, weil es früher immer wieder Missbrauch gab, auch körperlichen?»

Nachdem Prakrti ein paar Stunden damit zugebracht

hatte, solche Sachen im Internet zu lesen, war sie verzweifelt. Es machte alles *wirklicher*. Was sie für eine fixe Idee gehalten hatte, wurde überall praktiziert, bekämpft oder aber zähneknirschend hingenommen.

Von Dorset aus fährt Matthew mit dem Zug nach London, dann weiter nach Heathrow. Zwei Stunden später ist er in der Luft, auf dem Weg zum JFK-Flughafen. Er hat einen Fensterplatz gewählt, um während des Flugs nicht gestört zu werden. Wenn er hinausschaut, sieht er den Flügel des Jets, das große, zylindrische, schmutzig wirkende Triebwerk. Er stellt sich vor, wie er den Notausgang öffnet und auf den Flügel hinausgeht, wo er sich gegen den starken Wind stemmen muss, und einen Augenblick lang scheint ihm das beinahe plausibel.

In den vier Monaten in England hat er den Kontakt zu seinen Kindern hauptsächlich per SMS-Nachrichten gehalten. E-Mailen mögen sie nicht. Zu langsam, sagen sie. Skype, ihr bevorzugtes Medium, findet Matthew irritierend. Die gestreamten Bilder von Jacob und Hazel auf seinem Laptop lassen sie einerseits greifbar nah erscheinen und andererseits, als wären sie ihm auf immer entzogen. Jacobs Gesicht sieht voller aus. Er ist oft abgelenkt und schaut zur Seite, möglicherweise auf einen anderen Bildschirm. Hazel dagegen schenkt ihrem Vater ihre ungeteilte Aufmerksamkeit. Sie beugt sich vor, nimmt eine Handvoll Haar und hält es vor die Kamera, um ihre neuen Strähnchen herzuzeigen, die rot oder violett oder blau gefärbt sind. Allerdings friert der Bildschirm öfter ein, die Gesichter seiner Kinder lösen sich in Pixeln auf, sodass sie konstruiert und trügerisch wirken.

Auch sein eigenes, kleineres Bild unten im Fenster verstört ihn. Da ist er, ihr verschlagener Dad, in seinem Versteck.

Alles, was er tut, um Fröhlichkeit zu vermitteln, klingt in seinen Ohren falsch.

Er kann nur verlieren: Wenn die Kinder durch seine Abwesenheit traumatisiert erscheinen, ist das schrecklich; wenn sie fremdeln und ihre Unabhängigkeit demonstrieren, ist es ebenso schlimm. Die vertrauten Details ihrer Zimmer geben Matthew jedes Mal einen Stich ins Herz, die Flockentapete bei Hazel, die Eishockey-Poster bei Jacob.

Die Kinder spüren, dass ihr Leben unsicher geworden ist. Sie haben gehört, wie Tracy am Telefon mit Matthew gesprochen hat, mit ihren Eltern und Geschwistern, ihren Freunden, ihrem Anwalt. Die Kinder fragen Matthew, ob er und ihre Mutter sich scheiden lassen werden, und er sagt ihnen ehrlich, dass er es nicht weiß. Er weiß nicht, ob sie jemals wieder eine Familie sein werden.

Was ihn inzwischen mehr als alles andere erstaunt, ist seine eigene Beschränktheit. Er dachte, dass seine Untreue nur Tracy betreffen würde. War der Meinung, dass das Vertrauen, das er gebrochen hat, nur zwischen ihnen bestand und dass sein Betrug gemindert, wenn nicht gar gerechtfertigt würde durch die Schwierigkeiten in der Ehe, die unterschwelligen Feindseligkeiten, das ungestillte körperliche Verlangen. Er war ins Schleudern geraten und dachte, Jacob und Hazel, die auf der Rückbank des Wagens saßen, wären nicht verletzbar.

Manchmal, wenn sie skypen, kommt Tracy zufällig ins Zimmer. Wenn sie merkt, mit wem Jacob und Hazel sprechen, grüßt sie Matthew mit gepresster, versöhnlicher Stimme. Sie tritt aber nicht näher, will ihr Gesicht nicht zeigen. Oder sie will seins nicht sehen.

«Das war seltsam», sagte Hazel einmal, nachdem Tracy wieder gegangen war.

Er kann nur schwer einschätzen, wie die Kinder über seinen Fehltritt denken. Sie sind klug genug, das Verfahren nicht anzusprechen.

«Du hast *einen* Fehler gemacht», hat Jim vor ein paar Wochen in Dorset zu Matthew gesagt. Ruth war nicht da, es war der Abend ihrer Theater-Lesegruppe, und die beiden Männer saßen auf der Terrasse und rauchten Zigarren. «Du hast einmal etwas falsch eingeschätzt, an einem einzigen Abend in einer Ehe, die aus Hunderten von Abenden besteht. Tausenden.»

«Es waren schon mehrere Fehler, um ehrlich zu sein.»

Jim wischte die Bemerkung mit dem Rauch seiner Zigarre weg. «Okay, du bist also kein Heiliger. Aber du warst ein guter Ehemann, vergleichsweise. Und in diesem speziellen Fall bist du verführt worden.»

Matthew fragt sich, ob das der richtige Ausdruck ist: verführt. War es denn Verführung gewesen? Oder hatte er die Angelegenheit nur so dargestellt, Ruth gegenüber, die sich sofort auf seine Seite geschlagen hatte, wie es sich für eine Mutter gehört, und dann ihren Eindruck an Jim weitergab. Wie dem auch sei, man konnte nicht von etwas verführt werden, das man nicht ohnehin haben wollte. Das war das eigentliche Problem. Seine Wollust. Dieses chronische, entzündliche Leiden.

In der Nähe der Universität gab es ein Café, in das Prakrti und Kylie gern gingen. Sie setzten sich in den hinteren Raum und taten, als gehörten sie zu den Studenten, die an den umstehenden Tischen saßen. Wenn sie angesprochen wurden, behaupteten sie immer, sie wären Erstsemester – besonders wenn der, der sie ansprach, ein Junge war. Aus Kylie wurde dann Meghan, eine Surferin aus Kalifornien. Prakrti stellte sich als Jasmine vor und sagte, sie sei in Queens aufgewachsen. «Nichts für ungut, aber Weiße können manchmal so dumm sein», sagte sie, als ihr das Täuschungsmanöver zum ersten Mal gelungen war. «Die denken wahrscheinlich, dass alle indischen Mädchen nach Gewürzen benannt sind. Vielleicht sollte ich mich Anis nennen. Oder Kümmelchen.»

«Oder Curry. ‹Hi, ich heiße Curry. Ich bin echt scharf.›»

Sie konnten sich kaum halten vor Lachen.

Ende Januar, als die ersten Prüfungen anstanden, gingen sie zwei- oder dreimal die Woche in das Café. An einem stürmischen Mittwochabend war Prakrti vor Kylie da. Sie besetzte ihren Lieblingstisch und zog den Computer aus der Tasche.

Seit Beginn des Schuljahrs bekam sie von verschiedenen Universitäten E-Mails und Briefe, die sie ermunterten, sich zu bewerben. Anfangs waren es Schreiben von Hochschulen, die für sie wegen ihrer geographischen Lage, ihrer konfessionellen Ausrichtung oder ihres fehlenden Rufs nicht in Frage kamen. Aber im November hatte sie eine E-Mail von Stanford erhalten. Und ein paar Wochen später eine von Harvard.

Das Gefühl, Adressat dieser Anwerbungen zu sein, machte Prakrti glücklich, oder zumindest weniger besorgt.

Sie loggte sich in ihren Gmail-Account ein. Eine Gruppe junger Frauen in bunten Gummistiefeln kam mit einem Windstoß herein, lachend strichen sie sich die Haare glatt. Sie setzten sich an den Tisch neben Prakrti. Eine von ihnen lächelte herüber, und Prakrti lächelte zurück.

In ihrem Posteingang war eine neue E-Mail.

Liebe Miss Banerjee,

das ist die Grußformel, die mir mein Bruder Neel empfohlen hat, statt «Liebe Prakrti». Er ist zwar jünger als ich, aber sein Englisch ist besser. Er hilft mir, alle meine Feh-

ler zu korrigieren, damit ich nicht gleich einen schlechten Eindruck mache. Vielleicht sollte ich das gar nicht so schreiben. (Neel hat mir davon abgeraten.)
Ich selbst denke, dass ich, wenn wir eines Tages miteinander verheiratet sein sollen, mich bemühen muss, so ehrlich wie möglich zu dir zu sein, um dir mein «wahres Selbst» zu zeigen, damit du mich kennenlernst.
Ich sollte dir wohl alle möglichen Fragen stellen, zum Beispiel: Was machst du gern in deiner Freizeit? Was sind deine Lieblingsfilme? Welche Musik hörst du? Das sind Fragen, die klären sollen, ob wir zusammenpassen. Ich glaube nicht, dass sie wirklich wichtig sind.
Entscheidender sind Fragen kultureller oder religiöser Art. Zum Beispiel: Möchtest du einmal eine große Familie haben? Vielleicht ist diese Frage zu schwerwiegend, um sie so früh in unserer Korrespondenz zu stellen. Was mich angeht, so stamme ich aus einer sehr großen Familie und bin es gewohnt, dass im Haus eine Menge los ist. Manchmal denke ich, es wäre ebenso schön, eine kleinere Familie zu haben, wie das heutzutage ja immer häufiger wird.
Ich glaube, meine Eltern haben deinen Eltern von meinem Wunsch erzählt, später einmal als Programmierer für eine große Firma wie Google oder Facebook zu arbeiten. Ich habe immer davon geträumt, eines Tages in Kalifornien zu leben. Ich weiß, dass Delaware nicht in der Nähe von Kalifornien ist, sondern von Washington.
In meiner Freizeit schaue ich gern Kricket und lese Mangas. Und was sind deine Hobbys?
Zum Schluss möchte ich noch sagen, dass ich dich extrem hübsch fand, als ich dich im Haus meines Groß-

onkels gesehen habe. Es tut mir leid, dass ich dich nicht begrüßen konnte, aber meine Mutter hat gesagt, dass das nicht üblich ist. Die alten Bräuche sind oft seltsam, doch wir müssen wohl der Weisheit unserer Eltern vertrauen, die die Erfahrung eines längeren Lebens haben. Danke für das Foto, das du geschickt hast. Ich trage es nah an meinem Herzen.

Wenn sich der Junge mit der Absicht hingesetzt haben sollte, Prakrti mit jedem Wort, das er schrieb, zu empören, wenn es sein Ziel gewesen war, ein Shakespeare der Ärgerlichkeit zu sein, dann hätte er seine Sache nicht besser machen können. Prakrti konnte gar nicht sagen, was sie mehr verabscheute. Dass er Kinder erwähnt hatte und damit eine körperliche Intimität voraussetzte, die sie sich nicht vorstellen wollte, war schlimm genug. Aber aus irgendeinem Grund war es der Ausdruck «extrem hübsch», der sie am meisten störte.

Sie wusste nicht, was sie tun sollte. Sie spielte mit dem Gedanken, Dev Kumar zu schreiben, er solle sie in Ruhe lassen, aber sie fürchtete, dass ihre Mutter davon erfahren würde.

Stattdessen googelte Prakrti «Volljährigkeit USA». Den Suchergebnissen entnahm sie, dass sie mit ihrem achtzehnten Geburtstag das Recht erlangen würde, Eigentum zu erwerben, ein eigenes Bankkonto zu führen und in die Armee einzutreten. Was ihr aber am meisten Mut machte, war der Hinweis, dass sie mit Erreichen des achtzehnten Lebensjahrs «die Kontrolle über die eigene Person, über Entscheidungen und Handlungen erlangt, womit entsprechend das Sorgerecht der Eltern über die Person und die Angelegenheiten des Kindes im Allgemeinen erlischt».

Achtzehn. Noch anderthalb Jahre. Da würde Prakrti schon

einen Studienplatz haben. Wenn ihre Eltern mit ihrer Wahl nicht einverstanden wären, wenn sie sie zwingen wollten, in der Nähe zu studieren, würde das keine Rolle mehr spielen. Sie würde es ohne ihre Zustimmung tun. Sie könnte sich um eine Finanzierungsbeihilfe bewerben. Oder ein Stipendium. Zur Not könnte sie auch ein Darlehen aufnehmen. Sie würde sich einen Job suchen und ihre Eltern um gar nichts bitten, und sie würde ihnen auch nichts schulden. Wie würden ihre Eltern das wohl finden? Was würden sie *dann* machen? Sie würden bereuen, dass sie jemals versucht hatten, ihre Ehe zu arrangieren. Sie würden vor ihr kriechen und um Gnade betteln. Und dann – wenn sie im Graduiertenstudium wäre oder in Chicago leben würde – würde sie ihnen *möglicherweise* vergeben.

Wenn Kylie Meghan war und Prakrti Jasmine, waren sie fauler und ein bisschen dümmer, aber auch mutiger. Einmal war Kylie zu einem süßen Jungen gegangen und hatte gesagt: «Ich bin in diesem Psychologiekurs, und wir sollen so einen Persönlichkeitstest mit jemandem machen. Dauert nur ein paar Minuten.» Sie winkte Prakrti zu sich herüber, als Jasmine, und gemeinsam führten sie diese Befragung durch. Sie ließen sich einfach spontan irgendwas einfallen. Was hast du zuletzt geträumt? Wenn du ein Tier wärst, welches wolltest du sein? Der Junge hatte Dreadlocks und Grübchen, und nach einer Weile dämmerte ihm, dass die Fragen ziemlich idiotisch waren. «Das ist ein Test für einen Kurs? Im Ernst?», sagte er. Die Mädchen kicherten. Aber Kylie blieb dabei: «Ja! Morgen müssen wir ihn abgeben!» An diesem Punkt bekam die Fiktion, die sie erschaffen hatten, einen doppelten Boden. Sie waren nicht nur Schülerinnen, die sich als Studentinnen ausgaben. Sie waren auch Studentinnen, die taten, als würden sie einen Psychologietest durchführen, nur um mit einem extrem süßen Typen ins Gespräch zu kommen. Das heißt, sie hatten sich schon in ihr zukünftiges, studierendes Selbst hineinversetzt, in das Leben, das sie eines Tages vielleicht führen würden.

All das schien Prakrti plötzlich sehr weit weg. Sie betrachtete die jungen Frauen in Leggings und Gummistiefeln. An anderen Tischen saßen Studenten, die schrieben oder lasen oder mit Professoren sprachen.

Sie hatte geglaubt, dass sie dazugehörte, nicht als Jasmine aus Queens, sondern als sie selbst.

Ein Schwindel erfasste sie, ihr wurde schummrig vor Augen. Es war, als würde der Boden des Cafés unter ihren Füßen wegsacken und als öffnete sich zwischen ihr und den anderen Studenten eine tiefe Kluft. Sie hielt sich am Tischrand fest, aber das Gefühl zu fallen ließ nicht nach.

Bald wurde ihr klar, dass es kein Fallen war, sondern ein Zurückhalten oder Einkreisen: eine Vereinnahmung. *Sie* war ausgewählt worden. Prakrti schloss die Augen und sah vor sich, wie sie auf sie zukamen, genau wie in der Schule, mit ihren dunklen, niedergeschlagenen Blicken, ihrem Gemurmel in fremden Sprachen, die doch auch ihre Sprachen waren. Sie sahen aus wie sie, und ihre zahlreichen Hände streckten sich nach ihr aus, um sie zu packen und fortzuziehen. Die Häutchen.

Sie hätte nicht sagen können, wie viele Minuten danach verstrichen. Sie hielt die Augen geschlossen, bis sich der Schwindel legte. Dann stand sie auf und eilte zur Tür.

Gleich neben dem Eingang gab es eine Pinnwand voller Flyer und Ankündigungen, Visitenkarten und Abreißzettel für Nachhilfe und Untervermietungen. Oben rechts in der Ecke hing, teilweise verdeckt, ein Plakat, das einen Vortrag ankündigte. Das Thema sagte Prakrti nichts. Was ihre

Aufmerksamkeit erregte, waren das Datum der Veranstaltung – nächste Woche – und das Foto des Vortragenden. Ein rotwangiger Mann mit dunkelblondem Haar und einem jungenhaften, freundlichen Ausdruck. Ein Gastprofessor aus England. Niemand von hier.

Als das Mädchen in sein Hotelzimmer trat, hatte Matthew seine Entscheidung bereits getroffen.

Er würde ihr etwas zu trinken anbieten. Sie würden ein wenig beisammensitzen und sich unterhalten, er würde ihre Gesellschaft genießen, die Nähe eines so jungen und hübschen Mädchens. Und das war alles. Er war betrunken genug, um sich damit zufriedenzugeben. Keine starke körperliche Begierde regte sich in ihm, nur das wachsende Gefühl beschwingter Vorfreude, als würde er uneingeladen auf einer exklusiven Party auftauchen.

Dann kam das Mädchen hereingerauscht, und ihr pudriger Duft traf ihn mit voller Wucht.

Sie sah ihm nicht in die Augen, und sie sagte kein Wort. Sie stellte einfach ihren Rucksack ab und blieb mit gesenktem Kopf vor ihm stehen. Sie zog nicht mal den Mantel aus.

Matthew fragte, ob sie etwas trinken wolle. Sie lehnte ab. Ihre Nervosität, die Möglichkeit, dass es sie Überwindung gekostet hatte herzukommen, löste den Wunsch in ihm aus, sie zu beruhigen oder umzustimmen.

Er ging auf sie zu, nahm sie in die Arme und grub seine Nase in ihr Haar. Sie ließ es zu. Nach einer Weile senkte Matthew den Kopf, um sie zu küssen. Sie reagierte kaum und ohne die Lippen zu öffnen. Er küsste sie auf den Hals. Als er zu ihrem Mund zurückkehrte, wich sie zurück.

«Hast du ein Kondom?», fragte sie.

«Nein», sagte Matthew, überrascht von ihrer Direktheit. «Habe ich nicht. Ich gehöre leider nicht der Kondomgeneration an.»

«Kannst du welche besorgen?»

Keine Spur mehr von dem flirtenden Ton. Sie war jetzt sehr geschäftsmäßig, ihre Stirn war gerunzelt. Wieder schoss ihm durch den Kopf, dass er den nächsten Schritt nicht tun sollte.

Aber er sagte: «Das könnte ich machen. Wo bekomme ich die denn um diese Uhrzeit her?»

«Auf dem Platz. Da gibt's einen Kiosk. Das ist der einzige Laden, der noch aufhat.»

Später, in England, in den Monaten der Selbstvorwürfe und Reue, gestand sich Matthew ein, dass er durchaus Zeit gehabt hätte, es sich anders zu überlegen. Er war nur im Jackett aus dem Hotel gegangen. Es war kälter geworden, und auf dem Weg zum Platz wurde sein Kopf klarer, aber nicht klar genug, um ihn davon abzuhalten, den Kiosk zu betreten, als er ihn schließlich fand.

Im Laden bot sich eine weitere Gelegenheit, die Entscheidung zu überdenken. Die Kondome lagen nicht aus, der Verkäufer an der Kasse musste auf sie angesprochen werden. Der war, so stellte sich heraus, ein Südasiate mittleren Alters, weshalb Matthew der irrwitzige, bestürzende Gedanke kam, dass er die Kondome vom Vater des Mädchens kaufte.

Er bezahlte bar, ohne dem Mann in die Augen zu sehen, und eilte hinaus.

Das Zimmer war dunkel, als er zurückkehrte. Er ging davon aus, dass das Mädchen verschwunden war. Er war enttäuscht und erleichtert zugleich. Doch dann hörte er ihre Stimme vom Bett. «Nicht das Licht anmachen.»

Matthew zog sich in der Dunkelheit aus. Er schlüpfte unter

die Decke, und als er das Mädchen ebenfalls nackt vorfand, hatte er keine Vorbehalte mehr.

Er fummelte das Kondom über. Das Mädchen spreizte die Beine, als er sich auf sie legte, aber er hatte kaum angefangen, da versteifte sie sich und setzte sich auf.

«Ist er drin gewesen?»

Matthew glaubte, sie mache sich Sorgen wegen der Verhütung. «Ich hab's übergezogen», versicherte er ihr. «Ich hab ein Kondom drauf.»

Das Mädchen hatte ihm eine Hand auf die Brust gelegt und war sehr still geworden, als würde sie in sich hineinhorchen.

«Ich kann das nicht», sagte sie schließlich. «Ich hab's mir anders überlegt.»

Eine Minute später war sie, ohne ein einziges weiteres Wort, verschwunden.

Am nächsten Morgen wachte Matthew eine halbe Stunde vor seiner Diskussionsveranstaltung auf. Er sprang aus dem Bett, duschte, benutzte die Mundspülung des Hotels und zog sich an. Eine Viertelstunde später war er auf dem Weg zum Campus.

Er war weniger verkatert als noch immer leicht beschwipst. Ihn schwindelte, als er unter den kahlen Bäumen hindurchging. Die Dinge, die ihn umgaben – das nasse Laub auf den Wegen, die Wolkenfetzen, die am Himmel trieben –, erschienen ihm seltsam abstrakt, als würde er sie durch ein feines Netz betrachten.

Nichts war geschehen. Eigentlich nichts. Er hatte weit weniger Grund, sich Vorwürfe zu machen, als möglich gewesen wäre, sodass es beinahe war, als hätte er überhaupt nichts getan.

Er hatte die morgendliche Diskussion bereits zur Hälfte

hinter sich gebracht, als die Kopfschmerzen einsetzten. Inzwischen saß er bei den Physikstudenten. Als er in den hell erleuchteten Seminarraum gekommen war, hatte er befürchtet, dass das Mädchen unter den Studierenden sein könnte, die sich versammelt hatten. Doch dann war ihm eingefallen, dass sie ja einen Kurs hatte. Er entspannte sich und beantwortete routiniert alle Fragen. Er brauchte kaum nachzudenken.

Gegen Mittag hatte er den Honorarscheck in der Tasche und war auf dem Heimweg nach New York.

Kurz hinter Edison, er war in seinem Sitz beinahe eingeschlafen, erhielt er auf seinem Telefon eine Nachricht.

> Danke, dass du mein leeres Blatt signiert hast. Vielleicht kann ich es eines Tages verkaufen. Hat mich gefreut, dich kennenzulernen. Ciao.

Matthew schrieb zurück: «Ich schicke dir mein Buch, dann kannst du es reinkleben.» Dann fand er, dass es nicht abschließend genug klang, verwarf die Nachricht und tippte: «Hat mich auch gefreut. Viel Erfolg im Studium.» Er drückte auf SENDEN, dann löschte er die gesamte Konversation.

Sie hatte zu lang gewartet, bevor sie zur Polizei gegangen war. Darin lag das Problem. Das war der Grund, warum sie ihr nicht glaubten.

Der Staatsanwalt, mit dem Prakrti bereits einmal gesprochen hatte, war ein breitbrüstiger Mann mit einer freundlichen, offenen Miene und dünnem blondem Haar. Sein Auftreten hatte etwas Ruppiges, und seine Sprache war grob, aber als es um die Details ihres Falls ging, behandelte er Prakrti doch sehr feinfühlig.

«Es ist gar keine Frage, wer hier der Schuldige ist», sagte der Staatsanwalt. «Aber ich muss es diesem Schurken nachweisen, und sein Anwalt wird versuchen, deine Aussage in Zweifel zu ziehen. Deshalb müssen wir über die Dinge reden, die er ansprechen könnte, damit wir darauf vorbereitet sind. Verstehst du das? Es macht mir keine Freude, das zu tun, wirklich.»

Er bat Prakrti, noch einmal alles von Anfang an zu erzählen. Er fragte, ob sie an dem fraglichen Abend Alkohol getrunken habe. Er wollte genau wissen, zu welchen sexuellen Handlungen es gekommen war. Was genau hatten sie getan? Wozu hatte sie ihre Zustimmung gegeben und wozu nicht? Wessen Idee war es gewesen, die Kondome zu kaufen? War sie vorher schon einmal sexuell aktiv gewesen? Hatte sie einen Freund, von dem ihre Eltern nichts wussten?

Prakrti antwortete, so gut sie konnte, aber damit hatte sie nicht gerechnet. Der einzige Grund, warum sie mit einem älteren Mann geschlafen hatte, war, dass sie Fragen dieser Art vermeiden wollte. Fragen, die ihre Bereitschaft betrafen, ihren Alkoholkonsum. Ob sie etwas getan habe, um sein Interesse zu wecken? Sie kannte viele Geschichten, sie hatte genügend Folgen von *Law & Order* auf ihrem Handy gestreamt, um zu wissen, wie solche Fälle für Frauen ausgingen. Schlecht. Das Rechtssystem war auf der Seite des Vergewaltigers. Immer.

Deshalb musste sie es so einrichten, dass der Sex selbst ein Verbrechen war. Nur so konnte sie das Opfer des Übergriffs sein. Unschuldig. Unschuldig und doch der Definition nach keine Jungfrau mehr. Und somit für einen Hindu keine geeignete Braut.

So hatte Prakrti sich die Sache überlegt.

Ein älterer Mann war besser, weil es bei ihm keine Rolle spielte, ob sie ihm Flirtnachrichten geschickt hatte und ob sie freiwillig in sein Hotelzimmer gekommen war. In Delaware lag das Schutzalter bei siebzehn Jahren. Prakrti hatte das entsprechende Gesetz im Internet gefunden. Sie war rechtlich gesehen nicht in der Lage einzuwilligen. Deshalb war es auch nicht nötig, eine Vergewaltigung nachzuweisen.

Ein älterer, verheirateter Mann würde wohl auch nicht über das sprechen wollen, was vorgefallen war. Er würde versuchen, es aus den Medien herauszuhalten. Niemand an ihrer Schule würde je davon erfahren. Die Sachbearbeiter, die ihre Uni-Bewerbungen prüften, würden im Internet keine Spuren finden.

Außerdem hätte ein älterer, verheirateter Mann das, was ihn erwartete, auch verdient. Ihr Gewissen würde sie weniger plagen, wenn sie so einen Typen in die Sache hineinzog als irgendeinen ahnungslosen Jungen aus der Schule.

Dann hatte sie diesen Mann kennengelernt, einen Physiker aus England. Sie hatte ihren Plan in die Tat umgesetzt und hatte es doch bereut. Er war netter, als sie erwartet hatte. Er schien vor allem traurig zu sein. Vielleicht *war* er ein Widerling – ganz bestimmt war er das –, aber sie konnte nicht umhin, ihn ein wenig zu mögen. Es tat ihr leid, dass sie ihn hereingelegt hatte.

Aus diesem Grund schob sie es in den folgenden Monaten immer wieder hinaus, zur Polizei zu gehen. Sie hoffte, sie würde den letzten Teil ihres Plans nicht umsetzen müssen; dass irgendetwas passieren würde, das ihre Situation veränderte.

Das Schuljahr ging zu Ende. Prakrti jobbte in einer Eisdiele in der Stadt. Sie musste eine rot-weiß gestreifte Schürze und eine weiße Papiermütze tragen.

Als sie eines Tages Ende Juli nach Hause kam, reichte ihr ihre Mutter einen Brief. Einen echten Brief auf Papier, der mit der Post gekommen war. Die Briefmarken auf dem Umschlag zeigten das Gesicht eines strahlenden Kricketspielers.

Liebe Prakrti,
bitte entschuldige, dass ich nicht früher geschrieben habe. Meine Kurse an der Universität sind extrem anstrengend gewesen, ich hatte für nichts anderes Zeit. Was mich antreibt, ist die Vorstellung, dass ich hart arbeite, um mir und meiner künftigen Familie – und damit bist natürlich du gemeint – eine Perspektive zu schaffen. Langsam wird mir klar, dass es nicht so einfach sein wird, eine Stelle bei Google oder Facebook zu bekommen, wie ich mir erhofft hatte. Ich spiele mit dem Gedanken, vielleicht für eine Flash-Trading-Firma mit Sitz in New Brunswick zu arbeiten, wo auch mein Onkel angestellt ist. Ich habe keinen Führerschein, und ich fange an, mir Sorgen zu machen, dass das ein Problem ist. Hast du einen Führerschein? Hast du vielleicht sogar ein eigenes Auto? Ich weiß, dass unsere Eltern über die Möglichkeit gesprochen haben, ein Auto bereitzustellen, als Teil der Mitgift. Das wäre für mich die beste Lösung.

Prakrti las nicht weiter. Nach ihrer Schicht am nächsten Tag ging sie nicht nach Hause, sondern zur Polizeiwache hinter dem Rathaus. Das war fast einen Monat her. Seitdem hatte die Polizei den Mann gesucht, es war aber niemand verhaftet worden. Irgendetwas verzögerte die Sache.

«Der Richter wird wissen wollen, warum du so lange mit deiner Anzeige gewartet hast», sagte der Staatsanwalt.

«Das verstehe ich nicht», erwiderte Prakrti. «Ich habe das Gesetz im Internet gelesen. Ich bin siebzehn, aber als es passiert ist, war ich sechzehn. Das ist dann doch automatisch Vergewaltigung.»

«Das stimmt schon. Er behauptet aber, es hätte kein Geschlechtsverkehr stattgefunden, keine – Penetration.»

«Natürlich war das mit Penetration», sagte Prakrti stirnrunzelnd. «Lesen Sie unsere SMS-Nachrichten. Oder sehen Sie sich das Video an. Da sieht man doch, was los war.»

Sie hatte den Mann nur aus diesem Grund zum Kiosk geschickt, weil sie wusste, dass es dort eine Überwachungskamera gab. Sie hatte sogar vorgehabt, das Kondom mitzunehmen, es zuzuknoten, um den Samen aufzubewahren. Aber in der komplizierten Situation hatte sie es vergessen.

«Die SMS beweisen nur, dass er geflirtet hat», sagte der Staatsanwalt. «Sie beweisen eine Absicht. Genauso wie das Video, das zeigt, wie er Kondome kauft. Aber einen Beweis für das, was im Zimmer passiert ist, haben wir nicht.»

Prakrti sah auf ihre Hände. Außen an ihrem Daumen war ein Tropfen grünes Eis getrocknet. Sie kratzte es ab.

Als sich der Mann auf sie gelegt hatte, war eine Welle der Zärtlichkeit und Fürsorge gegenüber ihrem eigenen Körper über sie gekommen. Der Atem des Mannes roch bittersüß nach Alkohol. Er war schwerer, als sie erwartet hatte. Als sie in das Hotelzimmer getreten war und den Mann dort in Socken hatte stehen sehen, hatte er alt und hohlwangig auf sie gewirkt. Jetzt waren ihre Augen geschlossen. Sie fürchtete, das es weh tun könnte. Es machte ihr nichts aus, ihre Jungfräulichkeit zu verlieren, aber sie wollte so wenig wie möglich von sich hergeben. Nur das, was der juristischen Einordnung dienlich wäre, sonst nichts, kein Zeichen, das als Einverständnis gedeutet werden konnte, und ganz sicher keine Hingabe.

Nun war er zwischen ihren Beinen, drängend. Sie spürte ein Zwicken.

Sie schob ihn von sich. Setzte sich auf.

War das Zwicken, das sie gespürt hatte, etwa keine Penetration gewesen? Sie würde es doch merken, wenn es passiert war, oder?

«Wenn jemand Kondome kauft, dann macht er das aus einem ganz bestimmten Grund, das ist doch offensichtlich», sagte sie zu dem Staatsanwalt. «Wie kann ich denn beweisen, dass er mich penetriert hat?»

«Das ist schwierig, weil einige Zeit verstrichen ist. Aber unmöglich ist es nicht. Wie lange hat der Geschlechtsverkehr ungefähr gedauert?»

«Weiß nicht. Eine Minute?»

«Der Geschlechtsverkehr hat eine Minute gedauert.»

«Vielleicht war's auch kürzer.»

«Hatte er einen Orgasmus? Tut mir leid. Ich muss das fragen. Die Verteidigung wird diese Frage stellen, wir müssen darauf vorbereitet sein.»

«Ich weiß nicht. Ich hatte noch nie – das war mein erstes Mal.»

«Und du bist sicher, dass es sein Penis war? Nicht sein Finger?»

Prakrti versuchte sich zu erinnern. «Seine Hände waren an meinem Kopf. Er hielt meinen Kopf. Mit beiden Händen.»

«Was mir wirklich helfen würde, wäre, wenn es jemanden gäbe, dem du dich anvertraut hast», sagte der Staatsanwalt, «eine Zeugin, der du es gleich nach der Tat erzählt hast, die deine Aussage bestätigen kann. Gibt es so jemanden?»

Prakrti hatte es niemandem erzählt. Es sollte niemand davon erfahren.

«Dieses Arschloch behauptet, dass kein Geschlechtsverkehr stattgefunden hat. Es würde uns also helfen, und zwar sehr, wenn du jemandem möglichst zeitnah von der Vergewaltigung berichtet hättest. Geh nach Hause. Denk drüber nach. Kram mal in deinem Gedächtnis, ob du dich nicht doch jemandem mitgeteilt hast. Vielleicht auch nur in Form einer SMS oder einer E-Mail. Ich melde mich.»

Matthews Flug über den Ozean hält mit der Sonne Schritt. Sein Flugzeug landet in New York mehr oder weniger zur selben Tageszeit, zu der er in London gestartet ist. Als er das Flughafengebäude verlässt, wird er vom gleißenden Licht überrascht. Vom Gefühl her müsste der Novembertag allmählich zu Ende gehen, was den Schock seiner Rückkehr gemildert hätte, doch die Sonne steht an ihrem höchsten Punkt. In der Ladezone drängen sich Busse und Taxis.

Er nennt dem Fahrer die Hoteladresse. Nach Hause kann er nicht. Tracy hat sich bereit erklärt, die Kinder am späten Nachmittag zu ihm zu bringen. Als er sie bat, zum Abendessen zu bleiben, in der Hoffnung, die Familie noch einmal zusammenzubringen und zu schauen, wohin das führen könnte, wollte Tracy sich nicht festlegen. Sie schloss es aber auch nicht aus.

Allein die Tatsache, wieder hier zu sein und die Skyline von Manhattan zu sehen, erfüllt Matthew mit Optimismus. Monatelang war er machtlos gewesen. Verhaften konnten sie ihn nicht, aber er befand sich in einem Schwebezustand, wie ein Assange oder Polanski. Jetzt kann er handeln.

Die Nachricht, dass er verhört werden sollte, erreichte ihn Anfang August, als er in Europa war und eine Reihe von Vorträgen hielt. Die Polizei von Dover hatte von dem Hotel, in dem er wohnte, eine Kopie seines Reisepasses erhalten, den er beim Einchecken vorgezeigt hatte. Von dort verfolgten sie seine Spur bis zur Adresse seiner Mutter. Nach dem letzten Vortrag war er nach Dorset gekommen, um sie und Jim zu besuchen, und bei seiner Ankunft lag der Brief schon da.

In den sechs Monaten zwischen seinem Vortrag in Dover und der Zustellung der Vorladung hatte er das Mädchen beinahe vergessen. Er hatte einige seiner männlichen Freunde mit der Geschichte unterhalten, hatte ihnen erzählt, auf welch bizarre Weise sich das Mädchen an ihn herangemacht hatte und wie sie dann doch zurückgeschreckt war. «Was hast du denn erwartet, du Idiot?», sagte einer dieser Freunde. Aber er fragte auch neidvoll: «Neunzehn? Wie ist das überhaupt?»

Ehrlich gesagt weiß er es nicht mehr. Wenn er an diesen Abend zurückdenkt, erinnert er sich am deutlichsten daran, wie ihr Bauch zitterte, als er sich auf sie legte. Es fühlte sich an, als wäre zwischen ihnen ein kleines Tier eingequetscht, eine Rennmaus oder ein Hamster, das versucht hätte herauszukrabbeln. Ein angstvolles, vielleicht erregtes Zittern, einzigartig. Alles andere ist in seiner Erinnerung verblasst.

Als Matthew die Vorladung der Polizei erhielt, riet ihm ein anderer Freund, ein Jurist, sich einen Anwalt «vor Ort» zu nehmen, also einen aus Dover oder Kent County, der den Staatsanwalt und den Richter dort kannte. «Versuch, dass es möglichst eine Frau ist», sagte der Freund. «Das könnte etwas bringen, wenn du am Ende tatsächlich vor die Geschworenen treten musst.»

Matthew beauftragte eine Anwältin namens Simone Del Rio. Bei ihrem ersten Telefonat, nachdem er seine Version der Ereignisse geschildert hatte, sagte sie: «Und das war im Januar?»

«Ja.»

«Warum, glauben Sie, hat sie so lange gewartet?»

«Keine Ahnung. Ich hab's Ihnen ja gesagt. Sie spinnt.»

«Die Verzögerung ist gut. Das kommt uns entgegen. Ich rede mal mit dem Staatsanwalt und schaue, was ich herausfinden kann.»

Am nächsten Tag rief sie zurück. «Das wird Sie vielleicht überraschen, aber das mutmaßliche Opfer war zum Zeitpunkt der Begegnung erst sechzehn Jahre alt.»

«Das kann nicht sein. Sie hat schon studiert. Sie hat gesagt, dass sie neunzehn ist.»

«Das bezweifele ich gar nicht. Da hat sie offenbar auch gelogen. Sie geht noch zur Schule. Im Mai ist sie siebzehn geworden.»

«Macht doch nichts», sagte Matthew, als er die Information verarbeitet hatte. «Wir hatten keinen Sex.»

«Hören Sie», sagte Del Rio. «Bisher wurde Ihnen noch nicht einmal eine Klageschrift zugestellt. Ich habe dem Staatsanwalt gesagt, dass er kein Recht hat, Sie zu verhören, solange das nicht passiert ist. Außerdem habe ich ihm klargemacht, dass aufgrund dieses Verhaltens in einer solchen Situation kein Geschworenengericht eine Anklage unterstützen würde. Offen gesagt, wenn Sie nicht in die USA zurückkehren, haben Sie auch kein Problem.»

«Das geht nicht. Meine Frau ist Amerikanerin. Meine Kinder leben dort. Ich auch. Zumindest war das bisher so.»

Was Del Rio ihm sonst noch mitteilte, war nicht gerade beruhigend. Das Mädchen hatte den SMS-Wechsel von ihrem Handy gelöscht, genau wie Matthew. Aber die Polizei hatte eine richterliche Anordnung beantragt und die Nachrichten von der Telefonfirma angefordert. «So was geht nie verloren», sagte Del Rio. «Die sind noch auf dem Server.»

Das Überwachungsvideo aus dem Kiosk samt Zeitangabe war ein weiteres Problem.

«Solange die Sie nicht befragen können, kommen sie mit ihrer Untersuchung nicht weiter. Wenn das so bleibt, kann ich vielleicht dafür sorgen, dass es verschwindet.»

«Wie lange wird das dauern?»

«Schwer einzuschätzen. Aber hören Sie», sagte Del Rio. «Ich kann Ihnen nicht empfehlen, in Europa zu bleiben. Verstehen Sie mich? Ich darf Ihnen dazu nicht raten.»

Matthew verstand. Er blieb in England.

Aus der Entfernung sah er zu, wie sein Leben in sich zusammenstürzte. Tracy schluchzte in den Hörer, sie schalt und beschimpfte ihn, dann ging sie nicht mehr ans Telefon, und schließlich reichte sie die Scheidung ein. Im Spätsommer sprach Jacob drei Wochen lang nicht mit ihm. Hazel war die Einzige, die den Kontakt nie abbrach, auch wenn sie es hasste, immer die Vermittlerin spielen zu müssen. Manchmal schickte sie ihm ein Emoji, ein rotes, wutentbranntes Gesicht. Oder sie fragte: «Wann kommstu nach Hause?»

Diese Nachrichten landeten auf Matthews englischem Handy, das amerikanische blieb ausgeschaltet, solange er in England war.

Jetzt, im Taxi vom Flughafen, zieht er sein amerikanisches Handy aus der Reisetasche und stellt es an. Er kann es nicht erwarten, seinen Kindern zu sagen, dass er wieder da ist und dass er sie bald sehen wird.

Zwei Wochen verstrichen, bis sich der Staatsanwalt das nächste Mal bei Prakrti meldete. Nach der Schule stieg sie zu ihrer Mutter in den Wagen, um zum Rathaus zu fahren.

Sie wusste nicht, was sie dem Staatsanwalt sagen sollte. Dass sie Zeugen brauchen würde, die für sie aussagten, damit hatte sie nicht gerechnet. Es lag zwar recht nahe, dass sich der Mann in Europa aufhalten würde, wo man ihn weder festnehmen noch verhören konnte, aber sie hatte es nicht ausreichend bedacht. Alles hatte sich verschworen, um die Klärung des Falls zum Stillstand zu bringen, und ihr Leben auch.

Prakrti hatte mit dem Gedanken gespielt, Kylie zu bitten, für sie zu lügen. Aber selbst wenn sie ihre Freundin zu absoluter Verschwiegenheit verpflichtete, würde Kylie doch wenigstens einer Person davon erzählen, die wiederum einer weiteren davon berichten würde, bis sich die Nachricht in der ganzen Schule herumgesprochen hätte.

Auch Durva konnte sie auf keinen Fall darum bitten. Sie war eine furchtbar schlechte Lügnerin. Dem Druck der Befragung vor einem Geschworenengericht würde sie niemals standhalten. Außerdem sollte sie nicht erfahren, was vorgefallen war. Prakrti hatte ihren Eltern versprochen, ihrer kleinen Schwester nichts zu erzählen.

Was die Eltern selbst betraf, so war sich Prakrti nicht sicher, was genau sie wussten. Sie schämte sich zu sehr, um es ihnen mitzuteilen, und hatte alles dem Staatsanwalt überlassen. Als ihre Eltern nach dem Termin aus seinem Büro kamen, stellte Prakrti erschrocken fest, dass ihr Vater geweint hatte. Ihre Mutter ging behutsam mit ihr um, umsorgend. Sie machte Vorschläge, die sie ganz gewiss nicht selbst ersonnen hatte. Wahrscheinlich stammten sie vom Staatsanwalt. Sie fragte Prakrti, ob sie «jemanden aufsuchen» wolle. Sie zeigte Verständnis und betonte, dass Prakrti ein «Opfer» sei und dass nichts von dem, was vorgefallen war, ihr angelastet werden könne.

In den nächsten Wochen und Monaten legte sich eine Decke des Schweigens über die Sache. Unter dem Vorwand, Durva zu schützen, sprachen ihre Eltern das Thema zu Hause überhaupt nicht an. Das Wort *Vergewaltigung* fiel nicht ein einziges Mal. Sie taten, was von ihnen verlangt wurde, beantworteten die Fragen der Polizei und hielten den Kontakt zum Staatsanwalt, mehr aber auch nicht.

Prakrti hatte das Gefühl, in der Klemme zu stecken. Sie war wütend, dass ihre Eltern vor einem sexuellen Übergriff die Augen verschlossen, der allerdings gar nicht stattgefunden hatte.

Sie konnte auch nicht mehr mit Sicherheit sagen, was an dem Abend im Hotel vorgefallen war. Sie wusste, dass der Mann Schuld auf sich geladen hatte, aber sie wusste nicht, ob das Recht auf ihrer Seite war.

Doch es gab kein Zurück mehr. Sie war zu weit gegangen.

Mehr als zehn Monate waren vergangen. Diwali stand schon wieder vor der Tür, etwas früher in diesem Jahr wegen des Neumonds. Eine Familienreise nach Indien hatten ihre Eltern nicht geplant.

Die Bäume vor dem Rathaus waren voller grüner Blätter gewesen, als sie die Polizeiwache das erste Mal betreten hatte; jetzt waren sie kahl und gaben den Blick auf das Reiterstandbild von George Washington am Ende der Kolonnade frei. Ihre Mutter parkte den Wagen, machte aber keine Anstalten auszusteigen. «Kommst du mit?», fragte Prakrti.

Ihre Mutter sah sie an. Nicht mit dem milderen, ausweichenden Blick, den sie sich zugelegt hatte, sondern mit dem verhärmten, strengen, missbilligenden Ausdruck, der ihr schon immer eigen gewesen war. Sie hatte das Lenkrad so fest gepackt, dass ihre Knöchel weiß hervorstachen.

«Du hast dich selbst in diese Lage gebracht, also kannst du dich auch selbst wieder herausziehen», sagte ihre Mutter. «Du willst allein über dein Leben bestimmen? Bitte. Ich bin am Ende. Es hat keinen Sinn. Wie sollen wir denn jetzt einen anderen Ehemann für dich finden?»

Es war das Wort *anderen*, das Prakrti aufhorchen ließ.

«Wissen sie davon? Die Kumars?»

«Natürlich wissen sie davon! Dein Vater hat es ihnen erzählt. Er meint, es sei seine Pflicht gewesen. Ich sehe das anders. Er war immer gegen diese Heirat. Er hat es genossen, meine Pläne zu durchkreuzen, wie üblich.»

Prakrti schwieg und ließ die Nachricht auf sich wirken.

«Du freust dich doch bestimmt, das zu hören», sagte ihre Mutter. «Genau das wolltest du doch, oder?»

Natürlich. Ja. Aber das Gefühl, das jetzt in Prakrti aufwallte, war komplizierter als schlichte Freude oder Erleichterung. Es war eher Reue über das, was sie ihren Eltern angetan hatte und sich selbst. Sie begann zu schluchzen und wandte sich ab.

Ihre Mutter unternahm keinen Versuch, sie zu trösten. Stattdessen sagte sie etwas, das ihre Schadenfreude offen zeigte. «Du hast diesen Jungen also doch geliebt? Ist es das? Du hast deine Eltern die ganze Zeit nur an der Nase herumgeführt?»

Das Handy in seiner Hand beginnt, wie verrückt zu vibrieren. Was an Anrufen und Textnachrichten in den letzten Monaten aufgelaufen ist, bricht jetzt herein.

Während das so ist, sieht Matthew den Dunst über dem East River, die gigantischen Werbetafeln für Versicherungen und Hollywood-Filme. Die meisten SMS-Nachrichten sind von Tracy oder den Kindern, aber auch die Namen von Freunden fliegen vorbei, und die von Kollegen. Jede SMS erscheint mit ihrer ersten Zeile, genug, um die vergangenen vier Monate Revue passieren zu lassen, die Appelle, die Wut, die Klagen, die Vorwürfe, das Elend. Er steckt das Handy zurück in die Tasche.

Noch bei der Einfahrt in den Midtown-Tunnel brummt das Handy weiter, gefrorene Zeugnisse seiner Tat, die jetzt als Regen auf ihn niedergehen.

«Ich komme nicht rein», sagte Prakrti, die in der Tür des Staatsanwaltsbüros stehen geblieben war. «Ich ziehe die Anzeige zurück.»

Die Tränen auf ihrem Gesicht waren noch nicht getrocknet. Ein Missverständnis war vorprogrammiert.

«Das brauchst du nicht zu tun», sagte der Staatsanwalt. «Wir kriegen dieses Schwein. Das verspreche ich dir.»

Prakrti schüttelte den Kopf.

Aber der Staatsanwalt war noch nicht fertig. «Lass es mich erklären. Ich habe über den Fall nachgedacht. Selbst ohne einen unmittelbaren Zeugen haben wir eine Menge gegen diesen Kerl in der Hand. Seine Familie lebt hier in den Staaten, das heißt, er will auf jeden Fall zurückkommen.»

Prakrti schien ihm nicht zuzuhören. Sie sah ihn mit glänzenden Augen an, als wäre ihr endlich eingefallen, was sie sagen müsste, um alles wieder in Ordnung zu bringen. «Ich hab Ihnen das gar nicht erzählt, aber ich habe vor, Jura zu studieren. Ich wollte *schon immer* Anwältin werden. Und jetzt weiß ich endlich, was ich genau machen möchte. Ich will Strafverteidigerin werden! So etwas Ähnliches wie Sie. Leute wie Sie sind die Einzigen überhaupt, die Gutes tun.»

In dem Hotel in einer der East Twenties hat Matthew vor Jahren, als es bei europäischen Verlagsleuten und Journalisten beliebt war, manchmal gewohnt. Nach der Renovierung ist es kaum wiederzuerkennen. In der höhlenartigen Lobby stampft Techno-Musik, die ihn bis in den Aufzug verfolgt, wo sie als Soundtrack für grelle Videos dient, die auf eingelassenen Bildschirmen laufen. Statt einen Zufluchtsort inmitten der Stadt zu bieten, will das Hotel die Stadt hereinholen, ihre Rastlosigkeit und Erwartungen.

Oben in seinem Zimmer duscht er und zieht sich ein frisches Hemd an. Eine Stunde später ist er wieder unten, inmitten der wummernden Musik, und wartet auf Jacob und Hazel – und auf Tracy.

Mit dem Gefühl, sich einer gefürchteten Aufgabe zu stellen, beginnt er, die Textnachrichten durchzusehen und einzeln zu löschen. Einige sind von seiner Schwester Priscilla, andere von Freunden, die ihn vor Monaten zu Partys eingeladen haben. Ein paar Zahlungsaufforderungen sind darunter und eine Menge Spam.

Er öffnet eine Nachricht, in der nur das steht:

bist du das noch?

Direkt danach eine weitere, von derselben Nummer.

okay, also gut, ist ja auch egal. das ist jetzt die letzte nachricht die ich schicke und du schreibst bestimmt auch nicht mehr. ich wollte nur sagen dass es mir leidtut. weniger für dich als für deine familie. ich weiß was ich gemacht habe war ein bisschen extrem. ich habe überreagiert. aber damals lief echt alles aus dem ruder und ich hatte das gefühl dass ich keine andere wahl habe. wie auch immer, ich hab mir jetzt was überlegt. dass ich nämlich ein besserer mensch werden will. vielleicht interessiert dich das. bye bye d.f.s.

Seit Monaten ist Wut das Einzige, was beim Gedanken an das Mädchen in ihm aufkommt. Er hat sie tausendfach verflucht, sogar laut, wenn er allein war, und zwar mit den schlimmsten, den gemeinsten, den kraftvollsten Ausdrücken. Aber diese neuen Nachrichten entzünden seinen Hass nicht aufs Neue. Nicht dass er ihr verziehen hätte oder dass er meint, sie hätte ihm einen Gefallen getan. Als er die beiden Nachrichten löscht, kommt es ihm eher vor, als würde er eine Wunde berühren. Nicht zwanghaft, wie anfangs, als er ein erneutes Aufplatzen oder eine Entzündung riskierte, sondern nur um zu sehen, ob sie heilt.

So etwas wird man nie los.

Am anderen Ende der Lobby tauchen Jacob und Hazel auf. Ein paar Schritte dahinter folgt jemand, den Matthew noch nie gesehen hat. Die junge Frau trägt eine rotbraune Fleecejacke, Jeans und Turnschuhe.

Tracy kommt nicht. Weder jetzt noch später. Sie wird nie mehr kommen. Um das mitzuteilen, hat sie, statt selbst zu kommen, diese Babysitterin geschickt.

Jacob und Hazel haben ihn noch nicht entdeckt. Sie wirken eingeschüchtert wegen der finster dreinblickenden Portiers und der stampfenden Musik. Sie blinzeln im schwachen Licht.

Matthew steht auf. Seine rechte Hand schießt wie von selbst in die Höhe. Er strahlt übers ganze Gesicht, hatte vergessen, dass er dazu imstande ist. Jacob und Hazel sehen sich um, und als sie ihren Vater erkennen, rennen sie, trotz allem, was vorgefallen ist, quer durch die Lobby auf ihn zu.

2017

Die Zitate in den Erzählungen «Launenhafte Gärten» und «Das große Experiment» stammen aus: Augustinus, Bekenntnisse, hrsg. von Jörg Ulrich, übersetzt von Joseph Bernhart, Frankfurt am Main 2007, und Alexis de Tocqueville, Über die Demokratie in Amerika I (= Werke und Briefe, Band 1), übersetzt von Hans Zbinden, Stuttgart 1959.

Weitere Titel

Das große Experiment

Die Liebeshandlung

Die Selbstmord-Schwestern

Middlesex

MIX
Papier aus verantwortungsvollen Quellen
FSC® C083411

Das für dieses Buch verwendete Papier ist FSC®-zertifiziert.